Eva behält den Apfel

RENATA PETRY

Eva behält den Apfel

SCHLESWIG-HOLSTEIN-ROMAN

BOYENS

BOYENS
BUCHVERLAG

ISBN 978-3-8042-1465-1

Titelbild nach einem Foto von Thomas Backens,
Boyens Buchverlag 2001
Druck: CPI – Clausen & Bosse, Leck
Printed in Germany

www.boyens-buchverlag.de

Liebe Leser,

wenn Sie bei der Sieverstedter Kirche dem Wegweiser nach Stenderup folgen und auf der schmalen Straße zur Brücke über die Bollingstedter Au gelangen, dann werden Sie dort nur grüne Wiesen vorfinden und vergeblich nach einem Gasthof Ausschau halten. Den Landgasthof Aubrück gibt es nicht, und alle dort ein- und ausgehenden Personen sind ebenso frei erfunden.

Aubrück steht jedoch stellvertretend für die vielen schönen Gasthöfe zwischen Nord- und Ostsee, wo man auch heute noch echte, traditionsreiche Gastlichkeit erfahren kann; ihnen allen sei diese Geschichte gewidmet.

R.P.

www.renata-petry.de

Personenübersicht

Frieda Lüders Mathilde Lüders Annelie Lüders Eva Lüders	die vier Inhaberinnen des Landgasthofs Aubrück
Line	Hausangestellte mit einem Hang zu schicksalshaften Auftritten
Wieland Schlotter	stud.jur. im 2. Semester, Verehrer von Annelie und Eva (nacheinander)
Hortense de Molinero-Büxeltoft alias Frau Möller	Gräfin auf Abwegen
Greta Hansen	ehemalige Zofe von Hortense, gleichfalls auf Abwegen
Else Hansen	Gretas Stieftochter, ausschließlich in der Geisterwelt auf Abwegen
Adolf von Rothspon	Baron mit schlechtem Gewissen
Auguste von Rothspon	Baronin mit schlechter Laune, aber gutem Gewissen
Victor von Rothspon	Adolfs Neffe und leider nicht ganz beanstandungsfreier Erbkandidat
Dietrich von Kesselstein	Augustes Neffe und Victors Freund, aus gewissen Gründen zunehmend begeisterter Landgasthofurlauber
Ferenc und Peter	Freunde von Victor und Dietrich, in Champagnerlaune talentierte Sänger
Max Hollmann	radelnder Apotheker, großzügiger Verteiler von Veilchenpastillen und guten Ratschlägen
Lord George Waltham	schwer geprüfter Verlobter von Hortense
Doktor Justus Klein	Jurist und ziviler Nachrichten-Offizier, gleichfalls schwer geprüft (obgleich nicht verlobt)
Alfred Sorgenfrei	Untergebener von Doktor Klein, verdeckter Ermittler und Sportangler, in letzterer Funktion erfolgreicher
Otto Voss	Polizei-Hauptmeister mit gastro-enterischen Problemen und einer Neigung zu vorschnellen Verhaftungen

Sowohl Oberstleutnant Karl Brose, Leiter der Abteilung IIIb im Großen Generalstab, als auch Captain Vernon Kell, Nachrichtenoffizier im britischen War Office, sind historische Personen.

1

Wenn man Annelie Lüders später fragte, wie die Frau ausgesehen hatte, konnte sie immer nur das Kleid beschreiben: raschelnde fliederfarbene Seide, mit langen Ärmeln und einem bodenlangen, verschwenderisch weiten Rock, dessen Saum von makelloser Sauberkeit war, und das, obwohl die Fremde über den vom letzten Regenschauer noch nassen Gartenweg gekommen war. Annelie, die auf ihrer Lieblingsbank neben der Verandatür saß, mit den Beinen baumelte und sich mit ihrer Puppe unterhielt, hatte in den vier Jahren ihres Lebens jedenfalls nichts Herrlicheres gesehen als dieses Kleid. Ihre Augen hingen wie gebannt daran, als die Pforte, die zur Au hinunter führte, sich öffnete und die Fremde den Garten betrat. Eine zweite Frau war dabei, die jedoch an der Pforte stehen blieb, nach allen Seiten um sich blickte und dann sagte:

„Hier ist es. Machen Sie besser schnell."

Dies schien die Fremde nicht sonderlich zu beeindrucken. Als habe sie alle Zeit der Welt, so gemächlich schritt sie durch den regenfeuchten Garten, vorbei an den grün gestrichenen Holztischen mit den dagegen lehnenden, zusammengeklappten Stühlen, die deutlicher alles andere belegten, dass man an diesem Abend nicht mehr mit Gästen rechnete. Die Fremde entdeckte Annelie auf ihrer Bank und lächelte.

Annelie starrte weiter auf das Kleid und entschied blitzschnell, dass es sich bei der Frau nur um eine Prinzessin handeln konnte. Sie beugte sich über ihre Puppe und flüsterte in deren Porzellanohr:

„Schau mal, Evelina, da kommt eine Prinzessin."

Die Prinzessin kam seidenraschelnd näher und blieb vor Annelie und Evelina stehen. Sie duftete unbeschreiblich gut, nach Sommerrosen, Lilien und Vanilleeis, wie eben Prinzessinnen dufteten.

„Was hast du nur für eine schöne Puppe“, sagte sie lächelnd.

Annelie strahlte zurück. Und dann sah sie, dass auch die Prinzessin eine Puppe im Arm hatte, das heißt, es war keine Puppe, sondern ein richtiges kleines Kind – eingewickelt in eine weiche Decke und ein Mützchen auf einem Kopf, der kaum größer als der von Evelina war.

„Oh“, sagte Annelie entzückt und vergaß das schöne Kleid über diesem neuen Wunder, „ein kleines Kind – Sie haben ein kleines Kind!“

Die Fremde beugte sich vor und ließ sie einen Blick auf den schlafenden Säugling werfen. Dann fragte sie, immer noch lächelnd: „Möchtest du es gern einmal halten?“

Und ob, hätte Annelie fast geantwortet, aber ihr fiel zum Glück ein, dass man so nicht mit Erwachsenen sprach, und erst recht nicht mit so feinen Damen. Also setzte sie Evelina ab, erhob sich und knickste brav.

„Dankeschön – das möchte ich nur zu und zu gern!“

„Dann setz dich nur wieder hin“, sagte die Prinzessin freundlich, „das geht nämlich besser im Sitzen. Es ist doch etwas schwerer als deine Puppe, das wirst du gleich merken. Hier –“, und mit diesem einen Wort legte sie Annelie das warme kleine Bündel in die Arme.

Annelies Entzücken kannte keine Grenzen. Sie legte ihre Wange gegen die winzige Wange des Kindes und wiegte es behutsam in den Armen.

„Weißt du was“, sagte die Prinzessin, „du machst das so schön, da kann ich dich sicher für einen Augenblick allein lassen. Ich bin gleich wieder da – paß gut auf sie auf!“

Sie lächelte Annelie nochmals zu, wandte sich um und schritt zwischen den Tischen hindurch zurück zur Pforte, die von der anderen Frau, die immer noch unruhig nach allen Seiten blickte, für sie offen gehalten wurde. Dann schloss sich die Pforte, die Prinzessin und ihre Begleiterin verschwanden hinter der hohen Ligusterhecke, die den

Garten des Gasthofs Aubrück vom Uferweg trennte, und Annelie war mit dem Kind im Arm allein. Sie wiegte es weiter, summte ihm etwas vor, ganz so, wie sie dies auch mit Evelina zu tun pflegte. Da fiel ihr ein, dass die Prinzessin „sie“ gesagt hatte – es war also ein Mädchen. Sie hat bestimmt einen wunderschönen Namen, dachte Annelie, ich muss nachher unbedingt danach fragen, wenn die Prinzessin zurückkommt. Doch die Prinzessin kam nicht zurück.

*

Annelie konnte es natürlich nicht wissen, aber im Grunde war es kein geringerer als Seine Kaiserliche Majestät Wilhelm II., der schuld daran war, dass sie an diesem kühlen Aprilabend im Jahr 1891 mit einem fremden Kind im Arm auf der Gartenbank saß. Der Kaiser war es nämlich gewesen, der eine Augustenburgerin geheiratet hatte, und das war so eine Sache für sich. Familie Lüders hielt es in jeder Hinsicht mit den Augustenburger Herzögen, die ja weiß Gott etwas Unterstützung gebrauchen konnten: Erst hatte man ihnen Doktor Struensees Fehltritt mit der dänischen Königin in Form einer ziemlich strapaziösen Herzogin ins Nest gesetzt, danach folgte mehr als ein halbes Jahrhundert ständige Rauferei mit der königlich-dänischen Verwandtschaft, und schließlich waren sie von Bismarck schandbar um ihr schönes Land betrogen worden, indem er selbiges schlichtweg dem preußischen Kaiserreich einverleibt hatte. Der Reichskanzler hatte sich nicht einmal gescheut, den tobenden Augustenburger Herzog von seinem repräsentativen Familiensitz am Fördestrand weit, weit ins Landesinnere auf dessen schlesische Güter zu verbannen, was natürlich der reine Hohn für einen Fürsten war, in dessen Adern noch zwei, drei Tropfen Wikingerblut pulsierten. Die schöne blau-weiß-rote Trikolore von 1844 wurde erbarmungslos durch die weit weniger schöne schwarz-weiß-rote ersetzt, und welches Schleswig-Holsteiner Herz zieht schon einen schwarzen Himmel dem blauen vor? Vater Fritz Lüders tat dies jedenfalls nicht, und er hatte es sich auch nicht nehmen lassen, vor dem Friedrichsruher Mausoleum einen Trauerstrauß mit einer auffälligen Schleife in den blau-weiß-roten Schleswig-Holstein-Farben zu deponieren, als der Reichskanzler Jahre später endlich verschieden war. Hüte dich vor der Rache eines geduldigen Menschen!

Familie Lüders hielt es also mit den Augustenburgern und war dementsprechend erfreut, als der Kaiserspross Wilhelm nach letzten heißen Fesselspielen mit einer Liebesdienerin reiferen Alters auf heftiges Anraten des besagten Reichskanzlers zwar nicht unbedingt sein Herz, aber doch ganz entschieden seinen 22-jährigen Korpus der ältesten Augustenburger Herzogstochter zuwandte. Es gab eine wunderbare Hochzeit, monatelang DAS Gesprächsthema nördlich und südlich der Flensburger Förde, und Lüders und Gleichgesinnte nahmen befriedigt zur Kenntnis, dass sich die Augustenburger auf diese Weise zuletzt doch noch das Deutsche Reich einverleibt hatten, wenn man es denn so wollte. Sieben Jahre und fünf eheliche Söhne später war der Prinz jedenfalls deutscher Kaiser, und die Augustenburger und alle ihre Freunde damit auch.

Noch etwas anderes war durch diese sensationelle Eheschließung geschehen, etwas äußerst Bemerkenswertes, das weitreichende Folgen für das ganze Land und somit auch für Annelie Lüders haben sollte: Von Stund an standen die vom Schicksal bis dahin so schmählich behandelten Augustenburger im Rampenlicht der Öffentlichkeit. Prompt gab es das väterliche Schloss zurück, vor dem der kaiserliche Schwiegersohn künftig besonders gern den Anker seiner Yacht auswerfen sollte. Die jüngeren Schwestern der Kaiserin wurden hofiert und von der Presse wohlwollend auf die vordersten Seiten der Gesellschaftsblätter platziert, bis die beiden nächsten mit passenden fürstlichen Ehemännern versorgt waren. Ihr Bruder konnte sich in den maßgeblichen Kreisen nunmehr wiederum als Herzog präsentieren, was seinen gesellschaftlichen Marktwert trotz sprichwörtlich schlechten Benehmens erheblich hob. Das ganze Fördeland fand sich plötzlich im Lichterglanz des Berliner Stadtschlosses wieder; die vernachlässigte Gegend am nördlichen Rande des Reiches war gewissermaßen in dessen Zentrum gerutscht – zumindest in das Zentrum des Interesses. Schleswig-Holstein war quasi über Nacht absolut en vogue geworden. Der Name Augustenburg hatte wieder jenen gewissen sonoren Klang von einst; der gesamte preußische Hoch- und Höchstadel fand sich ein, es gab Gesellschaften, Jagdpartien, Bälle, Konzerte, Segelregatten, und noch viel mehr. Man amüsierte sich – und man amüsierte sich bisweilen auch bei gewagteren Spielchen.

Es war naturgemäß eins dieser gewagteren Spielchen, dessen Auswirkungen bis in den Gastgarten von Aubrück und in die Arme von Annelie Lüders führen sollten. Eine gut gebaute rotblonde Baronesse mit dem blumigen Namen Hortense hatte in sehr jungen Jahren in eine bedeutsame und vermögende gräfliche Familie spanischer Abstammung eingeheiratet, und alles hätte in schönster Ordnung sein können, wenn nicht der betreffende Gatte nach wenigen Monaten ehelicher Freuden höchst unpassend an einem entzündeten Blinddarm verschieden wäre. Noch unpassender war allerdings, dass sich beim Erbfall offenbarte, dass es mit dem Vermögen nicht ganz so gut stand, wie sowohl Ehefrau als auch Öffentlichkeit gedacht hatten. Es wurde nun allgemein angenommen, dass sich die schöne junge Witwe – nach einem schicklichen Intervall – abermals vermählen würde. Aber derzeit war auf dem Heiratsmarkt ein gewisses Überangebot an schönen Gräfinnen, die deutlich mehr an den Füßen hatten als die rotblonde Hortense, sodass die Offerten trotz der allgemein sehr gelobten Figur der Dame auf sich warten ließen.

Da die junge Witwe nun eine gewisse regelmäßige Betätigung gewohnt war und zudem allen Veranstaltungen prinzipiell gewogen war, auf denen man die Bekanntschaft von Herren machen konnte (die, wenn auch nicht immer auf Freiersfüßen, so doch zumindest auf Bocksfüßen wandelten), ließ sie sich im Rahmen einer beschwingten Sommersaison in der formidablen Heimat der Kaiserin auf eine äußerst gewagte, diskrete Einladung ein, die sie in einer hellen Mittsommernacht in eine abgelegene Villa am Ufer der Flensburger Förde führte. Motto des Abends war „Gesellschaftsspiele für Erwachsene", und der große, mit üppigen Diwanen und Chaiselongues ausgestattete Raum war vom Kerzenschein eher spärlich beleuchtet. Ähnlich spärlich war die Bekleidung der Anwesenden; man trug Halbmasken vor dem Gesicht und ansonsten allenfalls noch Stiefeletten. Mit soviel Verspieltheit hatte die junge Witwe nun doch nicht gerechnet, auch wenn ihr, wie sie sich später ehrlich eingestand, die Zärtlichkeiten der anwesenden Damen noch mehr überraschende Freude bereitet hatten als die Aufmerksamkeiten der Kavaliere. Sie kam jedenfalls kaum dazu, mehr als zwei der anwesenden Herrenreiter zu erproben, bevor die Dynamik des Geschehens den Sieg und sie selbst davontrug.

Später schwor sie sich, sich nie wieder auf derartige Veranstaltungen einzulassen – aber die Reue kam zu spät. Denn gerade, als sie auf einem zauberhaften Ball am Sedantag einen wirklich geeigneten ehelichen Nachfolger kennengelernt hatte, der ihr bereits unter dem Weihnachtsbaum Herz und Titel zu Füßen legen sollte und sich im übrigen keinen Deut um ihre beklagenswerte Vermögenssituation scherte, da wurde das nagende Gefühl, dass etwas anders war als sonst, zur bitteren Gewissheit: Sie trug eine Frucht jener Mittsommernacht unter dem Herzen, und zwar ganz gewiss keine, die sie den Zärtlichkeiten der Damen zu verdanken hatte. Wie gesagt, passende Heiratskandidaten waren gerade dünn gesät, und die beliebte Möglichkeit, dem künftigen Gatten das Kind unterzuschieben, scheiterte an der Fortgeschrittenheit ihres Zustandes, wie es ein kurzes Abzählen an den Fingern der linken Hand offenbarte. Da es absolut ausgeschlossen war, dass er – eine moralische Stütze der preußischen Gesellschaft – diesen Stand der Dinge akzeptieren würde, gab es nur einen Ausweg: Das Kind musste weg.

So geschah es, dass sie sich unter dem Vorwand eines längeren Kuraufenthalts in den ersten Monaten des Jahres 1891 an die See zurückzog, wo sie – nur in der Gesellschaft ihrer verschwiegenen Zofe Greta – am Ostermontag eine gesunde Tochter entband. Greta war es auch, die die Frage nach dem Wohin klärte, da Hortense aus einer postnatalen Gefühlswallung heraus das Kind ungern beim nächsten Waisenhaus in Havetoft abliefern wollte. Anstandshalber – und da man überdies ja nie wissen konnte, wie das Schicksal spielte – erhielt der höchstwahrscheinliche Vater des Kindes ein diskretes Billet, in welchem man ihn von der Existenz seiner Tochter unterrichtete und von deren künftigem Aufenthaltsort: Landgasthof Aubrück.

*

Dort saß an dem bewussten Aprilabend Annelie Lüders noch ein Viertelstündchen mit dem fremden Kind im Arm, wiegte und summte, und machte ansonsten einen langen Hals in Richtung Gartenpforte, ob sich die Prinzessin nun nicht bald wieder blicken ließe. Aus gutem Grund, wie wir jetzt wissen, tat diese das jedoch nicht, aber dafür erschien aus Richtung Veranda Line, das frisch konfirmierte jüngste Dienstmädchen des Gasthofs, um Annelie ins Haus zu holen. Ein Blick auf die Szene auf der Gartenbank genügte, und Line erstarrte zu Stein. Dann schrie sie so laut, dass nicht nur die Kleine in Annelies Armen schreiend erwachte, sondern so gut wie der gesamte Hausstand in den Garten gerannt kam. Mathilde und Frieda, die um fünf und sechs Jahre älteren Schwestern Annelies, stürzten links und rechts an ihre Seite und überhäuften sie mit Fragen, die sie nicht beantworten konnte, und das tat auch Vater Fritz Lüders, dem nach dem frühen Tod seiner Frau die Oberaufsicht über die drei Töchter oblag – wobei es nun allerdings so aussah, als sollte noch eine vierte Tochter hinzukommen.

„Wo hast du das Kind her?“

„Wer hat es dir gegeben?“

„War das jemand, den du kennst?“

„Woher ist sie gekommen?“

„Was hat sie gesagt?“

„Wie sah sie aus?“

Und zum wiederholten Male beschrieb Annelie das fliederfarbene Seidenkleid.

Schließlich sah man ein, dass man weder so noch auf andere Weise weiterkam. Das Kind musste dringend versorgt werden; es galt, eine Amme zu finden und ein Dutzend anderer Dinge zu regeln.

„Wir nehmen sie erstmal bei uns auf“, entschied Vater Lüders aufgrund der weisen Erkenntnis, dass keine seiner Töchter eine anders lautende Entscheidung geduldet hätte, und drei bezopfte Köpfe in unterschiedlichen Blond- und Brauntönen bekundeten kopfnickend ihre Zustimmung, während – abgesehen von Line – das Hauspersonal hinter seinem Rücken die Augen verdrehte.

„Wie soll sie denn heißen?“, fragte er.

Annelie schaute kurz zu ihrer Puppe. Dann sagte sie in sehr bestimmten Ton: „Evelina!“, und diesmal verdrehten alle die Augen.

Es bedurfte einiger Überzeugungsarbeit, aber schließlich kam Frieda mit dem einleuchtenden Argument, dass, wenn beide so hießen und man von Evelina sprach, niemand wisse, ob die Puppe oder die neue Schwester gemeint sei, und das musste Annelie einsehen.

„Vorschlag zur Güte“, sagte Vater Lüders, „wir nennen sie Eva – das ist doch fast so schön wie Evelina, und dann weiß jeder, dass wir nicht von deiner Puppe sprechen, Annelie!“

Dies fand allgemeine Billigung, und so hielt Eva Lüders Einzug in Aubrück.

2

Siebzehn Jahre später war alles anders. Baron Adolf von Rothspon, der agile Herrenreiter von einst, sah auf seinem schönen Gutshof in der Landschaft Schwansen dem silbernen Jubiläum seiner Eheschließung entgegen und gönnte sich nur noch sehr gelegentlich kleinere Ausschweifungen, und das ausschließlich in so gepflegten Etablissements wie am Hamburger Gänsemarkt, wo bisweilen sogar königlich-dänischer Besuch unterhalten wurde, wie man hinter der vorgehaltenen Hand raunte. Adolf und seiner silbernen Ehefrau Auguste war ein stattlicher Sohn vergönnt gewesen, ein einziges Kind, das sich zu einem vielversprechenden jungen Herrn entwickelt hatte – bis zu jenem unglückseligen Tag im Februar 1908, an dem der junge Rothspon bei einem winterlichen Ausritt wieder einmal die scharfen Sporen zu tief in die Flanken des Pferdes gebohrt hatte, sodass dieses in hellem Schmerz ein paar unbedachte Sätze nach vorne machte, auf einer glattgefrorenen Böschung ins Straucheln geriet und schließlich, in ein Brombeerdickicht stürzend, seinen Reiter unter sich begrub. Es war das Pferd, das überlebte.

Dieser traurige Vorfall hatte die allergrößte Bedeutung für die Rothsponsche Erbfolge, denn auf einmal befand sich der Neffe des Barons im Suchlicht – ein Neffe, dessen einziger Vorzug es war, lebendig zu sein, sogar allzu lebendig nach dem Geschmack des verwaisten Elternpaares, die den schicken Junker, der auf geradezu verdächtige Weise Herrengesellschaften bevorzugte, noch nie hatten leiden können.

„Dass Victor nach mir erbt, bringt mich ins Grab“, sagte der Baron zugegebenermaßen reichlich unlogisch, denn es verhielt sich ja genau anders herum: Nicht der erbende Victor machte den Baron zum Toten, sondern der tote Baron den lebenden Victor zum Erben. „Dass wir aber auch nur dieses eine Kind hatten!“

„Das war gewiss nicht meine Schuld“, sagte die Baronin giftig. „Wärst du nicht jedem Rock nachgestiegen – also, als du noch etwas … rühriger warst!“

Da sie diese Unterhaltung schon unzählige Male geführt hatten, war jedem von ihnen die Replik des anderen im Voraus bekannt. Jetzt würde der Baron sagen: „Das hat noch nie der Männlichkeit geschadet!“ Woraufhin sie sagen würde, seitlich über die Schulter und mit deutlicher Verachtung: „Offenbar doch!“ „Du vergisst dich, Auguste!“ lautete seine Antwort darauf. „Und du – du hast dich oft genug vergessen!“ würde sie das letzte Wort haben und mit raschelnder Schleppe hinausrauschen, während er in Gedanken den nächsten Besuch am Gänsemarkt in mittelfristige Planung nahm.

Doch an diesem Frühlingsnachmittag war, wie gesagt, alles anders. Die Baronin hatte gerade giftig gesagt: „Das war gewiss nicht meine Schuld! Wärst du nicht jedem Rock nachgestiegen …“, als sie plötzlich innehielt, und das auch noch vor ihrer Lieblingsbeleidigung „als du noch etwas rühriger warst“. Sie starrte ihn mit offenem Mund an, und er starrte ebenso zurück, zunächst, weil er schlichtweg verblüfft über das Ausbleiben der vertrauten Worte war. Doch dann, als sie immer noch nichts sagte, sondern nur weiter starrte, begann eine vage Ahnung dessen in ihm aufzusteigen, was sein ihm in all den Jahren nicht nur angetrautes, sondern auch vertrautes Weib im Sinne haben mochte. Jetzt galt es nur, äußerst vorsichtig zu sein, falls sie doch nicht an das dachte, an das er dachte, denn eine entsprechende verkehrte Äußerung seinerseits würde unweigerlich diverse Wochen ehelicher Eiszeit zur Folge haben. Also sagte er behutsam:

„Ja, Auguste …?“

Offenbar hatte sie ähnliche Erwägungen wie er, denn auch sie antwortete äußerst zurückhaltend:

„Also, Adolf …“

Dann schwieg sie wieder, strich allerdings mit großem Eifer ein imaginäres Stäubchen vom Oberteil ihres der Trauer wegen schwarzen Kreppkleides. Adolf wartete, wohlwissend, dass seine brave Ehefrau nichts so schlecht vertrug wie Schweigen, und siehe da: Nach einer letzten wischenden Bewegung über ihre stattliche – und staubfreie – Büste nahm sie den Faden wieder auf.

„Wir haben ja seither nie wieder davon gesprochen", sagte sie, „aber ich frage mich – ich frage mich –"

Adolf faltete die Hände über der goldenen Uhrkette auf dem Bauch und wartete abermals. Jetzt war er sich seiner Sache sicher; seine Ahnung hatte ihn nicht getrogen. Er wollte schon den Mund aufmachen, besann sich aber eines Besseren und hielt gerade noch ein. Es war wesentlich günstiger, wenn der Vorschlag von ihr kam, denn wenn die Sache schief gehen sollte, dann konnte er immer noch sagen, dass es ihre Idee gewesen war.

Der armen Auguste fiel es offenbar schwerer als sonst, zum Kern ihres Anliegens vorzudringen.

„Selbst, wenn uns nur der eine Sohn vergönnt war …", nahm sie einen neuen Anlauf und vergaß sogar, wie sonst die Augen zu betupfen, wenn von dem verstorbenen Erben die Rede war, „ich meine, du hattest doch noch … da war doch noch … Es ist schon so lange her, aber da war doch noch … da war doch noch – dieses KIND!"

Dieses Kind. So, es war heraus. Adolf beschloss, sie noch ein wenig länger zappeln zu lassen, eine winzig kleine Revanche für die unzähligen Sticheleien ihrerseits, die er in langen Ehejahren still und mit angemessen schlechtem Gewissen ertragen hatte. Er spielte mit der goldenen Uhrkette und beobachtete zufrieden, wie sie auf dem roten Samtpolster des Barock vortäuschenden Stuhls hin und her rutschte. Schließlich erbarmte er sich zu einem gedehnten „Ach ja …".

„Du weißt doch – das Kind – dein Kind …"

„Ach so, DAS Kind … Ja, und?“

„Was wird wohl daraus geworden sein?“

„Woher soll ich das wissen?“

„Ich dachte ja nur –“

„So, du dachtest … Wann war das eigentlich nochmal?“

„Oh, das war in jenem Frühling, in dem unser Hugo sein erstes Reitpony bekam …“ Prompt musste Auguste wieder zum Taschentuch greifen.

„Stimmt“, sagte Adolf um eine Spur lebhafter, „ich weiß noch ganz genau, wie …“

„In der Tat, ich weiß auch noch, wie … Und damit meine ich nicht das Pony!“ Auguste ließ das Taschentuch sinken und unterbrach die angenehmen Reminiszenzen ihres Gatten mit gewohnter Giftigkeit: „Weiß Gott, ich werde den Morgen nicht vergessen, an dem dieser absolut geschmacklose Brief kam, in welchem diese … diese Person auch noch die Stirn hatte, dich davon in Kenntnis zu setzen, dass …“

„Das muss vor fast zwanzig Jahren gewesen sein“, versuchte Adolf mit fester Stimme die Wortbeiträge seines Eheweibes zu versachlichen.

„Es war ein Mädchen“, kam Auguste auf das Thema zurück, zwar noch erkennbar vorwurfsvoll, aber doch um einiges ruhiger. „Das heißt, sie könnte den Titel nicht erben, wenn …“

„Der Titel geht auf jeden Fall an Victor“, stimmte Adolf zu, auf das Wörtchen „wenn“ erstmal nicht eingehend.

„Aber in allem anderen wäre sie doch unsere Erbin, wenn …“

„Das wäre sie in der Tat, wenn …“

Beide schwiegen und blickten sich an. Das Vermögen ginge an meine höchsteigenen Abkömmlinge, dachte Adolf. Viele niedliche Enkel, selbst wenn es nur Halbenkel sind, dachte Auguste.

„Wie sie wohl ist – ob sie dir ähnelt?“

„Warum sollte sie nicht", sagte Adolf, sich nunmehr behaglich im Sessel zurücklehnend.

„Sie hat natürlich keine standesgemäße Erziehung erhalten", warf Auguste ein, den ominösen Brief mit der Ortsangabe „Landgasthof Aubrück" noch in bester Erinnerung.

„Dem kann sicher abgeholfen werden", erwiderte Adolf, abermals in sehr festem Ton. „Aber ich gebe dir insofern Recht, als dass es sicher eine vernünftige Maßnahme wäre, wenn wir sie erst einmal näher in Augenschein nehmen … uns sozusagen von der ganzen Person einen Eindruck verschaffen … ganz diskret natürlich, ohne dass jemand davon erfährt."

„Ja, das halte ich auch für erforderlich. Und wenn sie nicht unseren Erwartungen entspricht –"

„Ich bin zwar überzeugt, dass sie das tut", sagte der stolze Vater leicht gekränkt, „aber es stimmt, es empfiehlt sich unbedingt, genauer hinzuschauen, bevor man jemanden … jemanden … an Kindes statt annimmt."

An Kindes statt annehmen – die Worte waren ausgesprochen. Die Idee war ein Plan geworden, und in den nächsten Tagen ging man daran, den Plan – mit aller gebotenen Diskretion – in die Tat umzusetzen.

*

Das erste, was der Baron anstandshalber tat, war, seinen von der vermögensmäßigen Ausbootung bedrohten Neffen von der neuen Situation in Kenntnis zu setzen, mit dem schönen Hintergedanken, dass die schwindende Aussicht auf die Rothsponschen Millionen bei selbigem vielleicht die Charakterbildung etwas fördern könnte. Aber wie so häufig bei einer von den besten Intentionen bestimmten Handlung ging der Schlag nach hinten los.

Victor von Rothspon war soeben von einem seiner üblichen Frühjahrsaufenthalte auf der lieblichen Insel Capri zurückgekehrt, wo er einige überaus anregende Wochen im Freundeskreis verbracht hatte. Victor, ein entschieden gutaussehender junger Mann, tip-top gepflegt vom Scheitel bis zur Sohle, in allen vornehmen Sportarten bewandert, modebewusst und kunstliebend, war permanentes Mitglied eines gediegenen Herren-Quartetts, welches man in den gemeinsamen Tagen in der Plöner Kadettenanstalt ‚Die vier Musketiere' genannt hatte, und, als der militärische Glanz zivilem Wohlleben gewichen war, ‚Das quirlige Quartett', was der Sache sicher näher kam. Es versteht sich von selbst, dass die Aktivitäten des Quirligen Quartetts eine gewisse Solvenz voraussetzten, zumal es sich bei den drei anderen Mitgliedern durchweg um betuchte Söhne des preußischen Landadels handelte. Victor hatte nun vorübergehend die schöne Hoffnung gehegt, dass das vorzeitige Ableben seines so unglücklich vom eigenen Pferd erschlagenen Cousins ihm zumindest mittelfristig die dreiviertelleeren Taschen füllen würde, und er hatte sich im Bewusstsein dieses erfreulichen Umstands in den letzten Wochen besonders großzügig gezeigt – wer wollte ihm das schon verdenken. Und nun saß er in seiner eher bescheidenen Kieler Junggesellenbude (welche er in Gedanken schon gegen eine wesentlich repräsentablere Behausung ausgetauscht hatte), die Koffer mit den bunten Aufklebern von Capri, Neapel, Rom, Florenz und Bad Ischl waren noch nicht mal ganz ausgepackt, und er hielt das schicksalsträchtige Schreiben mit dem geprägten Familienwappen in den Händen. Hätte er sich nicht gerade mit viel Aufwand frisieren lassen, er hätte sich die Haare gerauft. So aber gab es nur einst zu tun: Die restierenden Dreiviertel des Herrenclubs zusammenzutrommeln und von den dräuenden Wolken am Rothspon-Horizont zu berichten.

Am selben Abend kam das Quirlige Quartett also bei Victor zusammen. Die drei anderen Mitglieder waren – auch bei der Wahl ihrer Spitznamen der Vorliebe für Alliterationen frönend – der dicke Dietrich, welcher zudem die Ehre hatte, der Neffe von Auguste von Rothspon zu sein, der putzige Peter sowie der flotte Ferenc, der zwar eigentlich auf den schlichten Vornamen „Franz“ getauft war, es aber für angezeigt gehalten hatte, seinen Vornamen ungarisch-schneidig aufzupolieren.

Victor schlug mit der Faust auf den Tisch und zeigte sich rechtschaffen empört über die Kapriolen seines Erbonkels – denn was war der Titel schon wert, wenn nicht die Millionen mitfolgten?

„Und – du könntest dich nicht durchringen, das Mädchen zu heiraten?“ fragte Dietrich, der einen Hang zu pragmatischen Lösungen hatte.

„Dido!“, rief Victor mit allen Anzeichen des Entsetzens. „Das kann doch nicht dein Ernst sein! Ich dachte, du seist mein Freund!“

„Schon gut, schon gut“, sagte der gescholtene Dido. „Ich dachte ja nur, sozusagen pro forma … Das wird doch häufig so gemacht.“

„Du und Ferenc, ihr könntet das vielleicht“, sagte Victor, Vorwurf in der Stimme, „und zwar vermutlich noch nicht einmal pro forma! Aber ich – ausgeschlossen. Oder willst du, dass es mir so ergeht wie Aribert?“

Das war nun in der Tat der Exitus aller pragmatischen Lösungen, denn Aribert von Anhalt, der treue Freund des Kaisers, war vor einigen Jahren ausgerechnet von der eigenen Ehefrau mit einem hübschen Lakaien im Bett erwischt worden, und sein eigener Vater war gezwungen gewesen, die Ehe kraft Hausrechts zu annullieren.

„Trist“, sagte Ferenc.

„Trist“, echote der putzige Peter, der die etwas unglückliche Angewohnheit hatte, mangels eigener Geistesgröße die Worte seiner Vorredner zu wiederholen.

„Trist!“ meinte auch Victor, diesmal vor allem an die Millionen denkend.

Ja, es sah wahrhaftig trist aus für den Rothspon-Erben, und es würde noch trister werden, wenn sie nicht schleunigst einen wirklich gangbaren Ausweg fänden.

„Hat dein Onkel sich denn schon endgültig entschieden?“, fragte Ferenc, mit dem Kinn auf sein Weinglas weisend. Victor füllte umgehend nach. Es war dies seine drittletzte Flasche 1905er Monbazillac. Er würde auf Riesling umsteigen müssen – abermals trist.

„Er hat geschrieben, dass er davon ausgeht, dass … seine Tochter …“, Victor brachte diese beiden Worte nur mit großer Überwindung hervor, „also, er geht davon aus, dass sie seinen Erwartungen entspricht. Er will sich wohl noch ein Bild davon machen, aber das dürfte reine Formsache sein.“

„Wieso?“ fragte Dido.

„Ja, wieso?“ kam es von Peter.

„Wieso WAS?“ fragte Victor leicht entnervt zurück. „Wieso er sich ein Bild machen will oder wieso er davon ausgeht, dass sie seinen Erwartungen entspricht?“

„Aber nein, *Stupido*“, brachte Dido seine sprachlichen Errungenschaften der Capri-Reise an den Mann, „doch nicht das! Ich meine vielmehr, warum du so sicher davon ausgehst, dass dein Onkel seine Tochter sozusagen nur aus Spaß an der Freude besichtigen will?“

„Genau!“ sagte Ferenc. „Das ist es! Warum noch so einen Aufwand treiben, wenn er sich eh schon für sie entschieden hat?“

„Ja, genau“, war Peters Beitrag.

Hierüber musste Victor erst einmal einen Moment nachsinnen. „Ihr meint also –“, sagte er nach einem großen Schluck Monbazillac, „ihr meint, dass das Ganze vielleicht doch noch nicht endgültig feststeht?“

„Natürlich nicht“, sagte Ferenc, „Dido hat vollkommen recht – wenn das Dämchen sich als unzulänglich erweist, wird dein gestrenger Onkel den Teufel tun und sie der Welt offiziell als seine Tochter präsentieren!“

„Von der guten Auguste ganz zu schweigen“, sagte Dido wissend, „ich kenne sie doch – schließlich ist sie die ältere Schwester meine Mutter! Nein, Victor, sei beruhigt, wenn an dem Mädel irgendetwas suspekt ist, dann bist du so schnell wieder Erbe, wie du noch nicht einmal eine Weinflasche entkorken kannst – was du übrigens jetzt gerne veranlassen könntest, da diese leer ist; Peter hat ihr den Rest gegeben!“

Victor entkorkte die vorletzte Flasche und stellte dann die berechtigte Frage:

„Ja, aber was ist, wenn sie wirklich so ist, wie er sich das denkt?“

„So ein Ausbund von Tugend wäre ein Fall fürs Raritäten-Kabinett“, sagte Ferenc aufmunternd. „Wo hält sie sich eigentlich auf?“

„Offenbar an einem Ort namens Aubrück – das soll ein Landgasthof sein, irgendwo in der Wildnis zwischen Flensburg und Schleswig.“

„Ein LANDGASTHOF??“ fragten Dido und Ferenc in gleichzeitiger Fassungslosigkeit.

„Landgasthof?“ schloss sich Peter an.

„Deine Erb-Konkurrentin wächst in einem Landgasthof auf, und da machst du dir noch ernstliche Gedanken, alter Knabe?“ fragte Ferenc.

„Ganz so einfach ist das offenbar nicht“, sagte Victor, mit Sorge die sinkenden Pegel in den Gläsern der Freunde beobachtend, „sonst würde mein Onkel sich doch wohl nicht die ganze Mühe machen, oder? Und meine Tante erst recht nicht – schließlich kenne ich die auch, Dido!“

„Jetzt verstehe ich immerhin, warum die guten Rothspons ihrem künftigen Töchterchen erstmal etwas auf den Zahn fühlen wollen“, sagte Dido verständig, „wenn sie nämlich schon beim Notar mit ihr gewesen sind, dann ist es hinterher etwas spät … Also wirklich, ein Landgasthof! Wie mag sie da wohl sein?“

„Genau das wüsste ich auch gern“, sagte Victor.

„Fahr doch hin und schau sie dir an“, sagte Ferenc, „das macht dein Onkel ja offenbar auch.“

„Das glaube ich nicht“, sagte Victor, „er schrieb furchtbar viel von Diskretion und allem möglichen, vermutlich wird er irgendeine Vertrauensperson damit beauftragen, wie ich ihn kenne.“

„Und je nachdem, wie deren Urteil ausfällt, dann über die weiteren Schritte entscheiden“, sagte Dido nachdenklich. „Na, dann lasst uns mal hoffen, dass sich das Mädel daneben benimmt!“

„Man könnte vielleicht mehr tun als nur hoffen“, sagte Victor und warf einen bedeutungsschweren Blick in die Runde.

„Wie meinst du das?“

„Nun – man könnte ihr Verhalten unter Umständen in die richtige Richtung beeinflussen“, sagte Victor, das fast leere Glas in den Händen drehend, „oder zumindest den Bericht …“

Das mussten die drei Freunde erst einmal sacken lassen. Der dicke Dido, der nicht nur schnell zu speisen, sondern mitunter auch recht flott zu denken verstand, war der erste, der die Stimme erhob:

„Du meinst – gewissermaßen dafür sorgen, dass dein Onkel ein schlechtes Bild von ihr bekommt?“

„*Esatto*“, sagte Victor, denn auch er hatte auf Capri unter anderem etwas Italienisch gelernt.

„Ja, aber –“, sagte Dido.

„Ja, aber – wie soll das gehen?“ vervollständigte Ferenc den Gedankengang.

„Ja, wie soll das gehen?“ fügte Peter hinzu, einen langen Blick in Richtung Weinflasche werfend.

Victor schenkte nach. „Ich dachte“, begann er vorsichtig, „also, ich dachte, einer von euch könnte das vielleicht bewerkstelligen …“

Drei laute Protestrufe führten dazu, dass er die letzten kostbaren Tropfen Monbazillac neben das Glas schüttete, was seine Stimmung nicht gerade hob.

„Wieso einer von uns?" rief Ferenc empört.

„Warum machst du das nicht selbst?" fragte Dido, nicht minder empört.

„Ja, warum nicht?" sagte Peter und fügte ein völlig überraschendes „Prosit!" hinzu, sein Glas in die Runde hebend.

„Denkt doch mal nach", sagte Victor, „stellt euch vor, mein Onkel und meine Tante tauchen dort auf und ich bin ebenfalls da, das ist doch völlig unmöglich! Es ist wesentlich klüger, wenn man mich nicht – nun, jedenfalls nicht allzu direkt mit dem Ganzen in Verbindung bringt. Das ist doch einleuchtend, oder?"

Diesem Argument vermochten sich die drei anderen Herren nicht zu verschließen, selbst wenn es ihre eigenen Chancen, dem Landgasthof zu entgehen, deutlich verschlechterte. Es ging noch eine Weile hin und her, wobei jeder den anderen für den erfolgversprechendsten Kandidaten für das Unternehmen vorschlug, bis auch die letzte Flasche Monbazillac ziemlich zur Neige gegangen war. Da schlug Victor abermals mit der Faust auf den Tisch und sagte:

„Wie könnt ihr euch nur so anstellen! Man könnte glauben, ihr sollt in den Krieg ziehen!"

„Ja, aber ein Landgasthof –", meldete Dido seine Bedenken an.

„Meine ganze Zukunft steht auf dem Spiel, und du willst nicht für ein paar Tage aufs Land!"

„Auch ein paar Tage können sehr, sehr lang sein", schloss sich Ferenc Didos Sichtweise an.

„Andere würden sich reißen um etwas Urlaub in der Heimat unserer Kaiserin", sagte Victor listig.

„Die sind aber bestimmt nicht gerade aus Capri zurückgekommen", sagte Dido.

„Und die haben sicherlich auch keine Einladung von Prinz Waldemar zur Kieler Woche“, fügte Ferenc hinzu.

„Bis dahin ist das doch alles längst erledigt“, rief Victor, zunehmend echauffiert über die mangelnde Opferbereitschaft seiner Gefährten. „Na, ich sehe schon, es wird keinen Freiwilligen geben – schöne Freunde, die ich habe! Wisst ihr was, dann wird eben gewürfelt, jeder dreimal, und die niedrigste Augenzahl verliert.“

„Ja, aber wenn es Peter ist, der verliert?“ fragte Ferenc gemeinerweise.

„Wem Gott ein Amt gibt, dem gibt er auch Verstand“, sagte Victor würdevoll und schaffte etwas Raum zwischen den leeren Flaschen und Gläsern, bevor er den ledernen Würfelbecher in die Mitte stellte. „Außerdem kannst du ja Peter begleiten, wenn dich irgendetwas bekümmert!“

„Normalerweise habe ich aber Glück im Spiel“, sagte Peter und überraschte die anderen damit, dass er zumindest den wesentlichen Teil der Aktion verstanden hatte.

„Na also“, sagte Dido und seufzte.“ Was will man mehr … Wer macht den Anfang?“

Kurz darauf seufzte er abermals, nur sehr viel tiefer. Er hatte verloren. Gut, dass er in diesem Moment noch nicht wusste, dass es noch schlimmer kommen sollte.

*

Drei Tage später, als Dido gerade dabei war, mit seinem Diener zu besprechen, was man für einen Aufenthalt in höchst fraglicher ländlicher Umgebung zweckmäßigerweise in die Koffer packen sollte, wurde ein Brief für ihn abgegeben. Als er das Rothsponsche Familienwappen auf dem Umschlag entdeckte, musste er sich vor Schreck erst einmal setzen, und das war gut so, denn der Schreck sollte sich zu absolutem Schrecken steigern.

Seine gefürchtete Tante Auguste teilte ihm nach einer knappen Frage zu seinem Befinden nämlich mit, dass man ihn in einer äußerst diskreten Angelegenheit auf Gut Rothspon zu sehen wünsche, und das lieber heute als morgen. Ohaueha, dachte Dido, das kann ja heiter werden. Er erwog einen kurzen Moment, den Rest des Quirligen Quartetts von dieser neuen Entwicklung in Kenntnis zu setzen, entschied sich dann aber dagegen. Besser, er hörte sich erstmal an, was Tante und Onkel eigentlich zu sagen hatten, bevor er hier die Pferde scheu machte.

Am folgenden Montagmorgen waren die Koffer hinten im Automobil festgeschnallt, und er klemmte sich in sportlicher Aufmachung hinter das Lenkrad, mit einem flauen Gefühl in der gut gepolsterten Magengegend seinem Abenteuer in dem ominösen Landgasthof entgegen steuernd. Da er nun ja auch noch Adolf und Auguste auf dem Programm hatte, fuhr er hinter Eckernförde nicht weiter nach Schleswig, sondern bog von der Landstraße in Richtung Ostsee ab, vorbei an der Abzweigung zu Prinz Heinrichs Gut Hemmelmark, bis er nach einem halben Stündchen immer schlechter werdender Straße fürchterlich durchgeschüttelt auf dem kopfsteingepflasterten Hof von Gut Rothspon zum Stehen kam. Tante Auguste und Onkel Adolf, denen er seine Ankunft depeschiert hatte, zeigten wenig Mitgefühl mit seinem malträtiertem Zustand, ließen den Sonntagnachmittagskaffee zu allem Überfluss auch noch auf der Terrasse mit den scheußlich unbequemen Sitzmöbeln servieren, und kamen sodann zur Sache.

Zunächst gab es noch etwas weitschweifiges Gerede, soweit es um die überraschende Existenz einer bis dato unbekannten Rothspon-Tochter ging, dann aber wurde das Gespräch schnell konkreter. Ob Dietrich nicht verstehe … Man wisse ja nicht, wie sich das Kind entwickelt habe … Natürlich müsste man erstmal sehen … Eine reine Familienangelegenheit … Einen Fremden könne man damit wohl kaum betrauen …

„Womit?“ fragte Dido und richtete sich kerzengerade auf. Seine Gedanken, die in den letzten Minuten um die erfreulich gute Buttercremetorte gekreist waren, kamen zu einem jähen Absturz. Onkel und Tante wechselten einen kurzen Blick, und dann legte Auguste ihm schmeichelnd ihre Rechte auf den Arm.

„Dietrich, du bist ein guter Junge“, sagte sie wohl zum ersten Mal in ihrem Leben, „obwohl – nun, obwohl du in deinem Umgang mitunter etwas wählerischer sein könntest …“

An dieser Stelle schien es, als habe sie unter dem Tisch ein warnendes Trittsignal von ihrem Gatten bekommen, denn sie räusperte sich und sagte schnell: „Aber wie dem auch sei, das ist schließlich deine persönliche Angelegenheit.“

Das will ich meinen, dachte Dido und verhalf sich zu einem dritten Tortenstück.

Die Tante fuhr indessen fort: „Wir wissen ja, dass auch Victor zu deinen Kameraden zählt …“

Kameraden, das ist gut, dachte Dido, mal sehen, was sie als nächstes auf Lager hat.

„Selbstverständlich ist es unser Anliegen, ihn als Onkel Adolfs einzigen männlichen Erben in allem gerecht zu behandeln, und so wirst du sicher verstehen, dass wir uns erst einmal einen Eindruck von der Persönlichkeit dieser … der Tochter verschaffen wollen. Und da dachten wir, dass du –“, hier kam sie ins Stocken, und der Baron übernahm.

„Wir dachten, dass du … als vertrauenswürdiges Familienmitglied … sozusagen vor Ort mal schauen könntest, ob … also, kurz gesagt, ob du für uns herausfinden könntest, wie sie eigentlich ist.“

Dido ließ die Gabel sinken. Aufgrund des Briefes hatte er ja mit einigem gerechnet, aber damit dann doch nicht.

„Tut mir leid“, sagte er, „aber das ist völlig ausgeschlossen.“

„Wieso?“ fragte Auguste und zog ihre Hand zurück.

„Wir bezahlen dir auch den Aufenthalt – also, dort wo sie sich befindet“, sagte Adolf, „offenbar wolltest du doch ohnehin ein paar Urlaubstage hier oben verbringen, wenn ich mir so dein Gepäck ansehe.“

Teufel auch, dachte Dido, daran habe ich überhaupt nicht gedacht. Das dürfte jetzt schwierig werden. „Trotzdem kann ich das nicht machen“, sagte er fest.

„Wieso nicht?“ fragte Auguste abermals, allerdings schon etwas drohender.

Dido zermarterte sich den Kopf. Er konnte ja schlecht sagen, weil ich genau dorthin unterwegs bin, um dem armen Victor das Erbe zu retten. Also drückte er es etwas anders aus: „Nun, weil ich schon andere Pläne habe.“

„Dietrich, Junge –“, jetzt war es Adolf, der ihm diesmal von der anderen Seite her die Pranke auf den Arm legte, „das dürfte doch ganz schnell erledigt sein! Höchstens ein paar – ach was, allenfalls zwei, drei Tage, und danach kannst du machen, was immer du willst! Das wirst du deiner Tante und mir ja wohl nicht abschlagen wollen.“

Doch, am liebsten schon, dachte Dido, dem die ganze Argumentation verteufelt bekannt vorkam. „Es ist wirklich unmöglich“, sagte er schließlich.

„Ach was, nichts ist unmöglich“, sagte Tante Auguste, „man muss es nur wollen. Hier, probier mal den Erdbeerkuchen!“

Dietrich seufzte. „Ich kann schlichtweg nicht – nein, ich meine nicht den Erdbeerkuchen, Tante, du kannst mir gern ein Stück geben!“

Da hatte der Baron eine Eingebung. „Ist es etwa wegen Victor? Du wirst ja ganz rot, Junge – dachte ich mir’s doch! Das ehrt dich, Dietrich, willst deinem Kameraden nicht in den Rücken fallen – aber das sollst du doch gar nicht! Stell dir einfach vor, meine … Tochter würde wider Erwarten nun doch nicht in unsere Familie passen, und du fändest das heraus – da würdest du doch nicht nur uns, sondern auch Victor einen Gefallen tun, oder?“

So hatte Dido das allerdings noch nicht gesehen. In der Tat, das wäre die Ideallösung.

„Und wenn du zu der Auffassung gelangen solltest, dass sie geeignet ist, was wir ja hoffen wollen, nun, dann kommen Tante Auguste und ich, und verschaffen uns erstmal selbst einen Eindruck, sodass du auch insofern nicht befürchten musst, dass du Victor in irgendeiner Weise schaden könntest.“

Zumal ich dafür zu sorgen habe, dass es bei der ersten Alternative bleibt, dachte Dido.

Der Baron interpretierte sein Schweigen fast richtig. „Dann ist das also abgemacht?“

Dido nickt ergeben.

„Mein Junge, das werden wir dir nie vergessen“, sagte Tante Auguste überschwänglich und belegte erneut den noch freien Arm. „Na, du ruhst dich morgen noch ein bisschen aus, und übermorgen geht’s dann los, nach Aubrück!“

3

Für Greta Hansen, die verschwiegene Zofe von einst, war das Abonnement der Berliner Illustrierten Zeitung ein Luxus, im Prinzip der einzige, den sie sich gönnte. Seit diversen Jahren verwitwet, mit einer unverheirateten, zur Hysterie neigenden Stieftochter von gut dreißig Jahren am Hals, musste man sparen wo man konnte. Sie hatte schon einige Male erwogen, die BIZ abzubestellen, aber das auf teurem Glanzpapier gedruckte Blatt war die einzige noch bestehende Verbindung zu dem vornehmen Leben, das sie einst geführt hatte – in den feinen Kreisen der Hauptstadt, wo sie heutzutage eine gut bezahlte, angesehene Hausdame hätte sein können, wenn sie nicht so dämlich gewesen wäre, sich im fortgeschrittenen Alter von sechsunddreißig Jahren in einen leichtfüßigen blonden Marineoffizier namens Egon Hansen zu vergucken. Vergucken wäre ja auch noch gegangen, aber sie hatte ihn partout ehelichen müssen, nicht ahnend, dass er nur drei Jahre und viele Flaschen Schnaps später mit einer handfesten Leberentzündung aus dem Leben zu scheiden gedachte. Außer seinem Nachnamen hinterließ er ihr dreierlei: das kleine, zum Glück nur mäßig verschuldete Häuschen in Mürwik, eine schmale Pension und die besagte Tochter Else aus seiner ersten Ehe, eine traurige Gestalt, die schon im lieblichen Alter von siebzehn die hoffnungslose Aura einer alten Jungfer verströmt hatte. Inzwischen war Else einunddreißig, und an der Aura, die sie wie eine unsichtbare Ritterrüstung umgab, hatte sich nicht das Geringste geändert. Greta konnte es nach all den Jahren immer noch nicht fassen, dass Else so rein gar nichts mit ihrem leichtfüßigem Vater gemeinsam hatte – die flachsblonden Haare ausgenommen, die auf ihrem runden Schädel, der auf einem langen, dünnen Hals saß, allerdings bei weitem nicht so spektakulär wirkten wie bei dem flotten Egon.

Statt dem väterlichen Hang zu Spirituosen hatte Else einen ausgeprägten Hang zum Spiritismus entwickelt, wogegen Greta im Prinzip nichts hatte, so lange es erstens nichts kostete und zweitens die Möglichkeit bereit hielt, dass der eine oder andere Geisterseher vielleicht doch noch Gefallen an Else fand und sie ehelichte. Aber Elses Ausstrahlung hatte bisher sogar die meisten Geister abgeschreckt (zumindest diejenigen, die ästhetische Ansprüche stellten) und lediglich zu einem Sammelsurium ähnlich verschrobener Freundinnen geführt. Greta blieb also nichts anderes übrig als zu hoffen, zu warten und Tee zu trinken. Zur Abrundung der letzteren Beschäftigung brauchte sie zweierlei: Zum einen die aufgrund ihrer Wohlfeilheit immer vorrätigen, am Rande gezahnten Butterkekse aus Hannover, zum anderen – und damit schließt sich der Kreis – die Lektüre der Berliner Illustrierten Zeitung, welche ihr dazu verhalf, halbstundenweise aus dem bescheidenen Mürwiker Ambiente in höhere Regionen zu entfliehen.

So war es auch an diesem Frühlingsabend. Im Käfig am offenen Fenster sang der Kanarienvogel, Else war zu einer kleinen Séance unterwegs, Greta nippte am zweiten Aufguss ihres Tees, knabberte gedankenverloren an einem der rechteckigen Kekse und durchblätterte mit sorgfältig angefeuchtetem Zeigefinger das Journal. Und da geschah es.

Fast hätte sie das wohlbekannte Gesicht übersehen, welches ihr auf einer elegant aufgemachten Photographie an der Seite eines eindeutig aristokratischen Herrn entgegen lachte. Zugegeben, es lagen viele Jahre und ihre eigene Eheschließung dazwischen, und sie hatte schon lange nicht mehr an sie gedacht. Aber sie war es, daran bestand kein Zweifel; sicher nicht mehr dieselbe junge Schönheit von damals, aber eine elegante, äußerst attraktive Dame, obwohl sie – Greta rechnete an den Fingern nach – auch schon kurz vor der Vierzig stehen musste. Sie seufzte, dann las sie, und noch während sie las, bildete sich eine tiefe Falte auf ihrer Stirn.

Es war doch schlichtweg nicht zu fassen. Manche Menschen fielen tatsächlich immer wieder auf die Füße, ganz gleich, was sie im Leben anstellten. So war es schon damals gewesen, und anscheinend hatte sich nichts Wesentliches daran geändert. Hortense wie immer *en plein soleil,* der Rest der Welt – sie selbst eingeschlossen – mehr oder minder im Schatten. Diesmal war es also ein englischer Lord, und zwar nicht irgendeiner, sondern haargenau derjenige, dessen Besitztümer an den königlichen Windsor Park grenzten, und der just dort aus- und einging wie sie bei ihrer dümmlichen Nachbarin Luise, die ihr für wenig Geld zu besonderen Gelegenheiten die Haare frisierte. Diese ganze englische Pracht würde Hortense also ehelichen, zwanglose royale Tees mit den Sachsen-Coburg-Gothas inbegriffen, während sie sich hier mit ihren zweiten Aufgüssen abplagte. Greta saß da, die aufgeschlagene Zeitschrift auf dem Tisch, die Hand mit dem angebissenen Keks herabgesunken. Sie starrte in die Ferne, ganz verloren in ihren Gedanken. Wirklich unfassbar, dass der liebe Gott seine Gaben dermaßen ungerecht verteilte. Nun gut, Schönheit konnte man nicht erzwingen, Liebe auch nicht, aber Geld! Und um letzteres würde sie sich jetzt auf der Stelle kümmern.

Der Kanarienvogel war inzwischen verstummt, und der Abendwind wehte kühl herein. Greta erhob sich, schloss das Fenster und entzündete die Lampe; elektrisches Licht gab es noch nicht im Mürwiker Häuschen. Dann holte sie Papier, Tinte und Feder. Sie brauchte nicht lange zu überlegen, sie war schon immer gut im Formulieren gewesen.

Chère Madame, wählte sie die Anrede, um nichts Persönlicheres zu offenbaren, *ich erlaube mir, Sie zu der bevorstehenden Verbindung mit Seiner Lordschaft zu be-*

glückwünschen, und man darf sicher auch Ihrem künftigen Gatten zu seiner vorzüglichen Wahl gratulieren! Was wird er sich glücklich preisen, Ihr Herz und Ihre Hand für immer gewonnen zu haben – es sei denn natürlich, er würde wider Erwarten erfahren, dass Sie ... ein süßes Töchterchen ... an die zwanzig Jahre bald, wenn ich mich nicht irre ... Kaum zu glauben, wie die Zeit vergeht! Leider ist mein Gedächtnis auch nicht mehr das beste, und es könnte mich demnächst sogar ganz im Stich lassen, vorausgesetzt, Sie würden insofern etwas nachhelfen – letztlich ist das Meiste im Leben ja doch UNE QUESTION D'ARGENT, nicht wahr? Ich möchte daher anregen, dass wir alles einmal in Ruhe besprechen, und welcher Ort könnte dafür geeigneter sein als der Ihnen sicher noch wohlbekannte Landgasthof Aubrück ... Ich erwarte Sie daselbst in der zweiten Woche des kommenden Monats. Mit den besten Empfehlungen, eine ergebene Freundin.

*

Hortense Gräfin Molinero-Büxeltoft war daran gewöhnt, reichlich Post zu bekommen, meistenteils Einladungen, Rechnungen und Bittstellungen. Briefe, die mit *Chère Madame* begannen, gehörten in der Regel zur letzten Kategorie – eine Kategorie, deren Priorität noch hinter derjenigen der Rechnungen lag. Im Prinzip reichte sie selbige ungelesen an ihren Sekretär weiter, dessen Aufgabe es war, dem betreffenden Absender freundlich mitzuteilen, dass *Chère Madame* das jeweilige Anliegen wohlwollend zu prüfen gedenke – man wollte sich schließlich keine überflüssigen Feinde machen – und zu gegebener Zeit auf die Angelegenheit zurückkommen werde. Wenn letzteres dann nach langen Monaten in Form irgendeiner winzigen Zuwendung geschah, dann war der Petent meist dermaßen überrascht, überhaupt noch etwas aus dem gräflichen Hause zu vernehmen, dass die Freude über die Spende deren Umfang bei weitem überwog.

Demzufolge landete auch Gretas schönes Schreiben zunächst auf dem Leg-weg-hat-Zeit-Stapel, aber der besagte Sekretär war – neben anderem, auf das wir noch zu sprechen kommen werden – ein gründlicher Mann, der mit einem schnellen Blick erkannte, dass der Brief aus Mürwik nichts für den besagten Stapel war.

„Verzeihung, Frau Gräfin", hub er an, seiner Chefin das bewusste Schreiben diskret zuschiebend, „wenn ich mir eine Empfehlung erlauben darf – werfen Sie doch kurz einen Blick auf dieses … dieses Papier."

Frau Gräfin warf, und ihre heitere Miene, die bereits die Vorfreude auf die diversen Feierlichkeiten im Vorfeld ihrer dritten Eheschließung widerspiegelte, wurde länger und länger in dem Maße, in dem sie den Brief aus Mürwik studierte. Erst murmelte sie noch „Unerhört!" und „Frechheit!", dann wurde sie stiller und sichtlich in sich gekehrter.

Der Sekretär beobachtete sie mit einer gewissen Spannung, aus Erfahrung damit rechnend, dass auf die gräfliche Insichgekehrtheit in Kürze der übliche Temperamentsausbruch folgen würde. Letzterer blieb an diesem Vormittag jedoch aus, und noch etwas anderes, noch nie Dagewesenes ereignete sich, das dem Sekretär die sprichwörtlichen Sorgenfalten auf die Stirn trieb: Frau Gräfin beschied ihn, dass sie ausnahmsweise persönlich zu antworten gedenke. Im übrigen möge er gewisse Vorkehrungen dafür treffen, dass sie in absehbarer Zeit für ein paar Tage verreisen werde, und nein, Seine Lordschaft müsse insofern nicht unterrichtet werden.

*

Vorsicht ist besser als Nachsicht, das war die Devise von Oberstleutnant Karl Brose, seines Zeichens Leiter einer gewissen, offiziell nicht vorhandenen Abteilung im Großen Generalstab. Brose versah dieses Amt seit dem Jahr 1900, und obwohl, wie gesagt, die Abteilung, die er leitete, nicht vorhanden war, bewies der schöne Sold (mit Aufschlag für besondere Gefahren), welcher allmonatlich auf seinem Konto bei einem diskreten Berliner Bankhaus einging, dass er selbst durchaus existierte, auch wenn ihm bei der ganzen Heimlichtuerei mitunter Zweifel daran kamen. Da die preußische Verwaltungsmaschinerie selbstverständlich auch für Nichtvorhandenes ein Aktenzeichen benötigte, hatte es sich eingebürgert, das, von dem niemand wissen durfte, als Abteilung IIIb zu bezeichnen.

Die Abteilung IIIb, deren Mitarbeiter stets mit einer gewissen Scheu betrachtet wurden, hatte sich ursprünglich damit befasst, die Versuche feindlicher Mächte zu vereiteln, mehr über das Deutsche Kaiserreich in Erfahrung zu bringen, als für den Nachtschlaf von Kaiser, Kanzler und Großem Generalstab gut war. Konfrontiert mit der unleugbaren Schlechtigkeit der Welt hatte man inzwischen jedoch begriffen, dass es sich dringend empfahl, genauso schlecht zu sein und Augen und Ohren möglichst frühzeitig auf Sachverhalte zu richten, die versprachen, zu irgendeinem Zeitpunkt von Interesse zu werden. Vorsicht war eben besser als Nachsicht.

Natürlich ging der Aufbau eines derartigen Netzes von Nachrichtenbeschaffern nicht von heute auf morgen, aber Brose hatte erkannt, dass dies besser und schneller funktionierte, wenn man auf bereits vorhandene ‚relevante Strukturen' (wie es in der IIIb-Sprache hieß) zurückgriff. Eins seiner Lieblingskinder war, was relevante Strukturen betraf, die Welt des Adels oder noch lieber, des Hochadels. Äußerst relevant im Sinne von IIIb war zum Beispiel gerade eine gewisse, zweimal verwitwete Gräfin, schon etwas fortgeschrittenen Alters, aber immer noch sehr ansehnlich – und, *most important,* im Begriff, in die direkte Nachbarschaft der englischen Royals einzuheiraten. England lag dem Großen Generalstab seit der hinterlistigen *Entente cordiale* nun schon seit vier Jahren schwer im Magen, und Brose förderte nach Kräften alles, was ihm und seinen Leuten dazu verhalf, den vermaledeiten Briten verschärft auf die Finger zu sehen. Und in dieser Situation war eine charmante, von der Gräfin zur Lady mutierte rotblonde Preußin, die in den maßgeblichen Kreisen aus- und einging, schlichtweg ein Geschenk des Himmels. Ein kleiner Schönheitsfehler war zwar, dass das Geschenk des Himmels gegenwärtig noch nichts von der ihm seitens IIIb zugedachten Rolle ahnte, aber das würden Brose und seine Leute noch zu gegebener Zeit deichseln.

Was das Deichseln anging, so hatte es sich in der Praxis bewährt, im Vorwege kleine häßliche dunkle Punkte im Leben des künftigen informellen Mitarbeiters zu ermitteln. Ein im rechten Zeitpunkt erfolgender diskreter Hinweis auf Derartiges pflegte selbst bei hartnäckigen Zusammenarbeitsverweigerern Wunder zu wirken – und darüberhinaus meist auch noch für eine deutliche Absenkung der zugestandenen Spesen zu sorgen. Der leider unabdingbare Nachteil bestand natürlich darin, dass man auf diese Weise auch noch Nachrichtenbeschaffer über die Nachrichtenbeschaffer zu entlohnen hatte, aber inzwischen belegten die entsprechenden Aktenvermerke, dass der Erfolg des Systems die vergleichsweise bescheidenen Investitionen bei weitem übertraf.

So hatte IIIb dem mäßigen Gehalt, welches die Gräfin Molinero-Büxeltoft ihrem Sekretär zahlte, seit kurzem noch ein kleines Sümmchen hinzugefügt. Die Gegenleistung bestand darin, unverzüglich über alle als IIIb-relevant eingestuften Vorkommnisse im Hause Molinero-Büxeltoft Bericht zu erstatten, wobei insofern die Regel galt, dass im Zweifel alles relevant war. Der Sekretär, ohnehin leicht genervt von den gräflichen Allüren, hatte mit Freuden zugesagt und war im Anschluss an die diskrete Unterredung in den Diensträumen am Königsplatz 6 das erste Mal in seinem Leben in einem sogenannten besseren Restaurant zum Essen gewesen.

Bisher hatte es noch keine Gelegenheit zur Gegenleistung gegeben, aber das änderte sich schlagartig an dem bewussten Tag, an welchem das Schreiben der ‚ergebenen Freundin' ins Haus geflattert kam. Zwei Stunden später – die Gräfin hielt gerade ihren verschönernden Mittagsschlummer – stand der Sekretär abermals in dem Gebäude am Königsplatz und präsentierte eine korrekte kleine Gedächtnisaufschrift dessen, was er von Greta Hansens Ansinnen im Kopf behalten hatte, und das war, bedauerlicherweise für die Gräfin, so gut wie alles. Der Sekretär wurde mit freundlichem Schulterklopfen und den motivierenden Worten „Weiter so!" nachhause geschickt, und Doktor Klein, der zuständige Leiter der Aktion ‚Blumen für Windsor', wie der Code-Name für Hortenses geplanten Einsatz lautete, wurde fünf Minuten später bei Brose vorstellig, um die überraschende Wendung der Dinge zu besprechen.

Bei Doktor Justus Klein, seines Zeichens Jurist und ziviler Nachrichten-Offizier mit anerkanntem Fingerspitzengefühl in besonders heiklen Situationen, hatte man unweigerlich das Gefühl, dass alles an ihm scharf und präzise war: der rechtsseitige gerade Scheitel, der Blick der graublauen Augen hinter dem blitzenden Kneifer, der gestärkte, halbhohe Hemdkragen, die goldene Krawattennadel, die makellosen weißen Manschetten, die von rechteckigen Knöpfen zusammengehalten wurden, in deren Onyx-Belag das Logo seiner Studentenverbindung geschnitten war, die perfekte Bügelfalte der dunklen Hose, die spitz zulaufenden, spiegelnd blank polierten schwarzen Schuhe – und von seinem Verstand ganz zu schweigen. Der wurde sogar von seinen Vorgesetzten gefürchtet, und wenn Doktor

Klein jene gelegentlich um eine Unterredung bat, dann war meist war K.a.D., wie es im IIIb-Jargon hieß. Der Normalbürger würde es deutlicher ausdrücken: Kacke am Dampfen. Dementsprechend war auch Karl Brose nicht übermäßig erbaut, als sein Mitarbeiter den schmalen Oberkörper noch etwas gerader aufrichtete und vielsagend auf das Stück Papier deutete, welches zuoberst auf dem Schreibtisch lag, der die beiden Herren voneinander trennte.

„Da kann man mal sehen, Herr Oberstleutnant! Eine uneheliche Tochter – hätten Sie das vermutet?"

Brose schüttelte missbilligend den Kopf und antwortete erwartungsgemäß: „Ich sag es ja immer – Vorsicht ist besser als Nachsicht!"

Das dürfte sich die Gräfin auch gesagt haben, als sie dieses Schreiben erhielt, dachte Doktor Klein, wahrlich dumm gelaufen für sie. Sozusagen doppelt dumm, denn nun hatte sie es außer mit der ‚ergebenen Freundin' obendrein auch noch mit den professionellen Mitwissern zu tun.

„Was schlagen sie vor?" unterbrach Brose seine Gedanken.

„Wie sie so treffend sagten, Vorsicht ist grundsätzlich besser als Nachsicht", erwiderte Doktor Klein aalglatt, zufrieden den erfreuten Gesichtsausdruck auf der Miene seines Gegenübers registrierend. „Deswegen empfehle ich, dass wir uns umgehend ein Gesamtbild von der Situation verschaffen. Es gibt schließlich noch einige offene Fragen – wer ist die Tochter? Wer mag der Vater sein? Und um wen handelt es sich bei dieser sogenannten Freundin? Bevor das alles nicht bekannt ist, operieren wir zu sehr ins Blaue hinein, und das sollten wir unter allen Umständen vermeiden."

„Ja", stimmte Brose zu, „Sie haben völlig recht. Wenn wir unser Wissen von der Existenz des Kindes zu gegebener Zeit als Druckmittel einsetzen wollen, dann müssen wir in der Tat ein komplettes Bild von den Begleitumständen haben. Offenbar hat auch der gewählte Treffpunkt eine wichtige Bedeutung, dieser … Landgasthof Auglück."

Doktor Klein pflegte davon abzusehen, seinen Vorgesetzten in Kleinigkeiten zu korrigieren – und in großen Dingen erst recht nicht. Nicht zuletzt deshalb kamen sie vergleichsweise gut miteinander aus.

„Ja, richtig, dieser Landgasthof", sagte er also schön neutral, „das hatte ich auch schon registriert, Herr Oberstleutnant! Die ganze Formulierung – dieser Sekretär war zum Glück ziemlich genau – legt eindeutig nahe, dass der Ort für die Erpressung von großer Relevanz ist. Es sollte mich dementsprechend nicht wundern, wenn wir dort die betreffende Tochter vorfinden."

„Donnerwetter, Herr Doktor, da haben Sie ja mal wieder den berühmten Nagel auf den Kopf getroffen!"

Doktor Klein gestattete sich ein bescheidenes Lächeln und zupfte seine Manschetten noch eine winzige Spur gerader zurecht. „Es gibt nur ein einziges Risiko, das man aber keinesfalls unterschätzen darf", fuhr er fort.

Brose hob ruckartig den Kopf. Wenn es etwas gab, das er verabscheute, dann waren es Risiken, und erst recht solche, die man nach Doktor Kleins Meinung nicht unterschätzen durfte.

„Ja?" fragte er, Besorgnis in der Stimme.

„In dem Moment, in dem der künftige Gatte von Frau Gräfin Wind von der Angelegenheit bekommt, dürften alle unsere Bemühungen erledigt sein. Ich glaube nämlich kaum, dass ein Lord Waltham mit einer Braut einverstanden ist, die eine fast erwachsene uneheliche Tochter mit in die Ehe bringt, und dazu noch eine, die ihr bisheriges Leben allem Anschein nach in einem Gasthof verbracht hat! Genau das hat sich die Erpresserin offenbar auch schon ausgerechnet …"

„Die gesamte Operation müsste also mit alleräußerster Diskretion vonstatten gehen", sagte Brose, noch mehr Besorgnis in der Stimme, „und jeglicher Skandal unbedingt vermieden werden …“

„Sie sagen es“, Doktor Klein hatte den Kneifer abgenommen und polierte ihn gedankenvoll mit einem blütenweißen Taschentuch. „Skandal bedeutet Scheitern der Eheschließung, und Scheitern der Eheschließung bedeutet Scheitern unserer Pläne.“

Brose erwog das Gesagte ein paar Momente. Skandal. Scheitern. Eheschließung. Scheitern. Pläne. Scheitern. Risiken, die man nicht unterschätzen durfte. Der verdammte Doktor hatte mal wieder recht – bei ihm hatte die Nachsicht garantiert keine Chance.

„In der Tat“, sagte er schließlich, den spärlich behaarten Schädel kratzend, „da könnte sich einiges an unvorhergesehenen Komplikationen zusammenbrauen. Man wird beobachten müssen, wie sich die Dinge vor Ort entwickeln, um dann notfalls rasch entgegenzusteuern … Was wir mit der Erpresserin machen –“

„ – sehen wir später“, beendete Doktor Klein den Satz und schob den Kneifer wieder auf die Nase. „Die Frage ist jetzt, wer übernimmt?“

*

Dass die Wahl in dieser bedeutungsvollen Angelegenheit auf den eher unbedeutenden Mitarbeiter Alfred ‚Fredi‘ Sorgenfrei fiel, verdankte dieser im Wesentlichen zwei Umständen: Zum einen war er gebürtiger Schleswiger und hatte sich trotz einiger Jahre in der Hauptstadt die seiner Heimat eigentümliche Mundart bewahrt, sodass er allein schon in sprachlicher Hinsicht besser als jeder andere IIIb-Mann in das Ermittlungsumfeld passen würde. Er verschreckte die Berliner Umwelt immer noch mit einem munteren „Moin Moin!“ zu jeder erdenklichen Tages- und Nachtzeit, und nicht allein damit. Offenbar war er gegen den Jargon der Hauptstadt absolut resistent, was ihm insbesondere in Kollegenkreisen so manches herablassende Lächeln eintrug. Da er dergleichen aber stets als reine Freundlichkeit gegenüber seiner Person deutete und entsprechend treuherzig reagierte, vermochte ihn auch nichts zu verunsichern, sodass er einer lebendigen Schleswig-Holsteiner Enklave gleich unbeirrt und unerschüttert durch den Berliner Alltag wandelte. Besonders gehässige Kollegen nannten ihn deshalb auch Fredi Brägenfrei. Der zweite Grund für den Sondereinsatz lag – so bedauerlich dies auch war – in seiner Schlichtheit. Sorgenfrei war, ganz gleich, wie oft Doktor Klein seinen Kneifer auch polierte und an den Manschetten zupfte, weit und breit der einzige Mitarbeiter, bei dem niemand den geringsten Verdacht schöpfen würde, wenn er in einem Landgasthof Aufenthalt nahm. Diesen letzten Grund teilte man ihm allerdings nicht mit, als man ihn von seiner bedeutungsvollen Aufgabe in Kenntnis setzte.

Sorgenfrei strahlte und rieb sich die Hände, selbstverständlich erst, als er dem scharfen Blick von Doktor Klein wieder entronnen war und die langen Flure und Treppen zu seinem bescheidenen, mit Aktenregalen vollgestellten Kämmerchen im Souterrain hinunter eilte. Eine Reise nach Schleswig-Holstein auf Staatskosten, inklusive Aufenthalt in einem allem Anschein nach höchst komfortablen Landgasthof, und das alles zu dem erfreulichem Zweck, eine charmante Dame und deren sicher genauso charmantes Töchterchen zu observieren und gegebenenfalls, man höre und staune, vor übler Nachrede zu beschützen. Das war ja besser als jeder Urlaub, den er sich ohnehin nicht leisten konnte. Was war er nur für ein Glückspilz!

Bonfortunös, dachte Sorgenfrei, ganz bonfortunös. Ich kann mein Angelzeug mitnehmen, das ist obendrein noch eine raffinierte Tarnung. Aubrück, ich komme!

4

Wenn man, von der Hauptstraße kommend, vor der schönen Sieverstedter Kirche nach rechts abbiegt und dem Wegweiser nach Stenderup folgt, dann gelangt man nach einem langen oder zwei kurzen Kilometern zum Landgasthof Aubrück. Der Gasthof, der seinen Namen nach der nahegelegenen Straßenbrücke über die Bollingstedter Au erhalten hatte, war nicht nur alt, er war uralt. Er gehörte zu jenen Krügen, die ihre Existenz einem inzwischen über sechshundert Jahre zurückliegenden Mord verdankten. Das bedauernswerte Opfer war ein dänischer König gewesen, der so unvorsichtig gewesen war, mangels besserer Möglichkeiten die Nacht in einer Scheune zu verbringen – offensichtlich hatte Karl Broses vorausschauende Maxime nicht zu seinem Gedankengut gehört. Die Königsmörder wurden nie gefunden, aber der traurige Fall hatte andere, für die Allgemeinheit wesentlich bedeutungsvollere Konsequenzen: Von nun an wurden die wichtigsten Landstraßen – immer schön einen Tagesritt voneinander entfernt – mit Herbergen versehen, damit die Über-Land-Reisenden zumindest in den meisten Fällen die Nächte überlebten. So war auch zwischen den heutigen Dörfern Sieverstedt und Stenderup am Übergang über die Bollingstedter Au ein Krug entstanden, welcher sich im Laufe der Zeit über die Herberge zum Gasthaus, vom Gasthaus zum Gasthof und vom Gasthof zu einem von Ausflüglern und Sommergästen eifrig frequentierten Landgasthof gemausert hatte, wobei – wie wir gleich hören werden – Frieda Lüders tatsächlich schon mit dem Ehrentitel ‚Pension' liebäugelte.

In Aubrück hatte man natürlich nicht die leiseste Ahnung, welche Turbulenzen sich da in Nah und Fern zusammenbrauten. Alles war wie immer. Frieda Lüders, die sich inzwischen in dem bedenklichen Zustand von siebenundzwanzig unverheirateten Jahren befand, saß in ihrem Kontor und machte die Buchführung. Der Kontor war ihre Idee gewesen. Vater, Großvater und alle Lüders-Ahnen bis gewiss hin zur Sintflut hatten die Schreibarbeiten stets in einer stillen Stunde am großen Stammtisch in der Gaststube erledigt, Bierseidel und Tabakspfeife neben sich. Der Vater, Gott habe ihn selig, hatte diese Tradition insofern abgewandelt, als dass er auf einer guten Tasse Kaffee und einer Zigarre zu dem ganzen Papierkram, wie er es nannte, bestanden hatte. Und sie hatte gänzlich damit gebrochen, so, wie mit einigem anderen auch. Nein, Frieda Lüders würde den Landgasthof nicht von einem Stammtisch aus führen, sondern von einem separaten Gemach, welches zwar höher als breit war, ihr aber den unschätzbaren Vorteil bot, ungestört und unbeobachtet die Dinge nach ihrer eigenen Fasson zu erledigen – und bei allen Lüders-Ahnen, Frieda hatte ihre eigene Fasson!

Sie war gewiss die erste in ganz Schleswig-Holstein gewesen, die, anstatt ihre weiblichen Formen in der üblichen Weise vorteilhaft zu betonen, ihr Korsett dem Lumpensammler mitgegeben hatte und von Stund an in jenen abartig weiten Reformkleidern erschienen war, die ein wahrer Gräuel für jeden Verehrer weiblicher Schönheit waren. Dies hatte weit und breit für Kopfschütteln gesorgt; nach der öffentlichen Meinung – insbesondere vertreten von den Mitgliedern des in Aubrück probenden Männergesangvereins ‚Auguste Viktoria' und den Jungs von der Freiwilligen Feuerwehr Sieverstedt – hätte gerade die lange Frieda ein paar Kurven vorn und achtern vertragen können, anstatt wie ein schlecht gehisstes Segel durch die Aubrücker Räumlichkeiten zu flattern. Natürlich war sie überdies eine bekennende Verfechterin des Frauenwahlrechts und hatte es sich nicht nehmen lassen, im März vergangenen Jahres sowohl Reichs- als auch Landesfahne aufzuziehen, als die Finnen so unglaublich kopflos gewesen waren, sage und schreibe neunzehn Frauen in ihr Parlament wählen zu lassen. Das mit den Fahnen hatte für ein wenig Wirbel gesorgt, denn, da die Kaiserin nicht mehr im gebärfähigen Alter war, hatte man gedacht, dass dem Augustenburger Herzog nunmehr der lang ersehnte Familienzuwachs beschieden war, und hatte dementsprechend verstimmt reagiert, als Frieda Lüders auf entsprechende Nachfragen hin leuchtenden Auges eine Laudatio auf das fortschrittliche Finnland gehalten hatte.

Auch jetzt, in diesem Augenblick, tat sie wieder etwas, das noch nie eine Frau vor ihr in den heiligen Hallen von Aubrück getan hatte: Sie öffnete ein silbernes Etui, entnahm diesem eine Zigarette der bekannten Dresdner Marke Salem Aleikum, entzündete sie, und blätterte, die Zigarette im Mundwinkel, eine Seite weiter in ihrem Wirtschaftsbuch.

Es sah gut aus für den laufenden Monat, sogar ungewöhnlich gut. Der Gasthof verfügte über acht Fremdenzimmer, vier davon mit Balkon, sowie eine Mansarde, und obwohl die Sommersaison gerade erst begonnen hatte, waren sie tatsächlich so gut wie ausgebucht.

Die vier preisgünstigeren Zimmer, denen der Balkon logischerweise fehlte, hatte eine dänische Großfamilie belegt. Deren Oberhaupt war vor achtundfünfzig Jahren als junger Spund in der Schlacht auf der nahegelegenen Idstedter Heide siegreich gewesen, und wollte seinen Kindern und Kindeskindern nunmehr gerne General Kroghs Hügel und andere Stätten seiner frühen Heldentaten weisen, was für die dänischen Gemüter mit Sicherheit wohltuender war als zum Beispiel die Besichtigung der Düppeler Schanzen. Die gute Verpflegung im Landgasthof tat ihr übriges, sodass die Dänen ihren Aufenthalt fröhlich plaudernd und höchst zufrieden mit Leib und Seele genossen.

Zimmer Acht, eines der teureren Zimmer, war derzeit von einer Frauensperson (das Wort ‚Dame‘ wollte Frieda insofern einfach nicht über die Lippen) mit ihrer Stieftochter belegt. Die beiden kamen aus Mürwik, und die Stiefmutter war einer jener Typen, der grundsätzlich an allem etwas auszusetzen hatte und pausenlos herummeckerte – ein untrügliches Zeichen dafür, dass sie aus SEHR kleinen Verhältnissen stammte, wie Frieda aus Erfahrung wusste.

Die drei anderen Zimmer waren allesamt vorbestellt und würden in Kürze bezogen werden, und das Erfreuliche daran war, dass es sich bei den erwarteten Gästen nicht um immer gern gesehene Stammgäste handelte, sondern um noch lieber gesehene neue Gäste, aus denen sich bei sorgfältiger Pflege wiederum Stammgäste rekrutieren ließen.

Frieda zog gedankenvoll an der Zigarette, strich eine ihrer dunklen Haarsträhnen hinter das Ohr und überlegte, ob jetzt nicht der Zeitpunkt gekommen war, um aus dem schlichten Landgasthof eine Pension zu machen, Pension Aubrück, das klang doch ganz vorzüglich. Sie musste unbedingt mit Thilde darüber sprechen. Kurz entschlossen klappte sie das Buch zu, drückte die Salem Aleikum aus und machte sich auf den Weg in die Wirtschaftsräume – das Reich von Mathilde Lüders, der die hauswirtschaftliche Leitung des Familienunternehmens oblag.

Friedas Kontor hatte im Prinzip zwei Ausgänge. Der inoffizielle war ein doppelflügeliges französisches Fenster, das fast die ganze schmale Stirnseite des Raumes einnahm und schön getarnt von zwei Holunderbüschen in den Gastgarten hinaus führte – unentbehrlich, wenn man sich schnell mal verdrücken wollte ohne gleich einem halben Dutzend Gästen in die Hände zu fallen. Der offizielle Zutritt erfolgte durch die Tür, die dem Flügelfenster an der anderen Schmalseite gegenüber lag, und durch welche man gleich neben dem Empfangstresen in den Eingangsraum – von den Schwestern großspurig Vestibül genannt – gelangte. Frieda wählte nach kurzem Nachdenken die offizielle Tür, denn im Empfang müsste jetzt Annelie anzutreffen sein, sodass sie sie gleich nach ihrer Meinung wegen der Pension befragen konnte.

Dies war die ruhige Stunde zwischen Mittagessen und Nachmittagskaffee; die Mittagsgäste waren gegangen, die Kaffeegäste noch nicht angekommen, und die Hausgäste gönnten sich je nach Kondition und Vorlieben ein Ruhepäuschen im Bett, in den bequemen Sesseln des Kaminzimmers oder in den Korbstühlen auf der Veranda. Ein absolut passender Zeitpunkt, um das eine oder andere ungestört zu besprechen, dachte Frieda. Leider war sie nicht die einzige, die diese Idee hatte.

Hinter dem Empfangstresen befand sich in der Tat Annelie, ein wie immer höchst erfreulicher Anblick, und das sogar in dem nüchternen grauen Jackenkleid und der hochgeschlossenen weißen Bluse. Dieser Ansicht schien auch der schlaksige Jüngling zu sein, der die Ellbogen auf den Tresen gestützt hatte und sie unverkennbar anhimmelte. Die Kieler Studentenmütze saß in einem gewagten Winkel auf den kurzgeschorenen Haaren, und seine großen Ohren waren von verdächtig roter Färbung. Annelie, einen Schreibstift in der Hand, blätterte mit erstaunlichem Interesse im Beherbergungsbuch und schien seine Anwesenheit zu ignorieren.

„Ach bitte, Annelie“, sagte er gerade, als Frieda aus dem Kontor trat, „nachher, wenn du Zeit hast, nur ein kleiner Spaziergang an der Au …“

„Auf dem letzten kleinen Spaziergang hast du versucht, mich zu küssen“, entgegnete Annelie streng und machte ein völlig überflüssiges Häkchen ins Buch. „Das passiert mir nicht nochmal, Wieland!“

„Ja, aber, ich dachte, du warst einverstanden –“

„War ich aber nicht!“

Frieda räusperte sich, und der Jüngling fuhr herum.

„Moin Fräulein Lüders“, brachte er mühevoll hervor und riss die Mütze vom Kopf.

Wenn es jetzt dunkel wäre, dann würden seine Ohren bestimmt leuchten, dachte Frieda.

„Na, Herr Schlotter“, sagte sie kühl, „und Sie haben offenbar nichts besseres zu tun, als meine Schwester von der Arbeit abzuhalten …“

„Semesterferien“, der Student nahm das an, was er für eine schneidige Haltung hielt. Der Effekt wurde leider dadurch geschmälert, dass Frieda genauso groß war wie er und er sich demzufolge Auge in Auge mit ihr wiederfand, bei ihrem scharfen Blick nicht gerade ein Vergnügen.

„Nun, da wird Ihr Herr Vater sicherlich eine Beschäftigung für Sie finden“, nahm Frieda den Faden wieder auf, und Annelie kicherte hinter der vorgehaltenen Hand. Wieland Schlotters Vater war der Bürgermeister von Sieverstedt und in der ganzen Gegend dafür bekannt, dass er auch noch den letzten Landstreicher zu irgendwelchen Hilfsarbeiten auf seinem großen Hof verdonnerte.

„Es geht ja nur um einen kleinen Spaziergang“, sagte Schlotter gekränkt.

„Ich kam nicht umhin, das mit anzuhören“, Frieda zwinkerte Annelie zu, „und auch, dass meine Schwester das offensichtlich … aus gewissen Gründen nicht wünscht.“

Schlotter brummte etwas Unverständliches, und Annelie kicherte abermals. Das brachte den unglücklichen Studenten endgültig auf die Palme.

„Ich weiß gar nicht, was du daran so komisch findest“, er warf Annelie einen verärgerten Blick zu. „Beim Tanz in den Mai warst du jedenfalls nicht so abweisend!“

So, das saß. Die süße Annelie wurde puterrot und ihrer schrecklichen Schwester verschlug es jedenfalls dies eine Mal die Sprache.

Annelie hatte sich indessen schnell erholt von seiner Attacke. „Das werden wir gleich mal in aller Ruhe besprechen, Wieland“, sagte sie mit einem Unterton in der Stimme, der Friedas würdig war.

Diese entschied nach einem Blick in Richtung Schwester, dass Annelie durchaus in der Lage war, die Angelegenheit selbst zu regeln, nickte Schlotter zum Abschied knapp zu und durchquerte das Vestibül in Richtung Wirtschaftsräume. Was eigentlich schade war, denn so entging ihr die Ankunft des neuen Gastes aus Kiel.

*

Dietrich von Kesselstein war fest entschlossen, die doppelte Aufgabe so schnell wie möglich zu erfüllen, damit er wieder in seine gewohnten Lebensumstände zurückkehren konnte. Victor und Ferenc hatten ihm eingeschärft, sich so unauffällig wie möglich zu verhalten, aber da er noch nie in seinem Leben in der deutschen Provinz Urlaub gemacht hatte, entsprach seine Aufmachung in etwa derjenigen, die er von Capri gewohnt war, natürlich den klimatischen Verhältnissen etwas angepasst, denn er war ja schließlich kein Dummkopf. Das Aubrücker Personal, allen voran Annelie, staunte also nicht schlecht angesichts eines jungen Herrn von gewisser Korpulenz, der unter einem hellen Schultercape einen eleganten Leinenanzug in der Farbe von locker geschlagener Karamellcreme zur Schau trug und an den Füßen spiegelblanke zweifarbige Lackschuhe. Die Krönung war allerdings der federleichte Hut *à la Panama,* der ihm von einer handfesten Böe just in dem Moment davongeweht wurde, als er sich anschickte, das Vestibül zu betreten. Der Hausbursche, der ihm mit einem kleinen Teil seines umfangreichen Gepäcks auf den Fersen folgte, setzte die beiden Koffer ohne weitere Umstände auf den Eingangsstufen ab und jagte dem Hut hinterher.

Während Dido noch hilfesuchend um sich blickte, trat ihm von der Empfangstheke her ein blondes Mädchen – eindeutig Marke Landkind – entgegen und entbot ihm einen einigermaßen manierlichen Willkommensgruß, an dem nicht allzuviel auszusetzen gewesen wäre, wenn er nicht den fatalen Eindruck gehabt hätte, dass sie nur mit Mühe und Not ein Kichern unterdrückte. Die würde bei ihm als Hausangestellte allenfalls drei Tage überleben, dachte er gerade, als sie den Mund abermals öffnete und sich als Annelie Lüders präsentierte. Die Tochter des Hauses und somit Victors Erb-Rivalin! Teufel nochmal, da hatte er ja Dusel gehabt, noch nicht einmal fünf Minuten vor Ort, und schon die Bekanntschaft des Rothsponschen Fehltritts gemacht, schneller ging es ja wohl kaum. Und wenn er sich auf den berühmten ersten Eindruck verlassen durfte, nun, dann war sie eine alberne junge Gans, die vor Adolfs und Augustes gestrengen Augen schwerlich Gnade finden würde. Wie um das zu bestätigen, näherte sich jetzt vom Empfang her ein spilleriger Corpsstudent, der ihr wohl bis eben irgendwelche Avancen gemacht hatte, wenn er dessen saure Miene richtig deutete. Der Bursche bekam jedenfalls kaum die Lippen zu einem höflichen Gruß auseinander, als er an Dido vorbei an die frische Luft abzog.

Bestens, dachte Dido, die Sache ist klar wie Kloßbrühe. Im Prinzip kann ich mich auf dem Absatz umdrehen und wieder nachhause fahren, Victor wird entzückt sein, und Adolf kann sein flottes Töchterchen gerne noch einmal selbst beschnuppern. Naja, ein, zwei Tage muss ich hier anstandshalber durchstehen, dann aber ab nach Kiel.

In diesem Moment kam der Hausbursche zurück, den sündhaft teuren Panamahut zerknittert und staubig in den Händen, und Didos frohe Stimmung sank ins Bodenlose. Die kleine Blonde vor ihm sah schon wieder so aus, als sei sie kurz vorm Losprusten, aber sie bekam irgendwie die Kurve.

„Gepäck auf Zimmer Fünf“, wies sie den Diener an und entwand ihm den Hut, bevor noch Schlimmeres passierte. „Das bekommen wir schon wieder hin mit Ihrem schönen

Hut“, sagte sie in Didos Richtung, „wir haben tüchtiges Personal.“

Dido dachte an den Hausdiener und erschauerte. „Da bin ich mir ganz sicher“, erwiderte er, doch sein ironischer Unterton war in diesen Gegenden offenbar verschwendet. Annelie Lüders lächelte jedenfalls nur verbindlich und wies mit einladender Geste auf die nach oben führende Treppe.

„Wenn Sie mir jetzt bitte folgen würden, Herr von Kesselstein – Ihr Zimmer liegt im ersten Stock!“

Zwei Stunden später war Didos Welt schon wieder einigermaßen in Ordnung. Das Zimmer war recht ansprechend und komfortabel, und bald darauf erschien ein Hausmädchen mit seinem wiederbelebten Hut in den Händen; irgendjemand hatte in der Tat dieses Wunder vollbracht. Als er nach einem ausgiebigen Nickerchen den Staub der Reise sogar in einem eigens für ihn hergerichteten Bad abwaschen konnte, sang er bereits – er hatte eine angenehme Bariton-Stimme – seine Lieblingsarie, die eine Hälfte des Freundschaftsduetts aus den *Perlenfischern*.

Seine Laune erreichte ungeahnte Höhen, als ihm am selben Abend in einer getäfelten Nische des Speisezimmers das Abendbrot serviert wurde: eine sehr anständige Spargelsuppe, ein Omelette *aux crevettes* mit genau der richtigen Konsistenz zwischen knusprig und auf der Zunge zerschmelzend, eine Roastbeef-Platte, über die sich selbst der englische König gefreut hätte, und als Dessert ein köstliches Rhabarbergelee mit einer Portion Vanillesahne, die allein schon sehenswert war. Auch die Weine waren in Ordnung, nichts besonderes, aber durchaus genießbar, weit besser jedenfalls, als er in dieser Verlostung erwartet hätte. Zur Krönung des gelungenen Tages und um etwaigen Konversationen mit neugierigen weiblichen Mitgästen zu entgehen, zog er sich mit einem Gläschen Cognac und seinen Zigarren in das sogenannte Kaminzimmer zurück, im Bewusstsein der erfüllten Mission zufrieden in einem der Journale blätternd, die dort für die Gäste bereit lagen. Zwei Herren aus der dänischen Familie hatten es ihm gleichgetan und pafften wie er ihre Zigarren in einvernehmlichem Schweigen. Perfekt. Aber wie es nun einmal so ist im Leben, die Glücksmomente sind rar, und bevor die Stunde gekommen war, um in seinen seidenen Pyjama zu schlüpfen, stand ihm noch eine schwere Prüfung bevor.

Die Prüfung näherte sich in Form einer schlanken und ziemlich großen Frauengestalt, die nach Art der Frauenrechtlerinnen ein weites, absolut unvorteilhaftes Reformkleid trug, selbstverständlich ohne Korsett, wie er mit raschem Blick feststellte. Unter dieser Hülle wäre ein Korsett allerdings auch pure Verschwendung gewesen. Vermutlich war es ihre brennende Zigarette, die dazu geführt hatte, dass sie sich in das verirrt hatte, was ganz eindeutig das Refugium der männlichen Gäste war, und er wollte gerade missbilligend den Kopf schütteln, als er gewahr wurde, dass sie, das höfliche Grüßen der dänischen Herren lässig erwidernd, geradewegs auf ihn zusteuerte. Da half nur noch eins – die Flucht.

Die Zigarre in der Hand wuchtete er sich aus dem behaglichen Kaminsessel empor, aber er musste offenbar wirklich etwas für seine körperliche Ertüchtigung tun, denn als er sich endlich in senkrechter Stellung befand, stand das Hängekleid bereits vor ihm, drückte ihre Zigarette in SEINEM Aschenbecher aus und entbot ihm einen schönen guten Abend. Dido wollte sich auf der Stelle eine derartige Anmaßung verbitten, doch sie kam ihm zuvor.

„Gestatten Sie, dass ich mich vorstelle, Herr von Kesselstein – Frieda Lüders. Ich hoffe, dass Sie alles zu Ihrer Zufriedenheit vorgefunden haben – und falls Sie irgendwelche Wünsche haben, so zögern Sie bitte nicht, sich an eine von uns zu wenden …“

Sein fassungsloser Gesichtsausdruck ließ sie stutzen, sie unterbrach sich und fragte:

„Gibt es vielleicht irgendetwas – irgendetwas, das ich jetzt gleich für Sie veranlassen könnte?“

Dido war dermaßen erschlagen, dass er fast wieder in seinen Sessel gesunken wäre. Damit hatte wohl keiner gerechnet, weder Adolf und Auguste, noch Victor. Es gab mehr als nur eine Gasthof-Tochter; es gab, ganz eindeutig, zwei. Welche, beim Teufel und seinen Hörnern, war denn nun die richtige? Dem Alter nach befand die hier sich eindeutig in der schattigen Hälfte der Zwanziger, und die einzige Suchvorgabe, die er überhaupt mit auf den Weg bekommen hatte, war von seiner Tante „Als dein Vetter Hugo sein erstes Reitpony bekam“ gewesen. Das war, wie sich jetzt leider erwies, ein allzu weites Feld, denn zur Not ließ sich auch die Erscheinung im Hängekleid gerade noch darunter verbuchen. Er musterte sie genauer und meinte beinahe, eine leichte Rothsponsche Familienähnlichkeit zu entdecken, die bei dem Gänschen eindeutig gefehlt hatte. Überhaupt, diese gewisse Exzentrik, die hatte schon Klasse, ganz gleich, was man nun in der Sache davon hielt. In einer vernünftigen Garderobe würde die ältere Lüders vermutlich eine ganz vertretbare uneheliche Baronstochter und Millionenerbin abgeben; man müsste natürlich noch etwas für ihre Frisur tun, und das mit dem Rauchen – nun ja. Ob die guten Rothspons angesichts eines solchen Töchterleins allerdings glücklich sein würden, war eine andere Frage; ihre verwaisten Elterninstinkte könnten sie bei der kleinen Blonden sicher besser austoben. Aber das war zum Glück nicht sein Problem, er brauchte nur den Status quo mitzuteilen – und der Status quo war ganz eindeutig, dass sich in seinen Augen weder die eine noch die andere sonderlich gut für ein geordnetes aristokratisches Familienleben eignete.

All dies ging Dido durch den Kopf, während die Dame vor ihm immer noch auf eine Antwort wartete, offenbar sich nur mit Mühe verkneifend, von einem Fuß auf den anderen zu treten. Nach der Zigarettendose auf dem nächsten Rauchtischchen schielte sie jedenfalls schon.

„Äh – nein, danke der Nachfrage, nichts zu veranlassen", beeilte er sich zu sagen. „Alles ganz famos!", fügte er im Kieler Junggesellen-Jargon hinzu.

Die Suffragette nickte gelassen, als hätte sie ohnehin keine andere Antwort erwartet, informierte ihn über die Frühstückszeiten und wünschte sodann eine angenehme Nachtruhe. Er schaffte gerade noch eine knappe Verbeugung, dann war sie auch schon wieder hinaus, allerdings nicht, ohne im Vorübergehen aus der Dose auf dem Rauchtisch eine Zigarette eingesteckt zu haben.

5

Der nächste Vormittag brachte außer einem frühsommerlichen Regenschauer, welcher die reifenden Johannisbeeren wie rote Glasperlen funkeln ließ, einen neuen Gast. Wenn Dietrich von Kesselstein am vorangegangenen Tag schon ein absoluter Hingucker gewesen war, so war dies nichts im Vergleich zu dem, was sich den staunenden Augen der Anwesenden bot, als Fredi Sorgenfrei der gemieteten Kraftdroschke entstieg, die ihn in einer halben Stunde vom Tarper Bahnhof über Süderschmedeby und Sieverstedt nach Aubrück gebracht hatte. Sein Gepäck war von eher bescheidener Natur, aber das wurde mehr als wettgemacht durch seine sonstige Ausstattung. An seiner dürren, leicht vornüber gebeugten Gestalt hingen außer einer Umhängetasche ein Fernglas, ein Feldkompass, eine Feldflasche, ein trommelförmiger Behälter zur Aufnahme von Angelfischen, zwei verschieden große Kescher, eine englische Faltbox für Angelhaken sowie eine blecherne Proviantdose mit Flaschenhalter. Die Angelruten trug er über Kreuz auf den Rücken gebunden, und ein Paar moderne Gummistiefel hingen ihm über die Schulter, einer vorn, einer hinten.

Hinter dem Empfangstresen wechselten Frieda und Annelie einen besorgten Blick.

„Das verstehe, wer will“, flüsterte Frieda. „Wir haben doch niemals mit Angelmöglichkeiten geworben! Wo will er damit nur hin?“

„Die paar Fische, die in der Au schwimmen“, Annelie hatte ein weiches Herz, „die holt der glatt in einer Viertelstunde raus, bei dieser Ausrüstung!“

„Zur Förde kann er wohl nicht wollen“, mutmaßte Frieda, „das ist doch viel zu weit! Ob er etwas falsch verstanden hat?“

„Vielleicht will er ja zum Ausee“, meinte Annelie und begann zu kichern, denn am Ausee, im Volksmund deswegen auch Sausee genannt, befand sich ein bekanntes Freikörper-Bad.

„Dazu würde er wohl kaum Gummistiefel brauchen“, sagte Frieda folgerichtig. „Na, wir werden ja sehen! Notfalls können wir ihn auch die Forellen für die Küche aus dem Teich holen lassen – Thilde wird begeistert sein.“

Sie unterbrach sich und setzte ihr Willkommen-in-Aubrück-Lächeln auf, denn der neue Gast hatte soeben den Empfang erreicht, auf dem kurzen Weg dorthin allerdings den einen Kescher und die Feldflasche verloren. Annelie eilte hinzu und hob die Sachen auf, während Frieda sich präsentierte und die Formalitäten erledigte. Sorgenfreis etwas vorstehende Augen hingen wie gebannt an ihr.

„Dann sind Sie Tochter des Hauses, Fräulein Lüders?“, fragte er mit angehaltenem Atem.

„So könnte man es sagen, Herr Sorgenfrei“, entgegnete Frieda, etwas überrascht von der Frage, „und unser Hausdiener trägt gern Ihr Gepäck –“

„Ich habe ja nur die beiden Reisetaschen!“

„Aber dann vielleicht Ihre … äh … Ausrüstung!“

„Damit komme ich selbst gut klar – alles im Griff, wie es so schön heißt“, scherzte Fredi, während ihm gleichzeitig die Gummistiefel von der Schulter rutschten.

Annelie, die er bisher überhaupt noch nicht wahrgenommen hatte, sammelte auch diese auf, trat mit dem Angelzubehör in den Armen näher heran und nannte, als sie seine Aufmerksamkeit hatte, ihren Namen.

Die Reaktion des Petri-Jüngers hierauf war verblüffend. Er klappte den Mund auf und zu, starrte von ihr zu Frieda und wieder zurück.

„Na sowas“, brachte er etwas mühevoll hervor und kratzte sich am Ohr.

Frieda und Annelie tauschten abermals einen raschen Blick. Vielleicht hatte der neue Gast ja irgendwann beim

Angeln zu viel Sonne auf den Kopf bekommen, obwohl die grünkarierte Mütze, welche sowohl mit einem Augen- als auch Nackenschirm versehen war, ihn eigentlich vor diesem Schicksal hätte bewahren müssen. Frieda bemühte sich um den neutral-freundlichen Ton, den die Schwestern für schwierige Gäste bereit hielten.

„Ich hoffe, dass Sie sich bei uns wohlfühlen werden, Herr Sorgenfrei!“ kam es ihr etwas gepresst über die Lippen und ließ erkennen, dass sie an der Erfüllung dieser Hoffnung gewisse Zweifel hegte.

„Das tue ich bereits in diesem Moment, Fräulein Lüders und Fräulein Lüders“, erwiderte Fredi geradezu galant. „Darf ich fragen, wann zu Mittag gespeist wird?“

Fredis Reisetaschen waren schnell ausgepackt; die Verstauung seines Zubehörs präsentierte hingegen eine gewisse Herausforderung. Zum Glück gab es einen hübschen Balkon, auf dem er all das abstellen konnte, was beim besten Willen nicht mehr in sein 8-Mark-Einzelzimmer-inklusive-Vollpension passte. Während er noch auf dem Balkon herum klabasterte, verzweifelt bemüht, die Angelruten so unterzubringen, dass sie weder die Stiefmütterchen in den Blumenkästen abrasierten noch die Fensterscheiben bedrohten, ließ sich hinter der hölzernen Trennwand, welche seine Hälfte des Balkons von der des Nebenzimmers abteilte, ein etwas genervtes Räuspern vernehmen. Fredi lugte über die Brüstung und um die Sichtblende herum, und entdeckte in knapp drei Meter Entfernung einen elegant gekleideten und wohlgenährten jüngeren Mann, auf den eindeutig die Bezeichnung ‚Herr‘ zutraf. Schnell lupfte er die grünkarierte Mütze von seiner verfrühten Halbglatze, rief ein frisches „Moin Moin!“, und stellte sich sodann vor.

Der junge Herr, der es sich mit ein paar Zeitschriften und einer Zigarre im Liegestuhl bequem gemacht hatte, warf einen kurzen Blick auf den Kopf mit der Mütze, zog die

Augenbrauen hoch und murmelte, ohne die Zigarre aus dem Mund zu nehmen:

„Angenehm – Kesselstein."

Kesselstein, dachte Fredi verblüfft, wie kommt er denn jetzt darauf – ach so, wird sein Name sein. Manche haben aber auch ein Pech! Nun gut, konnte schließlich nicht jeder Sorgenfrei heißen.

„Ein schöner Tag, nicht wahr?" begann er in der Hoffnung auf einen netten kleinen Schwatz unter Nachbarn.

„Ja, bis jetzt", war die wenig ermutigende Antwort von nebenan.

„Sind Sie auch zu Gast hier?"

„Nein", sagte der Herr und ließ die Zeitschrift sinken. „Ich sitze hier nur so aus Langeweile auf dem Balkon herum."

„Haha", Fredi hatte den Witz verstanden und strahlte, „ich bin auch immer für einen kleinen Scherz zu haben, Herr Kesselstein!"

„Von!"

„Von was?"

„Von Kesselstein!"

Donnerlittchen, dachte Sorgenfrei, die haben aber feine Kundschaft hier. Da wird meine Gräfin sich ja wie zuhause in Berlin oder Windsor fühlen! Ob er sie wohl kennt?

„Und wie steht es hier so mit den weiblichen Gästen?" fragte er listig.

Leider kam er damit bei seinem Nachbarn schlecht an.

„Ich schlage vor, dass sie diese selbst danach befragen", entgegnete jener eisig. „Im übrigen würde ich meine Zeitung jetzt gern weiter lesen."

„Aber sicher doch, und nichts für ungut! Das war nur so dahin gefragt – gewissermaßen beruflich", setzte er bedeutungsvoll hinzu. Von der anderen Seite kam keine Reaktion, nur ein erneutes Hochziehen der Augenbrauen. Fredi wollte sich schon leicht gekränkt zurückziehen, als ihm noch etwas einfiel. „Pardon, Herr von Kesselstein –"

„Ja?“

„Sie wissen zufällig nichts Näheres über die Fischbestände in der Bollingstedter Au?“

Der Herr seufzte einen tiefen Seufzer.

„Nein“, sagte er, „aber ich weiß aus sicherer Quelle, dass heute Abend Räucherlachs mit Rührei serviert wird. Und wenn Sie mich jetzt entschuldigen –“, und damit zog er sich in sein Zimmer zurück.

Eine gute Stunde später kreuzten sich ihre Wege erneut, und zwar beim Mittagsmahl im Speisezimmer der Hausgäste. Fredi, der noch nie in seinem Leben so komfortabel untergebracht gewesen war, befand sich dementsprechend in Hochstimmung und hätte die ganze Welt umarmen können, seinen arroganten Zimmernachbarn inklusive. Er ließ einen begeisterten Blick durch den hellen Raum schweifen, entdeckte Kesselstein in einer Nische ganz für sich und wollte schon hocherfreut auf ihn zusteuern, als ein Kellner ihn mit höflicher Verbeugung zu einem anderen Tisch geleitete, der so weit von der besagten Nische entfernt war, wie die Räumlichkeiten es nur zuließen. In der Brusttasche des Kellners steckte noch der zusammengefaltete 5-Mark-Schein, welchen ihm der Herr in der Nische für diesen Dienst in die Hand gedrückt hatte. Davon ahnte Sorgenfrei natürlich nichts, er grüßte und strahlte in alle Richtungen und setzte sich dann erwartungsvoll an das für ihn gedeckte Tischchen.

Im Speiseraum mochte sich etwa ein Dutzend Personen befinden, der Großteil davon eine fidele dänische Familie, die drei Generationen umspannte und auf mehrere Tische verteilt war. Das ihm aus den Berliner Akten bekannte schöne Gesicht ließ sich nicht ausmachen. Außer seinem Zimmernachbarn und den Dänen waren nur noch zwei Damen anwesend, offenbar Mutter und Tochter, die am Nebentisch saßen und ihm auf seinen Gruß hin freundlich zunickten. Das heißt, die Mutter nickte, die Tochter, obschon altersmäßig absolut jenseits aller mädchenhaften Scheu, senkte verschämt den flachsblonden Kopf und fixierte ihre Hühnersuppe.

Das passierte ihm auch nicht alle Tage, dass er eine Jungfer in Verlegenheit brachte, und Sorgenfrei schwoll die Brust ob dieser Begebenheit. Er wollte schon nachlegen, als ihm einfiel, dass er ja nicht nur zwei, sondern ganze drei ‚relevante Subjekte' zu observieren hatte: die noch nicht vorhandene Gräfin, ihre rätselhafte Tochter – und, auf der feindlichen Seite angesiedelt, eine gewiefte Erpresserin, deren Machenschaften seinen Vorgesetzten Doktor Klein in noch schlechtere Laune als gewöhnlich versetzt hatten. Was die gräfliche Tochter anging, so war er ja bereits doppelt fündig geworden, und nun sah es so aus, als habe er auch bei der Erpresserin gleich doppelten Fahndungserfolg!

Das würde er im Nu bestätigt haben. Noch bevor er sich seiner Hühnersuppe widmete, erhob er sich also, ging die zwei Schritte zum Nebentisch, verbeugte sich weltmännisch und stellte sich vor.

Die Ältere musterte ihn ganz wohlwollend, während die Jüngere offenbar am liebsten in ihre Suppe gesprungen wäre, so, wie sie mit hochrotem Kopf darin rührte. Eine Minute später wusste Fredi, dass es sich bei den Damen um zweimal Hansen aus, man höre und staune, Mürwik handelte. Mürwik, der Absendeort des Erpresserbriefes! Er hatte ins Schwarze getroffen, und jetzt brauchte er nur noch herauszufinden, welche Hansen für die Misere der armen Gräfin und die finstere Miene von Doktor Klein verantwortlich war. Das reine Kinderspiel, ganz so wie bei den beiden Lüders-Mädchen. Und in der Zwischenzeit konnte er wunderbar Angeln gehen. Und vielleicht dann und wann mal was Gemeinsames mit seinem Balkonnachbarn unternehmen. Der war zwar noch ein bisschen zugeknöpft, aber das würde sich nach ein paar netten Pläuschchen mit Sicherheit geben.

Dido hatte von der Nische aus Sorgenfreis Auftritt am Nebentisch beobachtet, und wenn er nach den Balkon-Erlebnissen nur degoutiert gewesen war, so standen ihm nunmehr geradezu die Haare zu Berge angesichts von einem derart ordinärem Betragen. Ich muss sehen, dass ich hier wegkomme, dachte er, am besten schreibe ich gleich an Victor – die Nachricht an Adolf und Auguste kann noch ein bisschen warten, die sollen ja nicht denken, dass ich es mir leicht gemacht habe.

Sein Fehler war indes, noch das vorzügliche Pfirsichkompott abzuwarten, welches das Mahl beschloss, denn als er sich im Anschluss daran erhob, um sein Zimmer aufzusuchen, war auch der unsägliche Sorgenfrei mit dem Essen fertig und prompt an seiner Seite.

„Da wir ja den selben Weg haben, Herr Baron“, sagte er freundschaftlich, „angenehmes Haus, was?“

„Bitte ganz schlicht ‚von‘.“

Fredi blickte ihn fragend an, und um jedes überflüssige Gerede zu vermeiden, erläuterte Dido knapp:

„Kein ‚Baron‘, einfach nur ‚von Kesselstein‘.“

„Ach so … Sind Sie öfter hier, Herr von Kesselstein?“

„*Dieu m'en garde*!“, entfuhr es Dido, mit Mühe ein Schaudern unterdrückend.

Fredi hielt diese kryptische Äußerung für eine Art von vornehmer Zustimmung, nickte freundlich und fuhr fort: „Ja, das kann man wohl keinem verdenken! Schöne, große Zimmer, und dann diese vorzügliche Küche! Wie lange beabsichtigen Sie denn, zu bleiben?“

„Gar nicht“, sagte Dido und begann, die Treppe empor zu steigen. Fredi blieb dicht hinter ihm.

„Na, dann sind Sie wohl nur auf der Durchreise! Wie schade, ich dachte, Sie und ich … wo wir bereits den Balkon teilen … Da könnten wir doch mal gemeinsam –“

„Nein, können wir nicht“, machte Dido unmissverständlich allen schönen Hoffnungen auf gemeinsame Balkonstunden, Spaziergänge und Abendschoppen ein Ende. „Ich bin außerordentlich beschäftigt, und wenn Sie mich jetzt entschuldigen, ich habe noch etwas … äh … Papierarbeit zu erledigen."

„Das muss ich im Prinzip auch", sagte Fredi und legte vertrauensvoll die Hand auf das karamellfarbenene Leinensakko. „Bin sozusagen auch geschäftlich hier. Kurioser Zufall, was?"

„In der Tat, äußerst kurios", Dido schob die Hand von seinem Ärmel und fragte aus reinem Selbsterhaltungstrieb: „Und Sie? Wie lange bleiben Sie?"

„So lange wie ich nur kann!" strahlte Sorgenfrei, seinem Familiennamen alle Ehre machend.

Das besiegelt es, dachte Dido. Ich reise spätestens übermorgen.

Eine halbe Stunde später war der Brief an Victor geschrieben. Dido teilte ihm in knappen Sätzen mit, dass die Mission erfolgreich beendet sei, beziehungsweise, dass er in Bezug auf die Rothspon-Tochter gar nicht erst – auf welche Weise auch immer – hätte aktiv werden müssen, denn die beiden Fräuleins, die er hier vorgefunden habe, stellten garantiert keine Gefahr für das Rothsponsche Familienerbe dar: Die eine sei eine rauchende Suffragette im Sackkleid, und die andere eine kichernde Plaudertasche. Mehr werde er dann in Kiel berichten; er sei in spätestens zwei Tagen wieder zurück.

Seine Stimmung hob sich bei jedem Wort, das er schrieb; er las den Brief nochmals durch, nickte sich selbst bekräftigend zu und entschied, das Schreiben sofort auf den Weg zu bringen. Je eher, desto besser.

Wie bei seiner Ankunft war es die stille Stunde zwischen Mittag und Nachmittag – ein Umstand, welchen Dido den Rest seines Lebens als schicksalhaft bezeichnen sollte. Davon hatte er allerdings nicht die geringste Ahnung, als er, fröhlich mit dem Brief wedelnd, sein Zimmer verließ, um sich auf die Suche nach einem dienstbaren Geist zu machen, dem er das Kuvert zwecks Weiterbeförderung in die Hand drücken konnte. Mit zwei langen Schritten huschte er an Sorgenfreis Tür vorbei, und als dies Hindernis glücklich genommen war und er die Treppe sicher erreicht hatte, stimmte er als passende Untermalung für sein erfolgreiches Unternehmen die schöne Arie des Barinkay ‚Als flotter Geist, doch früh verwaist' aus dem *Zigeunerbaron* an.

Der Eingangsraum lag verlassen da; weit und breit war keine lebende Seele zu sehen – noch nicht einmal hinter dem Empfangstresen, wo sich anstelle der Plaudertasche diesmal eine Glocke zwecks Herbeirufen des Personals befand. Kesselstein durchstreifte erfolglos die den Gästen zur Verfügung stehenden Räumlichkeiten und steuerte dann wieder den Tresen an, um nunmehr die Glocke zu betätigen. Immer noch ‚Als flotter Geist' summend, kam er auf dem Weg dorthin an der offenen Tür des Speisezimmers vorbei, und da geschah es – jenes umwälzende Ereignis, welches aus dem Quirligen Quartett für alle Zeiten ein Tristes Terzett machen sollte.

Erst nahm sein Ohr eine gefühlvolle Sopranstimme wahr, welche gleich ihm vor sich hin trällerte, und zwar gleichfalls aus dem *Zigeunerbaron* – ‚So elend und so treu', die Arie der lieblichen Saffi. Er verhielt den Schritt und blickte neugierig durch die Tür.

Die großen Fenster, die zum Garten hinaus gingen, waren nach dem Mittagsmahl sämtlich geöffnet worden, und die Juni-Sonne warf ihr Licht in breiten Bahnen in den Raum. Von draußen duftete es nach Flieder und Geißblatt, und im Gegenlicht sah er eine singende weibliche Erscheinung, die – ihm den Rücken zugekehrt – dabei war, das erste der Fenster wieder zu schließen. Selbst von hinten war sie perfekt. Sie trug einen weiten, grau-blau-weiß-gestreiften Rock, unter dem die Spitzen des Unterrocks und zwei entzückende Fesseln hervor lugten, als sie sich nach dem Fensterriegel in die Höhe reckte. Ihr Oberkörper steckte in einer gestärkten weißen Bluse mit halblangen Ärmeln, die so frisch wirkte, dass er förmlich meinte, den Lavendelduft wahrzunehmen. Darüber trug sie eine große, an den Kanten mit Rüschen besetzte Schürze, deren üppige, auf dem Rücken gebundene Schleife die schlanke Taille und die runden Hüften auf das Vorteilhafteste betonte. Die welligen Haare, von einem sensationellen Goldbraun, waren sauber aufgesteckt, und aus den Ärmeln schauten zwei mollige, rosige Arme. Er hätte wetten können, dass sie Grübchen an den Ellbogen hatte, und weiß Gott, wo sonst noch.

Dido stand wie angewurzelt in der offenen Tür, der Barinkay war ihm im Hals stecken geblieben, gerade beim Refrain ‚Ja, das alles auf Ehr, das kann ich und noch mehr'.

Sie sang soeben die dramatische Zeile ‚O habet acht, habet acht, vor den Kindern der Nacht', wobei ihre samtige Stimme eine Tiefe erreichte, um die sie sowohl Victor als auch der putzige Peter beneidet hätten. Didos Busen entrang sich, wer wollte es ihm verdenken, ein Seufzer, wie ihn auch der Zigeunerbaron nicht inbrünstiger hätte seufzen können. Er sah, wie sie zusammenzuckte und sich umdrehte, und mit einem einzigen Blick stellte er fest, dass die wohlgerundete Vorderseite des Fräuleins – denn um ein solches handelte es sich – auf geradezu wunderbare Weise der Perfektion der Rückenansicht entsprach. Hinzu kam jetzt ein Gesicht, das eindeutig die Bezeichnung ‚Antlitz' verdiente, allerliebst gekräuseltes Stirnhaar über großen braunen Augen, eine Nase, die gerade war ohne lang zu sein, und ein hübscher roter Mund. Ein überraschtes Lächeln erschien jetzt auf ihren Zügen – und siehe da, schon zeigten sich zwei reizende Grübchen in den runden Wangen, die sie, falls überhaupt möglich, noch unwiderstehlicher machten. Allenfalls Mitte Zwanzig, dachte Dido, und, ich fasse es nicht, aber sie hat in der Tat eine gewisse Ähnlichkeit mit meiner lieben Mutter!

„Gestatten Sie, gnädiges Fräulein“, brachte er mühevoll hervor. Den Gedanken, dass sie eine gewöhnliche Hausangestellte sein könnte, hatte er auf der Stelle als völlig abwegig verworfen. „Gestatten Sie, Dietrich von Kesselstein! Und mit wem habe ich das Vergnügen, wenn ich fragen darf?“

Sie wandte sich vom Fenster ab und schwebte auf ihn zu. Tatsächlich, es war Lavendelduft, der sie umgab wie eine zarte Aura.

„Sehr angenehm, Herr von Kesselstein“, erwiderte sie, und ihre Grübchen kamen abermals zum Vorschein. „Ich hoffe, Sie fühlen sich wohl bei uns … Meine Schwestern haben Sie zweifellos schon kennengelernt – ich bin Mathilde Lüders.“

Er war so baff, dass ihm fast der Brief entglitten wäre. Noch eine Lüders-Schwester und Millionenerbeanwärterin! Wäre er nicht so darauf erpicht gewesen, einen möglichst gewinnenden Eindruck von seiner Person zu vermitteln, er wäre jetzt auf die nächstbeste Sitzgelegenheit gesunken. Aber die Plöner Kadettenanstalt hatte außer zu innigen Männerfreundschaften glücklicherweise auch zu einer gewissen Haltung geführt, und das kam ihm jetzt sehr zupass.

„Ganz enchanté, Fräulein Lüders“, sagte er also und deutete tatsächlich den Hauch eines Handkusses über ihrer Rechten an, die, wie er nebelhaft wahrnahm, eindeutig nach dem guten mittäglichen Pfirsichkompott duftete. „Und Sie – wenn ich fragen darf, wie betätigen Sie sich in Ihrem … äh … Familienunternehmen?“

Wieder zeigten sich die Grübchen. „Haben Sie das noch nicht erraten, Herr von Kesselstein?“ Sie wies mit schelmischem Augenzwinkern auf ihre Schürze. „Mir obliegt die Haushaltsführung, mithin alles, was zum leiblichen Wohl unserer Gäste beiträgt."

Dido vermeinte bei ihren Worten himmlische Sphärenklänge zu vernehmen. Dieses Wunderwesen konnte offenbar nicht nur vorzüglich singen, sondern verstand sich zudem auf die hohe Kochkunst, und zwar ebenso vorzüglich, wie er inzwischen ja gemerkt hatte.

„Sie meinen, Ihnen verdanke ich das köstliche Mittagessen? Und gestern Abend, dieser Traum von Spargelsuppe? Das Omelette *aux crevettes* ? Und –", seine Stimme überschlug sich fast vor Begeisterung, „– und die Roastbeefplatte?"

Mathilde nickte bescheiden, während Dido im Überschwang der Gefühle abermals ihre Rechte ergriff und diesmal deutlich mehr als nur den Hauch eines angedeuteten Kusses darauf platzierte.

„Aber Herr von Kesselstein", wehrte das Lüders-Fräulein ab, „Sie tun mir zuviel der Ehre an! Wenn es eine Hand zu küssen gäbe, dann die unserer verdienten Köchin – ich führe gewissermaßen ja nur die Oberaufsicht."

„Ich gehöre glücklicherweise nicht zu den Herren, bei denen die Liebe NUR durch den Magen geht", sagte Dido gewagt und registrierte zufrieden ein zartes Erröten im Gesicht der holden Mathilde. „Bei Ihnen empfinde ich die Beherrschung der Kochkunst lediglich als – wie soll ich mich ausdrücken – nun, als eine bloße Krönung Ihrer sonstigen Vorzüge!"

„Ich muss jetzt wirklich die anderen Fenster schließen", Mathilde wandte sich ab, aber ihm war nicht entgangen, dass sie noch etwas tiefer errötet war.

„Gestatten Sie, dass ich behilflich bin", sagte er galant und folgte dem Objekt seiner plötzlich entflammten Liebe in den Speiseraum.

Als sie beide das jeweils letzte Fenster geschlossen hatten, war ihm klar geworden, dass es so nicht weitergehen konnte, zumal der Speisesaal keine weiteren Betätigungsfelder mehr bot. Er konnte ja schlecht anbieten, beim Tischdecken zu helfen. Also nahm er innerlich abermals Plöner Kadettenhaltung an und bat sie um eine Verabredung:

„Sie sind doch auch eine Freundin der schönen Musik“, hub er an, „es soll in Glücksburg ein sehr gelungenes Promenadenkonzert geben – dürfte ich Sie bitten, mich dorthin zu begleiten?“

Mathilde ließ sich mit der Antwort Zeit, während sie den hinteren Ausgang des Speiseraums ansteuerte, der in Richtung Küchenräume führte. Dido wich nicht von ihrer Seite.

„Fräulein Lüders?“

„Ihre Einladung ehrt mich, Herr von Kesselstein, aber ich fürchte, es ist ganz und gar unmöglich. Ich bin schlichtweg unabkömmlich.“

„Ein einziger Abend!“

„Unabkömmlich, leider, insbesondere jetzt, da die Sommersaison begonnen hat.“

„Aber ich kann doch nicht bis zum Winter hier auf Sie warten!“ rief Dido in gerechter Empörung.

„Nein, das sollen Sie auch nicht“, entgegnete Mathilde sanft. „Vielleicht könnten wir ja an einem der Nachmittage, an denen weniger zu tun ist, eine kleine Kutschfahrt in die Umgebung machen? Ich könnte Ihnen unsere wirklich sehenswerte St. Petri Kirche zeigen, und das Hünengrab, und das Denkmal vom 1864er-Krieg …“

„Aber mit dem aller-aller-größten Vergnügen!“ rief derselbe Mann aus, der eine halbe Stunde zuvor noch nervöse Zuckungen bekommen hätte, wenn man ihm die Besichtigung derart ländlicher Sehenswürdigkeiten angetragen hätte. „Doch wie wäre es, wenn wir Ihren Pferden die wohlverdiente Ruhe gönnen, und unseren Ausflug stattdessen in meinem Automobil vornehmen?“

Das fand Mathilde, die bisher höchstens ein halbes Dutzend mal in einem Automobil gesessen hatte, natürlich ganz famos, aber kluges Mädchen, das sie war, ließ sie sich ihr Entzücken nicht anmerken, sondern erwiderte nur, dass sie das Unternehmen noch mit ihren Schwestern abzusprechen hätte.

Dann fiel ihr Blick auf den Brief, den er immer noch in der Linken hielt, und sie fragte höflich:

„Dürfen wir vielleicht Ihre Korrespondenz für Sie aufgeben, Herr von Kesselstein?"

Dido brauchte einige Sekunden um zu verstehen, wovon sie überhaupt sprach, und starrte auf das Kuvert in seiner Hand als sehe er es zum ersten Mal. Himmel, ja, dieser Brief an Victor – was hatte er eigentlich alles darin geschrieben? War das nicht auch so etwas völlig Abwegiges wie seine baldige Rückkehr nach Kiel gewesen?

„Äh … danke … das heißt vielmehr, danke nein", brachte er schließlich reichlich konfus hervor, den schicksalsträchtigen Umschlag schleunigst in die Innentasche des Jacketts stopfend.

„Wie Sie wünschen", lächelte die liebreizende Mathilde und entschwand mit diesen Worten in den Wirtschaftsräumen, einen auf die Schläge seines Herzens reduzierten Kesselstein zurücklassend.

Wie in Trance verließ er den Speisesaal und stieg langsam die Treppe in den ersten Stock hinauf; wie in Trance öffnete er die Zimmertür und sank in den samtbezogenen Sessel am offenen Fenster. Auch hier war der Duft nach Geißblatt und Flieder allgegenwärtig und rief ihm sofort wieder die himmlische Erscheinung aus dem Speiseraum vor Augen. Mathilde … ein holder Engel, der sich meisterlich auf Operettenarien und echtes englisches Roastbeef verstand – um sein Herz war es für alle Zeiten geschehen. Da durchfuhr ihn plötzlich ein eisiger Schreck: Was nun, wenn SIE die auszuluvende Millionenerbin war? Zugegeben, sie ähnelte nichts, was Rothspon hieß, aber sie kam selbstverständlich genauso in Betracht wie ihre unwürdigeren Schwestern. Die Vorstellung, diesem wunderbaren Wesen möglicherweise die Aussicht auf ein Millionenvermögen zu zerstören, trieb ihm die Schamröte ins Gesicht. Das nächste Problem war, dass man seinem reinen Herzen zweifellos unlautere Absichten unterstellen würde, wenn es sich herausstellen sollte, dass er ausgerechnet der Rothspon-Tochter den Hof machte – vor allem sie würde ihm das nie verzeihen.

Ohaueha, dachte Dido und stützte sein Kinn so schwer auf die Hand wie die bekannte französische Statue *Der Denker*, was mache ich nun? Er überlegte und kam nach einer Weile zu dem Schluss, dass er als erstes in Erfahrung bringen müsse, welche der drei Schwestern denn nun tatsächlich Victors Erb-Konkurrentin war, und je nachdem würde er dann weitersehen. Natürlich führte kein Weg darum herum, er würde früher oder später Farbe bekennen müssen, wenn er seine Mathilde nicht genauso schnell wieder verlieren wollte wie er sie gefunden hatte. Aber bis dahin – bis dahin konnte er ja durchaus alles Erdenkliche anstellen, um ihr Herz zu erobern, denn das würde dem glücklichen Ausgang der Angelegenheit mit Sicherheit nicht im Wege stehen, nein, ganz im Gegenteil.

Diese Erkenntnis ließ ihn noch eine Weile in den süßesten Träumen schwelgen, bis er sich auf einmal daran erinnerte, dass der Brief an Victor immer noch in seiner Jackentasche steckte, wo er ihn vorhin hineingestopft hatte. Er öffnete das Kuvert und las das Schreiben noch einmal durch, über sich selbst den Kopf schüttelnd. Fast hätte er sich um das Glück seines Lebens gebracht! Entschlossen riss er den Brief zweimal in der Mitte durch und warf ihn in den Papierkorb. Dann griff er erneut zur Feder:

Mein lieber Victor, hier gestalten sich die Dinge leider etwas komplizierter als gedacht, denn es gibt mehr als ein infrage kommendes Mädchen. Ich werde daher sicher noch etwas länger bleiben müssen, bin jedoch guter Hoffnung, dass ich – trotz aller widrigen äußeren Umstände – die Sache bald aufklären und einem guten Ende zuführen werde ...

Und das ist noch nicht einmal gelogen, dachte Dido zufrieden.

Eine halbe Stunde später stieg er abermals mit einem Brief in der Hand die Treppe hinab. Er riskierte einen sehr langen Blick in Richtung Speisesaal, der allerdings nichts hergab außer zwei schwatzenden Dienstmädchen, die schon die Tische für den Abend vorbereiteten. Dido seufzte, und dieser Seufzer trug ihm die Aufmerksamkeit der jüngsten Lüders ein, die wieder ihren Dienst hinter dem Empfangstresen angetreten hatte.

„Herr von Kesselstein", rief sie eifrig, seinen Seufzer so falsch interpretierend, wie es überhaupt nur möglich war. „Das Abendessen wird erst ab neunzehn Uhr serviert, aber wenn Sie Appetit auf Kaffee und Kuchen haben, dann können Sie den Nachmittagskaffee auf der Veranda oder in der großen Gaststube einnehmen, oder bei dem schönen Wetter auch gern im Freien, im Gastgarten."

Dido winkte nur müde ab, denn nichts lag ihm jetzt ferner als nachmittägliche Kaffeestunden.

„Na, dann vielleicht ein wenig später", sagte Annelie fröhlich, „wenn Sie sich die Beine etwas vertreten haben, nicht wahr? Wir halten das Kuchenbüfett auf jeden Fall bis siebzehn Uhr offen. Es gibt heute Erdbeertorte, Rhabarberkuchen, Puddingtaschen und unseren Butterkuchen ..."

„Jaja, vielleicht", sagte Dido, um den Wortschwall abzukürzen. „Sagen Sie, Fräulein Lüders, würden Sie dafür Sorge tragen, dass dieser Brief hier expediert wird?"

„Worauf Sie sich verlassen können", Annelie strahlte, erfreut, dem anspruchsvollen Gast einen Dienst erweisen zu können, „und falls Sie einen kleinen Spaziergang erwägen, es gibt da einen sehr hübschen Weg, einfach durch die hintere Gartenpforte und entlang der Bollingstedter Au; das wird Ihnen mit Sicherheit gefallen. Ich glaube, der andere Herr – der mit der Angel – Verzeihung, der Herr Sorgenfrei – der ist auch dorthin."

„Dann weiß ich jedenfalls, wo ich NICHT hingehen werde", antwortete Dido würdevoll, wandte sich um und ging gemessenen Schrittes hinaus in den Gastgarten, wo er hoffte, eine stille Laube für seine Tagträume zu finden. Von ihm aus auch mit Erdbeertorte.

Annelie zuckte mit den Schultern, sowie er ihr den Rücken zugekehrt hatte. Wie sagte Frieda neuerdings doch immer so schön, seit sie im letzten Herbst auf diesem Frauenkongress in London gewesen war: *You cannot win them all.*

6

Das Schicksal hat einen seltsamen Hang, große Ereignisse mit absolut trivialen Mitteln herbeizuführen. In diesem Fall nahm es den Umweg über Line, jenes Hausmädchen, das schon damals als Fünfzehnjährige zugegen gewesen war, als die Prinzessin ihr Kind in Annelies Armen vergessen hatte. Line, an sich die Tüchtigkeit in Person, hatte leider zwei unglückselige Schwächen: Zum einen einen unbezähmbaren Hang zu Süßem, und zum anderen eine ausgeprägte Abneigung gegen Zahnbürsten und Zahnpasta. Es versteht sich von selbst, dass diese Kombination zwangsläufig irgendwann zur Katastrophe führen musste, und genau das geschah in der folgenden Nacht. Line, fast weinend vor Schmerzen, erschien am nächsten Morgen mit geschwollener Backe, und wurde von Mathilde stehenden Fußes in die diesbezügliche Praxis von Doktor Klemme nach Tarp geschickt. Das wiederum hatte zur Folge, dass die beiden schmerzfreien Dienstmädchen Unterstützung brauchten, und die bekamen sie in Form der für solche Spezialeinsätze zuständigen Annelie, welche Lines Einsatzgebiet – die Zimmer Fünf bis Acht – übernahm, während deren Bewohner sich am berühmten Aubrücker Gabelfrühstück gütlich taten. Zimmer Fünf war das von Dido, den die Schwestern kurzerhand „den Fatzke" nannten, wobei Mathilde seit dem gestrigen Nachmittag insofern allerdings eine auffällige Zurückhaltung an den Tag legte.

Bei dem Fatzke war nicht allzuviel zu tun, alles gut preußisch in Reih und Glied und tip-top. Lediglich das Bett war zu machen, der marmorierte Waschtisch nebst Spiegel war zu putzen und der nicht vorhandene Staub von Möbeln und Fensterbänken zu wischen, dann noch kurz durchfegen und frische Handtücher – ja, und fast hätte sie es vergessen, der Papierkorb musste geleert werden, selbst wenn er so gut wie leer war. Nur ein in vier Teile zerrissenes Schreiben lag darin, und es wäre gegen alle Aubrücker Prinzipien gewesen, einen näheren Blick darauf zu werfen, wenn ihr nicht die schnöden Worte ‚rauchende Suffragette' ins Gesicht gesprungen wären. So runzelte Annelie die Stirn und sah noch etwas genauer hin, und dann schob sie die Fragmente des Briefs kopfschüttelnd in ihre Schürzentasche.

Die Führung eines Landgasthofs mit Fremdenzimmern ist keine Kleinigkeit, und die Lüders-Schwestern hatten rund um die Uhr mehr als genug zu tun. Trotzdem – oder gerade deswegen – hatten sie es sich zur Regel gemacht, täglich auf eine halbe Stunde in Friedas Kontor zusammen zu kommen, einerseits um anliegende Betriebsfragen zu besprechen und andererseits alles andere, das irgendwie von Interesse war. Der Kontor war, wie wir wissen, weder die größte noch die schönste der Räumlichkeiten, hatte aber den großen Vorteil, dass Frieda dort ihre eigene Luft verpesten konnte und nicht die ihrer Mitmenschen. Meistens trafen sie sich am Vormittag, wenn alle Aufgaben des Tages auf das Personal verteilt waren und, da sie kein Mittagessen zu sich zu nehmen pflegten, es an der Zeit für ein zweites Frühstück war.

Der Kaffee dampfte in den Tassen, eine Platte mit belegten Brötchen stand auf dem Tisch, und Frieda wollte die Konferenz gerade mit der Frage nach Lines Zustand eröffnen, als Mathilde und Annelie gleichzeitig den Mund öffneten und unisono den schönen Satz sprachen:

„Ich muss euch unbedingt etwas sagen!"

„Mach du den Anfang", sagte Mathilde. „Bei mir ist es … äh … mehr persönlicher Natur!"

Das machte ihre Schwestern natürlich erst recht neugierig, aber Mathilde ließ sich nicht erweichen.

„Erst die Arbeit, dann das Vergnügen", sagte sie und fischte ein mit Gurkenscheiben belegtes Brötchen von der Platte.

„Was ist denn mit dir los?", fragte Frieda misstrauisch. „Du bist doch sonst immer für Schmalz oder Mettwurst!"

Mathilde wollte gerade zu einer würdevollen Erwiderung ansetzen, als Annelie mit ungewohntem Ernst sagte:

„Wie wär's, wenn wir später über Brotbeläge diskutieren würden? Ich habe euch nämlich etwas außerordentlich Wichtiges mitzuteilen. Es geht um den Fatzke!"

„Um den Fatzke?" Mathilde blieb vor Schreck eine Gurkenscheibe im Halse stecken, und sie begann fürchterlich zu husten.

„Alles was recht ist, Thilde", Frieda klopfte ihr kräftig auf den Rücken, „aber mit Schmalz oder Mettwurst wäre das nicht passiert! Da, nimm einen Schluck Kaffee!"

Mathilde, mit tränenden Augen und hochrotem Gesicht, brauchte einige Augenblicke, bis sie wieder zu sich kam, während Annelie immer ungeduldiger wurde.

„Würdet ihr mir jetzt bitte zuhören? Das hier ist wirklich wichtig! Da –", sie legte die vier Teile des zerrissenen Briefs auf den Tisch. „Das war im Papierkorb von Zimmer Fünf."

„Aber Annelie", tadelte Frieda, „was soll das? Du weißt doch, dass man in diesem Haus nicht in der Privatpost der Gäste herumschnüffelt – und zwar auch nicht, wenn sie sich im Papierkorb befindet!"

„Du denkst gleich anders darüber", sagte Annelie in unheilschwangerem Ton. „Ich hätte die Schnipsel auch gar nicht näher angesehen, wenn nicht diese beiden schönen Worte weithin sichtbar gewesen wären: ‚rauchende Suffragette'! Wen, glaubst du, meint er wohl damit, liebe Schwester?"

Sowohl Mathilde als auch Frieda schnappten hörbar nach Luft, wenn auch aus unterschiedlichen Gründen, und dann streckte letztere die Hand aus.

„Das gibt's doch nicht – zeig her!"

Annelie drückte ihr wortlos die Papierstücke in die Hand und lehnte sich mit überkreuzten Armen zurück, während

Frieda die Teile aneinander legte und las. Mathilde saß mucksmäuschenstill, der Katastrophen harrend, welche da augenscheinlich auf sie zurollten.

„Ich glaube, ich falle um“, Frieda tastete mit der einen Hand nach ihrem Zigarettenetui und schob mit der anderen die Papierstücke weiter zu Mathilde. „Thilde, wenn du das hier gelesen hast, dann brauchst du die erste Zigarette deines Lebens!“

„Oder einen Schnaps“, ergänzte Annelie und erhob sich. „Ich hole mal eben drei Gläschen.“

Mathilde las, und mit jedem Wort wurde ihr Herz schwerer und schwerer. Eva, unverhofft eine reiche adlige Erbin – noch vor einem Tag wäre sie vor Freude um den Tisch herum getanzt, aber nun wurde die Freude überwogen von der Enttäuschung darüber, dass derjenige, welcher gestern Nachmittag einen so tiefen Eindruck in ihrem Herzen hinterlassen hatte, zugleich derjenige war, der für diesen obskuren Victor von Rothspon heimlich in Aubrück herumschnüffelte, und zwar keineswegs in freundlicher Absicht, wie dieser Brief ja eindeutig belegte.

„Charmant, wie er sich über uns äußert, nicht wahr?“, unterbrach Frieda ihre trüben Gedanken. „Eine rauchende Suffragette und eine kichernde Plaudertasche – ich bin schon ganz gespannt, wie er dich bezeichnet, wenn er dich kennenlernt! Noch eine Erb-Unwürdige, was wird er begeistert sein!“

Mathilde schluckte. Sie hatte jetzt zwei Möglichkeiten – entweder, die Begegnung im Speisesaal und den in Aussicht genommenen Ausflug für alle Zeiten schamhaft zu verschweigen oder aber reinen Tisch zu machen.

In diesem Moment kam Annelie mit einem kleinen Tablett und drei gefüllten Gläsern zurück. Da sie ja schon etwas mehr Zeit gehabt hatte, um den Schock zu überwinden, nippte sie nur an ihrem Glas und schob es dann beiseite, während ihre beiden älteren Schwestern den Schnaps offenbar sehr nötig hatten. Mathilde leerte nach einem fragenden Blick auch noch das Glas von Annelie, und dann hatte sie ihre Entscheidung getroffen.

„Passt auf“, sagte sie, zugegebenermaßen etwas zittrig, „bevor wir die Sache weiter besprechen, ist es wichtig, dass ihr erfahrt, was ich euch sagen wollte. Es betrifft nämlich auch den Fatzke … äh … Herrn von Kesselstein …“

Während ihres Berichtes, von ihr selbst eher als Beichte empfunden, herrschte Grabesstille im Kontor. Frieda zog an ihrer Zigarette, Annelie drehte und wendete das leere Schnapsglas hin und her, während Mathildes gesenkter Blick an den Fragmenten des ominösen Briefes haftete, und damit gewissermaßen auch an den Fragmenten ihrer aufkeimenden Gefühle.

„Und – er war dir offenbar nicht ganz unsympathisch?“

Friedas Worte waren mehr eine Feststellung als eine Frage, und die arme Mathilde nickte stumm. Frieda ergriff genauso stumm ihre Hand und drückte sie, wie man dies eben bei jemandem tut, der einen schmerzlichen Verlust erlitten hat. Da sagte Annelie in das Schweigen hinein:

„Ja, aber dann ist der zerrissene Brief doch offenbar derjenige, den er bei sich trug, als er dich getroffen hat –“

„ – und danach muss er einen neuen geschrieben haben“, ergänzte Frieda, „bevor er ihn dann später im Empfang bei Annelie abgegeben hat. Leider wissen wir jetzt nicht, was in der zweiten Version gestanden hat.“

„Vermutlich, dass die dritte Tochter des Hauses ein noch unzulänglicheres Exemplar ist als ihre Schwestern“, sagte Mathilde mit Grabesstimme.

„Das glaube ich wiederum nicht“, Frieda blies gedankenvoll eine kleine Rauchwolke in die Luft. „Er hätte dich wohl kaum eingeladen, wenn er eine so schlechte Meinung von dir hätte, oder?“

Mathilde zuckte nur stumm die Achseln.

„Mit Frieda oder mit mir wollte er jedenfalls nicht zum Promenadenkonzert“, sagte Annelie energisch. „Nein, Thilde, was du da eben gesagt hast, das passt doch überhaupt nicht zusammen!“

„Vielleicht will er mich nur aushorchen“, die Grabesstimme war noch um einen Deut düsterer geworden.

Frieda und Annelie wechselten einen besorgten Blick. Die Lage war offenbar ernster, als sie angenommen hatten. Dass sich jemand erdreistete, Eva um ein Millionenerbe zu bringen, das war schlimm genug, aber dass ihre sonst so besonnene Schwester, die bisher in einem Mannsbild noch nie mehr gesehen hatte als einen starken oder schwachen Esser, auf einmal eine tränenschwere Stimme bekam, wenn sie von just dem in Rede stehenden Verbrecher sprach, das ging nun überhaupt nicht an. Sie mussten etwas unternehmen, und zwar sofort, bevor noch mehr Unheil geschah. Frieda drückte entschlossen die Zigarette aus und schob Mathilde die Platte mit den Brötchen zu.

„Schau mal, hier ist noch eins mit Gurkenscheiben, Thilde! Nimm es nur – und dann hört zu; ich habe einen Plan!“

Friedas Plan basierte auf der Erkenntnis, dass jener Victor von Rothspon mit Hilfe seines treuen Freundes Kesselstein zwar versuchte, seine Erb-Rivalin in einem ungünstigen Licht darzustellen, jedoch keine Ahnung davon hatte, welche der Lüders-Schwestern denn nun das störende Element war. Das Beste an der Sache war obendrein, dass diejenige, um die es ging, sich derzeit im Töchterpensionat der Frau Olga Ambrosius in Glücksburg befand, wo sie neben allen Wissenschaften und schönen Künsten auch in die Geheimnisse der Haushaltsführung eingeweiht wurde, und dies alles zu dem gerade noch vertretbaren jährlichen Preis von fünfzehnhundert Mark (Unterricht inbegriffen). Eva, die erst Anfang Juli aus dem Pensionat nachhause kommen würde, befand sich also gewissermaßen in Sicherheit, und das auch in Bezug auf ihr Millionenerbe. Da sie sich von ihren Schwestern nämlich durch ein etwas hochfahrenderes Temperament unterschied, war durchaus zu befürchten, dass sie die erfreulichen Erb-Aussichten im Handumdrehen vermasselte, wenn sie eine ihrer Anwandlungen bekam. Schließlich war sie erst siebzehn und mit allen unvernünftigen Launen dieses Alters geschlagen. Natürlich würde sich das alles verwachsen, in dem Maße wie sie an Reife gewann, aber – und hier schaute Frieda ihren Schwestern fest in die Augen – es schadete nicht im geringsten, wenn sie jetzt schon mal dafür sorgten, dass man in Evas neuer Familie einen möglichst erb-freundlichen Eindruck von ihr bekäme.

„Wie das?", fragte Mathilde mit erwachendem Interesse. „Wenn sie doch gar nicht hier ist?"

„Eben", sagte Frieda bedeutungsschwer.

Annelie ließ das Schinkenbrötchen sinken, in das sie gerade hineinbeißen wollte, und Mathilde beugte sich mit großen Augen vor.

„Wie meinst du das, Frieda?"

„Es geht doch schlicht und ergreifend darum, dass wir uns gegen die Machenschaften von diesem Victor –", sie vermied es Thilde zuliebe, in diesem Zusammenhang auch Kesselstein zu erwähnen, „– dass wir uns dagegen wehren. Eva ist völlig ahnungslos und darüberhinaus noch nicht einmal hier, also sind wir es, die ihre Interessen wahren müssen! Es ist ganz einfach – eine von uns wird das Findelkind spielen und für den besten Eindruck sorgen, den man sich in adligen Kreisen nur wünschen kann."

„Frieda, nein! Das können wir nicht!", rief Mathilde aus und war offenbar schon wieder kurz davor, an einer Gurkenscheibe zu ersticken.

„Und warum nicht? Sieh mal, Thilde, es ist doch kein Betrug, wir ebnen Eva nur ein wenig den Weg, das ist alles."

„Das gibt einen Schlamassel vom Besten!"

„Heiliger Strohsack, Thilde!“, schaltete sich nun auch Annelie ein. „Wenn wir nichts unternehmen, wird Eva durch deinen –“, sie fing Friedas warnenden Blick auf und schluckte die Worte, die sie auf den Lippen hatte, hinunter, „also, sie wird durch diese Intrige jeder Aussicht beraubt, die Familie ihres Vaters auch nur kennenzulernen! Willst du das etwa zulassen?“

„Nein, natürlich nicht“, die arme Mathilde befand sich in dem größten Dilemma ihres bisherigen Lebens, „aber ich – ich kann das schlichtweg nicht!“

„Was nicht?“

„Nun, das Findelkind spielen! Eine von uns muss das ja, und da ihr beide euch schon sozusagen … unbeliebt gemacht habt …“, sie beendete den Satz lieber nicht.

Frieda nahm ihre Hand und drückte sie. „Nein, Thilde, das sollst du auch gar nicht! Für diese Rolle kommt nur diejenige von uns in Frage, die Eva altersmäßig am nächsten steht.“

„Also die Plaudertasche“, sagte Annelie und griff mit funkelnden Augen nach einem Käsebrötchen.

„Du siehst ja ganz so aus, als ob dir das auch noch Spaß macht“, rief Mathilde empört, „jemanden hinter das Licht zu führen!“

„Jemanden hinter das Licht zu führen, der uns hinter das Licht führen will“, Annelie biss ungerührt in ihr Brötchen, und Mathilde gab einen Seufzer von sich, der ihren Schwestern fast das Herz brach.

„Sieh mal, Thilde“, versuchte Frieda zu trösten, „es ist doch gut möglich, dass wir mit unserer Aktion nicht nur Eva einen Gefallen tun, sondern auch deinem Kesselstein!“

„Erstens ist es nicht MEIN Kesselstein und wird es auch nie werden, und zweitens dürfte ein Gefallen ja wohl etwas anders aussehen, als an der Nase herumgeführt zu werden!“, stellte Mathilde klar.

„Also, das Erstens geht natürlich nur dich selbst was an, aber was das Zweitens betrifft – hast du denn schon vergessen, dass er diesen gemeinen ersten Brief zerrissen hat? Ich würde es gar nicht für so abwegig halten, wenn er nach dem Treffen mit dir anderen Sinnes geworden ist, und über was würde er sich dann wohl am meisten freuen, was denkst du?“, fragte Frieda listig und gab gleich selbst die Antwort: „Selbstverständlich darüber, wenn an der Erbin absolut nichts auszusetzen ist, und er auf diese Weise nicht nur ihr, sondern auch dir etwas Gutes tun kann! So, und indem wir ihm nun ein derartiges Musterexemplar präsentieren, tun wir ihm ja wohl einen Riesengefallen, so einfach ist das.“

„Meinst du das ernst, Frieda?“, Mathildes Stimme klang bereits eine Spur frischer, und Annelie kicherte.

„Na, und ob! Wir haben doch vorhin schon darüber gesprochen, dass wir leider nicht wissen, was in dem tatsächlich abgeschickten Brief steht! Und schau mal, das ist jetzt wirklich eine wichtige Aufgabe: Wenn du mit ihm diesen Ausflug machst, dann könntest du ihm insofern gleich ein bißchen auf den Zahn fühlen, damit wir herausfinden, woran wir mit ihm sind.“

„Und dann weißt du auch gleich, woran du mit ihm bist“, fügte Annelie etwas vorlaut hinzu, was ihr einen ziemlich irritierten Blick von Mathilde eintrug.

„Du solltest dich lieber schon mal in gutem Benehmen üben“, bekam sie von dieser zurück. „Immer mit der Zunge vorweg, das gehört sich nicht in besseren Kreisen! Wie wäre es mit etwas mehr Zurückhaltung und Feingefühl, meine Liebe? Du brauchst gar nicht zu kichern – damit musst du von nun an nämlich auch etwas sparsamer umgehen, wenn du Evas Millionen retten willst.“

„Und deine große Liebe!“ Annelie konnte es nicht lassen und kicherte schon wieder, woraufhin Mathilde eine der guten Aubrücker Leinenservietten nach ihr warf und das Käsebrötchen traf.

Frieda verdrehte die Augen, was zur Folge hatte, dass sich die Empörung prompt gegen sie richtete.

„Verdreh du nur die Augen, Frieda, du brauchst dich schließlich nicht zu verstellen!“, rief Annelie.

„Ja, du kannst weiter in deinem Kontor sitzen und in aller Ruhe deine Salem schmöken, während Annelie und ich diese Komödie aufführen!“

„Kann ich nicht“, sagte Frieda mit Nachdruck, „mir obliegt schließlich die Koordination des Unternehmens – einer muss euch ja vor Torheiten bewahren!“

Jetzt flog die Serviette in Friedas Richtung, und dann lachten alle drei so herzlich, dass sie fast das französische Fenster zum Klirren brachten.

Frieda wurde als erste wieder ernst. Abermals ergriff sie Mathildes Hand und drückte sie. „Nur Mut, Thilde, das wird schon! Und denk daran: Immer schön auf die Vorzüge unseres Findelkindes hinweisen, das ist das Wichtigste.“

„Und ich gebe mir Mühe, diese Vorzüge unübersehbar an den Tag zu legen“, fügte Annelie hinzu, „was wird der arme Wieland sich wundern!“

„Ach du lieber Himmel, an den haben wir ja gar nicht gedacht!“, rief Mathilde aus. „Das wird wohl kaum angehen, dass er so an deiner Seite klebt wie sonst immer, macht ja nicht gerade den besten Eindruck.“

„Das soll mir nur recht sein“, äußerte sich Annelie zu ihrem Verehrer aus den gemeinsamen Sandkastentagen, „ehrlich gesagt, seitdem er in Kiel studiert, geht er mir ziemlich auf die Nerven. Was der sich neuerdings alles herausnimmt! Da wird es ihm mal ganz gut tun, wenn ich ihn etwas auf Abstand halte.“

Frieda betrachtete sie nachdenklich. „Umso besser, wenn dir das entgegenkommt, Annelie! Ich denke nämlich, dass wir dich auf etwas jünger trimmen sollten, nur für den Fall, dass Evas Alter doch noch irgendwann eine Rolle spielt.“

„Muss das sein?“ Annelie war nicht sonderlich erbaut, und auch Mathilde schüttelte missbilligend den Kopf.

„Nur ein wenig, und ganz behutsam, sonst würden sich ja alle wundern, die dich kennen, Kesselstein inklusive! Du trägst einfach ein paar von Evas Kleidern, und natürlich flachere Schuhe, ja, und wie wär's mit einem Zopf statt der Aufsteckfrisur?“

„Das kann ja heiter werden“, jetzt war Annelie ausnahmsweise das Kichern vergangen, „also auf, zurück in die Backfischzeit! Ich hoffe nur, Eva kann mein Opfer würdigen und bedenkt mich irgendwann einmal mit ein, zwei von ihren Millionen!“

*

Die Lüders-Schwestern waren gewohnt das zu machen, was man gemeinhin als ‚Nägel mit Köpfen‘ bezeichnet, und so erfuhr Dietrich von Kesselstein zu seinem Entzücken, dass der in Aussicht genommene Ausflug noch am selben Nachmittag stattfinden könne, wie Mathilde ihm mit reizend-verschämtem Lächeln kundtat. Sie bestand allerdings darauf, dass die Fahrt, welche zum berühmten Taufstein des nicht minder berühmten Wikingerfürsten Harald Blauzahn führen sollte, keinesfalls zwei Stunden überschreiten dürfe, da sie – und hier zeigten sich wieder die Grübchen in den runden Wangen – ganz unbedingt die Vorbereitungen für das Abendessen zu überwachen habe, eine höchst bedeutungsvolle Tätigkeit, die keinesfalls delegiert werden konnte. Dido, ganz Ehrenmann, sicherte ihr dies zu, und dann machten sie sich etwa zur gleichen Stunde auf den Weg, in der sie sich am Tag zuvor begegnet waren.

Es war ein wunderbarer Tag, zu warm schon für Frühling, und noch nicht warm genug für Sommer; die Rapsfelder inmitten der grünenden Äcker und Wiesen leuchteten sonnengelb, auf den Knicks standen Weißdorn, Heckenrosen und Brombeeren in Blüte, und je nachdem aus welcher Richtung der verspielte Wind wehte, brachte er entweder das satte Aroma des Rapses mit sich oder das zitronenfrische der blühenden Büsche – und, um ehrlich zu sein, mitunter auch den Jauche-Geruch von einem der Gehöfte, das die Ställe auslüftete.

„Wenn die Bauern Tore und Türen öffnen, dann gibt es bald Regen", erläuterte Mathilde freundlich, und Dido, der zur Zeit alles, was sie sagte, überaus charmant fand, nickte beglückt.

Er hatte das faltbare Verdeck des Wagens heruntergelassen und fuhr in gemächlichem Tempo südwärts. Weit war es nicht, allenfalls sieben oder acht Kilometer, und er wollte die ihm zugestandenen zwei Stunden bis zum letzten Augenblick auskosten.

Mathilde neben ihm war die reine Augenweide. Offenbar war Blau ihre Lieblingsfarbe, und es fand sich in geschmackvoll aufeinander abgestimmten Nuancen überall: Von ihrem zweiteiligen Kleid über die Seidenbluse bis hin zu dem großen Hut, den sie – kluges Kind – fahrtwindgerecht mit einer neckischen seitlichen Schleife festgebunden hatte. Als Dido ihre wohlgerundete, entschieden sanduhrförmige Figur sah, hätte er Tränen vergießen können über all die armen fehlgeleiteten Frauen, die sich mit diesen fürchterlichen Reform-Hängekleidern entstellten. Fast hätte er etwas in diese Richtung gesagt, aber er besann sich gerade noch rechtzeitig, um sie nicht durch eine unüberlegte Bemerkung im Hinblick auf ihre Schwester zu kränken.

So wurde die Ausfahrt zu einem vollen Erfolg. Mathilde erwies sich als absolut perfekte Begleitung, die weder zu viel noch zu wenig redete, zu allem höchst verständig seine Meinung wissen wollte und außerdem den angenehmen Hang hatte, alles, was er sagte oder tat, gut und richtig zu finden. Obendrein hatte sie noch für einen exquisiten Picknickkorb inklusive Trüffelpastetchen und Champagner gesorgt, der selbst Capri-Ansprüchen genügt hätte. Dido war mithin glänzendster Laune, als sie nach einer knappen halben Stunde ihr Ausflugsziel erreichten und sich nach einem pflichtschuldigen Rundgang um das von Bischof Poppo zu Taufzwecken entfremdete Steingrab im Schatten eines windschiefen Baumes niederließen, wo Dido zuvor eine der schweren Wagendecken ausgebreitet hatte. Der Picknickkorb wurde ausgepackt, und je tiefer der Pegel der Champagnerflasche sank, desto intimer wurde die Unterhaltung. Mathilde fragte ihn auf ihre verständige Art nach diesem und jenem, zeigte ein geradezu enthusiastisches Interesse an seinem Alltag und insbesondere an seinen lieben Freunden. Dido, der selten erlebt hatte, dass man ihm ein derartiges Maß an positiver Aufmerksamkeit entgegenbrachte, erzählte frisch von der Leber weg. Er schilderte seine drei Busenfreunde aufs Lebhafteste, wobei er allerdings gewisse Eigenheiten, die insbesondere Victor und Peter betrafen, unter den Tisch beziehungsweise unter die Wagendecke fallen ließ. Mathilde dankte es ihm mit rosigen Wangen und strahlenden braunen Augen, klatschte mitunter vor Entzücken in die niedlichen Hände und rief ein ums andere Mal so schmeichelhafte Dinge wie „Ach, was bewundere ich Sie!“ und „Da kann man mal sehen, ganz der Herr von Welt!“ oder auch nur „Nein, wie köstlich!“, sodass er ohne es zu merken, ihr im Prinzip sein ganzes Leben offenbarte – und das seiner Freunde obendrein. Von letzteren konnte sie offenbar nicht genug hören, denn sie hakte immer wieder nach und zeigte sodann tiefe Anteilnahme, als er ihr Victor von Rothspons schwierige Umstände schilderte.

„Kann man ihm denn da gar nicht helfen?“, erkundigte sie sich warmherzig.

„Nun ja, er hat einen reichen Erbonkel“, sagte Dido unüberlegt, woraufhin Mathilde abermals in die Hände klatschte und ausrief:

„Da bin ich aber erleichtert, Herr von Kesselstein! Dann ist es doch gewiss nur eine Frage der Zeit, bis ihr lieber Freund sein Erbe antreten kann!“

Dido war gerade etwas abgelenkt, weil sie jetzt den Hut abnahm und ihre Jacke etwas weiter öffnete, sodass ihm tatsächlich ein Seufzer entschlüpfte und die Worte:

„Ja, wenn es nicht so wäre, dass –“

Er kriegte sich gerade noch rechtzeitig ein, aber der Faux-pas war seiner aufmerksamen Zuhörerin natürlich nicht entgangen.

„Ja, wenn das Wörtchen wenn nicht wäre“, sagte sie fröhlich und fügte mit verblüffender Klarsicht hinzu: „Ich verstehe das gut, Herr von Kesselstein, denn es gibt ja in den meisten Familien irgendein verstecktes Geheimnis. Bei uns zum Beispiel …“

Hier brach sie erschrocken ab, aber jetzt drang Dido mit zärtlichen Vorwürfen in sie und bat sie, doch Offenheit mit Offenheit zu vergelten, und da gab sie schließlich nach.

„Ach, Herr von Kesselstein“, sagte sie mit entzückendem Erröten, „stellen Sie sich bloß vor, unsere jüngste Schwester ist in der Tat ein – Findelkind!“

Und das ist noch nicht einmal gelogen, ich habe ja nicht gesagt, WER die jüngste Schwester ist, dachte Mathilde bei sich und fühlte sich gleich ein bisschen besser. Jetzt noch etwas Lobhudelei, und dann habe ich meinen Part erfüllt, und zwar leichter, als ich gedacht hatte.

Kesselstein hätte natürlich vor allem seiner anbetungswürdigen Mathilde die Rothspon-Millionen gegönnt, wenn nun aber die jüngste Schwester der gesuchte Adelsspross war, dann hatte das den unleugbaren Vorteil, dass niemand ihm hinsichtlich seiner Werbung um Mathilde irgendwelche unlauteren Motive unterstellen konnte. Gut so! Er lächelte zufrieden in sich hinein und äußerte dann ein höchst überraschtes:

„Nein, was Sie nicht sagen!“

Der schräge Blick, den ihm seine Angebetete daraufhin zuwarf, entging ihm allerdings.

Na warte, dachte Mathilde, jetzt bekommst du es aber dicke!

Und dann legte sie los und lobte ihre jüngste Schwester in den Himmel, schilderte minutenlang ihre unglaublichen Tugenden, die Charakterstärke von geradezu adligen Ausmaßen, ihre vornehme Wesensart und die durch und durch hochherzige Gesinnung.

„Sie ist allerdings noch ein bisschen lebhaft, das arme Kind", schloss sie ihre Lobrede, „aber das ist ja nur eine kleine Schwäche, die mit der Zeit von selbst vergeht, und angesichts ihres schweren Schicksals wird ihr kein guter Christenmensch verdenken, dass sie in ihrem jungen Alter noch etwas redselig ist. Nicht, dass irgendein Harm darin läge …"

Jetzt war es Dido, der rot wurde, auch wenn das bei ihm mitnichten so entzückend wirkte wie bei Mathilde. Er schämte sich in Grund und Boden für seine Niedertracht, und selbst, wenn er es nicht wagte, ihr auf der Stelle reinen Wein einzuschenken, ein bisschen gut konnte er es jedenfalls machen.

„Aber Ihre Schwester ist doch ganz reizend in ihrer frischen Art", sagte er und wurde dabei, wenn möglich, noch röter. „Und dann noch diese Kompetenz … im Umgang mit den Gästen!"

Mathilde bedachte ihn mit einem sehr nachdenklichen Blick, und dann sagte sie tatsächlich:

„Dass Sie das sagen, Herr von Kesselstein, freut mich sehr. Wir hatten nämlich schon Gäste, die sich an ihrem Geplauder gestört haben, stellen Sie sich das bloß vor!"

„Nein, wie kann man nur so wenig Verständnis für ein junges Mädchen haben!", rief der arme Dido mit einem Kopf, der inzwischen die Farbe einer reifen Erdbeere angenommen hatte. „Ich darf Ihnen versichern, liebes Fräulein Lüders, dass Ihr Fräulein Schwester trotz ihrer … ihrer jugendlichen Art über jeden Zweifel erhaben ist. Ihre Umgangsformen genügen zweifellos auch den höchsten Ansprüchen, und von den charakterlichen Vorzügen, die Sie mir eben so beredt geschildert haben, ganz zu schweigen!"

„Ach, es tut so gut, die Meinung eines wahrhaftigen Weltmannes zu hören", sagte Mathilde mit einem kleinen Seufzer, und ihre schönen Augen füllten sich tatsächlich mit Tränen. „Es ist so traurig für das arme Kind, dass es seine Familie nicht kennt, insbesondere, da wir überzeugt sind, dass sie sich ihrer Abstammung nicht zu schämen braucht …"

„Nein, in der Tat nicht!", entfuhr es Dido, und schnell fügte er hinzu: „Also, ich meine damit natürlich, dass ich ganz Ihrer Meinung bin! Vielleicht kann ich in der Beziehung ja sogar noch etwas für die Kleine tun", fuhr er verwegen fort, bereit, alles dafür zu geben, dass die braunen Augen wieder so strahlten wie zuvor. Er hatte offenbar genau das Richtige gesagt, denn sie schenkte ihm jetzt ein zauberhaftes Lächeln und sprach:

„Das ist sehr hochherzig von Ihnen, dass Sie das sagen, lieber Herr von Kesselstein; doch bitte verzeihen Sie, ich hätte Sie mit unseren privaten Kümmernissen nicht belasten dürfen. Wie konnte ich nur!"

„Aber liebes Fräulein Lüders, ich schätze mich doch überglücklich, wenn ich Ihnen auf irgendeine Weise behilflich sein kann! Sie sind … Sie sind einfach …"

Alles, wovon ich je geträumt habe, dachte er, aber das auszusprechen schien ihm nun doch zu gewagt, und so begnügte er sich damit, ihre Hand zu ergreifen und wortlos an seine Lippen zu führen.

Der Handkuss führte zu weiteren Küssen, die irgendwann auf dem kleinen roten Mund endeten, und als sie sich eine Viertelstunde später aus der zärtlichen Umarmung lösten, waren sie zu ‚Mathilde' und ‚Dido' geworden. Zum Glück waren gerade noch zwei Schlucke Champagner da, um darauf anzustoßen. Dann war es auch schon höchste Zeit, nach Aubrück zurückzukehren, und die erstaunten Möwen, die am blauen Himmel kreisten, erblickten tief unter sich ein leicht schlingerndes Automobil, dessen zwei Insassen tatsächlich Hand in Hand saßen und das schöne Duett ‚Schenkt man sich Rosen in Tirol' angestimmt hatten. Wen wundert es da, dass die Heimfahrt fast doppelt soviel Zeit in Anspruch nahm wie die Hinfahrt?

7

Dort, wo die Gärten des Gasthofs zu Ende waren, floss in einem verspielten Bogen die Bollingstedter Au. Eine dichte Ligusterhecke begrenzte das Anwesen, aber man konnte durch die uns bereits bekannte Pforte aus dem Gastgarten direkt ans Ufer gelangen, wo ein schmaler, von Bäumen und Büschen gesäumter Weg den Windungen des Flüsschens folgte. Wenn man aus der Pforte trat, dann ging es rechts flussabwärts, sozusagen in Richtung Nordsee, und links führte der Weg flussaufwärts ins Quellgebiet der Au, zu welchem außer einigen grundlosen Sümpfen auch der bewußte, neuerdings der Freikörperkultur gewidmete Ausee gehörte.

Fredi Sorgenfrei, schwer behängt mit Angelzubehör und die grünkarierte Kappe auf der Halbglatze, schlug den Weg nach links ein. Zwar lagen alle bedeutenderen Angelgründe in der entgegengesetzten Richtung, und ihn hatte auch kein plötzlicher Drang zum Schwedisch Baden übermannt, aber er war dennoch dabei, seinen Köder auszuwerfen, wenn auch nach ganz anderer Beute. Diese Beute spazierte etwa fünfzig Schritt auf dem Uferweg voraus, die Ältere schick herausgeputzt und mit rüschengeschmücktem Sonnenschirm trotz der schattenspendenden Vegetation, die Jüngere in schlecht sitzendem Gehkleid und auf dem runden Kopf einen flachen Hut, der an einen umgedrehten Suppenteller erinnerte. Selbst Sorgenfrei war sich darüber im Klaren, dass man unter ‚kleidsam' etwas anderes verstand. Sie waren zu weit entfernt, als dass er von ihrem Gespräch etwas hätte auffangen können, aber schließlich kam es, wie es kommen musste: Nach einer knappen halben Stunde ging ihnen die Puste aus, und sie ließen sich auf einer Bank am Flussufer nieder. Sorgenfrei näherte sich leisen Fußes, und er konnte gerade noch hören, wie die Jüngere zur Älteren sagte:

„Hoffentlich kommt deine Freundin bald, Mama!“, als ihm der sperrige Fangbehälter von der Schulter rutschte und zu Boden polterte. Die beiden Damen sprangen erschrocken auf, entspannten sich aber auf der Stelle, als sie ihren liebenswürdigen Nachbarn aus dem Speiseraum erkannten.

„Herr Sorgenfrei!“, rief Frau Hansen und schwenkte begeistert ihren Sonnenschirm, „setzen Sie sich doch auf ein Viertelstündchen zu uns, bevor Sie Ihr Anglerglück versuchen!“

„Nichts lieber als das“, rief Sorgenfrei zurück, hundertprozentig wahrheitsgetreu. Wenn er sie auch nicht hatte weiter belauschen können, der Feindkontakt war hiermit erfolgreich hergestellt, und er wusste jetzt überdies noch, dass die ältere Hansen diejenige mit der sogenannten Freundin war. Gar nicht schlecht für den Anfang.

„Wie galant von ihm“, raunte Greta Hansen indessen ihrer in Schweiß ausgebrochenen Stieftochter zu, nicht ahnend, dass Sorgenfreis Motivlage eine gänzlich andere als die von ihr angenommene war. „Nehmen Sie Platz, lieber Herr Sorgenfrei – wir nehmen Sie gern in unsere Mitte!“

Fredi Sorgenfrei, seinen Fangbehälter unter dem Arm, war inzwischen bei der Bank angekommen und schaute etwas zweifelnd auf den angebotenen Platz, denn da gab es schlichtweg keine Mitte, in die er sich hätte setzen können; Fräulein Hansen klebte vielmehr so dicht an ihrer Stiefmama, dass noch nicht einmal eine Rasierklinge dazwischen gepasst hätte.

„So mach doch Platz, Else“, sagte Frau Hansen in vorwurfsvollem Ton, und als daraufhin rein gar nichts geschah, bedachte sie Sorgenfrei mit einem verschwörerischen Lächeln und den Worten: „So schüchtern, das gute Kind! Na, dann bin ich eben diejenige, die Platz macht!“

Sie rutschte ans linke Ende der Bank, doch Else rutschte sogleich hinterher. Das war freilich nicht gut überlegt, denn nun blieb Sorgenfrei nichts anderes übrig, als sich auf ihrer freien Seite niederzulassen. Dort hatte er immerhin die Hälfte der Bank für sich und sein Zubehör, denn Else hing nun so dicht auf ihrer Stiefmama, dass sie diese fast über die Kante geschoben hätte. Um seine lauteren Absichten zu bekunden, stellte er erstmal den eimergroßen Fangbehälter zwischen sich und das schüchterne Fräulein, was ihm allerdings einen missbilligenden Blick von deren Stiefmama eintrug. Einige Momente schwiegen die drei, und dann erhob Frau Hansen die Stimme:

„Ein wunderschöner Tag, nicht wahr?"

„In der Tat, ganz wunderschön", erwiderte Sorgenfrei. „Und Sie erwarten noch eine Freundin, wie ich hörte?"

„So ist es", antwortete Frau Hansen und fuhr gleich fort: „Eine liebe Bekannte aus alten Zeiten …"

„Wie nett! Kommt sie denn hier aus der Gegend?"

„Sie kommt aus Berlin", sagte Frau Hansen mit einem gewissen Stolz.

„Aha", sagte auch Sorgenfrei mit einem gewissen Stolz, weil er die Sache so rasch aufgeklärt hatte.

Leider kamen diese an sich harmlosen drei Buchstaben bei Frau Hansen ganz und gar verkehrt an. Sie beugte sich vor und erklärte mit großem Nachdruck:

„Sie ist verlobt!"

Sorgenfrei, wie gesagt, nicht der hellste Kopf im Dienstgebäude am Königsplatz, hätte fast entgegnet ‚Das ist mir bekannt!', aber es gelang ihm gerade noch, die Worte hinunter zu schlucken. Stattdessen beugte er sich gleichfalls vor, bedachte Fräulein Else mit einem erleichterten Blick, und entgegnete ein weiteres Mal:

„Wie nett!"

Greta Hansen schüttelte mit gerunzelter Stirn den Kopf. „Doch nicht Else! Ich meine natürlich, meine Bekannte."

„Ach so", Sorgenfrei lehnte sich wieder zurück. Er überlegte kurz und beschloss dann, als nächstes der Frage nachzugehen, welche der Lüders-Schwestern denn nun diejenige war, die für soviel Kopfzerbrechen in Berlin sorgte.

„Nettes Haus, der Gasthof", begann er also, „und die jungen Damen sind so tüchtig, finden Sie nicht auch?"

Auf Frau Hansens Stirn bildeten sich schwere Gewitterwolken. „Tüchtig vielleicht, aber so gut wie verlobt!"

Verlobt. Schon wieder dieses Wort. Offenbar war das Weibsbild auf irgendeine Weise besessen davon. Es galt also, mit Vorsicht zu agieren.

„Alle beide?", fragte er möglichst unverfänglich.

Frau Hansen beugte sich noch weiter vor und funkelte ihn – vorbei an Else und dem Fangbehälter – gefährlich an. „Was heißt ‚alle beide'? Es gibt mindestens drei von der Sorte – aber vermutlich haben Sie das Küchenwunder noch nicht kennengelernt! Also, lieber Herr Sorgenfrei, die Jüngste sieht man ständig in der Gesellschaft von diesem Stenz mit der Studentenmütze, und Ihr werter Herr Zimmernachbar, der für unsereins kaum ein Kopfnicken übrig hat, himmelt ganz offenkundig die zweite Schwester an! Ich habe die beiden vorhin tatsächlich gemeinsam in sein Automobil steigen sehen, mit einem Picknickkorb, aus dem der Hals einer Champagnerflasche ragte! Das sagt doch wohl alles, oder?"

Sorgenfrei beeilte sich, ihr zuzustimmen. Zwar interessierte ihn nichts weniger als das Liebesleben der Gasthof-Schwestern, aber irgendwie musste er die Dame bei Laune halten, selbst wenn das offenbar so gut wie unmöglich war. Schließlich war sie eine ergiebige Informationsquelle, wie zum Beispiel in Bezug auf die Lüders-Mädchen, von denen es also noch eine dritte gab. Na, er würde schnell dahinter kommen, welche von ihnen das lästige Ehehindernis war.

„Aber die Älteste?", begann er listig. „Auf mich wirkt sie jedenfalls eher zurückhaltend, um nicht zu sagen, vornehm …"

Er hätte genauso gut in ein Wespennest stechen können. Frau Hansen holte tief Luft und beugte sich jetzt so weit vor, dass sie tatsächlich Gefahr lief, von der Bank zu rutschen:

„Die Älteste? Vornehm? Dass ich nicht lache! Entschuldigen Sie, lieber Herr Sorgenfrei, aber es reicht ja wohl kaum aus, Zigaretten zu rauchen und in einem Sack durch die Gegend zu laufen, um vornehm zu sein! Da hätte ich Ihnen aber einen besseren Geschmack zugetraut."

Sorgenfrei war so verdattert, dass ihm hierauf erstmal nichts einfiel. Dafür erhob gänzlich unerwartet Fräulein Else die Stimme:

„Ich finde, dass Frieda Lüders sehr nett ist!", sagte sie, jede Silbe schwer betonend.

„Aber Else", rief Greta Hansen in hellem Entsetzen, bereits eine feministische Revolution in ihrer unmittelbaren Umgebung witternd, „das ist doch wohl nicht dein Ernst!"

„Sie wäre bestimmt ein gutes Medium", trumpfte Else auf, und Sorgenfrei sah sich gänzlich außen vor. Medium – was, um Himmels willen, für ein Medium?

Offenbar spiegelte sich die Verwirrung in seinem Gesicht wider, denn nach einem kurzen Blick in seine Richtung sagte Frau Hansen kopfschüttelnd:

„Du nun wieder, Else … Verzeihen Sie, Herr Sorgenfrei, aber meine Stieftochter ist eine Anhängerin der spiritistischen Wissenschaften, wie so viele empfindsame Seelen …"

Das war nun selbst für Fredi Sorgenfrei etwas zu starker Tobak. Er erhob sich so abrupt, dass sein Bankende kurz in die Höhe schnellte, griff nach dem Fangbehälter und empfahl sich den Damen.

„Petri Heil", rief Frau Hansen ihm nach, „man sieht sich im Speiseraum!" Dann wandte sie sich an ihre Stieftochter, und Sorgenfrei hörte noch die vorwurfsvollen Worte: „Else, Else, du bist wirklich ein hoffnungsloser Fall!"

Sorgenfrei strebte mit langen Schritten und klapperndem Zubehör den Uferweg zurück in Richtung Gasthof, bemüht, das Gehörte irgendwie in IIIb-relevant und IIIb-irrelevant aufzuteilen, bis ihm der Kopf schwirrte. Was er jetzt eindeutig brauchte, war eine stille Angelstunde, um Ordnung in seine Gedanken zu bringen. Kurz vor der Gartenpforte entdeckte er im Schatten einiger Erlen und Weiden ein einladendes Plätzchen, wie gemacht, um die Angelrute auszuwerfen. Er legte sein Zubehör ab, betrachtete prüfend die Insekten, die über der Wasseroberfläche kreisten, wählte mit Bedacht einen Köder und warf die Rute aus. Die Nachmittagsonne schien ihm warm ins Gesicht, eine leichte Brise wehte ländliche Geräusche aus dem jenseits des Flüsschens gelegenen Stenderup herbei, und das klare braune Wasser zu seinen Füßen gurgelte vergnügt dahin. Wie schön das Leben sein konnte.

Um sein Glück vollkommen zu machen, spürte er plötzlich den gewissen Ruck am Ende der Angelschnur, und einen Augenblick später hatte er eine stattliche Forelle aus dem Wasser gezogen. Fredi hätte am liebsten einen Freudensprung gemacht – so ein Prachtfisch, und das obendrein noch heute, an einem Freitag, bekanntermaßen dem Fischtag! Er würde die Forelle in der Küche abgeben und sich den Rest des Tages auf ein fürstliches Abendessen freuen.

Er beschloss, den Fisch gleich an Ort und Stelle zu schlachten; er konnte das im Zweifel besser als das beste Küchenpersonal, und die Küchenmädchen würden es ihm obendrein danken. Ein großer, flacher Stein, halb im Ufergebüsch, ergab die passende Unterlage. Fredi ging flott ans Werk und steuerte kurz darauf beschwingten Schrittes den Gasthof an. Jetzt noch ein Tässchen Kaffee, und der Tag war perfekt.

Er beabsichtigte, seinen Fang auf dem kürzesten Wege in der Küche abzuliefern, und so wählte er diesmal den Weg durch den Haupteingang. Dort kam er gerade zurecht, um zu sehen, wie Kesselstein sein schickes Automobil auf dem Vorplatz parkte und einer hübschen jungen Dame beim Aussteigen behilflich war. Die rosigen Wangen beider sowie die nunmehr leere Champagnerflasche, deren entkorkter Hals unübersehbar aus dem Picknickkorb lugte, sprachen für sich – und für Frau Hansens Urteilsvermögen.

Sorgenfrei, der eben zu einem Gruß angesetzt hatte, durchfuhr es eiskalt. Was, wenn just diese die Gräfinnentochter war und sein feiner Zimmernachbar es aus irgendwelchen finsteren Gründen deswegen auf sie abgesehen hatte? Doktor Klein würde ihn schlachten, wie er eben die Forelle geschlachtet hatte, wenn er insofern etwas übersah! Er blickte mit gefurchter Stirn hinter dem Paar her; sein eleganter Zimmernachbar trug eigenhändig den Picknickkorb, zweifelsohne ein sehr bedenkliches Zeichen.

Sorgenfrei folgte ihnen ins Haus, fassungslos registrierend, dass Kesselstein anscheinend gedachte, den Korb in die Wirtschaftsräume zurückzubringen, denn das war der Weg, den er jetzt zusammen mit seiner Begleiterin einschlug. Bevor die beiden hinter der betreffenden Tür verschwanden, machten sie allerdings an der Rezeption halt, wo Fräulein Annelie wieder Dienst hatte. Sorgenfrei fand, dass sie irgendwie anders wirkte als bisher; gewissermaßen mädchenhafter mit einem langen Zopf anstelle der hochgesteckten Haare, und in einem braven hellgelben Kleid mit weißem Kragen und Halsschleife. Offenbar schien auch Kesselstein dies zu bemerken; er blieb nämlich vor ihr stehen, betrachtete sie mit schiefgelegtem Kopf als sehe er sie das erste Mal, ergriff dann mit seiner freien Hand die ihre, schüttelte sie herzlich und sprach die seltsamen Worte:

„Liebes Fräulein Annelie, mag auch das Leben mitunter schwere Prüfungen für uns bereithalten, nur nicht verzagen! Und wenn ich mir noch diese Bemerkung erlauben darf: Sie brauchen sich um Ihre Zukunft gewiss keine Gedanken zu machen …"

Fredi Sorgenfrei konnte sich hierauf beileibe keinen Reim machen, aber das konnte scheinbar Fräulein Annelie. Sie tauschte einen raschen Blick mit ihrer Schwester, lächelte scheu und dankte dem lieben Gast für seine guten Worte. Der liebe Gast wandte sich daraufhin hochzufrieden ab und entdeckte im nächsten Moment seinen Zimmernachbarn.

„Ah, mein lieber Sorgenfrei", rief er mit geradezu befremdlichem Überschwang, „einen schönen guten Tag! Kennen Sie schon Fräulein Mathilde Lüders, unsere gute Fee in Haus und Hof und Küche? Nein, noch nicht? Dann gestatten Sie bitte –". Er machte die beiden formvollendet miteinander bekannt und fuhr ohne Unterbrechung fort:

„Nun, ich hoffe, mein Lieber, Sie konnten sämtlichen Fischen Schleswig-Holsteins den Garaus machen, haha! So eine zufriedene Miene, die spricht ja für sich! Na, dann weiterhin Petri Heil!"

Und fröhlich den Picknickkorb schwenkend verschwand er mit Fräulein Mathilde in Richtung Wirtschaftsräume; das Lied, das er dabei pfiff, war ganz eindeutig ‚Ich knüpfte manche zarte Bande' aus dem *Bettelstudenten*, wie Fredi Sorgenfrei mit wachsendem Unbehagen registrierte. Das muss ich unbedingt in meinem Bericht an IIIb erwähnen, dachte er noch, und dann erstarrte er. Im nächsten Moment wurde nämlich die schwere Eingangstür von außen geöffnet, und es erschien SIE.

Hortense Gräfin Molinero-Büxeltoft hatte eine Weile überlegen müssen, welche Art von Kleidung für einen erpressungsbedingten Aufenthalt auf dem Lande angemessen war, wenn man zudem noch die Gefahr lief, einen siebzehnjährigen Fehltritt *in persona* vorgeführt zu bekommen. Sie hatte sich, ihrer diesbezüglichen Stimmung entsprechend, für Halbtrauer entschieden und betrat den Gasthof demzufolge in einem auf die Figur geschnittenen Ensemble aus dunkelviolettem Samt, dessen Vorderseite von einer Doppelreihe kleiner schwarzer Schleifen geschmückt wurde. Mag sein, dass die dumpfe Farbe bei anderen Frauen eher matronenhaft gewirkt hätte, bei der schönen Gräfin bildete sie jedenfalls einen geradezu sensationellen Kontrast zu deren zartem Teint und den rotblonden Haaren. Auf letzteren trug sie ein schwarzes Hütchen mit einem Hauch von Schleier, das von Else Hansens umgedrehtem Suppenteller in etwa so weit entfernt war wie der Mond von der Erde.

Sorgenfrei vergaß die Verbeugung und schnappte nach Luft wie seine Forelle am Haken, und auch Annelie hinter ihrem Tresen riss die Augen auf. Für einen kurzen Moment hatte sie das flüchtige Gefühl eines Déjà-vu, aber bevor sie das Bild ganz erfassen konnte, war es schon wieder entschwunden.

Die Gräfin schenkte den beiden Anwesenden ihr strahlendes Der-Basar-ist-eröffnet-Lächeln, welches erfahrungsgemäß die meisten Sympathien hervorzurufen pflegte. Und Sympathien waren immer von Nutzen, selbst in einer so gewöhnungsbedürftigen Umgebung wie dieser. Überhaupt, das war das, was sie Greta – denn nur diese konnte die Absenderin jenes infamen Briefes sein – am allerwenigsten verzeihen würde: Erpressung, nun ja, abscheulich, aber es gab Situationen in denen man sich dazu hinreißen lassen konnte – aber dann doch bitte mit etwas Stil! Eine klare Forderung, schnell und diskret von ihrem Berliner Bankier zu erfüllen, das wäre zur Not noch angegangen. Aber dass man sie gezwungen hatte, die knapp bemessene Zeit vor den Feierlichkeiten zu ihrer dritten Eheschließung mit dieser vollkommen überflüssigen Reise zu vergeuden, das war absolut unverzeihlich, und dann obendrein noch zu diesem vermaledeiten Gasthof, dessen nasser Garten sie jahrelang bis in ihre Albträume verfolgt hatte! Kein Wunder, dass ihr Stimmungsbarometer auf Halbtrauer gesunken war! Aber es half nichts, Greta saß zur Zeit nun mal am längeren Hebel, denn selbst, wenn Lord Waltham seine Verlobte wahrhaft anbetete, auch der gepriesene britische Humor hatte seine Grenzen, und die verliefen eindeutig diesseits aller unehelichen Überraschungen. Sie würde also zusehen müssen, dass sie die lästige Angelegenheit hier schnellstmöglich hinter sich brachte, damit sie sich wieder ungestört den wirklich wichtigen Dingen in ihrem Leben widmen konnte. Und was ihre Tochter betraf, ehrlich gesagt, ein klein wenig neugierig war sie schon, auch wenn sie das Mädchen wesentlich lieber unter anderen Umständen getroffen hätte, wie zum Beispiel auf einem Wohltätigkeitsball oder bei einer Illumination des Schlossparks. Eins war jedenfalls von äußerster Wichtigkeit: Niemand durfte die künftige Lady Waltham in irgendeiner Weise mit dem Landgasthof Aubrück in Verbindung bringen. Sie hatte sich also als schlichte Frau Möller angemeldet – die deutsche Übersetzung ihres spanischen Namenteils – ein Inkognito, das ihr bereits in anderen diskreten Angelegenheiten gute Dienste geleistet hatte.

Um Schlichtheit war sie auch in allem anderen bemüht, wenn auch mit zweifelhafterem Erfolg. Gleich zwei Hausdiener folgten mit dem, was sie für ein bescheidenes Gepäck hielt, alles Ton in Ton und mit Leder beschlagen.

Annelie, die bei Dietrich von Kesselsteins Ankunft noch hatte kichern können, verschlug es schlichtweg die Sprache. Was, um alles in der Welt, wollte eine Dame wie diese in Aubrück? Sie hätte gerne gefragt, doch es verstand sich von selbst, dass das nicht anging. Also begrüßte sie den neuen Gast so, wie es sich gehörte, und fragte in ihrem höflichsten Ton:

„Frau Möller aus Berlin?“

„So ist es“, erwiderte die Dame, nähertretend und Annelie mit ungewöhnlicher Intensität von oben bis unten musternd. „Und Sie, mein Fräulein – die jüngste Tochter des Hauses?“

Annelie bejahte und stellte sich knicksend vor, Frau Möller musterte sie abermals, diesmal mit gespitzten Lippen und leicht zusammengezogenen Augenbrauen.

„Sie sollten kein Gelb tragen“, sagte sie etwas überraschend, „ein helles Blau würde Sie kleiden, oder meinetwegen auch Grau – sogar ein dezentes Rosé, aber kein Gelb!“

Sie schüttelte entschieden den Kopf und stieg sodann gemessenen Schrittes die Treppe empor, ein Hausmädchen voraus, die Diener mit dem Gepäck hinterher.

Sorgenfrei, der immer noch wie angewurzelt stand, blickte mit offenem Mund auf den dunkelvioletten Popo, der bei jeder Stufe von links nach rechts und wieder zurück schwang. Frau Möller hin oder her, das war SIE, die IIIb-relevante Gräfin, die er zu observieren und zu schützen hatte, und er hätte auch gratis und ganz ohne preußische Beamtenbesoldung alles gegeben, um diese vom Olymp gestiegene Göttin vor den Gemeinheiten der Welt inklusive Frau Hansen zu retten.

Und noch etwas anderes wurde ihm schlagartig klar: Die schöne Hortense konnte unmöglich die Mutter der ältesten Lüders sein. Bei ihm hatte sie ohnehin den Eindruck hinterlassen, dass sie allenfalls ein Kleinkind von höchstens drei Jahren ihr eigen nennen konnte, aber nun gut, es gab die allwissenden IIIb-Akten, welche auch vor den Geburtsdaten von Damen nicht halt machten, und dann war da natürlich noch die hässliche Zeitangabe bei der Erpressung gewesen. So wenig er es auch glauben mochte, es führte nichts an einer Gräfinnentochter von bald zwanzig Lenzen vorbei, und das passte wohl am besten auf die jüngste Lüders. Was ihm allerdings wirklich zu denken gab, war die Tatsache, dass sein piekfeiner Zimmernachbar die mittlere Schwester dermaßen hofierte; das konnte doch kein Zufall sein. Da das Bestimmen des Lebensalters von jungen Damen bisher aber weder ein Teil seiner eigenen Erfahrungen noch ein Teil der Spezialausbildung von IIIb gewesen war, war es ihm unmöglich zu entscheiden, ob Kesselsteins *chère amie* altersmäßig näher an Lüders Eins oder an Lüders Drei anzusiedeln war. Er würde Kesselstein also im Auge behalten müssen, ja, vielleicht sollte er ihn in seinem Bericht an IIIb ausdrücklich als Störfaktor erwähnen, das war wohl das Beste. Wie sagte der Chef doch immer so schön – Vorsicht ist besser als Nachsicht. Und jetzt ab in die Küche mit der Forelle!

*

Während die Ereignisse in Aubrück langsam aber sicher eine gewisse Eigendynamik entfalten, müssen wir uns noch kurz mit der Frage befassen, auf welche Weise ein renommierter Flensburger Apotheker im Jahre 1908 seinen Urlaub verbringt, zugegebenermaßen eine schwierige Frage, deren Beantwortung von verschiedenen Unbekannten abhängig ist. Aber wenn Sie nun erfahren, dass es sich bei dem betreffenden Apotheker um Max Hollmann handelt, den enthusiastischen Leiter der Radsportsektion des Turnvereins *Flensana*, dann sehen Sie gewiss schon etwas klarer. Bedenken Sie jetzt noch, dass der in Rede stehende Urlaub in der zweiten und dritten Juniwoche stattfindet, eine für den schönen Radsport besonders günstige Zeit, und dass Max Hollmann die Abfassung eines kleinen vereinsinternen Ratgebers ‚Zweirad-Touren in der Heimat' beabsichtigt, dann reduziert sich die Beantwortung der obigen Frage logischerweise darauf, dass unser Apotheker seinen Urlaub im flotten Radler-Dress verbringt: In heller

Sportjacke mit diversen aufgesetzten Taschen, bequemer Hose, die strammen Waden in Gamaschen, eine sportliche Schirmmütze gegen die norddeutsche Sonne auf dem Haupt, die Hände in schützenden Handschuhen aus perforiertem Kalbsleder, und den Schnurrbart *à la Wilhelm II.* optimistisch nach oben gezwirbelt.

In den beiden Satteltaschen führte er das Notwendige mit sich, was ein radelnder Apotheker so braucht; das Allernotwendigste aber steckte in zwei der vielen Taschen des Sakkos: Zum einen die gut gefüllte Brieftasche, zum anderen, mindestens ebenso wichtig, eine hübsche Blechdose mit *Apotheker Hollmann's Veilchenpastillen,* aus der er sich etwa alle zwei Kilometer großzügig bediente, zumal er noch fünf Nachschubdosen in den Satteltaschen hatte.

So ausgerüstet war Hollmann zunächst nach Grafenstein geradelt, wo er – als wackerer Schleswig-Holsteiner – einen äußerst missbilligenden Blick auf die dort vor Anker liegende kaiserliche Yacht *Hohenzollern* geworfen hatte. Dann ging es weiter nach Sonderburg, und von dort aus per Schiff über die Förde; die nächste Station war das berühmte Wasserschloss der Glücksburger Herzogskonkurrenz, und darauf folgte ein kleiner Schlenker durch Angeln. Hinter Satrup mit dem sehr erfreulichen Dorfkrug wandte er sich wieder westwärts, im Großen und Ganzen dem Lauf der Bollingstedter Au folgend. Inzwischen war er alles in allem – wie er penibel im Notizbuch verzeichnet hatte – an drei Tagen weit über hundert Kilometer gestrampelt, und allmählich bedauerte er zutiefst, anstelle der fünften Reservedose Veilchenpastillen nicht *Hollmann's Heilsalbe gegen den Hautwolf (extra stark)* eingepackt zu haben. Die Veilchenpastillen halfen seinem wunden Hinterteil nämlich wenig. Es war also kein Wunder, dass ihm am vierten Tag seiner Radtour der Anblick des Landgasthofs Aubrück so lieblich erschien wie dem Wüstenwanderer der Anblick einer grünenden Oase. Er verbannte den

Gedanken an das geplante Etappenziel, das ferne Schleswig, weit weg in die hinterste Ecke seines Bewusstseins, parkte den Drahtesel zwischen einer Droschke und einem Automobil, und wackelte steifbeinig zum Empfangstresen des Hauses, die sportliche Kappe höflich in der Hand.

Zwei junge Damen walteten dort ihres Amtes, von denen die eine wirklich jung war; ein netter blonder Käfer, wohl gerade dem Backfischalter entwachsen, und so süß und schmelzend wie eine Tasse Schokolade mit Sahnehäubchen. Die andere, dunkelhaarig und seinem eigenen Alter einen großen Schritt näher, steckte zwar in einem absolut fahrradtauglichen Hängekleid, wie er positiv vermerkte, machte aber einen entschieden weniger lieblichen Eindruck, und ähnelte – um bei Getränken zu bleiben – eher einem frischgezapften, kühl-herben Pils. Und Hollmann hatte schon immer eine Schwäche für Letzteres gehabt.

Er grüßte zuvorkommend und fragte nach einem Zimmer.

Beide musterten ihn von seiner zerdrückten Frisur über den inzwischen etwas angeknitterten Sportanzug bis hin zu den Gamaschen, die zwischen Munkbrarup und Husby leider etwas Öl von der Kette abbekommen hatten. Dann öffneten sie gleichzeitig den Mund.

Die Schokolade sagte: „Ja, gerne!“, und das Pils sagte: „Leider nein!“

Hollmann blickte verwirrt von einer zur anderen, und es entging ihm insofern nicht, dass die beiden, die anscheinend Schwestern waren, zwei ebenso verwirrte Blicke untereinander tauschten.

„Wir hätten doch noch die Mansarde, Frieda“, äußerte die Schokolade, woraufhin das Pils namens Frieda nur die Augenbrauen hochzog und knapp bemerkte:

„Ist doch reserviert – wusstest du das nicht, Annelie?“

Dann erfolgte etwa in Bodenhöhe eine Bewegung jenseits des Tresens, die sehr gut ein gezielter kleiner Fußtritt sein konnte, und die arme Annelie, inzwischen mit rosenroter Gesichtsfarbe, öffnete den Mund zu einem verschämten: „Ach so …“

Haargenau in diesem Moment bediente sich das Schicksal – offenbar mit einem Hang zum Erprobten – zum zweiten Mal der Person Lines, des Hausmädchens mit der mangelnden Zahnhygiene. Line, einen Stapel Handtücher auf den Armen, kam nämlich eben jetzt die Treppe hinunter, in sichtlich angeschlagener Verfassung und mit immer noch geschwollener Wange. Max Hollmann erfasste die Situation mit einem einzigen Apothekerblick.

„Meine Güte!“, rief er aus. „Was haben wir denn da? Einen entzündeten Zahn?“

„Einen nicht mehr vorhandenen Zahn, der immer noch schmerzt“, sagte Line kummervoll, klemmte die Handtücher unter den Arm und presste die freie Hand gegen die Wange.

„Aber da kann ich Ihnen helfen“, strahlte Hollmann und fingerte in seinen Taschen nach den Veilchenpastillen. „Es ist zwar kein Nelkenöl, aber Veilchenwurzel hat einen ähnlich lindernden Inhaltsstoff, der Ihnen sicherlich etwas Erleichterung verschafft.“

Als erstes bekam er allerdings die Brieftasche zu fassen, legte sie auf dem Tresen ab, und dann hatte er die gesuchte kleine Blechdose in der Hand.

„Bitte sehr, *Hollmann's Veilchenpastillen*, aus eigener Produktion! Nehmen Sie man gleich eine, am besten auf der entzündeten Stelle zergehen lassen! Sie können die Dose gern behalten, ich habe noch Reserve im Gepäck.“

Line, zutiefst ergriffen, dankte mit einem entsprechend tiefen Knicks und zog von dannen, die Handtücher links, die Hollmannsche Dose rechts fest in der Hand.

Dem Apotheker war aufgrund seines humanitären Einsatzes das entgangen, was sich gleichzeitig hinter dem Tresen abspielte. Die beiden Empfangsschwestern blickten zunächst auf die erkennbar umfangreiche Brieftasche.

Dann zog die Jüngere die Schultern hoch und die Ältere abermals die Augenbrauen, diesmal jedoch in eindeutiger Anerkennung. In diesem Moment fielen gegenüber Line die magischen Worte *„Apotheker Hollmann's Veilchenpastillen*“, und die Augenbrauen wanderten noch höher, sozusagen fast bis an die Decke, bis die Jüngere mit einem diskreten Stoß in die Rippen den Gesichtsausdruck der anderen wieder in den Normalbereich brachte. Zur Abwechslung zog dann die Ältere die Schultern hoch und wies mit dem Kinn auf den zerknitterten Dress. Die Jüngere machte eine fragende Handbewegung, die man als „Na und?“ interpretieren konnte, woraufhin die Ältere einen gottergebenen Blick gen Himmel schickte, offenbar ein „Nun gut, die Klügere gibt nach!“, was die Jüngere mit nach oben gereckten Daumen quittierte.

Als Hollmann seine Aufmerksamkeit wieder dem Empfangstresen zuwandte, zeigte sich ihm das harmonische Bild eines blonden und eines dunklen Kopfes dicht an dicht über ein aufgeschlagenes Buch gebeugt, dessen Umfang sicherlich dem Himmelsbuch des Petrus entsprach. Beide blickten gleichzeitig auf, und dann sagte die Ältere:

„Ich habe mich in der Tat geirrt, mein Herr. Die betreffende Reservierung hat sich erledigt, und wenn es Ihnen genehm ist, dann können wir Sie gern in unserem letzten freien Zimmer einquartieren. Sie werden allerdings mit einem Giebelzimmer im zweiten Stock vorlieb nehmen müssen.“

Max Hollmann war alles recht, wenn er nur sein abgeradeltes Hinterteil irgendwo ausruhen konnte, und so wurde man schnell einig. Er trug sich mit der honorigen Adresse ‚Hollmann's Apotheke, Südermarkt, Flensburg' ein, und die beiden Empfangsschwestern präsentierten sich nunmehr offiziell als Annelie und Frieda Lüders, Mitinhaberinnen des Gasthofs.

Alle Achtung, so jung und so tüchtig, dachte Hollmann, als er kurz darauf dem Hausburschen folgte, der, die Satteltaschen so vorsichtig wie das teuerste Gepäckstück tragend, ihm den Weg zu seinem Dachzimmer wies.

Auch Fräulein Frieda hatte so ihre Gedanken, als sie sinnend hinter ihm her blickte und wesentlich länger, als es sich schickte, bei den strammen Waden verweilte.

8

Der nächste Tag war Sonnabend, der dreizehnte Juni, und er begann mit einem wunderschönen Morgen. Der Tau funkelte in den ersten Sonnenstrahlen, und die leichten Nebelschleier, die im Tal der Au und über den tiefer gelegenen Wiesen hingen, hatten sich verflüchtigt, bevor die Vögel ihren Morgengesang beendet hatten. Aus dem Küchenschornstein des Gasthofs stieg der Rauch senkrecht auf, und durch die weit geöffneten Fenster war das Geklapper von Geschirr zu hören und das Trällern von Mathilde, das sie von Zeit zu Zeit unterbrach, um dem Personal ihre Anweisungen zu geben.

Mathilde war glücklich. Am vorangegangenen Abend hatte sie noch ein Stündchen mit Dido an der Au verbringen können, und zwar auf just jener Bank, die bereits den Damen Hansen und Fredi Sorgenfrei zum Verweilen gedient hatte. Mathildes und Didos Aufenthalt dort war allerdings ungleich romantischer gewesen; Dido hatte ihr gewissermaßen sein Herz zu Füßen gelegt und ewige Treue geschworen, und als die sachliche Mathilde daraufhin die Frage stellte, was denn wohl seine hochwohlgeborenen Eltern dazu sagen würden, hatte er ihre Hand mit Küssen bedeckt und ihr strahlend gestanden, dass selbige bereits seit Jahren in der Familiengruft ruhten und dass er in jeder Beziehung sein eigener Herr sei.

„Aber deine Freunde?“, hakte Mathilde nach, das ominöse Schreiben an Victor allzu deutlich vor Augen. „Was werden deine Freunde denken?“

Zum Glück war es so dunkel, dass ihr der sorgenvolle Ausdruck auf dem Gesicht ihres Verehrers entging. „Ach, meine Freunde“, sagte er nach kurzer Pause, „was sind die schon gegen dich, meine Liebste!“

Und mit diesen Worten und diversen weiteren Küssen wurde das betreffende Thema erstmal abgehakt. Mathilde war also glücklich, und Dido war ebenfalls glücklich, auch, wenn die unumgängliche Beichte gegenüber den drei anderen Mitgliedern des Quirligen Quartetts einen kleinen Schatten auf seine Liebeswonne warf. Den süßen Träumen, die ihn an diesem Morgen noch umfangen hielten, tat das allerdings keinen Abbruch.

Auch die anderen Personen, die sich unter dem in der Morgensonne leuchtenden Dach des Landgasthofs befanden, waren im Großen und Ganzen guter Dinge.

Frieda saß am Schreibtisch in ihrem Kontor, das Flügelfenster ebenfalls weit geöffnet, und eine große Tasse Kaffee sowie die erste Zigarette des Tages vor sich. Das Wirtschaftsbuch lag geschlossen daneben; sie musste es nicht aufschlagen, um zu wissen, dass das Haus nunmehr randvoll war – dafür hatte der radelnde Apotheker gesorgt. Sie musste etwas widerwillig zugeben, dass er beim Abendessen einen ganz vernünftigen Eindruck gemacht hatte, nachdem sein Jacket von Line, in welcher er eine Freundin fürs Leben gewonnen hatte, aufgebügelt worden war, und er Radlerhose und Gamaschen gegen ein Paar englische Hosen und normales Schuhwerk vertauscht hatte. Er hatte auch so eine gewisse Art, ein Auge zuzukneifen, wann immer er der ältesten Lüders begegnete, dass man fast schon von Schäkerei sprechen konnte, wenn sie sich nicht im Klaren darüber gewesen wäre, dass sie nicht gerade der Typ war, mit dem Männer zu schäkern pflegten. Trotzdem war es nett.

Auch Annelie war bester Dinge, als sie auf ein paar Minuten zu Frieda hereinkam. Um der wunderlichen Frau Möller einen Gefallen zu tun, hatte sie aus Evas Mädchenkleidern das einzige in Zartblau ausgewählt, und sie sah darin keinen Tag älter als siebzehn aus. Das hatte auch Wieland Schlotter missbilligend festgestellt, als er an diesem Morgen einen kleinen Abstecher nach Aubrück gemacht hatte, offiziell, um im Namen seines Vaters eine Tischreservierung für den Gesangverein vorzunehmen, inoffiziell, um nach der letzten kleinen Verstimmung seine Fast-Verlobte wieder zu versöhnen. Während ersteres kein Problem dargestellt hatte, war letzteres gründlich fehlgeschlagen.

„Wie siehst du denn aus?“ hatte er sie unklugerweise begrüßt, die verjüngte Annelie kopfschüttelnd vom Scheitel bis zur Sohle musternd.

Das war der Auftakt zu einem ziemlich unerfreulichen Gespräch gewesen, das damit geendet hatte, dass Annelie ihm einen Hang zu Äußerlichkeiten, studentisches Draufgängertum und mangelnde Empfindsamkeit bescheinigt hatte, sodass er das Veilchensträußchen, das er eigens mitgebracht hatte, wütend auf den Empfangstresen schleuderte und schnellen Schrittes zurück nach Sieverstedt marschierte, fest entschlossen, seine hehren Gefühle von nun an einem würdigeren Objekt zuzuwenden. Dies entsprach nun haargenau dem, was Annelie angestrebt hatte, sodass ihre Laune kaum besser sein konnte, als sie jetzt Frieda vom Vorgefallenen berichtete.

„Es geht also alles nach Plan“, schloss sie, „und das Beste ist, dass wir es schon so gut wie geschafft haben, die Intrige von diesem Victor zu durchkreuzen – jetzt, da Kesselstein ganz offensichtlich auf unsere Seite übergewechselt ist. Du hättest ihn gestern mal hören sollen, als er von dem Ausflug mit Thilde zurückgekommen ist! Das hat sie fantastisch hingekriegt.“

Frieda nickte gedankenvoll.

„Nicht nur das, Annelie“, sagte sie. „Ich glaube, das mit den beiden ist eine ziemlich ernste Angelegenheit; umso besser also, wenn Thildes Glück durch diese Geschichte nicht getrübt wird! Na, wir werden ja sehen … Wie geht es eigentlich Line?“, wechselte sie das Thema.

Auch insofern waren die Nachrichten erfreulich – die Veilchenpastillen hatten nicht nur geschmeckt, sondern auch tatsächlich gewirkt, sodass Line mit frisch erwachtem Appetit und völlig schmerzfrei beim morgendlichen Frühstück bereits drei dick bestrichene Marmeladebrötchen erledigt hatte.

„Siehst du“, sagte Annelie, Frieda einen schrägen Blick zuwerfend, „es war doch eine gute Sache, dass ich dafür gesorgt habe, dass du den Apotheker nicht gleich wieder vor die Tür gesetzt hast! Was du nur hattest – du bist doch sonst nicht so …“

Da Frieda sich dies schon selbst gefragt hatte ohne eine Antwort darauf zu finden, konnte sie nur die Achseln zucken und zur Zigarette greifen.

Die Person, die unerklärlicherweise soviel Platz in Friedas Gedanken okkupierte, war gleichfalls in bester Stimmung. Apotheker Hollmann hatte in seinem Dachzimmer vortrefflich geschlafen und verrichtete jetzt am geöffneten Fenster seine morgendlichen Leibesübungen, jedenfalls den Teil davon, der die Gesäßmuskulatur nicht übermäßig beanspruchte. Das Fenster ging in den Gastgarten hinaus; es duftete nach Sommer und heißem Kaffee – was wollte man mehr an so einem schönen Morgen, einmal abgesehen von der Sache mit dem Gesäß. Andererseits konnte er seinem lädierten Hinterteil nur dankbar sein; hatte es ihn doch geradewegs in diesen herrlichen Landgasthof mit der höchst interessanten weiblichen Leitung geführt, und bei dieser Konstellation wäre er schier verrückt, wenn er vor dem letzten Tag seines Urlaubs weiterradeln würde. Nein, Max Hollmann verspürte nicht die geringste Neigung, etwas derart Hirnloses zu tun. Acht wunderbare freie Tage lagen noch vor ihm, in denen er sich bestens erholen und nebenbei die kratzbürstige Frieda aus der Fassung bringen konnte, eine wahrhaft verlockende Kombination. Er grinste bei dem Gedanken an ihren versteinerten Gesichtsausdruck, als er ihr gestern zugezwinkert hatte. Mal sehen, was sie heute für ein Gesicht machte … So, und jetzt würde er erstmal eruieren, ob er das Frühstück draußen im Garten zu sich nehmen konnte. Auf diese Weise konnte er auch einen diskreten Bogen um die beiden Vogelscheuchen aus Mürwik machen, von denen die Ältere anscheinend auf Männerfang für die Jüngere aus war. Ihr gutes Recht, sicherlich, aber bitte ohne ihn dabei in seinem Seelenfrieden und dem Genuss der Mahlzeiten zu stören. Er pfiff ein Liedchen und kleidete sich an.

Die beiden Damen, die Hollmann so ungalant als Vogelscheuchen bezeichnete, waren gleichfalls damit beschäftigt, sich anzukleiden, und wenn sie auch kein Liedchen dabei pfiffen, zumindest die Ältere war allemal zufrieden. Gestern war die Gräfin in Aubrück angekommen, und Gretas insgeheim gehegte Befürchtung, dass die Sache doch nicht klappen würde, hatte sich in warme Sommerluft aufgelöst. Die Gräfin und damit die dringend benötigte Finanzspritze befanden sich zum Greifen nah im Zimmer nebenan, und selbst, wenn die gute Hortense ihr auch erkennbar aus dem Weg gegangen war, das geschäftliche Vorgespräch hatte wohl oder übel stattfinden müssen, und zwar aus beider Sicht je eher desto besser. Der gemeinsame, nur durch eine hölzerne Sichtblende unterteilte Balkon hatte sich insofern als geeignete Konferenzstätte erwiesen; Greta hatte ihre Forderung von links nach rechts um die Holzwand herum geflüstert, und die Zusage war auf dem gleichen Wege von rechts nach links erfolgt. Die Übergabe sollte in unauffälligem Ambiente am kommenden Abend erfolgen, und dieser Abend würde nunmehr in neun kurzen Stunden seinen Anfang nehmen – da konnte man mal sehen, wie leicht alles ging, wenn man im Leben nur ein wenig Entschlossenheit zeigte. Ach, es würde ein herrlicher Tag werden!

„Spute dich ein wenig, Else“, trieb sie ihre Stieftochter an, „wir wollen nicht als letzte zum Frühstück erscheinen!“

Else seufzte ergeben und fummelte den obersten Knopf ihrer Bluse zu, während Greta sie kritisch betrachtete.

„Drei ledige Herren hier, ich wiederhole, DREI! Und der Herr Sorgenfrei zeigt sogar ein gewisses Interesse! Aber du – na, lassen wir das … Vielleicht ja mit etwas Geld …“

„Was mit Geld?“, fragte Else und zwängte ihre Füße in die Stiefeletten.

„Ach, vergiss es. Bist du endlich fertig? Besser wird's ohnehin nicht – ich möchte nicht wissen, was Hortense bei deinem Anblick denkt!“

„Sie ist deine Freundin, nicht meine!“

„Da hast du in der Tat recht“, sagte Greta in einem Tonfall, welcher der armen Else verdeutlichen sollte, dass sie niemals in ihrem Leben auch nur eine annähernd bedeutsame Person zu ihrer Freundin gewinnen würde. Leider war Elses Gemüt für derartige Untertöne gänzlich unempfänglich.

„Ja, das stimmt wohl“, entgegnete sie schlicht und ergreifend. „Zum Glück habe ich ja Klärchen von unserem ‚Zirkel der suchenden Seelen‘, und sie ist schlichtweg die beste Freundin, die ich mir wünschen kann! Neulich auf der Séance hat sie sogar –“

„Else!“, unterbrach Greta rüde. „Hör auf der Stelle auf mit deinen suchenden Seelen! In diesem Haus gibt es drei ledige Herren, in deren Richtung du deine Suche mal zur Abwechslung lenken könntest! Und nun komm, ich hasse abgestandenen Kaffee!“

„Hier wird bestimmt kein abgestandener Kaffee serviert“, murmelte Else aufsässig, die Sache mit den drei ledigen Herren ignorierend, „und deine vornehme Freundin liegt gewiss noch im Bett!“

Wenn Else recht hatte, dann hatte sie recht: Hortense Möller räkelte sich gerade zufrieden in ihrem Doppelbett, das sie im Gegensatz zu ihren Zimmernachbarinnen für sich allein hatte. Die dunklen Wolken über ihrem Vermählungshorizont begannen allmählich sich aufzulösen. Just so, wie sie es vorhergesehen hatte, handelte es sich bei der Erpresserin in der Tat um ihre ehemalige Zofe, immer schon eine raffgierige Person. Natürlich vermied sie jeden überflüssigen Kontakt mit dem Weibsbild, selbst wenn sie gezwungenermaßen unter demselben Dach und als Hausgäste sozusagen auf gleichem Fuß verkehrten, aber man konnte sich schließlich immer aus dem Wege gehen, egal wo und wie. Am vorangegangenen Abend hatte sie notgedrungen ein paar kurze Worte mit Greta auf dem gemeinsamen, nur durch eine Sichtblende getrennten Balkon gewechselt, und sie waren sich über die Rahmenbedingungen des Geschäftes einig geworden. Daraufhin hatte sich ihre Laune sprunghaft gebessert, denn dreitausend Mark waren schließlich nicht die Welt, und die ganze leidige Angelegenheit würde somit im Nu erledigt sein.

Das war auch gut so, denn – so schmeichelhaft dies auch für jede Dame war – sie hatte in der kurzen Zeit, die sie hier im Hause weilte, bereits einen ergebenen Verehrer gefunden, welcher ihr mehr oder minder auf Schritt und Tritt folgte. Im Speiseraum, auf der Veranda, im Garten, wo sie auch ging, stand oder saß, immer war jener obskure Kerl mit der Halbglatze in der Nähe, ihr freundlich zulächelnd und sie nicht aus den Augen lassend. Bei Herrn von Kesselstein wäre das vielleicht noch zu ertragen gewesen, und selbst der Flensburger Apotheker war ganz charmant und kannte sich zudem mit allen Schönheitsmittelchen bestens aus, aber ausgerechnet dieser ordinäre Angler, das war, um es in der prägnanten Muttersprache ihres Bräutigams auszudrücken, *absolutely impossible.* Sie musste also zusehen, dass sie diesen einen Tag noch irgendwie durchstand, und dann nichts wie weg von hier.

Hortense gähnte ausgiebig und sann dann darüber nach, welches der mitgebrachten Kleider heute wohl das passendste war. Von dieser schwerwiegenden Frage wanderten ihre Gedanken zu Annelie; ganz passabel war ihre Kleine, allerdings reichlich bieder, und modisch selbst für eine Siebzehnjährige absolut rückständig – aber was sollte man schon erwarten, fern der Hauptstadt und ohne jegliche Anleitung in derartigen Dingen? Nun, sie würde ihr wie gestern Nachmittag den einen oder anderen Rat geben, das war das Mindeste, was sie in dieser Situation für das Kind tun konnte. Wie dem auch sei, jetzt musste sie sich wohl oder übel erheben, denn auf dem Land pflegte man die Mahlzeiten bekanntermaßen ja gut zwei Stunden früher als in zivilisierteren Umgebungen einzunehmen, und Frühstück im Bett war hier mit Sicherheit unbekannt. Absolut barbarisch – wäre sie bloß schon wieder in Berlin!

An Berlin dachte auch Fredi Sorgenfrei, allerdings weit weniger enthusiastisch. Er hatte am gestrigen Abend an seinen Vorgesetzten depeschiert, dass die Aufgabe so gut wie gelöst sei, die Erpresserin enttarnt, die uneheliche Tochter (fast) identifiziert, und die IIIb-relevante Gräfin vor Ort angekommen und lückenlos observiert. Lediglich das Auftauchen eines vermutlichen Schwindlers namens Dietrich von Kesselstein sei als Komplikation zu vermelden; im übrigen habe er die Sache aber fest im Griff und werde sie auch bis zum erfolgreichen Abschluss fest im Griff behalten – ausführlicher Bericht folge. Nur die Forelle erwähnte er nicht.

Jetzt musste Doktor Klein die Depesche vor sich auf dem Schreibtisch haben, und irgendwie legte sich die Vorstellung, wie sein scharfer Vorgesetzter den Kneifer polierte und stirnrunzelnd die Nachricht las, lähmend auf Fredis sonst so heiteres Gemüt. Er beruhigte sich selbst damit, dass hier vor Ort alles am Laufen war, und für das Auftauchen von diesem Kesselstein konnte IIIb ihn ja wohl kaum verantwortlich machen.

In diesem Moment erklang durch die geöffnete Balkontür die sonore Stimme seines frisch erwachten Zimmernachbarn, der im Alleingang den Jägerchor aus dem *Freischütz* schmetterte, während er die Rasierseife zu Schaum schlug. Oh je, dachte Sorgenfrei, er ist anscheinend bester Laune, und das kann nur bedeuten, dass seine Pläne Fortschritte machen; ich muss also auf der Hut sein. Und die Gräfin muss ich unbedingt weiterhin im Auge behalten … und natürlich die beiden Hansens … und die Lüders-Mädchen! Wie sollte ein einzelner Mann das alles nur schaffen? Er seufzte tief, rückte die Krawatte zurecht und begab sich mit einem etwas mulmigen Gefühl in den Speiseraum. Dies würde ohne Zweifel ein anstrengender Tag werden.

Fredi Sorgenfrei ahnte gar nicht, wie recht er hatte. Der Tag war, wie gesagt, ein Sonnabend, und der Sonnabend war schon seit jeher ein anstrengender Tag in Aubrück. Anstrengend deswegen, weil neben dem üblichen Geschäft die Vorbereitungen für die sonntägliche Masseninvasion an hungrigen und durstigen Ausflüglern liefen. Dementsprechend war Sonnabend Backtag, und das vom Vormittag bis zum frühen Abend. Den Hausgästen, die ein unantastbares Recht auf ihr Vier-Gänge-Menü hatten, wurde dieses in einer zwar soliden (alles andere wäre Mathildes Ehre zuwider gewesen), aber teilweise bereits am Freitag vorfabrizierten Version serviert. Der Herrgott hatte ja zum Glück dafür gesorgt, dass Freitag Fischtag war, sodass man dann aller Ruhe die Gemüse-Consommé für den Sonnabend vorbereiten konnte, und das galt auch für das sogenannte Lange Gulasch, und den fabelhaften, aus den Weißbrotresten der Woche hergestellten Brotpudding mit Bier-Sahne-Soße, und natürlich den zum Abendbrot überaus beliebten Lachs in Gelee. Die Gäste waren's also zufrieden, und hinter den Kulissen lief der Betrieb auf Hochtouren.

An dem in Rede stehenden Sonnabend wurde der geordnete Ablauf indessen durch das ungewöhnlich schöne Wetter gestört, denn bereits zur Kaffeestunde fanden sich wesentlich mehr Gäste ein, als das normalerweise an einem Werktag der Fall war. Mathilde sah sich schweren Herzens gezwungen, einen Teil der gerade erst für den morgigen Sonntag fertiggestellten Kuchen freizugeben, ein Umstand, der ihre sonst so ausgeglichene Laune fast zum Absturz brachte, zumal man nunmehr neben der Bedienung der Kaffeegäste für Ersatz auf dem morgigen Kuchenbüfett sorgen musste. Sie half nach Kräften beim Backen mit, um die traurigen Lücken im Kuchenvorrat wieder aufzufüllen, und das war an diesem warmen Tag nicht gerade die angenehmste Beschäftigung.

Annelie bekam eine blütenweiße Servierschürze über ihr Kleid und wurde zur Bedienung in den Gastgarten abkommandiert, während Messingglocke und Schild ‚Bitte klingeln!' ihre Person am Empfangstresen ersetzten. Selbst Frieda verließ ihr Kontor-Refugium und band sich gleichfalls eine Schürze über das Hängekleid, woraufhin sie figurmäßig einem größeren Schneemann ziemlich nahe kam. Sie übernahm die drei kulinarischen Aufgaben, die sie beherrschte: Das gleichmäßige Aufschneiden von Kuchen und Torten, das Kochen der harten Eier für die Garnitur der Lachs-in-Gelee-Platten, und die Zubereitung der Holunderbowle, die am Abend sicher noch in Strömen durch die Kehlen der Gäste fließen würde, zumal sich ja der Sieverstedter Männergesangverein ‚Auguste Viktoria' angesagt hatte.

„Nimm am besten den Schwachhauser Sekt, der ist bekömmlich und nicht so schwer", rief ihr Mathilde zu, die mit einem noch warmen Blech frischen Bienenstichs an ihr vorbeigelaufen kam, „du weißt, letztes Mal ist die Bowle einigen Gästen dermaßen in den Kopf gestiegen, dass sie lauter gesungen haben als die ‚Auguste Viktoria'! Ach, und wenn du damit fertig bist, dann könntest du schon mal das

Tischdecken für das Abendessen der Hausgäste übernehmen, und danach den Lachs mit den Eiern garnieren, und –"

„Heiliger Strohsack, Thilde, lass mich erstmal das eine fertig machen, bevor ich an das nächste auch nur denke!"

„Und keine Zigarettenpause!"

Weiter ging's; Mathilde lief, Frieda lief, und Annelie lief auch, von Tisch zu Tisch, um gemeinsam mit zwei Serviermädchen den Wünschen der Gäste nachzukommen.

An diesem Tag fiel sogar die etwas ruhigere Stunde zwischen Kaffee und Abendessen in die Bollingstedter Au; es wurde fünf Uhr, es wurde sechs Uhr, ohne dass der Gastgarten wesentlich leerer wurde. Die Tische der aufgebrochenen Gäste waren in Windeseile wieder besetzt, als hätte sich die ganze Gegend zwischen Flensburg und Schleswig, Satrup und Tarp verabredet, den schönen Abend in Aubrück zu verbringen. Offenbar hatte es sich in Windeseile herumgesprochen, dass man sowohl der berüchtigten Holunderbowle als auch einer Darbietung der ‚Auguste Viktoria' entgegensehen konnte – schlichtweg eine durch nichts zu überbietende Kombination.

Das Gerenne nahm also kein Ende, und Frieda kam nicht einmal dazu, an eine Zigarettenpause überhaupt nur zu denken. Sie hatte angesichts der Gästemenge soeben ein weiteres Dutzend Weinflaschen aus dem Keller holen lassen, welche sie nach und nach der auf große Glasbehälter verteilten Bowle einverleibte, während sie sich in der Zwischenzeit bemühte, den Lachs in Gelee mit halbierten Eiern, Mayonnaisegirlanden und Zitronenscheiben halbwegs ansprechend zu garnieren. Gerade überlegte sie, ob sie irgendjemanden bitten konnte, frischen Dill aus dem Gemüsegarten zu holen, als sich zwei weiche Hände von hinten um ihre Augen legten, und eine vertraute Stimme rief: „Kuckuck!"

Frieda entglitt die Spritztüte mit der Mayonnaise, fiel haarscharf am nächsten Bowlengefäß vorbei auf den Boden, und rutschte in den hintersten Winkel unter dem Anrichtetisch.

„Um Himmels willen – Eva! Wo kommst du denn her?“

„Na, das ist ja eine nette Begrüßung“, sagte Eva und fischte sich gleich zwei Eierhälften von der Platte. „Hm, lecker, die Mayonnaise! Ich hab vielleicht einen Hunger! Du, stell dir vor, die Hanna, du weißt schon, die aus Tarp, die wurde von ihrem Bruder in einem Automobil abgeholt, ihre Eltern feiern morgen Silberhochzeit, und da meinte er – äh – sie, dass sie mich doch kurz in Aubrück vorbeibringen könnten … In einem Automobil, Frieda!“

„Ja, das kann ich mir wohl denken, dass er – äh – sie dich eingeladen hat“, sagte Frieda und musterte ihre Adoptivschwester liebevoll, die in einem apfelgrünen Jackenkleid, den runden Schülerinnen-Hut keck auf die linke Seite der honigblonden Locken gedrückt, einen Anblick abgab, der in jedem Automobilfahrer den Wunsch erwecken musste, mit ihr bis ans Ende der Welt zu rollen. „Und – wer hat neben dem Fahrer gesessen?“

„Hanna und ich haben beide hinten gesessen, und wir haben uns kaputtgelacht, weil Lothar einige Male ins Schlingern kam …“

„Wer hat sich kaputtgelacht?“ Das kam von Mathilde, die gerade aus der Küche angerauscht kam, um zu sehen, wie weit Frieda mit den Lachsplatten war. Sie blieb wie angewurzelt stehen und griff sich ans Herz. „Meine Güte, Eva! Was machst du denn hier?“

„Was habt ihr denn nur?“, fragte Eva und blickte argwöhnisch von einer zur anderen. „Ihr seid irgendwie komisch … Ich dachte, ihr freut euch über die Überraschung!“

„Aber sicher“, sagte Mathilde.

„Aber sicher“, sagte auch Frieda.

In diesem Moment tauchte Annelie auf, ein Tablett mit Stapeln von benutztem Geschirr vorsichtig balancierend.

„Heiliger Strohsack, Eva!“ Annelie knallte das Tablett neben Friedas Lachsplatten, dass es nur so klirrte.

„Jetzt du auch noch!“ rief Eva in gerechter Empörung. „Und überhaupt, wie siehst du denn aus? Du hast ja mein Kleid an! Was – was geht hier eigentlich vor?“

Ja, was ging hier eigentlich vor? Im Glücksburger Töchterpensionat hatten sie im Englisch-Unterricht gerade Shakespeares Dramen durchgenommen, und ehrlich gesagt, Eva fühlte sich lebhaft an eine Szene mit den drei Hexen aus *Macbeth* erinnert, als ihre Schwestern jetzt die Köpfe zusammensteckten und flüsterten. Zu allem Überfluss entwich gerade in diesem Augenblick jede Menge Dampf vom kochenden Kartoffelwasser durch die offene Küchentür, sodass auch für die unheimlichen Nebel auf der schottischen Heide gesorgt war. Eva stand mucksmäuschenstill und versuchte, ein paar Worte von dem Getuschel aufzufangen.

„Ausgerechnet jetzt“, flüsterte Mathilde, „was sollen wir tun?“

„Es gibt nur eine Möglichkeit – Annelie muss weitermachen!“

„Ja, aber was machen wir mit Eva?“

Drei Sekunden Schweigen und wallende Dampfwolken.

„Wir müssen –“, Frieda senkte die Stimme noch mehr, und der Rest des Satzes ging unter.

„Wenn das der einzige Ausweg ist“, hauchte Mathilde.

„Weißt du denn etwas Besseres?“

Kopfschütteln und Achselzucken, weiteres kurzes Geflüster, und dann schienen sie sich einig zu sein. Mathilde verschwand in Richtung Küche, sorgfältig die Tür hinter sich zuziehend, und Frieda tauchte auf der Suche nach der Spritztüte unter den Anrichtetisch ab. Annelie hakte Eva unter und sagte:

„Komm, lass uns kurz nach oben gehen. Ich muss dir etwas Wichtiges sagen.“

9

Die beiden jüngeren Schwestern teilten sich ein Zimmer im sogenannten anderthalbten Stockwerk, ein zu einem Anbau führender Zwischenflur, der den Gästen nicht zugemutet wurde, und wo auch Frieda und Mathilde ihre Räume hatten. Eva hatte auf ihrem Bett Platz genommen, Seite an Seite mit der in Würde gealterten Puppe Evelina, die dort gleichfalls residierte, und lauschte nunmehr Annelies etwas atemlosem Bericht über die schicksalsschweren Ereignisse der letzten drei Tage. Ihre Augen wurden größer und größer.

„Du meinst – ein Baron? Mein Vater?“

Annelie nickte.

„Und – reich?“

„Offenbar steinreich!“

„Und es kommt jetzt darauf an, dass er einen möglichst guten Eindruck von mir – das heißt, erstmal von dir – bekommt?“

Annelie nickte abermals. „Wir haben das so gut wie geschafft, Eva! Deshalb dürfen wir jetzt nichts durcheinander bringen.“

„Das ist wohl wahr“, sagte Eva langsam, nur ganz allmählich das Gehörte begreifend. „Ich – ich kann es einfach nicht fassen! Es kommt mir vor wie ein Traum …“

„Ja, aber ein schöner! Und damit er nicht zerplatzt, muss ich noch für ein, zwei Tage – also bis Dietrich von Kesselstein abreist – Findelkind und jüngste Schwester bleiben, klar?“

„Das verstehe ich, aber ich kann mich doch nicht so lange hier auf dem Zimmer verstecken!“

„Nein, vor allem nicht, wenn wir heute und morgen jede Hand im Gasthof brauchen“, sagte Annelie augenzwinkernd. „Nein, im Ernst, Eva, das geht natürlich nicht, und genau darüber haben wir eben unten gesprochen. Zum

Glück haben wir auch eine Lösung gefunden … Pass auf, es ist ganz einfach: Ich bin zur Zeit du, also wirst du jetzt ich."

„Wie bitte?"

„Hör doch erstmal zu! Wir tauschen sozusagen die Rollen – wir machen dich einfach ein paar Jährchen älter, und schon ist die Sache geritzt!"

Eva überlegte einen Moment. „Du meinst, eine erwachsene Haarfrisur? Vielleicht etwas Schminke? Parfüm? Absatzschuhe?" Ihre Miene erhellte sich bei jedem Wort. „Und dann – deine Kleider?"

Annelie, in fürchterlichem Zeitdruck wegen der wartenden Gäste, nickte zustimmend bei allem, was Eva sagte.

„Nur schnell muss es gehen!"

„Kein Problem", Eva strahlte jetzt. Diese Nummer hatte sie mit Hanna schon dreimal durchgezogen, um sich zu nachtschlafender Zeit an der Glücksburger Promenade mit zwei schneidigen Seekadetten zu treffen. Und hier musste sie noch nicht einmal mit den Schuhen in der Hand die Treppe hinunter schleichen und aus einem Kellerfenster krabbeln! Und dann gab es zur Belohnung noch einen millionenschweren Papa obendrein – dafür hätte sie sich sogar für den Rest ihres Lebens in eins von Friedas Hängekleidern gewickelt, wenn es erforderlich gewesen wäre, aber stattdessen durfte sie nun nach Herzenslust in Dingen schwelgen, die bisher Verbotene Zone gewesen waren. Sie konnte ihr Glück kaum fassen.

„Ich bin im Nu fertig und komme nach unten!", rief sie hinter Annelie her, die schon auf dem Weg aus dem Zimmer war.

Eine Viertelstunde später betrat eine vierte Lüders-Tochter die Bühne, sehr schick mit modischer Aufsteckfrisur, dezentem Wangenrouge, Absatzschuhen und in Annelies zweitbestem Kleid, was Annelie, abermals schwer bepackt mit einem Tablett, stirnrunzelnd registrierte.

„Also, es hätte nun nicht ausgerechnet das Roséfarbene sein müssen“, knurrte sie, als Eva zu ihrer Unterstützung in den Gastgarten kam. „Hol dir jedenfalls eine große Schürze!“

„Du hast nicht gesagt, dass ich das nicht anziehen darf“, führte Eva an und drehte sich einmal im Kreis. „Wie findest du mich?“

„Hinreißend“, Annelie knurrte immer noch, „ich kann mich nicht daran erinnern, dass mein Kleid und meine Schuhe jemals so großartig ausgesehen haben!“

Dieser Meinung war kurz darauf auch Wieland Schlotter. Eigentlich hatte er sich am Morgen geschworen, nie wieder einen Fuß in den Gasthof und Annelies Nähe zu setzen, aber er hatte dabei außer acht gelassen, dass er als dritter Tenor der ‚Auguste Viktoria‘ sich dem abendlichen Auftritt im Gastgarten allenfalls durch Selbstmord entziehen konnte, und das erschien ihm nun doch etwas übertrieben. So hatte er mit saurer Miene in dem mit langen Bänken versehenen Leiterwagen Platz genommen, mit welchem sein Vater die Mitglieder des Gesangvereins von Sieverstedt nach Aubrück kutschierte, hatte während der Fahrt nur auf nachhaltige Rippenstöße seiner Nachbarn in das beliebte Lied von ‚Herrn Pastor sien Kauh‘ eingestimmt, und trug die saure Miene auch weiterhin zur Schau, als er sich mit seinen Mitsängern an dem für sie reservierten Tisch im Aubrücker Gastgarten niederließ.

Zu allem Überfluss war dort natürlich Annelie zugegen, mit fliegendem Zopf hin und her laufend, Bestellungen aufnehmend, servierend, abräumend – und ihn mit keinem Blick würdigend. Er biss die Zähne so fest zusammen, dass es knirschte und malte mit dem Zeigefinger Messer und Dolche auf die rotkarierte Tischdecke, als sein Blick plötzlich auf Eva fiel. Das konnte doch wohl nicht wahr sein! Zu Ostern war sie noch ein gänzlich uninteressanter Backfisch gewesen, und jetzt stolzierte sie als eine roséfarbene Schönheit durch den Garten, die auch dem anspruchsvollsten Kieler Studenten den Kopf verdreht hätte. Annelie wirkte fast wie ein Schulmädchen dagegen – da konnte man mal sehen, man sollte sich doch nicht zu früh festlegen!

Schlotter schnappte nach Luft, jedem von Evas beschwingten Schritten mit ungläubigen Blicken folgend, und ehe er sich's versah, waren es lauter Herzen, die er auf die Decke zeichnete. Er musste handeln, und zwar rasch, bevor etwas dazwischen kam. Er schob seine Mütze in den gewissen verwegenen Winkel, erhob sich und folgte Eva, und als sie sich gerade in einem für sein Anliegen günstigen Eckchen am Rande des Gastgartens befand, sprach er sie an.

Fünf Minuten später kehrte er als ein anderer Mann an den Tisch der ‚Auguste Viktoria' zurück, selbstbewussten Schrittes und mit stolzgeschwellter Brust. Die süße Eva war bei näherer Betrachtung noch attraktiver gewesen als aus der Ferne, und sie hatte sich zudem als äußerst kooperativ erwiesen. Zunächst hatte sie sich zwar ein wenig geziert, doch dann hatte sie seinem männlichen Drängen nachgegeben und eingewilligt, ihn auf ein Stündchen an der Bollingstedter Au zu treffen, nach Mitternacht, wenn die Gäste alle gegangen waren. Ha, dachte Schlotter, das geschieht Annelie ganz recht, soll sie mal sehen, dass sie nicht das einzige Mädchen auf der Welt ist!

Er leerte den Bierkrug in einem einzigen Zug und verlangte lautstark nach Nachschub.

Inzwischen hatte sich die Dämmerung eines lauen Sommerabends über Aubrück gesenkt. Auf den rotkarierten Tischdecken flackerten Windlicher, und unzählige Lampions, die an zwischen den Bäumen gespannten Leinen hingen, schaukelten verträumt in der Abendbrise und leuchteten in sanftem Blau-Gelb-Rot. Die Landesfarben Blau-

Weiß-Rot wären den Lüders-Schwestern zwar lieber gewesen, aber es hatte keine weißen Lampions gegeben, sodass sie notgedrungen auf Gelb ausgewichen waren. Das hatte zudem den Vorteil, dass sie nicht die liquiden Berliner Gäste vergraulten, von denen immer mehr in der Heimat der Kaiserin Erholung suchten, und die Einheimischen wussten ohnehin, wie das Gelb zu interpretieren war.

Gerade hatte die ‚Auguste Viktoria' eine erste Kostprobe ihrer Sangeskunst gegeben, und die Gäste hatten begeistert applaudiert bei den Juwelen deutscher Liedkunst wie ‚Kein schöner Land' und ‚Am Brunnen vor dem Tore' und ‚Der Mond ist aufgegangen'. Später, wenn die Holunderbowle die preußischen Urlauber ausreichend umnebelt hatte, würden sie natürlich auch ‚Schleswig-Holstein, meerumschlungen' anstimmen, aber bis dahin war noch etwas Zeit – und die dänische Familie hoffentlich in den Betten. Zur Zeit saßen die Dänen allerdings ohne Anzeichen von Müdigkeit an einer aus mehreren Tischen zusammengestellten langen Tafel mitten im Gastgarten, schunkelten vergnügt zum Klang der Lieder, und nahmen an allem – insbesondere an der Holunderbowle – regen Anteil.

Auch die anderen Hausgäste waren nach dem Abendessen in den Garten gekommen und hatten eine der Lauben belegt. Bei den Lauben handelte es sich um einige Nischen direkt an der Ligusterhecke, wo man zur Zeit von Großvater Lüders, als es noch nicht so freizügig zuging, mithilfe von Spalieren und darüber angebrachten Holzlatten Knöterich und Geißblatt veranlasst hatte, einige lauschig-diskrete *Séparées* zu bilden, die wie grüne Logen zum Gastgarten hin offen waren und sich großer Beliebtheit erfreuten. Die Lauben waren eigentlich immer besetzt, selbst, wenn die besten Tische unter den Bäumen noch zu haben waren, sodass Annelie in weiser Voraussicht rechtzeitig ein unübersehbares Reserviert-Schild angebracht hatte, um den Hausgästen zu ermöglichen, den schönen Abend sozusagen auf einem Vorzugsplatz zu verbringen, und nicht etwa an einem der schon etwas wackeligen Beistelltische, die im Bedarfsfall noch zusätzlich aufgeklappt wurden.

Da dies in der Tat das einzige noch freie Fleckchen im ganzen Garten war, hatten sich auf der u-förmigen Bank der Nische nunmehr drei Damen und drei Herren zusammengefunden, wie sie unterschiedlicher nicht hätten sein können, und bereits die Verteilung der Sitzplätze war nicht ganz einfach gewesen. Greta Hansen hatte verzweifelt versucht, Else zwischen zwei der drei zur Verfügung stehenden Herren zu platzieren, was zum einen daran gescheitert war, dass Else sich stur an ihren Arm geklammert hatte, und zum anderen, dass sowohl Sorgenfrei als auch Kesselstein Ausweichmanöver gefahren waren, die einem kaiserlichen Kriegsschiff Ehre gemacht hätten. Lediglich Apotheker Hollmann war noch nicht vorbelastet genug, um es ihnen gleich zu tun, und da er überdies ein außerordentlich freundliches Naturell hatte, war er an Elses freier Seite hängengeblieben, wo er jetzt vergebens versuchte, sie mit ein paar Veilchenpastillen aufzuheitern.

Sorgenfrei hatte stattdessen einen Platz an Frau Möllers Seite ergattert, und zwischen ihm und Hollmann war Kesselstein auf die Bank gesunken, die strahlenden Augen unablässig auf die erleuchteten Fenster der Wirtschaftsräume gerichtet, und seine Tischgenossen mit auffallend gedankenabwesenden Bemerkungen verblüffend. Das Auftauchen der vierten Lüders-Schwester hatte ihn nicht im Geringsten interessiert, wohingegen Fredi Sorgenfrei alle Anzeichen eines nahenden Herzanfalls zeigte, als Annelie den Hausgästen ihre nächstältere Schwester Eva präsentierte.

„Und wie alt sind Sie, wenn ich fragen darf, mein Fräulein?“, war ihm ihm tatsächlich herausgerutscht, was für einige hochgezogene Augenbrauen insbesondere der Damen am Tisch sorgte.

„Einundzwanzig, mein Herr“, erwiderte Eva mit einem Lächeln, das schon die Glücksburger Kadetten schwer erschüttert hatte.

„Und gewiss in festen Händen“, fügte Greta Hansen mit einem giftigen Blick in Sorgenfreis Richtung hinzu.

Eva lachte perlend und strich die Schürze glatt, die ihr Annelie verordnet hatte – allerdings mit Abstand die kleinste, die im ganzen Gasthof zu finden gewesen war.

Sieh mal an, dachte Hortense, die beiden Schwestern eingehend durch ihr Lorgnon betrachtend, das also ist aus der Kleinen geworden, die damals auf der Gartenbank saß und mit ihrer Puppe gespielt hat – hübsche Person, in der Tat, die hat das sogenannte gewisse Etwas! Kein Wunder, dass dieser Bursche mit der Studentenmütze ihr vorhin nachgeschlichen war … Nun, hübsch oder nicht, der Stall ließ sich eben nicht verleugnen, und sie würde ihre Hand dafür ins Feuer legen, dass ihre eigene Tochter sich bei derart plumpen Avancen besser zu benehmen wusste. Das Kind war im übrigen tatsächlich ihrem Rat gefolgt und trug heute ein hellblaues Kleid, zwar nicht viel besser im Schnitt, aber immerhin in einer bekömmlicheren Farbe, wie sie wohlwollend registrierte.

Sie bedachte Annelie mit einem fast schon liebevollen Blick, den diese etwas erstaunt zur Kenntnis nahm, während Greta Hansen, der die kleine Szene nicht entgangen war, verständnisvoll mit dem Kopf nickte. Jaja, die Mutterliebe, da konnte sie unter Umständen glatt nochmal mit einer neuen Forderung nachlegen, wenn Hortense glücklich vermählt war. Jetzt galt es aber erstmal an Naheliegenderes zu denken, zum Beispiel an die elegante, mit demselben Stoff wie Hortenses taubengraues Ensemble bezogene schmale Handtasche, in der sich die dreitausend Mark befanden, welche unauffällig die Besitzerin wechseln würden, bevor dieser wunderbare Abend zu Ende war.

Der wunderbare Abend erfuhr nunmehr auch in der Laube seine Krönung mit der Holunderbowle, die in einer großen Schale nebst Schöpfkelle, Gläsern und kleinen Gäbelchen zum Herausfischen der Blüten am Tisch serviert wurde. Hollmann erfreute die anderen mit einem pharmazeutischen Vortrag über die heilenden Kräfte des Holunders, hielt sich selbst aber weiterhin an sein Pils, was für einige launige Kommentare sorgte. Sorgenfrei war ziemlich still, in Gedanken bei der schwierigen Frage, wie er Doktor Klein noch eine weitere Gräfinnentochter-Kandidatin schmackhaft machen sollte, und Kesselstein schwebte über den Dingen, die Lieder des Gesangvereins mitsummend und die Küchenfenster weiterhin fest im Blick.

Es vergingen einige Stunden; die Sterne funkelten am Nachthimmel, in den Fliederbüschen an der Au, jenseits der Ligusterhecke, schlug die Nachtigall, die dänischen Gäste hatten sich zurückgezogen, und die ‚Auguste Viktoria' war endlich beim Schleswig-Holstein-Lied angelangt. Erste Gäste gingen, Spätankömmlinge kamen, die Lüders-Schwestern drehten sich wie in einem unaufhörlichen Tanz ohne Pause hierhin, dorthin; Bowlengefäße wurden aufgefüllt, Biere gezapft, Kerzen in den Windlichtern ausgewechselt, Bestellungen aufgenommen, serviert, abgeräumt, Rechnungen geschrieben – ein einziges Crescendo von Gesprächsfetzen, Gesichtern und Geräuschen, bis schließlich von der Sieverstedter Kirchturmuhr zwölf Schläge herüberwehten, die den Sonntag verkündeten.

Daraufhin, fast wie von Zauberhand, leerten sich die Tische einer nach dem anderen. Die Gäste schlugen den Heimweg ein; einige glückliche hatten noch ein Plätzchen auf dem Leiterwagen von Bürgermeister Schlotter ergattert und rumpelten unter Gesang den Hügel hinauf nach Sieverstedt, andere, meistenteils etwas unsicher im Kurs, mussten sich auf ihre eigenen Beine verlassen, sangen aber genauso schön.

Auch die Hausgäste ließen den Abend ausklingen. Lediglich Frau Möller und Frau Hansen, die bisher nicht gerade wie Busenfreundinnen gewirkt hatten, wollten – offenbar unter dem beschwingenden Einfluss der Holunderbowle – noch auf ein Viertelstündchen bei einem letzten Gläschen am Tisch zurückbleiben und plaudern, während die anderen mit reichlich Bettschwere ihre Zimmer ansteuerten.

Fredi Sorgenfrei war gerade dabei, in sein Nachthemd zu steigen, als ihm siedendheiß einfiel, dass es ja wohl kaum angezeigt war, die Gräfin mit ihrer Erpresserin allein zu lassen; er musste zumindest observieren, und wenn seine Augenlider noch so schwer von der guten Bowle waren. Also stopfte er das Nachthemd in die Hose, warf seine Jacke darüber, griff zur grünkarierten Mütze, und schlich auf leisen Sohlen die Treppe wieder hinunter, die er vor kurzem in leichtem Zickzack-Kurs hinaufgestiegen war. Er hatte Glück, auf halber Höhe kam ihm bereits die Gräfin entgegen, offenkundig unversehrt und in aufgeräumter Stimmung. Ihre Stirn umwölkte sich indessen merklich, als sie seiner ansichtig wurde.

„Nanu, Herr Sorgenfrei – noch nicht genug der frischen Luft? Wollen Sie etwa noch auf einen Nachtspaziergang?", fragte sie kühl, einen befremdeten Blick auf seine Aufmachung werfend.

„Nicht mehr nötig", entgegnete Fredi, was ihm einen noch befremdeteren Blick eintrug. „Bitte sehr, nach Ihnen, gnädige Frau! Und angenehme Ruhe!"

Kurz darauf fielen die beiden Zimmertüren ins Schloss, und die Nachtruhe senkte sich über Aubrück. Frieda, Mathilde und Annelie verrichteten gähnend letzte Handgriffe in den Wirtschaftsräumen, und aus der Küche drang das gedämpfte Geräusch des Abwaschs. Im Stenderuper Busch rief ein Käuzchen, ein Hund kläffte in der Ferne, Türen wurden leise geöffnet und geschlossen, und die Gartenpforte knarrte.

Unten an der Bollingstedter Au flüsterte Eva: „Wieland – na endlich!"

Dann war alles still.

Von der Sieverstedter Kirchturmuhr schlug es Eins, und gerade, als der Junivollmond hoch genug geklettert war, um einen Blick über Dachgiebel und Bäume in den Garten zu werfen, ertönte ein markerschütternder Schrei.

*

Die Lüders-Schwestern konnten später nie sagen, wie sie es geschafft hatten, in so kurzer Zeit aus dem Haus und quer durch den Garten zu gelangen, sodass sie gerade rechtzeitig kamen, um Else aufzufangen, die sich bis dahin leichenblass und zitternd am Knöterich festgehalten hatte, offenbar kurz davor, erneut in Schreie auszubrechen. Ein kurzer Blick in die Laube, welcher Else wohlweislich den Rücken zugekehrt hatte, ergab, dass die Ärmste in der Tat allen Grund zum Schreien hatte.

Auf der u-förmigen Bank, auf welcher die Hausgäste und zuletzt noch die beiden Damen so nett beisammen gesessen hatten, befand sich eine einzige Person. Sie saß in einer etwas unbequemen Haltung, den Oberkörper nach vorn über den Tisch gebeugt und die Arme in einer geradezu liebevollen Geste um die noch gut gefüllte Bowlenschale gelegt.

Aubrück war ein großzügiges Haus, und entsprechend großzügig waren sämtliche Serviergefäße bemessen. Die Bowlenschale war mithin geräumig genug, um einen Säugling darin zu baden oder um den ganzen Kopf hinein zu tauchen, und just letzteres war es, was Greta Hansen gerade tat. Hinter ihrem rechten Ohr hatte sich eine Holunderdolde verfangen, die einen seltsamen Kontrast zu dem schon etwas schütteren Haar bildete. Der gesamte Anblick vermittelte eindeutig den Eindruck eines Stilllebens – Blasen, auch von dem bekömmlichen Schwachhauser Sekt, stiegen nämlich keine mehr auf.

„Aber sie hatte doch ein Glas“, flüsterte Line, die inzwischen mit weiterem Personal hinzugekommen war, in trauriger Verkennung der Sachlage.

„Einen Arzt!“, schrie Frieda und wollte sich eben daran machen, Gretas Haupt nebst Blütenschmuck aus dem unpassenden Gefäß zu ziehen, als sie die blutverschmierte Wunde am Hinterkopf entdeckte und daraufhin mit einem Seufzer in die erste und letzte Ohnmacht ihres Lebens entglitt.

„Exitus“, beschied Apotheker Hollmann knapp, als er kurz darauf die Szene in Augenschein nahm. „Sie sollten die Polizei verständigen, Fräulein Lüders“, wandte er sich dann an Mathilde, die neben ihrer Schwester kniete und mit verzweifeltem Gewedel ihrer Schürze versuchte, diese wieder zu beleben.

„Lassen Sie das, das führt zu nichts! Bringen Sie nachher lieber einen Cognac mit, wenn Sie aus dem Haus kommen! Ich kümmere mich um sie – sagen Sie, ein Korsett gibt es wohl nicht, das wir öffnen müssten, oder?“

Nein, ein Korsett gab es bekanntermaßen nicht, und Frieda wurde auf die Bank in der Nebenlaube gebettet, Hollmanns so schön aufgebügeltes Sportsakko, das er in aller Eile über den Pyjama gezogen hatte, unter dem Kopf. Die hemmungslos schluchzende Else platzierte er daneben und gab ihr Annelie zur Seite, die ihre Hand drücken und sie beruhigen sollte. Annelie widmete sich dieser fordernden Aufgabe zwar mit Hingabe, aber es entging ihren wachen Blicken dennoch nicht, dass in diesem Moment Eva etwas überraschend durch die Gartenpforte trat. Nach einer Anstandsminute und nicht minder überraschend folgte

Wieland Schlotter, den man längst in seinem Bett in Sieverstedt gewähnt hatte.

Hollmann postierte die beiden sogleich vor der fatalen Laube, um den Blick auf die Tote zu verstellen, denn inzwischen hatte sich mehr oder minder der ganze Hausstand eingefunden und bildete ein erwartungsvolles Halbrund um den Ort des Geschehens.

Dietrich von Kesselstein, absolut *à la mode* in einem zum Paisley-Muster des Seidenpyjamas passenden Morgenrock, rieb sich die verschlafenen Augen und hielt besorgt nach der Person Ausschau, von der er gerade so schön geträumt hatte.

„Mein Gott – Mathilde!“ rief er aus, als er sie nicht entdeckte. „Hollmann, was ist passiert? Wo ist Mathilde Lüders?“

Bevor Hollmann ihn beruhigen konnte, erschien als ziemlich letzter Fredi Sorgenfrei auf der Bildfläche, abermals das Nachthemd in die Hose gestopft und die grünkarierte Kappe auf der Halbglatze. Auch er warf einen alarmierten Blick in die Runde und brüllte dann mit allen Anzeichen der Panik:

„Was ist hier los? Ist der Gräf- ich meine, ist Frau Möller etwas zugestoßen?“

„Sie benachrichtigt gerade die Polizei“, sagte Hollmann, die Fragen schön der Reihe nach beantwortend, „und nein, IHR ist nichts zugestoßen!“

Bei den beiden erregten Herren kamen seine Antworten indessen genau verkehrt herum an.

„Gottseidank, sie ist wohlauf“, schickte Dido einen Stoßseufzer gen Himmel. „Aber wem ist dann etwas passiert?“

„Wieso benachrichtigt sie die Polizei?“, Sorgenfrei brüllte immer noch. „Was wird hier gespielt? Herr von Kesselstein, wenn Sie etwas damit zu tun haben –“

„Ich muss doch sehr bitten", sagte Dido empört, „Sie haben wohl zu tief in die Bowle geschaut, Sorgenfrei!"

Das war nun angesichts der Todesumstände der armen Greta Hansen eine etwas unglückliche Bemerkung, und Hollmann schickte sich sogleich an, die Sache richtigzustellen.

„Nein, nein, es ist Frau Hansen, die gewissermaßen zu tief in die Bowle geschaut hat", sagte er in besänftigendem Ton und trat zwischen die beiden Kontrahenten, denn Sorgenfrei hatte nunmehr angefangen, mit der Faust vor Kesselsteins Gesicht herumzufuchteln, während dieser mit betonter Gelassenheit die Ärmel seines Schlafrocks aufrollte.

„So beruhigen Sie sich doch bitte, alle beide! Schauen Sie – dort kommt Fräulein Lüders aus dem Haus, und da ist jetzt auch Frau Möller! Tja, und die Polizei haben wir sicher auch bald hier …"

10

Polizeihauptmeister Otto Voss, von seinen Nachrangigen wegen gewisser körperlicher Eigenheiten auch Otto Furz genannt, war denkbar schlechter Laune. Zunächst hatte man ihm den wohlverdienten Nachtschlaf geraubt, und das vor einem Sonntag. Sodann musste er den betreffenden Sonntag, seinen geheiligten freien Tag, in einem abgelegenen Landgasthof mit Recherchen verbringen, anstatt mit seiner lieben Frau und den fünf wohlgeratenen Sprösslingen auf dem Schleswiger Holm spazieren zu gehen. Und zu guter Letzt hatte er eine schier endlose Liste mit Namen vor sich, wobei jeder einzelne davon im Schnitt eine halbe Stunde Vernehmung bedeutete. Voss zählte die halben Stunden an den Fingern ab, und seine Laune sank ins Bodenlose. Vor dem frühen Abend würde er nicht wieder in Schleswig sein, adieu, du schöner Sonntag!

Seine einzige Hoffnung war, dass er wider Erwarten auf irgendetwas stieß, das ihn stracks und ohne Umwege zum Mörder führen würde, denn Mord war es, das stand fest, immerhin.

Auch das Wie warf keine Fragen mehr auf. Auf dem Tisch in der Laube hatte sich neben der tödlichen Holunderbowle und einigen benutzten Gläsern ein schwerer Bierseidel mit dem schmückenden Aufdruck der Flensburger Export-Brauerei befunden, an dessen Unterkante all die blutigen Spuren klebten, mit denen gemeinhin zu rechnen ist, wenn jemand mit aller Kraft ein robustes Trinkgefäß auf eine minder robuste Schädeldecke haut. Danach war das Opfer vermutlich mehr oder weniger betäubt in die Bowlenschale gesunken – Otto Voss schloss aus, dass es diesen Ort zwecks Kühlung seiner Läsionen freiwillig aufgesucht hatte – und war sodann schlicht und ergreifend ertrunken.

Bei den Vernehmungen begann er methodisch, seine Liste der Reihe nach abarbeitend. Die erste halbe Stunde verbrachte er demzufolge mit der ältesten Lüders, einem dunkelhaarigen Blaustrumpf in einem dieser abartigen Sackkleider, haargenau jener Typ, der jeden Mann in die Verzweiflung trieb – oder in die Arme einer geistig weniger anstrengenden, dafür aber körperlich anregenderen Geliebten. Offenbar nahm sie es ihm übel, dass er ihr Büro für seine Vernehmungen konfisziert hatte, denn auf seine höfliche Frage, ob die Damen mit der Leitung des Gasthofs so ganz ohne männliche Unterstützung nicht überfordert seien, fragte sie tatsächlich ganz kaltschnäuzig zurück, inwieweit das für die Aufklärung des Mordfalls von Bedeutung sei. Von diesem Moment an saßen sie sich als erklärte Gegner gegenüber, und es folgte ein unangenehmer verbaler Fechtgang.

„Was können Sie zur Aufklärung beitragen?“

„Rein gar nichts.“

„Kannten Sie das Opfer?“

„Natürlich, sie war schließlich Hausgast bei uns.“

„Das meine ich nicht, ich meine selbstverständlich in anderer Hinsicht!“

„In selbstverständlich anderer Hinsicht kannte ich sie nicht.“

Eisiges Schweigen. Sie blickte an ihm vorbei durch das große Fenster in den Garten, während er in den Papieren blätterte. Da war doch etwas gewesen – ach ja, hier stand es, ganz hervorragend, jetzt hatte er sie beim Schlafittchen.

„Aber Sie sind es gewesen, die diese fatale Bowle zubereitet hat!“, triumphierte er, bei jedem Wort mit dem Zeigefinger in ihre Richtung piekend.

„So ist es“, sagte sie in gelangweiltem Ton, „hätten Sie gern das Rezept?“

Hierüber ärgerte er sich dermaßen, dass ihm eine kleine Menge jenes Gasgemischs entfuhr, das ihm seinen Spitznamen eingetragen hatte. Auf das typische Geräusch hin zog sie in unnachahmlicher Weise die Augenbrauen hoch, und als der genauso typische Geruch sich im Raum ausbreitete, tat sie etwas, was er in seinem ganzen Leben noch nie bei einem Weibsbild erlebt hatte: Sie beförderte aus ihrer Rocktasche ein silbernes Zigarettenetui ans Tageslicht und zündete sich in aller Ruhe eine Zigarette an, den Rauch genussvoll in die schwefelwasserstoffgeschwängerte Luft blasend, haarscharf an seinem Gesicht vorbei.

„Möchten Sie auch eine, Herr Polizeihauptmeister?“, fragte sie tatsächlich.

„Ich rauche nicht“, erwiderte er abweisend, zugestandenermaßen nicht ganz wahrheitsgemäß.

„Sollten Sie aber“, antwortete sie daraufhin mit zuckersüßer Stimme, „ist gut für die Digestion!“

Kurz darauf schieden sie voneinander ohne sich die Hände zu geben, und er bekam noch mit, wie sie die Augen verdrehte, als sie auf der Türschwelle ihrer Schwester begegnete, die er als nächste zu vernehmen gedachte.

Skrupellos und hinterlistig, notierte er, durchaus tatverdächtig.

Fräulein Mathilde Lüders war ein ganz anderer Schnack. Äußerlich absolut ansprechend mit ihren vollen braunen Haaren und Rundungen, die für ihre Schwester ohne weiteres mitgereicht hätten, hatte sie ihn sofort für sich eingenommen. Diese Sympathie dauerte haargenau zwanzig Sekunden – zwanzig Sekunden, in denen sie mit der Bemerkung „Meiner Treu, wie riecht es denn hier!“ zum Fenster schritt und, ohne ihn auch nur eines Blicks zu würdigen, beide Flügel so weit aufsperrte, dass der Sommerwind die obersten seiner Protokollblätter zu Boden wehte. Dann ließ sie sich ihm gegenüber auf dem Besucherstuhl nieder mit einem Rücken so gerade wie ein Bügelbrett, faltete die Hände im Schoß, und bevor er noch das Wort an sie richten konnte – er war noch damit beschäftigt, die Blätter aufzuklauben –, sagte sie in just dem freundlichbestimmten Tonfall, den eine erfahrene Gouvernante für einen renitenten Zögling parat hat:

„Nun schießen Sie schon los; ich muss in zehn Minuten wieder in der Küche sein."

Damit war es ihr in weniger als einer Minute gelungen, ihm unmissverständlich zu verstehen zu geben, was sie von ihm und seiner kriminalistischen Tätigkeit hielt.

Anders als ihre Schwester bejahte sie im folgenden Gespräch jede seiner Fragen, vermutlich aus Gründen der Zeitersparnis, wie er grimmig dachte. Ja, die Damen Hansen seien fünf Tage zuvor angekommen, ja, sie hätten in Aubrück ein paar Urlaubstage verbracht, und ja, das zum ersten Mal. Ja, sie selbst sei den ganzen langen Abend in der Küche gewesen, und ja, sie habe dementsprechend nichts besonderes beobachtet oder bemerkt.

Als sie soweit gekommen war, erhob sie sich ohne eine Genehmigung seinerseits abzuwarten und erklärte, dass sie jetzt wieder, wie gesagt, zurück in die Küche müsse.

„Das entscheide ich", sagte Voss mit aller ihm zu Gebote stehenden Beamtenautorität.

Daraufhin verhielt sie tatsächlich den Schritt und wandte sich noch einmal zu ihm um, wie er mit Genugtuung registrierte.

„Ach ja, Herr Polizeihauptmeister, das hätte ich tatsächlich fast vergessen –"

Na also, dachte Voss, geht doch, warum nicht gleich so!

„Falls Sie im Gasthof speisen möchten, dann empfehle ich Ihnen unser Tagesgedeck – Sauerampfersuppe, Hackbraten mit Kartoffelklößen, Schwarzwurzelgemüse und braune Soße, zum Dessert wahlweise Rhabarber- oder Erdbeerkompott, und das alles wohlfeil für ganze eine Mark fünfzig, allerdings ohne Tischwein."

Otto Voss, der insgeheim mit einer Einladung des Hauses gerechnet hatte, nahm diese Auskunft griesgrämig zur Kenntnis, sorgenvoll an die Schnitten mit grober Leber-

und Mettwurst denkend, die, von seinem Eheweib am frühen Morgen liebevoll in Papier gewickelt, nach seinen Erfahrungswerten mittlerweile den Härtegrad eines preußischen Aktendeckels haben würden. Und das, wo er Schwarzwurzelgemüse so liebte, von Hackbraten ganz zu schweigen!

Sein Unmut richtete sich, wie sollte es anders sein, gegen Mathilde, die noch nicht einmal seine Antwort abwartete, sondern ihn kurz ermahnte, das Fenster bitte noch offen zu lassen, bevor sie mit knappem Kopfnicken von dannen eilte.

Kaltherzig und berechnend, vermerkte er in seinem Protokoll, im Prinzip bestens geeignet als Mörderin.

Zehn Minuten später hatte er zwei weitere Kandidatinnen für die Untat, und zwar in Form der beiden jüngeren Lüders-Schwestern. Beide machten zwar einen erschrockenen und tief betroffenen Eindruck, als sie gemeinsam mädchenhaft knicksend den Kontor betraten, aber sein onkelhaftes Wohlwollen gegenüber den niedlichen Backfischen in Hell- und Dunkelblond verflüchtigte sich im Nu.

Zu den beiden Damen Hansen konnten sie nur sagen – an dieser Stelle kam das erste Kichern –, dass die tote Frau Hansen alles versucht habe, ihre Stieftochter an den Mann zu bringen, und das sogar bei den Herren, die im Gasthof weilten. Zweites Kichern. Dann folgte, selbstverständlich unter weiterem Gekicher, die ausführliche Beschreibung einiger Szenen im Speiseraum und in der Gartenlaube, wobei auch ein Herr Sorgenfrei sein Fett abbekam, da ihnen nicht entgangen war, dass er sich erst an die Hansenschen Fersen, und sodann an die der feinen Frau Möller geheftet hatte (hihi).

„Sonst noch was?“, unterbrach Voss sie genervt.

Nein, sonst gab es nichts, und Voss entließ sie mit einem ungeduldigen Wedeln seiner Hand.

Albern und oberflächlich, schrieb er ins Protokoll, nur Tändeleien im Kopf, genau der Typ, der aus irgendwelchen kindischen Motiven ahnungslose Mitmenschen ins Jenseits befördert, ohne von den geringsten Gewissensbissen geplagt zu werden.

Dass dieser Gasthof überhaupt Gäste hatte, schien ihm geradezu mirakulös. Im Prinzip sollte es ihn nicht wundern, wenn diese vier Weibsen den Mord gemeinsam begangen hätten – eine bringt die Bowlenschale in Position, die zweite hält das Opfer fest, die dritte schwingt den Bierseidel, und die vierte steht Schmiere. Wär ja nicht das erste Mal, so etwas.

Danach hatte Voss erstmal eine Erholungspause nötig von allem was Röcke trug, sodass er beschloss, zunächst mit den Herren weiterzumachen. Er machte den Anfang mit Apotheker Hollmann, welcher die Situation nach dem Mord so umsichtig geregelt hatte und auf den ersten Blick auch absolut normal und vernünftig wirkte. Erst, als Voss ihn danach befragte, was ihn denn – bei den sicher vorhandenen pekuniären Reserven – in diesen sogar von der Haupt-Landstraße abgelegenen Gasthof verbannt hatte, begann das positive Bild zu bröckeln.

Anfangs hielt Voss es noch für eine im Prinzip unschädliche Marotte, auf dem Zweirad quer durch das Land zu strampeln, und murmelte unklugerweise etwas von Leibesertüchtigung, Volksgesundheit und frischer Luft. Damit hatte er nun absolut ins Schwarze getroffen, genauer gesagt, in Hollmanns Lieblingsthema, der sich prompt in der Gesellschaft einer verwandten sportlichen Seele wähnte und den unglücklichen Hauptmeister über die Aktivitäten der *Flensana* in den letzten zwanzig Jahren aufklärte, schwerpunktmäßig, wie sollte es anders sein, über die der vorbildlichen Radsportsektion. Dann ging er dazu über, seine eigene Tour im Detail zu beschreiben, unter besonderer Berücksichtigung der diversen radlerfeindlichen Straßenbeläge. Wer wollte es Otto Voss da übelnehmen, dass ihm nach einer Viertelstunde frustrierten Hin- und Herrutschens auf Friedas Schreibtischsessel eine kleine Flatulenz entwich? Dies führte zwar dazu, dass Hollmann bestürzt in der Beschreibung der foltertauglichen Straßenpflasterung des Fleckens Havetoftloit innehielt, wofür Voss ein Stoßgebet gen Himmel schickte. Seine Erleichterung sollte jedoch nur von kurzer Dauer sein, denn nun widmete der Apotheker sich mit derselben Verve, die bis dahin dem Überland-Radsport gegolten hatte, dem menschlichen Verdauungssystem, was dem geordneten Verlauf der kriminalistischen Vernehmung noch abträglicher war.

„Schwefelwasserstoff, das reine Gift", sagte Hollman streng. „Nichts ist für die Gesundheit so schädlich wie ein mangelhaft funktionierendes Verdauungssystem, Sie sollten unbedingt etwas dagegen tun, Herr Polizeihauptmeister! Ich würde ihnen dringend ein regelmäßiges Klistier empfehlen, anfangs zweimal wöchentlich, später kann es seltener erfolgen. Und bis dahin gebe ich Ihnen – sapperlot, was haben Sie denn?"

Otto Voss war ganz bleich geworden bei der Vorstellung, dass dieser entartete Apotheker ihn vielleicht an Ort und Stelle zum Herablassen seiner Beinkleider zwecks Durchführung jener entwürdigenden Behandlung verdonnern wollte, und das einzige Geräusch, was er daraufhin noch hervorbrachte, war ein ziemlich schwaches Hüsteln.

Hollmann schüttelte mitleidig den Kopf, erhob sich, und schloss mit einem floskelhaften „Sie gestatten!" die Fensterflügel.

„Auch nicht gerade gut, offene Fenster hinter dem Rücken, daher wahrscheinlich Ihr Bronchialkatarrh! Hier, nehmen Sie mal eine von *Hollmann's Veilchenpastillen*, am besten gleich mehrere, die können Sie sich für später aufheben", sagte er freundlich, die uns bekannte Blechdose aus der Westentasche ziehend. „Was sagte ich eben noch

– richtig, die Flatulenzen! Also, rein zufällig habe ich einen vorzüglichen Kümmeltee bei mir, eigene Mischung! Ich glaube nicht, dass ich ihn in nächster Zeit brauche, denn durch das gesunde Auf und Ab der Oberschenkel beim Zweirad-Sport wird die hintere Muskulatur außerordentlich gestärkt …". Hier hielt er kurz inne und entschloss sich, lieber nicht zu erwähnen, was das gesunde Auf und Ab der Oberschenkel in den äußeren Bereichen seiner hinteren Muskulatur angerichtet hatte.

„Wie dem auch sei, ich lasse Ihnen nachher gleich einen Kümmeltee bringen, das hilft erstmal bis zum Klistier … Sagen Sie, was hatten Sie vorhin eigentlich gefragt?"

Das wusste Voss, ehrlich gesagt, auch nicht mehr, aber um die Fassade zu wahren, fragte er Hollmann, ob er eine Idee habe, wer seinen Bierseidel so schmählich missbraucht haben könnte.

Sein Gegenüber schüttelte traurig den Kopf. „Das einzige, was ich insofern sagen kann, und zwar mit Bestimmtheit, ist, dass ich es nicht selbst gewesen bin!"

„Und was haben Sie im Anschluss an die feucht-fröhliche Runde getan?", setzte Voss nach. Daraufhin begann der Apotheker, gewissenhaft seine allabendliche Routine zu schildern. Da er jedoch schon bald Tendenzen zeigte, bei den Vorzügen von *Hollmann's Kräuter-Zahnpulver* hängen zu bleiben, würgte ihn der Polizeihauptmeister geradezu brutal ab und geleitete ihn unter vielen Dankesbeteuerungen für die gesundheitliche Beratung zur Tür.

Danach saß er erstmal volle fünf Minuten still da, um sich zu sammeln. Seine Notiz im Protokoll war relativ kurz: Neigt zum Sadismus, sehr verdächtig.

Der nächste Zeuge, den es zu vernehmen galt, war Voss von dem Moment an unsympathisch, in dem er über die Schwelle trat. Es handelte sich um einen zur Korpulenz neigenden, gerade noch jungen Mann, der eine Aufmachung zur Schau trug, wie der Hauptmeister sie weder in Schleswig noch in Flensburg jemals erblickt hatte: Ein eleganter cremefarbener Zweiteiler mit dezent gestreifter Weste, alles eindeutig aus feinstem Seidengemisch, dazu ein makelloses weißes Hemd mit steinhart gestärktem Kragen, zweifarbige helle Lackschuhe, ein Kaschmirschal, lose über die Schultern drapiert, in der einen manikürten Hand einen beigefarbenen Hut, in der anderen ein Paar dazu passende Handschuhe. Ein herber Duft von *Eau de Toilette* umgab die Erscheinung und versprach interessante Ergebnisse bei der Vermischung mit den Voss'schen Emissionen.

Angesichts von soviel Pracht hielt der Hauptmeister es für angezeigt, sich zu erheben und eine Verbeugung anzudeuten, welche der Eintretende mit kurzem Kopfnicken huldvoll entgegennahm, um sich sodann als Dietrich von Kesselstein zu präsentieren. Bevor er sich auf dem Besucherstuhl niederließ, wischte er mit den Handschuhen kurz darüber, nahm mit übereinander geschlagenen Beinen Platz, und blickte Voss erwartungsvoll an.

Der ist bestimmt nicht auf dem Zweirad hierher gestrampelt, schoss es Voss durch den Kopf, überhaupt – was machte dieser eindeutig das Odeur von Grand Hotel und High Society verströmende Typ bei den vier unerzogenen Weibsen und ihrem Landgasthof? Eine heimliche Liebschaft war vielleicht das Naheliegendste, aber mit wem? Na, er würde schon dahinter kommen!

Voss räusperte sich und stellte seine Anfangsfrage, diejenige nach dem Grund des Aufenthalts in Aubrück.

„Mein lieber Onkel und meine liebe Tante, der Baron und die Baronin von Rothspon, haben mir zu ein paar entspannenden Tagen auf dem Lande geraten“, kam die Antwort ohne Zögern.

Alles, was recht ist, dachte Voss, hier muss ich doch etwas vorsichtiger zu Werke gehen, vielleicht ist ja der Kaiser persönlich sein Taufpate und die Prinzen seine Spielkameraden!

Er schenkte seinem cremefarbenen Gegenüber das, was er für ein gewinnendes Lächeln hielt (normalerweise reserviert für die Dienstvorgesetzten), und fragte in deutlich sanfterem Ton:

„Und wie fühlt sich ein Herr von Ihren Gewohnheiten in diesem Haus?"

Diese Frage hatte – was der Hauptmeister natürlich nicht vorhersehen konnte – auf Herrn von Kesselstein in etwa dieselbe Wirkung wie das Thema Radport auf Apotheker Hollmann. Kesselstein legte Hut und Handschuhe auf dem Schreibtisch ab und wechselte die übergeschlagenen Beine. Dann legte er los:

„Superb, einfach superb! Es mangelt an nichts, aufmerksames Personal, vorzügliche Zimmer, fast schon der modernste Komfort, und dann erst die Küche – *la bonne cuisine*, wie es so schön heißt, schlichtweg himmlisch!"

An dieser Stelle unterbrach er sich kurz, um die Fingerspitzen seiner linken Hand zu küssen, und in der darauf folgenden Viertelstunde erfuhr Otto Voss in allen Einzelheiten den himmlischen Speiseplan der vergangenen drei Tage, ein Thema, das seinen halbleeren Magen zu einigem Gegurgel veranlasste und zu einem winzig kleinen „Plupp", als das Gegurgel sozusagen die tiefere Etage erreicht hatte.

Von Kesselstein stutzte nur ganz kurz und fuhr dann mit dem gleichen Enthusiasmus fort:

„Und heute erwartet uns eine köstliche Sauerampfersuppe, abgerundet mit süßer Sahne, Eidottern und Muskat! Sie werden begeistert sein, Herr Hauptmeister! Und danach –", hier hielt er ein, denn angesichts der eher grämlichen Miene auf der anderen Seite des Schreibtischs kam ihm offenbar ein erschreckender Gedanke:

„Sie sind doch sicher nicht unpässlich, oder? Unser guter Herr Apotheker – den Sie ja just befragt haben – wird mit Sicherheit ein Mittelchen dagegen parat haben!"

Voss winkte nur müde ab, aber Kesselstein ließ noch nicht locker.

„Falls Ihnen Sauerampfersuppe nicht zusagt, danach gibt es Hackbraten!", sagte er aufmunternd.

„Hochinteressant", erwiderte Voss, in Gedanken sein wohlgenährtes Gegenüber gleichfalls zu Hackbraten verarbeitend. „Darf ich fragen, was Sie sonst noch zur Aufklärung des Mordfalls beitragen können?"

„Nicht das Geringste", Kesselstein griff nach Hut und Handschuhen und traf Anstalten, sich zu erheben. „Nehmen Sie es mir nicht übel, Herr Hauptmeister, aber Sie sollten wirklich dafür sorgen, dass Sie etwas in den Magen bekommen. Alles geht dann leichter von der Hand, das hat schon meine Großmutter gesagt! Adieu!"

Der ist genauso verdreht wie dieser radelnde Gesundheitsapostel, dachte Voss bei sich, als Kesselstein kurz darauf entschwunden war. Gefühllos und genußsüchtig, bestens geeignet als Mörder.

Die beredten Schilderungen der himmlischen Aubrücker Kochkünste hatten immerhin dazu geführt, dass der Polizeihauptmeister nunmehr tatsächlich dem Rat von Kesselsteins Großmutter folgte, griesgrämig die Wurstschnitten auspackte und diese mit kaltem Muckefuck aus seiner Proviant-Flasche lustlos hinunterspülte. Natürlich hätte er eine Kanne Kaffee oder ein schönes Bier bestellen können, aber nach all dem, was diese Gasthof-Schwestern ihm geboten hatten, sollten sie an Otto Voss keinen einzigen Pfennig verdienen, und wenn er seinen Durst aus der Blumenvase stillte. Er faltete einige Bögen Protokollpapier in der Mitte zusammen, lehnte sich behaglich in Friedas Schreibtischsessel zurück und bedeckte das Gesicht mit dem Papier, die effektivste Verdunklungsmethode für ein erholsames Nickerchen auf Kosten des Kaiserreichs und seiner Steuerzahler. Seine Träume drehten sich um Mathilde Lüders, die ihm, nur mit ihrer appetitlichen weißen Küchenschürze bekleidet, einen riesigen Hackbraten mit brauner Soße servierte, und als er nach einer halben Stunde entsprechend erfrischt erwachte, fühlte er sich gestärkt genug, um das anzugehen, was er am wenigsten mochte: Die Vernehmung der engsten Angehörigen des Opfers.

Er hatte der völlig aufgelösten Else Hansen gleich bei seinem Eintreffen kondoliert und dabei den Eindruck gewonnen, dass sie haargenau jener Typ war, der auf jede noch so pietätvoll gestellte Frage mit einem Weinkrampf reagierte. Natürlich behielt er recht. Else, von Kopf bis Fuß in Schwarz gewickelt, die Augen rot verweint, ein schwarzes Tüchlein unter die laufende Nase gepresst, war ein einziges Bild des Jammers, als sie Voss unter heftigem Schluchzen berichtete, wie sie in der gestrigen Nacht nach kurzem Schlummer erwacht sei, die Stiefmama neben sich im Doppelbett vermisst, sich schnell angekleidet und sodann nach ihr Ausschau gehalten habe, ja, und dann, im Garten –

„Schon gut, schon gut, den Rest kennen wir", brummte Voss, um die Nerven von Jungfer Hansen nicht gleich zu Beginn der Vernehmung auf Null zu reduzieren. „Was können Sie denn sonst noch berichten?"

„Meine liebe Stiefmama", jammerte Else, „immer war sie so gut zu mir, und so besorgt! Und sie hatte sich so sehr gefreut, für ein paar Tage aus der Stadt herauszukommen und auf dem Land Urlaub zu machen."

Angesichts der Tatsache, dass die beiden Damen in Mürwik ansässig waren, welches nach Meinung von Voss nicht unbedingt zu den Großstädten des Reiches zählte, fand er die Freude der armen Greta Hansen an einem Landaufenthalt zwar nicht ganz nachvollziehbar, ließ es aber durchgehen, um bei Else, die gerade einen etwas ruhigeren Moment hatte, nicht den nächsten Heulanfall zu provozieren.

Daraufhin wurde er mit einer detaillierten Schilderung belohnt, wie gut die Luftveränderung Stiefmama getan habe.

„Und dann das hübsche Zimmer, und das gute Essen!"

„Ja, ist mir bekannt, das brauchen Sie nicht näher auszuführen!", kam Voss in Windeseile einer weiteren Schilderung der kulinarischen Leistungen des Gasthofs zuvor.

„Und alles zu einem Preis, den wir uns durchaus leisten konnten", bekannte Else in vertraulichem Ton, „Sie können sich gar nicht vorstellen, wie Stiefmama in den wenigen Tagen hier aufgeblüht ist! Gerade gestern war sie besonders guter Dinge, nachdem auch ihre liebe Freundin angekommen war …"

Oh oh, dachte Voss, das ist tränenträchtig!

In der Tat ging bei der Erinnerung an die liebe Stiefmama, die gerade an ihrem Todestag so froh gewesen war, das Schluchzen, Heulen und Schniefen von neuem los. Voss nutzte die Geräuschkulisse, um den Druck in seinem Innern mit einem leisen „Plupp" zu erleichtern, und dann blieb ihm nur noch übrig, geduldig zu warten und von Zeit zu Zeit einen diskreten Blick an Else vorbei auf die Wanduhr zu werfen, deren sachte hin- und herschwingendes Pendel das unbarmherzige Verstreichen der Zeit dokumentierte. Schließlich hatte er genug; er räusperte sich und sagte:

„Mit Verlaub, Fräulein Hansen, Sie können gleich weiter weinen, vorher nur kurz die Frage, wer denn die Freundin Ihrer lieben Stiefmama ist?"

„Frau Möller – sie kannten sich von früher", gab Else unter großem Geschniefe Auskunft.

Hoppla, dachte Voss, den Namen haben doch auch die beiden kichernden Lüders-Mädchen erwähnt, und zwar im Zusammenhang mit einem Herrn Sorgenfrei – da hake ich besser mal nach!

„Fräulein Hansen", hub er so sanft an wie es nur irgendwie ging, „meines Wissens befinden sich auch einige Herren hier im Gasthof –"

Er hätte Else genauso gut in die Brust schießen können. Das Geschniefe verstummte abrupt, sie saß wie versteinert, ließ das schwarze Taschentuch sinken, und blickte ihn mit unverhohlenem Entsetzen an.

Was hat sie denn nun, dachte Voss, und fragte gleich nach: „Zum Beispiel ein Herr Sorgenfrei – haben Sie vielleicht dessen nähere Bekanntschaft gemacht?"

„Ja, also vielmehr nein", brachte die arme Else mühevoll hervor, „ich wollte ja nicht, aber Stiefmama meinte …".

Sie verstummte, blickte verschämt nach unten und begann, ihr Taschentuch zu kneten.

„Was meinte Stiefmama?", fragte der unerbittliche Hauptmeister.

Else schwieg, lief dafür aber so feuerrot an, dass ihr runder Kopf gut zwischen die roten Lampions im Gastgarten gepasst hätte.

„Fräulein Hansen …", mahnte Voss.

Schweigen.

„FRÄULEIN HANSEN!", wurde Voss lauter, kurz davor mit der Faust auf den Tisch zu schlagen.

Else starrte ihn an wie das Karnickel die sprichwörtliche Schlange, offenbar schwankend zwischen Heulen, Reden oder einfach nur weiterem Schweigen.

„Nun sprechen Sie schon", brachte Voss mit übermenschlicher Anstrengung in einem gerade noch gemäßigten Tonfall hervor, „so schlimm kann es wohl nicht sein!"

Else holte tief Luft. „Ich wollte ja nicht", begann sie, nervös am obersten Knopf ihres schwarzen Kragens fummelnd, „aber Stiefmama meinte, ich sollte mir etwas Mühe geben … Also, ich hätte vielleicht Chancen bei Herrn Sorgenfrei … Weil er uns doch angesprochen hatte … Im Speiseraum und unten am Fluss … Ich hab' das ja nie geglaubt, und als dann Frau Möller kam, war es auch ganz klar."

Sie schwieg einen Moment und sagte dann laut und vernehmlich: „Gottseidank."

Herr, steh mir bei, dachte Voss und kratzte sich am Schädel, wenn es bei dem ganzen Geziere nur um ihr verkorkstes Liebesleben gegangen ist, dann kann ich meine Akte getrost zuklappen. Na, mal sehen, was diese Frau Möller zu sagen hat.

Hortense Möller alias Gräfin Molinero-Büxeltoft war kein Dummkopf. Sie war sich völlig im Klaren darüber, dass es aus kriminalistischer Sicht nicht den besten Eindruck erweckte, wenn man sich unter falschem Namen irgendwo einmietete, dann vor Ort eine äußerst lästige Erpresserin traf und diese mittels einer kleinen Zuwendung in Höhe von dreitausend Mark mundtot machte – insbesondere, wenn die besagte Erpresserin kurz darauf nicht nur mundtot, sondern ganz tot aufgefunden wurde.

In diesem Zusammenhang gab es noch etwas anderes, das Hortense Kopfzerbrechen bereitete. Nun gut, in der gestrigen Nacht waren sie alle ziemlich außer sich gewesen, aber sie war sich doch ziemlich sicher, dass ihre kleine graue Tasche mit den dreitausend Mark, welche sie Greta zuvor bei ihrem Tête-à-tête in die Hand gedrückt hatte, nicht mehr in der Laube gewesen war. Und da Taschen sich gemeinhin nicht aus eigener Kraft fortbewegten, konnte dies ja wohl nur bedeuten, dass irgendjemand sie mitgenommen hatte – ein höchst beunruhigender Gedanke. Leider konnte sie niemanden danach befragen, am allerwenigsten die Polizei, und sie konnte nur hoffen, dass dieser absolut ärgerliche Verlauf nicht zu weiteren Komplikationen führte.

Und als ob das alles noch nicht genug wäre, gab es zudem noch das schier unlösbare Problem, dass ihre Person mit nichts, aber auch gar nichts in Verbindung gebracht werden durfte, was sich in diesem vermaledeiten Gasthof abspielte, inklusive dem, was sich bereits vor siebzehn Jahren abgespielt hatte …

Guter Rat war also teuer – aber Hortense hatte von ihren ersten beiden Ehemännern, die beide begnadete Militärstrategen gewesen waren, einiges gelernt, zum Beispiel über die vorgetäuschte Flucht nach vorn, ein Manöver, von welchem ein bescheiden besoldeter Polizeihauptmerister gewiss noch nichts gehört hatte.

Sie segnete in Gedanken ihre Halbtrauer-Garderobe und wählte für ihr Rendezvous mit der Obrigkeit das Ensemble aus, welches der Volltrauer am nächsten kam: ein Kleid in schimmernder, grau-schwarz gestreifter Seide, bei welchem jeder einzelne der feinen Längsstreifen ihre berühmte Figur auf unnachahmliche Weise nachzeichnete. Der uns bereits von ihrer Ankunft bekannte Hut mit dem gerade zur Nasenspitze reichenden dekorativen Schleier gab sozusagen das Tüpfelchen auf dem ‚i' ab, und Otto Voss rang hörbar nach Luft, als sie über die Schwelle schwebte und sich graziös auf den Besucherstuhl sinken ließ.

„Sie sind – Frau Möller?" fragte er ziemlich blöde.

„Die nämliche", nickte das Traumbild mit dem charmantesten Lächeln, das er je gesehen hatte.

„Frau Möller", Voss versuchte gleichfalls ein charmantes Lächeln, das jedoch ungleich bescheidener ausfiel, „bitte nur ein paar kurze Fragen Um den Fall von allen Seiten zu beleuchten, Sie verstehen … Reine Routine, mehr nicht!"

Frau Möller blickte ihn daraufhin mit schief gelegtem Kopf und erwartungsvoller Miene an, was sämtliche Fragen in seinem Gehirn kräftig durcheinander purzeln ließ.

„Wären Sie so freundlich – darf ich Sie tragen, äh – ich meine natürlich, fragen –"

„Aber ich bitte darum!"

Verdammt, dachte Voss, womit fange ich doch immer an – ach ja, richtig, das war's:

„Darf ich mich erkundigen, was Sie nach Aubrück geführt hat?"

Er war auf einiges gefasst gewesen, aber nicht auf das.

„Meine Heirat“, sprachen die kirschroten Lippen unter dem neckischen Schleier.

„Ihre – Heirat?“

„Um korrekt zu sein – meine bevorstehende Heirat.“

„Ihre – bevorstehende – Heirat“, wiederholte Voss benommen und dachte bei sich, wenn sie jetzt sagt, dass dieser verfressene Kesselstein oder gar der sadistische Apotheker ihr Bräutigam ist, dann lasse ich mich auf der Stelle zum Zoll versetzen. Er räusperte sich würdevoll.

„Ist – der Herr Bräutigam denn hier im Hause?“

„Aber i wo, wo denken Sie hin!“, sie lachte perlend, brach jedoch mittendrin ab und senkte den Blick. „Nein, Herr Polizeihauptmeister, es verhält sich vielmehr so, dass –“. Ihre Stimme wurde plötzlich tränenschwer und verstummte.

„Frau Möller – was ist Ihnen?“ fragte Voss alarmiert.

„Verzeihen Sie –“, sie holte ein kleines Batisttuch aus ihrer Tasche und betupfte die Augen unter dem Schleier. Der Duft des Tüchleins wehte über den Schreibtisch und sollte sich für alle Zeiten in Voss’ Erinnerung einbrennen. Was für ein Parfüm, was für eine Frau – pardon, Dame!

„Gnädige Frau“, hub er von neuem an, „diese Befragung dient rein kriminalistischen Zwecken und soll Ihnen keine Qualen bereiten, ganz gewiss nicht. Sie dürfen mir vertrauen, also nur Mut!“

Am liebsten hätte er die schlanke Hand gestreichelt, die jetzt, offenbar ermattet vom Betupfen der schönen Augen, in den gestreiften Schoß gesunken war. Frau Möller richtete ihren bemerkenswerten Oberkörper noch eine Spur gerader auf, schlug den kleinen Schleier zurück und sah ihn fest an.

„Lieber Herr Polizeihauptmeister“, sprach sie leise, aber entschlossen, „ich habe es sofort gesehen, Sie sind ein Ehrenmann –“

Voss entfuhr daraufhin ein begeistertes kleines „Plupp“, das er gerade noch mit einem vorgetäuschten Hustenanfall zu übertönen vermochte.

„Ich weiß, dass ich Ihnen vertrauen darf“, fuhr Frau Möller fort, nachdem sein Husten verstummt war, „und bitte vergeben Sie mir, dass ich zögerte, doch meine Situation ist schlichtweg zu peinlich. Es ist nämlich so – ich habe mich eines Inkognitos bedient; ich heiße gar nicht Möller …“

„Na, das schien mir auch überhaupt nicht zu Ihnen zu passen, wenn ich mir diese Bemerkung erlauben darf! Und wie – wie darf ich Sie ansprechen?“

Sie senkte abermals den Blick.

„Nennen Sie mich schlicht Gräfin M.“

„Frau Gräfin!“, Otto Voss sprang auf und machte eine derart heftige Verbeugung, dass seine Stirn um ein Haar mit Friedas Petroleumlampe auf dem Schreibtisch kollidiert wäre.

Sein schönes Gegenüber nickte ihm huldvoll zu.

„Ich bin jetzt ganz und gar auf Ihre Diskretion angewiesen, Herr Polizeihauptmeister“, begann sie in einem fast schon unterwürfigem Ton, der ihm runterging wie ein gut geölter Matjes. „Sehen Sie – ich stehe vor einer Vermählung in den Hochadel, und ich wollte mir vor den aufreibenden Festivitäten noch eine kleine Auszeit gönnen, und zwar nicht in einem der von der vornehmen Welt frequentierten Badeorte. In all diesen hätte man mich nämlich in dem Moment erkannt, in dem ich meinen Fuß dort abgesetzt hätte, und an Ruhe wäre nicht mehr zu denken gewesen. Deshalb habe ich diese schlichte Umgebung gewählt, die mir die nötige Erholung gewährt, ohne dass ich mich ständig beobachtet, wenn nicht gar belagert fühle. Sie werden mir sicherlich zugeben, dass ich unter diesen Umständen kaum unter meinem richtigen Namen – welchen Sie in fetten Lettern in sämtlichen Gesellschaftsspalten lesen können – auftreten konnte.“

Voss nickte in tiefem Mitgefühl.

„Und nun diese dumme Geschichte! Es wäre nicht auszudenken, wenn mein Name auch nur im Entferntesten mit einem … äh … unnatürlichen Todesfall in Verbindung gebracht würde. Ein Skandal ohnegleichen!“

Sie überlegte kurz und entschied dann, dass es für den Erfolg der Aktion am besten war, wenn sie ihren Verlobten vom englischen Lord zu einer deutschen Durchlaucht mutieren ließ. „Ich bin mir nicht einmal sicher, ob Seine Durchlaucht nicht sogar von der Verbindung Abstand nehmen würde“, sagte sie mit tragischem Augenaufschlag. „Er verkehrt nämlich in den höchsten, ach was, in den ALLERHÖCHSTEN Kreisen, und er kann sich nicht den geringsten Makel auf seinem Namen leisten – Sie verstehen.“

Ja, Voss dachte, dass er verstand. Er schwieg einen Moment, überwältigt von dem Ausflug in die Welt des Hochadels, ach was, des Höchstadels. Seine Hoheit oder Durchlaucht oder was auch immer konnte sich zu diesem Juwel an Anstand und Tugend nur gratulieren, und er, Voss, würde dem jungen Glück gewiss keine Steine in den Weg legen. Vielleicht zeigte sich der Höchstadel ja später sogar ein wenig erkenntlich, was für ein beflügelnder Gedanke!

„Frau Gräfin –“

„Bitte belassen Sie es bei ‚Frau Möller‘!“

„Frau Gräfin Möller, in Anbetracht Ihrer delikaten Situation und der Tatsache, dass Sie selbstredend über alles, was in Verbindung mit diesem tragischen Vorfall steht, weit erhaben sind, denke ich, dass wir unsere kleine Unterhaltung hier beenden können. Wenn Sie es erlauben, würde ich Sie zum besseren Verständnis der Gesamtumstände nur noch gern fragen, was für einen Eindruck ein gewisser Hausgast, ein Herr Sorgenfrei, bei Ihnen hinterlassen hat?“

„Einen denkbar ungünstigen, Herr Polzeihauptmeister“, erwiderte Frau Gräfin Möller prompt, „ich mag es kaum sagen, aber ich konnte mich des Eindrucks nicht erwehren, dass er … sozusagen … ein Auge auf mich geworfen hat, stellen Sie sich bloß vor! Hochpeinlich! Und jetzt, da Sie mich darauf ansprechen, fällt mir auch sein seltsames Betragen ein; ich hatte ja noch auf ein letztes Glas Bowle mit Frau Hansen in der Laube gesessen … Frau Hansen war übrigens eine treue alte Hausangestellte und wollte mir zu meiner bevorstehenden Vermählung so gerne ihre Glückwünsche übermitteln, die gute Seele … Nun, wie dem auch sei, als ich dann zu Bett ging, kam Herr Sorgenfrei mir auf der Treppe entgegen. Als er mich sah, machte er zwar kehrt und steuerte sein Zimmer an, aber wer weiß, ob er da auch geblieben ist."

Voss notierte, dass sein Stift rauchte. Damit war nun auch die Sache mit der ‚lieben Freundin' geklärt – die tote Hansen hatte ganz offenbar in einem Anflug von Dünkel und über alle Standesunterschiede hinweg ihre ehemalige Arbeitgeberin gegenüber ihrer Stieftochter zur Freundin hochstilisiert. Typisch Personal, dachte er (auch wenn ihm diesbezügliche Erfahrungen vollständig abgingen), wenn man sie zu gut behandelt, dann schlagen sie über die Stränge und maßen sich alles mögliche an!

In diesem Moment klopfte es an der Tür, und Mathilde rauschte herein, ein Tablett mit einer dampfenden Kanne, einer Tasse, und einer stattlichen Pappschachtel in den Händen.

„Verzeihen Sie die Störung, Herr Hauptmeister", sagte sie, während sie das Tablett ohne große Umstände mitten auf dem Schreibtisch absetzte. „Ich bringe Ihnen hier den Kümmel-Aufguss, den Ihnen der Herr Apotheker versprochen hatte … wegen Ihrer … Sie wissen schon …"

Dorftrampel, dachte Voss und sackte auf seinem Stuhl zusammen, während ihm die Schamröte ins Gesicht stieg. Welch Glück nur, dass der radelnde Apotheke keine Klistierspritze auf seinem Zweirad dabei gehabt hatte, sonst hätte die jetzt sicher auch noch auf dem Tablett gelegen und die gräflichen Augen beleidigt, die ohnehin schon in erkennbaren Entsetzen an der Schachtel mit *Hollmann's Kümmel-Aufguss* hingen, auf welcher sich die Empfehlung ‚Bewährt gegen Blähungen und Darmschwäche jeglicher Art' in fetten Druckbuchstaben unübersehbar präsentierte.

„Der Herr Apotheker lässt ausrichten, dass der Aufguss schön warm getrunken werden soll", äußerte Mathilde mit einem Lächeln, das Voss als absolut heimtückisch empfand. „Soll ich Ihnen einschenken?"

Frau Gräfin blickte inzwischen mit wahrhaft aristokratischer Haltung an Tablett, Schreibtisch und Polizeihauptmeister vorbei, und alles wäre noch relativ gut ausgegangen, wenn die begreifliche Erregung nicht zu einer unglückseligen Turbulenz im Voss'schen Innenleben geführt hätte. Das deutliche „Plupp" ließ jedenfalls keine Zweifel an der Richtigkeit von Hollmanns Diagnose aufkommen.

„Na, sehen Sie", sagte Mathilde und schenkte großzügig ein, „der Aufguss wird Ihnen gut tun, Herr Hauptmeister!"

Dann wandte sie sich zum Hinausgehen, hielt aber nochmals inne, warf einen kurzen Blick auf Frau Möller, die das duftende Batisttüchlein inzwischen nicht mehr im Schoß, sondern unter der Nase hielt, schritt resolut zum Fenster und öffnete es weit. Hätte Voss seine Dienstwaffe parat gehabt, er wäre vom Polizisten zum Mörder geworden.

Mathilde, nicht ahnend wie nahe sie dem Tode war, entschwand mit freundlichem Kopfnicken, und Frau Gräfin Möller konnte nunmehr aufgrund der Frischluftzufuhr ihr Taschentuch wieder sinken lassen. Sie ließ auch den kleinen Schleier wieder herunter und erhob sich nun ihrerseits, mit dem sicheren Instinkt für den richtigen Augenblick des Abgangs.

„Diskretion ist offenbar nicht jedermanns Sache", sagte sie in bedeutungsschwerem Ton, „da kann ich nur von

Glück reden, dass meine delikate Situation bei Ihnen in besseren Händen ist, Herr Polizeihauptmeister – und glauben Sie mir, ich weiß das zu schätzen!“

Und damit war sie aus dem Raum.

Voss, der sich gleichfalls erhoben hatte, sank auf Friedas Sessel zurück und wischte sich mit seinem karierten Taschentuch den Schweiß von der Stirn. Jedenfalls eine Person unter diesem Dach, die nicht verdächtig war! Und jetzt würde er sich Herrn Alfred Sorgenfrei vornehmen.

Fredi Sorgenfrei war, ganz entgegen seinem Nachnamen, diesmal alles andere als sorgenfrei. Er saß in der Klemme. Allergrößte Diskretion, das war es, was ihm Doktor Klein eingebläut hatte, kein Aufsehen, keine Namen, keine Verbindungen, keine Abteilung IIIb, nichts durfte ruchbar werden von der Operation ‚Blumen für Windsor‘, noch nicht einmal in den amtlichen Ohren und Augen der Polizei. Er durfte nicht die geringsten Andeutungen machen über den wahren Charakter seines Angelurlaubs, er musste vielmehr schweigen und durchhalten, bis Berlin ihm weitere Anweisungen zukommen ließ. Das Problem war insofern nur, dass Berlin keine weiteren Anweisungen geben konnte, weil Berlin schlichtweg nicht wusste, was sich in der vorangegangenen Nacht in der Aubrücker Laube zugetragen hatte. Um das zu erfahren, bedurfte es nämlich eines Informanten, der eine entsprechende Depesche zum Königsplatz geschickt hätte, und genau das war ihm unmöglich, weil dieser aufgeblähte Hauptmeister erklärt hatte, dass er jeden auf der Stelle einbuchten werde, der seinen Fuß auch nur einen Zentimeter aus Aubrück fortbewege, und vom Gasthof-Telefon neben dem Empfangstresen ließen sich derlei brisante Gespräche nun beim besten Willen nicht führen. Sorgenfrei waren also die Hände gebunden, zunächst nur im übertragenen Sinne, aber Schlimmeres sollte folgen.

„Und Sie sind?“ fragte Otto Voss barsch, dem ein kurzer dienstlicher Blick gezeigt hatte, dass er hier niemanden vor sich hatte, der mit Prinzen spielte oder diese ehelichte oder in sonstiger Hinsicht schonenswert war.

„Alfred Sorgenfrei, zu Diensten!“

„Radeln Sie?“, fragte Voss sicherheitshalber, „oder haben Sie sonstige Vorlieben? Essen, Trinken, Kräuterpillen?“

Der ist ja drollig, dachte Sorgenfrei, fragte aber ganz manierlich zurück: „Wie meinen?“

„Irgendwelche Vorlieben?“, blaffte Voss.

„Der Angelsport“, erwiderte Fredi wahrheitsgemäß.

„Gut“, sagte Voss, „darüber will ich dann kein einziges Wort hören, verstanden?!“

Fredi nickte entgeistert. Na, Doktor Klein würde schon wissen, was er mit diesem schrägen Vogel in Polizeiuniform anstellen würde.

„Weswegen halten Sie sich in diesem Gasthof auf?“

„Urlaub …“

„Bitte etwas ausführlicher!“

Der arme Sorgenfrei wand sich auf seinem Stuhl. Voss betrachtete ihn voller Widerwillen. Der hat was zu verbergen, dachte er, und ich glaube, ich weiß inzwischen auch, was es ist. Na warte, du Lump!

„Also, ich höre!“

„Angelurlaub“, Sorgenfrei wagte kaum, das polizeilich verbotene Wort laut auszusprechen.

„Wollen Sie mich auf den Arm nehmen?“

„Aber nein“, erwiderte Sorgenfrei, abermals wahrheitsgemäß.

„Dann rücken Sie gefälligst mit der Wahrheit heraus – je eher, desto besser!“

„Das ist die reine Wahrheit – ich will Sie wirklich nicht auf den Arm nehmen, das schwöre ich Ihnen!“

Der Polizeihauptmeister kreuzte die Arme über der Brust und bedachte sein Gegenüber mit einem sezierenden Blick.

„Sie sind wohl ein richtiger Spaßvogel, was? Na, das wird Ihnen noch vergehen! Ich frage zum letzten Mal – was ist der Grund Ihres Aufenthalts?"

„Angeln", sagte Fredi weinerlich.

„Gut, Sie wollen es offenbar nicht anders! Also angeln – die Frage ist nur, wonach?"

Voss erhob sich, stützte die Hände auf Friedas Schreibtisch, und brüllte dann los:

„Angeln nach alleinstehenden Damen, was? Deren Arglosigkeit ausnutzen, und dann abkochen, so ist es doch! Sie sind durchschaut, Sorgenfrei, durchschaut! Erst haben Sie sich an die Hansens rangemacht, und als dann Frau … Möller aufgetaucht ist, war das natürlich die attraktivere Beute, und zwar in jeder Hinsicht, hab ich recht?"

Der arme Fredi wurde vor Schreck erst leichenblass und dann feuerrot, in Voss' Augen so gut wie ein Schuldeingeständnis.

„Und dann ist Ihnen das Opfer in die Quere gekommen! Hat Frau Hansen Sie zur Rede gestellt? Sie konfrontiert mit Ihrem schändlichen Treiben? Was hat dazu geführt, dass Sie sich zu dieser Untat hinreißen ließen? Waren es Vorwürfe, vielleicht die Drohung mit Polizei?"

„Ach was, so ein Tünkram", erwiderte Fredi erbost, und eine derart provozierende Äußerung konnte Voss nun überhaupt nicht durchgehen lassen.

„Ich werde Sie gleich mal von wegen Tünkram! Wollen Sie leugnen, dass Sie sich gestern Nacht, als die anderen Gäste bereits im Haus waren, auf den Weg in den Garten gemacht haben, wo Frau Hansen noch in der Laube saß?"

„Doch nicht wegen Frau Hansen", entgegnete Sorgenfrei reichlich unklug.

„Hört, hört“, der Polizeihauptmeister geriet zunehmend in Fahrt, „und wessentwegen denn?“

Fredi dachte an den scharfen Blick von Doktor Klein und schwieg.

„Vielleicht wegen Frau Möller, die Ihren Nachstellungen nur dummerweise haarscharf entgangen ist ?“

Fredi visualisierte weiter seinen ungnädigen Vorgesetzten und schwieg.

„Heraus mit der Sprache – nachdem Ihnen Frau Möller entwischt ist, sind Sie zu Frau Hansen in die Laube gegangen, und dann ist es zum Streit gekommen!“

Fredi nahm nunmehr gedankliche Zuflucht bei Abteilungsleiter Brose sowie Generalstabschef von Moltke jun. und schwieg.

„Na, ich kann's mir schon denken“, Otto Voss machte eine Notiz. „Wissen Sie was, Sorgenfrei, ich lasse mir von Ihnen nicht auf der Nase herumtanzen! Mal sehen, wie Ihnen die Unterbringung im Gasthof der Schleswiger Polizei gefällt – erfahrungsgemäß werden die Gäste dort recht schnell redselig!“

Fredi dachte mit letzter Kraft an das berühmte Staatsporträt des Kaisers im Mantel des Schwarzen Adlerordens und schwieg.

„Sie sind offenbar ein ganz Hartgesottener“, kommentierte Voss das kaisertreue Schweigen, „das wird Ihnen leid tun, das können Sie mir glauben!“

„Ich fürchte, Sie sind derjenige, dem etwas leid tun wird“, sagte Fredi mit prophetischem Pathos und besiegelte damit sein Schicksal für die nächsten vierundzwanzig Stunden.

11

„Habe ich Sie eben richtig verstanden, Sorgenfrei?“

Im Gegensatz zu Otto Voss gehörte Doktor Klein zu jener Sorte Menschen, die umso leiser wurden, je mehr sie sich aufregten, und da jetzt neben all dem Knistern und Rauschen im Telefonhörer nur noch ein Flüstern auszumachen war, wusste Fredi genau, was die Stunde geschlagen hatte.

„Sie – verhaftet? Und die Erpresserin ermordet?“

„Jawohl, Herr Doktor.“

„Und das ist es, was Sie unter diskreter Observation verstehen? Wie man Staatsangelegenheiten von höchster Bedeutung umsichtig und ohne unerwünschtes Aufsehen abwickelt? Ich staune, Sorgenfrei, ich staune!“

Ohaueha, dachte Fredi, wenn Doktor Klein staunt, dann kostet mich das den Kopf – vielleicht sollte ich mich doch lieber auf Dauer verhaften lassen, sozusagen sicherheitshalber.

„Herr Doktor –“, begann er.

„Schweigen Sie, Sorgenfrei! Verschonen Sie mich bloß mit Ihren Erklärungen! Was immer Sie anzuführen haben, es gibt kein Argument auf dieser Erde, mit welchem Sie dieses Desaster – ich wiederhole, DESASTER – überhaupt nur annähernd erklären können!“

Fredi schwieg, und Doktor Klein schwieg auch.

„Sie sagen ja gar nichts“, nahm der Doktor dann, nicht ganz logisch, den Faden wieder auf. „Haben Sie einen Verdacht? Wer könnte dahinter stecken? Vielleicht die Engländer?“

„Ja, ich habe einen Verdacht“, sagte Fredi, erleichtert, dass er überhaupt wieder etwas sagen durfte, und er dachte an seinen singenden Zimmernachbarn. „Es ist ein gewisser –“

„Keine Namen am Telefon!“, zischte Doktor Klein. „Wir müssen sehen, wie wir die ganze Chose schnellstmöglich in den Griff bekommen, bevor … bevor …“

„Der Herr Oberstleutnant und der Herr Generaloberst …“, vervollständigte Fredi hilfsbereit den Satz, was seinen Vorgesetzten aufstöhnen ließ.

„Wir machen jetzt folgendes“, sagte jener nach kurzer Denkpause, „Sie bleiben vor Ort, observieren und recherchieren! Behalten Sie dabei auf jeden Fall die Möglichkeit einer englischen … äh … *connection* vor Augen! Wenn Sie die Sache dann – und zwar zügig, Sorgenfrei! – aufgeklärt haben, dann werden wir der Leitung den erfolgreich abgeschlossenen Fall präsentieren; das dürfte die beste Vorgehensweise sein! Haben Sie mich verstanden?“

„Jawohl, Herr Doktor!“

„Seien Sie sich darüber im Klaren, das ist Ihre letzte Chance! Ich kann Ihnen nur wärmstens empfehlen, dass Sie nicht wieder irgendetwas vermasseln!“

Die leise Stimme klang jetzt unverkennbar drohend. Fredi schluckte und brachte ein ziemlich abgewürgtes „Jawohl, Herr Doktor!“ hervor.

„Gut“, sagte Doktor Klein eisig. „Und jetzt werde ich zusehen, wie ich – auf dem kleinen Dienstweg, versteht sich – die örtliche Polizei vorerst aus der Sache raushalte … Sorgenfrei, das Wohl des Vaterlandes liegt nunmehr in Ihrer Hand, seien Sie sich dessen bewusst!“

„Jawohl, Herr Doktor“, Fredi nahm Haltung an, „Sie werden sich nicht zu beklagen haben!“

Otto Voss, der draußen vor der Tür das Ohr dagegen presste, um zu hören, was sein Hauptverdächtiger so Lebenswichtiges mit seinem Onkel in Berlin zu besprechen hatte, runzelte zum wiederholten Male die Stirn. Erst hatte er gar nichts verstehen können, und dann immer nur dieses „Herr Doktor“, nicht gerade die passende Anrede für ein liebes Familienmitglied. Der führte ihn an der Nase herum, dieser Schwindler, und er hatte ihm dieses Telefonat auch noch großzügigerweise gestattet, in der Hoffnung, in der Sache weiterzukommen!

Entschlossen riss er die Tür auf und schritt in den Raum.

„Sorgenfrei, das langt!“, brüllte er. „Wer ist Ihr Gesprächspartner?“

„Auf Wiederhören, lieber Onkel,“ flötete Fredi gerade in die tote Leitung, hängte Sprechmuschel und Hörer sorgfältig ein, wandte sich zu Voss um, und sprach die ungeheuerlichen Worte:

„Das möchten Sie lieber nicht wissen, Herr Polizeihauptmeister!“

*

Die ermittelnden Behörden, vertreten durch Otto Voss, hatten alle Anwesenden im Landgasthof dazu verdonnert, bis auf weiteres vor Ort zu bleiben – eine Ansage, welche sowohl Eva als auch Kesselstein und Hollmann absolut begrüßten, während Frau Möller schwer verärgert war, und Else Hansen ausgesprochen kummervoll, da sie sich bereits darauf gefreut hatte, in Kürze durch die Mithilfe des ‚Zirkel der suchenden Seelen‘ wieder in Nahkontakt mit der so jäh aus dem Leben beförderten Stiefmama zu treten.

Natürlich herrschte in Aubrück große Aufregung, denn es geschah – zum Glück – ja nicht an jedem Tag, dass ein Gast sein Leben in der Holunderbowle aushauchte, und auch nicht, dass ein anderer Gast dafür verantwortlich gemacht und von der Polizei abgeführt wurde. Beide Ereignisse sorgten also für erregte Gemüter und jede Menge Gesprächsstoff, aber im Ergebnis waren sich alle einig, dass man von Glück reden konnte, dass das abscheuliche Verbrechen so schnell aufgeklärt worden war. Dieses Glück dauerte gerade eben vierundzwanzig Stunden, denn am späten Nachmittag des Montags kam Fredi Sorgenfrei abermals in den Gasthof spaziert und erkundigte sich bei der fassungslosen Annelie, ob sein Zimmer gemacht sei, da er wieder einzuziehen gedenke.

Doktor Kleins kleiner Dienstweg hatte in der Tat dazu geführt, dass die Schleswiger Polizei von der allmächtigen Instanz, welche man als ‚Ganz Oben' zu bezeichnen pflegte, in der Mordsache Hansen einen Rückzugsbefehl erhalten hatte, ein Umstand, der Otto Voss erstmalig an Kaiser und Vaterland zweifeln ließ. Dass man darüberhinaus angewiesen worden war, den Festgenommenen auf der Stelle und mit polizeilichen Ehren wieder an die Stätte seines sogenannten Angelurlaubs zurückzubringen, kostete Voss vor Ärger fast sein gesamtes Innenleben, hatte für Fredi aber die angenehme Konsequenz, dass ihn ein uniformierter Chauffeur der Schleswiger Polizei nach Aubrück zurückfuhr und ihm dort mit großer Ehrerbietung Wagenschlag und Haustür öffnete, sodass niemand mehr darüber im Zweifel sein konnte, dass Alfred Sorgenfrei himmelhoch erhoben über jeglichen Verdacht war.

Da – insbesondere die Damen – inzwischen zu der Auffassung gelangt waren, dass man Sorgenfrei seine mörderische Gesinnung durchaus habe ansehen können, führte sein rehabilitiertes Erscheinen begreiflicherweise zu einigen Irritationen und zu neuem Gesprächsstoff, welcher sich natürlich vor allem darum drehte, wer denn nun der ruchlose Mörder sein konnte.

„Ich kann mir einfach nicht helfen", flüsterte Hortense Möller Kesselstein zu, mit dem sie bei einer Tasse Kaffee auf der Veranda zusammensaß, „ich habe Sorgenfrei doch in der Mordnacht getroffen, als er in den Garten wollte – da hat die Polizei bestimmt etwas übersehen."

„Herr Apotheker", sprach Kesselstein kurz darauf im Gastgarten Max Hollmann an, „was ist denn Ihre Meinung zu der Sache? Also, ich finde ja, dass vor allem die Stieftochter profitiert, da müsste man mal genauer hinschauen!"

Hollmann nickte gedankenvoll und zwirbelte seine rechte Schnurrbartspitze.

„Das ist ganz gewiss eine der bestehenden Möglichkeiten“, sagte er.

„Na, Fräulein Hansen“, wandte er sich am selben Abend an Else, als er sie am Empfangstresen traf, „wie ist denn das werte Befinden? Kann ich vielleicht mit etwas Baldrian für besseren Nachtschlaf behilflich sein?“

„Danke vielmals“, schniefte Else, „aber ich glaube, ich bleibe lieber wach – jetzt, da der Mörder doch noch nicht gefasst ist! Außerdem teile ich den Balkon mit Frau Möller, also, nicht, dass ich was gegen sie sagen will, aber schließlich ist sie als letzte bei Stiefmama gewesen …“

Als Else die Treppe zu ihrem Zimmer hochstieg, kam ihr Sorgenfrei entgegen, woraufhin sie sich so platt an die Wand drückte, dass drei Personen nebeneinander an ihr hätten vorbeigehen können.

„Seien Sie vorsichtig, Fräulein Hansen“, raunte ihr Sorgenfrei zu, als er in ihrer Höhe war, „gehen Sie Kesselstein aus dem Weg!“

„Aber natürlich, Herr Sorgenfrei“, raunte Else zurück und kroch fast in die Wand hinein, „ich gehe ALLEN Herren aus dem Wege!“

Etwas später flüsterte Sorgenfrei dieselbe Warnung auch in das perlengeschmückte Ohr von Frau Möller, welche zwar einen erkennbaren Bogen um ihn schlug, seinen flinken Ermittler-Schritten aber letzten Endes doch nicht entkommen konnte, es sei denn, sie hätte das Vestibül rennend durchquert.

Hier fiel die Reaktion ein wenig anders aus; Frau Möller schüttelte unwillig den Kopf, äußerte ein reichlich kühles „Sie nun wieder!“, schnalzte missbilligend mit der Zunge und ließ ihn stehen wir die sprichwörtliche Butter an der Sonne.

Arme kleine arglose Frau, dachte er, wenn du nur wüsstest – aber Alfred Sorgenfrei wird schon dafür sorgen, dass du aus dieser Sache heil hervorgehst, und dann wirst du ihm gar nicht genug danken können!

Beschwingten Schrittes eilte er von dannen in Richtung Kaminzimmer, wo er Kesselstein vermutete, dem er einige unbequeme Fragen zu stellen gedachte.

In der Tat saß Kesselstein in seinem bevorzugten Sessel, die durch nichts zu überbietende Kombination von einem guten Cognac, einer Zigarre und der Lektüre eines schönen Sportjournals genießend. Nachdem er Mathilde kennen und lieben gelernt hatte, hatte sein Wohlwollen zwar kurzfristig die ganze Welt umfasst, war nunmehr jedoch eindeutig auf dem Rückzug gegenüber jenen Personen, deren störendes Betragen seinem Wohlbefinden in diesem Paradies abträglich war – und dazu gehörte ganz entschieden sein lästiger Zimmernachbar, dessen faustschüttelnder Auftritt in der Mordnacht schlichtweg mit nichts zu entschuldigen war. Frau Möllers zuvor auf der Veranda geäußerte Einschätzung hatte seine Toleranzgrenze weiterhin in Richtung Talsohle befördert, sodass er Sorgenfrei mit einem äußerst unwilligen Blick bedachte, als dieser ihn ansprach.

Sorgenfrei begann mit einer weitschweifigen Schilderung der Unzulänglichkeiten der Schleswiger Polizei, schlug einen eleganten Bogen zum Fischbestand der Bollingstedter Au und platzte dann – eingedenk der Ermittlungsvorgabe seines Vorgesetzten – mit der Frage heraus, ob Kesselstein jemals in England gewesen sei.

„Nein“, entgegnete dieser und ließ entnervt das Journal sinken, „aber ich war kürzlich auf Capri sowie in Neapel, Rom, Florenz und in Bad Ischl, falls Sie das interessiert.“

„Soso, in Italien waren Sie also“, Fredi ließ dies wie ein Schwerbrechen klingen, und da platzte Dietrich von Kesselstein der steife Kragen.

„Sagen Sie mal, Herr Sorgenfrei – was in aller Welt hat bloß dazu geführt, dass die Polizei Sie tatsächlich hat laufenlassen? Und wenn Sie mich jetzt bitte entschuldigen würden!“

Er erhob sich und entschwand kopfschüttelnd, und Fredi, schwer am Wohl des Vaterlandes tragend, konnte nichts tun, um ihn aufzuhalten.

Selbstverständlich waren es nicht nur die Gäste, deren Gedanken um Mord und Mörder kreisten. Die Lüders-Schwestern waren vollkommen außer sich und erwogen als ersten Schritt, sämtliche lebensgefährdenden Schalen, Schüsseln und Terrinen aus dem Verkehr zu ziehen, die Suppen nur noch in Portionstellern zu servieren, und Bowlen zumindest bis Silvester aus dem Getränkeangebot zu streichen. Das war man dem guten Ruf des Hauses schuldig. Womit keine von ihnen gerechnet hatte, war indessen, dass der Mordfall dem Geschäft außerordentlich förderlich war, denn die Sensationslustigen wallfahrteten aus Nah und Fern nach Aubrück, um die Stätte des schaurigen Verbrechens zu besichtigen; verbunden mit einem Verzehr in Mindesthöhe von einer Mark pro Person. Die folgenden Tage entsprachen in ihrer Besucherfrequenz also dem vorangegangenen fatalen Sonnabend, und es war nur gut, dass Evas Rückkehr ins Pensionat vorerst polizeilich untersagt war, sodass sie tüchtig mithelfen konnte – ein Umstand, den auch Wieland Schlotter ganz offenkundig zu würdigen wusste, denn er verbrachte soviel Zeit im Gasthof, dass man ihn fast schon zu den Hausgästen zählen konnte.

Annelie entging dies natürlich genauso wenig wie das nächtliche Auftauchen der beiden durch die Gartenpforte. Es war nun eine Sache, einem lästigen Verehrer eine Abfuhr zu erteilen, eine ganz andere Sache war es jedoch, wenn der betreffende Verehrer daraufhin in seinem Herzen ratzfatz eine Weiche umstellte und seine heißen Gefühle mit der Geschwindigkeit eines Schnellzugs schlichtweg auf einem anderen Gleis weiterfahren ließ. Um diesen Vorgang in Würde zu ertragen, bedurfte es schon eines übermenschlich großzügigen Charakters, insbesondere, wenn man miterleben durfte, wie die neue Flamme die innigen Liebesbeweise in den eigenen guten Kleidern und neuen Schuhen geradezu provozierte.

Eva, altersmäßig um die entscheidenden vier Jahre nach oben befördert, genoss die ihr dementsprechend zustehenden Rechte und Freiheiten in vollen Zügen und tat alles, um eine glaubhafte Einundzwanzigjährige abzugeben, mit dem Ergebnis, dass sie aufgrund des großzügigen Gebrauchs von Wangenrouge, Parfüm und Lockeneisen fast schon als Einunddreißigjährige hätte durchgehen können. Annelie, weiterhin dazu verdammt, sich betont mädchenhaft-jugendlich zu geben, schlug dieses Szenario natürlich gewaltig auf ihre sonst so sonnige Stimmung, und als sie unglücklicherweise Zeugin wurde, wie Wieland von einem Tisch im Gastgarten aus Eva, die in IHREN nagelneuen Absatzschuhen graziös die Blumenkübel bewässerte, ein gutes Dutzend Kusshände zuwarf, da hielt sie den Zeitpunkt für gekommen, der jüngeren Schwester ein paar Verhaltensempfehlungen zu verpassen.

„Du musst ihn nicht noch unbedingt ermuntern", sagte sie daher ungewohnt mürrisch zu der vor guter Laune nur so strahlenden Eva, als die beiden im gemeinsamen Zimmer zusammentrafen.

„Aber es gehört doch dazu", erwiderte Eva mit Unschuldsmiene, „ich meine, von wegen Glaubwürdigkeit und so!"

„Du bist auch so glaubwürdig genug, und du wärst es sogar noch mehr, wenn du die Hausarbeit nicht in meinen besten Kleidern und den neuen hohen Schuhen erledigen würdest!"

„Ach, liebste Annelie", Eva machte den Schmollmund, den sie tagelang vor dem Spiegel geübt hatte, „nun sei doch nicht so fad und gönn' mir den Spaß! Du warst doch eh fertig mit Wieland, es kann dir doch ganz egal sein!"

„Darum geht es nicht“, entgegnete Annelie würdevoll. „Dein adliger Herr Vater wird nämlich garantiert nicht erbaut sein, wenn du gleich mit einem Verehrer in Form von Wieland Schlotter anrückst – das verdirbt etwas die Chancen, weißt du!“

„Hm“, machte Eva und überlegte kurz. „Nun, bis dahin ist ja noch ein bisschen Zeit … Und wenn ich erst mal Millionenerbin bin, dann kaufe ich dir so viele Kleider und Schuhe wie du nur willst!“

„Oh ja, mit Sicherheit“, sagte Annelie spitz und knuffte Evelina zurecht, deren Stoffkörper seit kurzem eine deutliche Schlagseite aufwies. „Die Puppe setze ich jetzt wohl besser auf mein Bett, wenn du so ungemein erwachsen geworden bist …“

Eva fiel ihr in Windeseile um den Hals und drückte sie.

„Ich verstehe dich ja“, lenkte sie ein, „aber schau mal, es ist doch höchstens noch für ein paar Tage, und dann ist alles wieder beim alten, und wir lachen über das Ganze! Bitte sei nicht böse, du bist doch meine Allerbeste!“

„Aber nicht mehr das Roséfarbene“, brummte Annelie, schon wieder versöhnt, „und auch nicht die neuen Schuhe!“

Wenig später erschienen sie Arm in Arm im (inzwischen gut durchgelüfteten) Kontor, wo Frieda am späten Dienstagvormittag eine Art Gipfeltreffen anberaumt hatte.

„Sorgenfrei ist es also offenbar nicht gewesen“, begann sie.

„Es sei denn, die Polizei hatte noch nicht genügend Beweise gegen ihn“, wandte Mathilde ein, die Sorgenfrei aufgrund seiner Attacke gegen ihren Liebsten für ihr Leben gern hinter Schloss und Riegel gebracht hätte, „und wie er Dietrich belästigt, ist nicht mehr komisch!“

„Er belästigt nicht nur deinen Dietrich, sondern auch Frau Möller“, sagte Eva, „die wird ihn kaum noch los!“

„Ja, das ist mir auch schon aufgefallen“, Frieda erhob sich und schenkte aus einer Zwei-Liter-Emaillekanne Milchkaffee ein. „Hoffentlich bringt die Polizei ihre Ermittlungen bald zum Abschluss, damit hier wieder der Normalzustand einkehrt. Ich mag gar nicht darüber nachdenken, dass es einer von den Gästen gewesen ist, der hier weiterhin frisch und fröhlich durch die Gegend spaziert!“

„Also, Dietrich war es nicht“, sagte Mathilde mit Nachdruck, und die drei anderen tauschten vielsagende Blicke.

„Wenn wir ihn und Sorgenfrei ausklammern, bleibt ja nur noch Apotheker Hollmann“, gab Annelie zu bedenken und nahm sich das oberste Stück von einer mittelhohen Pyramide in Streifen geschnittenen Butterkuchens.

„Der hätte den Mord mit Sicherheit mit seinen Veilchenpastillen begangen“, sagte Frieda bissig und fügte hinzu: „Und außerdem – warum sollte er?“

„Warum sollte überhaupt jemand Greta Hansen umbringen?“, fragte Mathilde absolut zutreffend.

Einige Augenblicke herrschte nachdenkliches Schweigen, und drei weitere Stück Kuchen wanderten von der Pyramide auf die Teller. Schließlich sagte Eva:

„Also, ihr kennt die Gäste ja schon etwas länger als ich, aber wenn ihr mich fragt, dann spricht doch eigentlich alles für Else Hansen, oder? Schließlich ist sie die einzige, die vom Tod ihrer Stiefmutter einen Vorteil haben könnte.“

„Das meint auch Dietrich“, verkündete Mathilde, „und ich finde, da ist was dran! So, wie Frau Hansen die arme Else immer herumkommandiert hat –“

„Und sie, also Else Hansen, ist es ja auch gewesen, die die Tote aufgefunden hat, beziehungsweise aufgefunden haben will! Es könnte doch durchaus so gewesen sein, dass sie schlicht und ergreifend in der Laube geblieben ist – nach der Tat, meine ich, und den Rest hat sie dann ganz einfach vorgetäuscht“, gab Eva zu bedenken.

„Ich weiß nicht, Eva“, entgegnete Annelie, „ich war ja bei ihr – also, die war wirklich völlig aus dem Häuschen. Ich glaube nicht, dass man das so überzeugend spielen kann, allein schon, wie sie geweint hat!“

„Man braucht sie sich doch nur anzuschauen, sie sieht schließlich immer noch aus wie das heulende Elend“, stimmte Frieda zu. „Der Tod ihrer Stiefmutter muss ihr wirklich nahe gehen, davon bin ich fest überzeugt.“

„Vielleicht hat sie jetzt ja Angst und bereut die Tat“, schlug Eva vor, aber Frieda schüttelte den Kopf.

„Nein, nein, ich halte Else Hansen für unschuldig“, sagte sie. „Aber dafür denke ich an jemand ganz anderen! Vergesst nicht, Frau Möller ist eine Freundin von Greta Hansen gewesen – möglicherweise hatte sie irgendeinen Grund …“

„Ja, und sie ist mit ihr auch allein am Tisch zurückgeblieben“, fügte Annelie hinzu, „ich finde ohnehin, dass die beiden überhaupt nicht zusammen passten als Freundinnen! Die waren doch grundverschieden.“

„Wenn das ein Mordmotiv wäre, dann könnte die eine Hälfte der Menschheit locker die andere umbringen“, meinte Mathilde nicht ganz zu Unrecht, „und falls die beiden Damen irgendwelche ernstere Streitigkeiten hatten, warum sollten sie sich dann hier treffen? Ist doch ziemlich abwegig, oder?“

„Mit Frau Möller ist aber irgendetwas“, beharrte Annelie. „Ich kann auch nicht sagen, was es ist, aber irgendetwas stimmt da nicht. Ich habe so ein seltsames Gefühl …“

„Mit seltsamen Gefühlen kannst du keinen Mord aufklären“, sagte Eva. „Nein, ich glaube, Thilde und ich liegen richtig, und diese Else Hansen hat ihre Stiefmutter auf dem Gewissen.“

Sie diskutierten noch eine Weile hin und her, aber am Ende blieb es dabei: Frieda und Annelie hielten Hortense Möller für die Mörderin, und Mathilde und Eva bestanden auf Else Hansen.

„Wisst ihr was“, sagte Frieda schließlich, „wir könnten doch folgendes machen … Also, die Polizei hat zwar schon alles durchsucht, und normalerweise schnüffeln wir auch nicht in den Gästezimmern herum, aber dies ist weiß der Himmel eine besondere Situation …“

„Du hast vollkommen recht!“, rief Eva. „Es ist doch möglich, dass wir noch etwas entdecken, irgendetwas, das die Polizei übersehen hat.“

„Es würde bestimmt nicht schaden, und gewissermaßen helfen wir der Polizei ja auf diese Weise“, stimmte auch Mathilde zu. „Was meinst du, Annelie?“

Annelie zwinkerte der Schwester bedeutungsvoll zu. „Ich habe nichts dagegen einzuwenden – schließlich hatte ich mit gewissen Papierkörben ja schon große Erfolge …“

„Scheusal!“

„Undankbares Wesen!“

Alle vier brachen gleichzeitig in Gelächter aus, und dann kamen sie überein, dass es am unauffälligsten war, wenn die beiden Jüngsten die knifflige Aufgabe übernahmen.

12

„Oberstes Gebot ist natürlich, dass die Gäste nicht den geringsten Verdacht schöpfen“, hatte Frieda angeordnet, und so machten sich Annelie und Eva, getarnt mit diversem Zubehör zur Zimmerpflege, am Nachmittag desselben Tages an die Arbeit. Polizeihauptmeister Voss wäre stolz auf sie gewesen, denn sie gingen nicht minder systematisch vor als er selbst, und obgleich sich der Verdacht der vier Schwestern ja auf die beiden Damen Möller und Hansen konzentrierte, wurden die Zimmer der männlichen Gäste gewissenhaft in die kriminaltechnische Untersuchung mit einbezogen.

Dies war eine günstige Stunde; die Mittagsruhe war passé, und die Gäste hielten sich auf der Veranda und im Gastgarten auf, wo in Kürze der Nachmittagskaffee serviert wurde, sodass kaum mit Störungen zu rechnen war. Zudem hielt Frieda am Empfangstresen Wache, bereit, sofort einzugreifen, wenn jemand den unpassenden Wunsch verspürte, gerade jetzt sein Zimmer aufzusuchen.

Annelie und Eva begannen ganz oben im Haus, in Apotheker Hollmanns Dachstube. Dies war, trotz Hollmanns schmalem Gepäck, eine gewisse Herausforderung, weil sie – nicht wissend, wonach sie eigentlich Ausschau halten sollten – auch die verschiedenen kleinen Pappschachteln, Blechdosen und Fläschchen seiner Reiseapotheke in näheren Augenschein nahmen, ohne allerdings Interessanteres zu finden als *Hollmann's Kräuter-Zahnpulver* und eine Schnurrbartbinde für die Nacht. Auf dem Tisch am Fenster lag ein regenfest in Wachstuch eingeschlagenes Oktavheft, auf dessen karierten Seiten Max Hollmann die Details seiner Fahrradtour vermerkt hatte, versehen mit Daten, Uhrzeiten und wesentlichen Anmerkungen wie zum Beispiel zu einem Rundweg um den Grafensteiner Schlosssee, dem Fahrplan der Flensburger Fördeschiffe, den besten Aussichtspunkten auf Schloss Glücksburg, guten Einkehrmöglichkeiten in Angeln, und immer wieder zu den überwiegend gesundheitsschädlichen Straßenbelägen. Seine Aufzeichnungen endeten minutiös im Landgasthof Aubrück, hinter dessen Namen er drei Sterne gezeichnet hatte und die erfreulichen Worte ‚Überaus empfehlenswertes Haus!'.

„Der gefällt mir", kicherte Eva, nachdem sie das Heftchen durchgeblättert hatte, „welch hervorragender Geschmack bei der Beurteilung der Beherbungsbetriebe!"

„Absolut", stimmte Annelie zu, „und alles so schön sachlich und präzise – wenn der die Hansen ins Jenseits befördert hätte, hätte er es wahrscheinlich fein säuberlich vermerkt mit Datum, Uhrzeit und Mordwerkzeug!"

Sie prusteten von neuem los und entschieden dann, dass Hollmann in krimineller Hinsicht absolut ungeeignet war, sodass sie getrost woanders weitermachen konnten.

Bei Kesselstein wurde es, was die Lektüre betraf, zwar interessanter, aber ermittlungstechnisch auch nicht ergiebiger. Unter seiner Matratze fand sich ein elegantes, ledergebundenes Notizbuch, in welchem er die aus seiner Sicht bedeutsamen Tagesereignisse eingetragen hatte, allerdings nicht so penibel wie der radelnde Apotheker, sondern kunterbunt durcheinander all das, was ihm gerade eingefallen und bemerkenswert erschienen war. Annelie und Eva setzten sich auf die umgedrehte Matratze und lasen staunenden Auges:

‚Erster Eindruck: Sieht gut aus für Victor!'

‚Vorzügliche Roastbeefplatte. Nach Rezept fragen!'

‚Grübchen in den Ellbogen – entzückend. Und sie singt!'

‚Ein Picknick im Paradies … in die Brust geschossen!' (illustriert mit einem Pfeile verschießenden Amor und einem getroffenen Herzen)

Danach folgten die Fragmente eines Gedichts, dessen Vollendung offenbar daran gescheitert war, dass sich nicht genügend romantisches Wortgut auf den Namen Mathilde reimte. Kesselstein war es immerhin gelungen, ‚Ich bin im Bilde', ‚O welche Milde' und ‚Was führst du im Schilde?' einzubauen, hatte dann aber aufgegeben bei ‚Sei meine Wilde!'.

„Wollen wir es nicht zu Ende dichten für ihn?", Annelie wischte sich die Lachtränen aus den Augen, „zum Beispiel: ‚Größer als Siegfrieds Minne zu Kriemhilde, Ist Dietrichs Liebe zu Mathilde' – da sehe ich noch unendliche Möglichkeiten!"

Eva schüttelte mitleidig den Kopf. „Dieser Kesselstein kann einem ja richtiggehend leid tun", sagte sie, „meiner Treu, hat es den aber erwischt!"

„Das kannst du laut sagen – aber Thilde nicht minder! Ist dir nicht aufgefallen, dass sie sich heute morgen Salz statt Zucker in die Kaffeetasse getan hat?"

„Also wirklich! Aber mit Amors Pfeilen kann man bestimmt keinen umbringen, oder?"

Die beiden lachten, dass das Bett wackelte, und lasen dann weiter:

‚Sorgenfrei benimmt sich mal wieder daneben.'

‚Mit M. unten am Fluss … O du Süße!'

‚M. lässt mich heute leiden – grausam, grausam!'

‚Vorzüglicher Lachs in Gelee, später leider die Hansen in der Bowle.'

Annelie blickte zu Eva. „Damit dürfte er wohl eindeutig als Mörder ausscheiden!"

„Ja, als Mörder von Frau Hansen, aber er kann immer noch zum Mörder an Thilde werden", kicherte Eva. „Komm, wir legen das Notizbuch zurück und bringen alles wieder in Ordnung. Hier finden wir garantiert nichts mehr."

Im Zimmer nebenan belegte das überall verteilte Angelzubehör sowie ein zarter Fischgeruch, wo die Interessen des Bewohners lagen.

„Dies hier sind allesamt Mordinstrumente“, sagte Annelie, voller Abscheu die diversen scharfen Haken begutachtend.

„Wenn es in der Bowle Fische gegeben hätte, hätte er sicher seine Angel danach ausgeworfen“, bemerkte Eva ziemlich pietätlos.

„Aber Eva!“

„Na, stimmt doch! Bei der Ausrüstung fischt der vermutlich nach allem, das irgendwo herumschwimmt, vermutlich auch nach den Klößen in der Suppe! Schau mal, sogar auf dem Balkon hat er noch seine Sachen!“

Sie inspizierten kopfschüttelnd Zimmer und Balkon, aber wenn man sich nicht für die Welt des Angelsports erwärmte, gab es wenig von Interesse. Unter Sorgenfreis Matratze befanden sich auch keine Liebesgedichte, sondern lediglich seine Sonntagshose, offenbar zu dem Zweck, dass er sie schön glatt liegen und so das Aufbügeln sparen konnte. Leider nur hatte die Hose auf diese Weise pro Nacht eine neue Bügelfalte bekommen, die nicht mit den bereits vorhandenen übereinstimmte, sodass das Aufbügeln so sicher auf ihren Träger zukam wie das Amen in der Kirche – was zu erneutem Kopfschütteln bei den beiden Detektivinnen führte.

„Der ist sauber“, verkündete Eva schließlich, nachdem sie sämtliche Schubläden durchforstet und sogar hinter den beiden schmückenden Kunstdrucken an der Wand (‚Flensburg, von der Förde aus gesehen‘ und ‚Schleswig, die Schlei im Vordergrund‘) nachgeschaut hatten.

„Sauber vielleicht, aber nicht wohlriechend“, stellte Annelie mit der Autorität der älteren Schwester richtig, während sie an Sorgenfreis Rasierzeug schnüffelte, „und damit meine ich jetzt nicht, dass es hier riecht wie bei Fischhändler Jessen, sondern diese Rasierseife! Also, die von Kesselstein duftet wesentlich besser, das muss man ihm lassen. Dass bei Sorgenfreis Fichtennadelschwaden überhaupt noch die Fische beißen, ist ein echtes Wunder – das wär doch eher was für einen Förster!“

„Zeig mal“, auch Eva machte die Geruchsprobe und verdrehte prompt die Augen. „Nee, ehrlich, ich würde auch bei keinem Mann anbeißen, der riecht wie ein Bergwald zur Weihnachtszeit!“

„Was für ein Glück für Wieland!“, konnte sich Annelie nicht verkneifen, „der riecht ja nur nach Mutters Kamille-Seife!“

„Annelie, sei nicht so gemein!“

„Bin ich nicht! Schließlich weiß ich schon länger als du, wonach Wieland riecht!“

„Jetzt geht das schon wieder los!“

„Nein, tut es nicht! Wie ich dir gesagt habe, du kannst ihn gerne haben, aber erwarte nicht, dass ich noch eine Präsentschleife um ihn binde!“

Eva verzog schmollend den Mund und stellte die in Stanniol eingeschlagene Rasierseife wieder an ihren Platz.

„Dann lieber Kamille“, behielt sie das letzte Wort.

Im gleichen Stockwerk, auf der anderen Seite der Treppe, befanden sich die Zimmer Sieben und Acht, in denen die Damen Hansen und Möller residierten. Sie machten den Anfang bei Else Hansen, die trotz ihres nicht abebbenden Gejammers um die liebe Stiefmama deren weltliche Hinterlassenschaft komplett zusammengepackt und in der einen Hälfte des Schrankes verstaut hatte. Dafür lagen diverse Bücher und Schriften auf Kommode, Tisch und Regal herum, die ausschließlich mit der Welt der Geister zu tun hatten. Eva blätterte kopfschüttelnd alles durch und fand schließlich zwischen ‚Aurores Leben im Diesseits und Jenseits‘ und ‚Das Wirken der Schutzgeister‘ tatsächlich etwas, das belegte, das Fräulein Hansen den Kontakt zur schnöden materiellen Welt doch noch nicht ganz verloren hatte: einen vollständig zerlesenen Reiseführer von Paris.

„Den muss sie schon auswendig kennen!“, sagte Eva und hielt das Buch in die Höhe. „Was sie da wohl will?“

„Schau mal, da ist ein Lesezeichen!“

„Ich werd’ verrückt! Sie will offenbar auf den Spuren irgendwelcher Magnetiseure und Hypnotiseure wandeln, ist alles dick unterstrichen! Hier zum Beispiel, die Grabstätte von Allan Kardec – falls du es nicht wusstest, ein wiedergeborener Druide, ist erst seit 1869 tot …“

„Na, da kann man nur sagen ‚Bon voyage!‘ und hoffen, dass sie in den Höheren Sphären nicht verloren geht!“

„Weißt du, Annelie“, sagte Eva nachdenklich, „ich habe die tote Frau Hansen ja nur an dem einen bewussten Abend erlebt, aber auf mich hat sie nicht gerade den Eindruck gemacht, dass sie irgendwelche Reisen ihrer Stieftochter zu wiedergeborenen Druiden gefördert hätte! Verstehst du, was ich damit sagen will?“

„Du meinst, dass Else besser dran ist ohne sie?“

„Und ob! Jetzt kann sie doch tun und lassen was sie will, und obendrein bekommt sie bestimmt ein gewisses Erbe – was will sie mehr?“

„Das kann schon sein, aber ich kann mir trotzdem beim besten Willen nicht vorstellen, dass Else Hansen eine eiskalte Mörderin ist. Gerade, wenn man in der Geisterwelt aus- und eingeht, ist es doch etwas hinderlich, wenn bei jeder Séance die rachsüchtige Stiefmama erscheint, oder?“ Annelie kicherte schon wieder, aber Eva blieb ernst.

„Ich schaue vollständigkeitshalber noch mal auf ihrem Balkon nach“, sagte sie. „Wer weiß, was sie da noch herumliegen hat!“

„Gut, dann gehe ich schon zu Frau Möller rüber, und du kommst nach.“

In Frau Möllers Zimmer herrschte eine Art elegante Unordnung; einige Kleider und Kostüme, achtlos auf das Bett geworfen, sowie ein Paar mitten im Raum liegende Stiefeletten zeigten, dass Frau Möller offenbar gewohnt war, dass andere für sie aufräumten, wie Annelie bei sich dachte. Sie warf einen kurzen Blick in die Runde und ging dann zum Regal, aber dort hatte Frau Möller nur zwei weitere Hüte abgelegt sowie einen kristallenen Vaporisateur mit ‚Eau d' Ondine'. Auf der dort gleichfalls befindlichen Bibel, die zur Grundausstattung jedes Zimmers gehörte, stand eine halboffene Pappschachtel mit kandierten Ananasstückchen, und ansonsten erschöpfte sich alle Literarische in drei, vier mondänen Zeitschriften für Damenmoden, unter besonderer Berücksichtigung von Brautmoden.

Ob sie wohl heiraten will, dachte Annelie, das muss ich gleich mal Eva zeigen! Wo bleibt die denn nur?

Sie ging durch die offene Tür auf Frau Möllers Balkon und schaute um die Sichtblende herum auf die andere Seite, wo Eva eifrig damit zugange war, die Blumenkästen einer näheren Inspektion zu unterziehen.

„Aber Eva, das ist doch überflüssig!"

„Das weiß man erst hinterher", murmelte Eva und machte gewissenhaft weiter.

„Ach, lass das doch und komm, ich möchte dir etwas zeigen – – – oh!"

Annelie schwieg abrupt. Sie hatte sich mit der Hand auf die Brüstung gestützt, gleich neben dem Balkonkasten. Dort, tief hineingeschoben und fast verdeckt von den Stiefmütterchen steckte etwas Graues. Sie zog es hervor und hatte Frau Möllers Handtasche in der Hand.

„Das gibt's ja nicht!", rief sie aus. „Du hattest mit den Blumenkästen doch den richtigen Riecher – sieh mal, was ich gefunden habe!"

Eva hob überrascht den Kopf. „Nanu", sagte sie, „ist das nicht Frau Möllers kleine Tasche?"

„In der Tat! Aber warum in den Stiefmütterchen? Normalerweise ist das ja nicht gerade der Platz, wo man seine Handtaschen aufbewahrt!"

„Wo hat sie denn gesteckt?"

„Genau hier, wo ich stehe, im ersten Kasten gleich an der Sichtblende."

„Das ist ja gediegen! Warte, ich komme rüber."

In der Zwischenzeit öffnete Annelie die schmale, längliche Tasche. Sie war vollkommen leer. Annelie drehte und wendete sie hin und her, und dann entdeckte sie auf der Rückseite eine eigenartige rötlich-helle Verfärbung.

Wie seltsam, dachte Annelie, das ist zweifellos die Tasche, die Frau Möller passend zu ihrem Kleid am Samstagabend bei sich hatte – aber mit diesem großen Fleck?

Auch Eva wusste nicht, was davon zu halten war, und zehn Minuten später fand das nächste Lüders-Gipfeltreffen statt, aus Dringlichkeitsgründen ganz ohne Milchkaffee, Butterkuchen oder belegte Brötchen.

Die Tagungsstätte war diesmal auch nicht Friedas Kontor, sondern die Wäschekammer, wo Mathilde damit beschäftigt war, den Bestand an Bettwäsche zu kontrollieren. Die Wäschekammer war entgegen ihrer Bezeichnung alles andere als eine Kammer; sie war vielmehr ein ansehnlicher Raum mit deckenhohen, knarrenden Schränken, in denen sich die Schätze des Hauses in Damast, Leinen und Halbleinen stapelten: glänzende weiße Tafeltücher und Servietten, mit hellen Blumenranken verzierte Tücher für die Kaffeetische, die gröber gewebten rot-weiß-karierten Decken für den Gastgarten, denen ein überschäumendes Bier oder ein Tropfen, der von einer Kaffeekanne fiel, nicht soviel ausmachte, die Bettwäsche, wiederum in makellosem Weiß, und die unzähligen Handtücher, alles gewaschen, gestärkt, gemangelt, gebügelt, schön Falte auf Falte gelegt und nach Rose und Lavendel duftend wie ein ganzer Sommergarten.

Mathilde zählte gerade in höchster Konzentration die Kissenbezüge, als die Tür sich öffnete und ihre Schwestern hereingestürzt kamen.

„Thilde – Eva und Annelie haben etwas gefunden!"

„… acht … neun … zehn … Momentchen, bitte!“
„Bei Frau Möller – du glaubst es nicht!“
„… dreizehn … vierzehn …“
„Nun hör doch mal zu!“
„… zweiundzwanzig … dreiundzwanzig … vierundzwanzig …“, Mathilde nickte bei jeder Zahl mit dem Kopf, „zwei Dutzend, das sollte genügen für die nächsten Tage! So, und was gibt es jetzt so Dringendes?“

Annelie und Eva berichteten, wobei Annelie es sich allerdings nicht verkneifen konnte, zuvor noch einen kleinen Exkurs zu Kesselsteins Dichtkünsten einzuschieben.

„Und deswegen kommt ihr drei hier hereingestürmt als stehe der Weltuntergang bevor?“, sagte Mathilde, hold errötend, aber tapfer um Fassung bemüht. „Ich dachte, es geht um Frau Möller, und nicht um Dietrich und mich!“

„Tut es ja auch“, Frieda stupste Annelie mit dem Ellbogen in die Seite, und Annelie kam zurück auf den Fund auf dem Balkon.

„Du meinst, ihre leere Tasche war in den Stiefmütterchen versteckt? Heiliger Strohsack!“, Mathilde sank auf einen Stuhl zwischen dem Bügelbrett und einem Stapel leerer Wäschekörbe.

„Ich hab es ja gesagt, mit der Möller stimmt etwas nicht“, fuhr Annelie fort, „und früher oder später werde ich auch herausfinden, was es ist. Irgendwie erinnert sie mich an jemanden …“

„Dann denk mal schleunigst nach!“, gab Frieda den guten Rat. „Aber was ich nicht verstehe, ist, wieso der Polizei die Tasche im Blumenkasten entgangen ist, die haben doch einen ganzen Tag lang im Haus herumgeschnüffelt.“

„Und überall schmutzige Stiefelabdrücke hinterlassen, und das für nichts und wieder nichts“, fügte Mathilde hinzu. „Was habt ihr denn mit der Tasche gemacht?“

„Wir haben sie wieder zurückgelegt – wir wollten erstmal mit euch besprechen, was zu tun ist.“

„Hm“, machte Mathilde.

„Hm“, machte auch Frieda und schielte zuerst in Richtung Rocktasche und dann in Richtung Fenster.

„Hier rauchst du gefälligst nicht!“

„Ich dachte ja nur –“

„NEIN!“

Eine Weile herrschte nachdenkliches Schweigen, und dann sagte Annelie:

„Ich bin mir absolut sicher, dass die Möller diese Tasche am Samstagabend in der Laube bei sich hatte, und wenn sie sie hinterher im Blumenkasten versteckt, dann muss es schon einen SEHR guten Grund dafür geben! Eigentlich kann das doch nur bedeuten, dass die Handtasche auf irgendeine Weise mit dem Mord an Frau Hansen in Verbindung steht.“

„Das wäre zumindest das Naheliegende“, meinte Frieda. „Du hast ganz recht – warum sollte Frau Möller sonst ihre Tasche in die Stiefmütterchen stecken? Und dann noch leer!“

Wieder schwiegen sie. Schließlich sprach Eva:

„Ich kann mir nicht helfen, aber eigentlich ist Else Hansen doch immer noch am verdächtigsten. Sie hat alles, aber wirklich alles, was ihrer Stiefmutter gehörte, in den Schrank gestopft und sich im Zimmer so richtig ausgebreitet mit ihrer ganzen Geisterlektüre. Das tut man doch nicht, wenn man wirklich trauert, oder? Und dann die Sache mit diesem Reiseführer von Paris“, und sie berichtete Frieda und Mathilde davon.

„Aber was soll die leere Tasche in den Blumen?“, beharrte Annelie. „Und auf deren Rückseite ist noch so ein komischer Fleck – die Möller hätte doch nie eine schmutzige Tasche benutzt, so schick, wie sie immer herumläuft!“

„Annelie, hör doch mal“, Eva klang richtig aufgeregt, „mir ist eben etwas eingefallen! Du hast die Tasche doch im ersten Blumenkasten an der Sichtblende gefunden, und das ist eine Stelle, die man ohne weiteres auch von der anderen Balkonseite erreichen kann! Ist es da nicht denkbar, dass Else die Tasche dort versteckt hat?“

„Also, ich weiß nicht recht“, meinte Annelie wenig überzeugt.

„Warum sollte sie das tun?“, kam es von Frieda.

„Ihr habt es eben doch selbst gesagt – vermutlich hat die Tasche etwas mit dem Mord zu tun“, erwiderte Mathilde. „Und wenn Else dahinter steckt, dann musste sie die Tasche – warum auch immer – loswerden.“

„Das wird es sein, Thilde“, Eva nickte eifrig. „Und da war es für Else ja äußerst praktisch, dass sie die Tasche Frau Möller unterjubeln konnte.“

„Ich weiß nicht recht“, entgegnete Annelie abermals. „Was meinst du denn, Frieda – du sagst ja gar nichts mehr!“

„Mir fehlt die Salem zum Nachdenken“, knurrte Frieda. „Aber ich frage mich, wie sollte Else überhaupt in den Besitz von Frau Möllers Tasche kommen? Und wieso war sie leer? Das alles spricht doch vielmehr dafür, dass Frau Möller es selbst war, die die Tasche zwischen den Blumen versteckt hat.“

Wieder ging es eine Weile hin und her, und wie bei ihrer vorherigen Sitzung in Friedas Kontor konnten sie sich nicht einigen, sodass es letztendlich dabei blieb: Frieda und Annelie hielten Frau Möller für die Schuldige, Mathilde und Eva waren für Else Hansen.

„Dann werden wir uns jetzt aufteilen“, schlug Frieda vor. „Annelie und ich bleiben an Frau Möller dran, und ihr beide fühlt Fräulein Else auf den Zahn, aber schön dezent, nicht gleich mit der Tür ins Haus fallen!“

„Und ich dachte, ich gehe stracks zu ihr und sage: ‚Moin Fräulein Hansen, haben Sie vielleicht Ihre liebe Stiefmama ermordet?‘“ bemerkte Eva leicht genervt, und Annelie kicherte.

„Macht ihr nur eure Witze“, auch Frieda war jetzt genervt, „aber vielleicht wäre es ganz hilfreich, wenn ihr von Zeit zu Zeit mal daran denkt, dass wir es mit einem Mörder zu tun haben und nicht mit einem Kasperletheater!“

„Du nun wieder“, kommentierte Mathilde, „ich glaube, du brauchst wirklich dringend deine Salem!“

*

Max Hollmann hatte das Fenster seiner Dachstube weit geöffnet und trat, bereits im Schlafanzug, an die Fensterbank, um noch einen Blick auf die hellen Sterne der Sommernacht zu werfen und sich an den Blütendüften zu erfreuen, die eine leichte Brise vom Garten heraufwehte. Er hatte gerade Großen Wagen und Polarstern ins Visier genommen, als eine Bewegung unten im Garten seine Aufmerksamkeit auf sich zog. Eine dem Umriss nach weibliche Gestalt bewegte sich von der Veranda her in Richtung Lauben, wo sie von der Dunkelheit verschluckt wurde. Hollmanns Neugier war natürlich geweckt; er beugte sich vorsichtig vor, aber es war nichts zu erkennen. Er wartete eine Weile ab, und tatsächlich, nach kurzer Zeit kehrte die Gestalt – vorsichtig um sich schauend – ins Haus zurück. Aus seinem Fenster im zweiten Stock konnte Hollmann lediglich erkennen, dass die Betreffende mit Sicherheit kein Hängekleid trug.

Seltsam, dachte er, welche Frau spaziert hier nächtens durch den Garten, wo vor drei Tagen ein Mord stattgefunden hat? Vielleicht eins der Mädchen, das ihren Liebsten treffen wollte? Aber ausgerechnet bei den Lauben? Nun, er würde die Augen offen halten, aber nicht mehr heute Nacht. Gähnend wandte er sich um und sank in sein Bett.

13

Am nächsten Tag begannen die Lüders-Schwestern mit ihrem in der Wäschekammer beschlossenen Auf-den-Zahnfühlen.

Bei Frieda gestaltete sich dieser Vorgang so, dass sie sich mit Zigaretten, Schreibzeug, ihrem Wirtschaftsbuch sowie dem hochaktuellen Roman von Paul Heyse mit dem vielversprechenden Titel *Gegen den Strom* in die abgelegenste aller Lauben im Gastgarten setzte. Dies war zufällig jene, in welcher sie in der Mordnacht mit Apotheker Hollmanns Sakko unter dem Kopf ihre Ohnmacht durchlitten hatte und die neben der inzwischen auf den Namen ‚Todeslaube' getauften Nische lag, um die jeder aus dem Haus den größtmöglichen Bogen machte. Der Platz war gut gewählt; von hier aus hatte sie so gut wie alles im Auge, wurde selbst aber nur entdeckt, wenn man dem sich zwischen Geißblatt und Knöterich kräuselnden dünnen Rauchfaden Bedeutung schenkte. Sie war gerade mittendrin im ersten Kapitel (und zwar nicht in ihrem Wirtschaftsbuch), als das Beobachtungsobjekt den Garten betrat, gefolgt von der unermüdlichen Annelie.

Frau Möller, abermals in dunkelstem Violett mit schwarzem Spitzenbesatz, warf einen Blick in die Runde und entschied sich dann für einen kleinen Tisch im Schatten, an dem sich nur zwei Stühle befanden. Da kam auch Alfred Sorgenfrei in den Garten, betont unauffällig um sich blickend.

Der bleibt bestimmt gleich stehen und sagt: ‚Oh, welch' Überraschung – Sie auch hier?', mutmaßte Frieda, und genau so verhielt es sich.

Sorgenfrei hob in einer grüßenden Geste die Hand und bewegte sich dann auf den Tisch zu, an dem Frau Möller saß. Die handelte indessen blitzschnell, winkte Annelie zu sich und wies auf den leeren Stuhl. Annelie nahm genauso blitzschnell Platz, und Sorgenfrei blieb auf halber Strecke stehen.

Ich muss handeln, dachte Frieda, drückte geschwind die Salem aus, und eilte spornstreichs zu Sorgenfrei, der sie erst im letzten Moment bemerkte und vor Schreck einen Schritt rückwärts machte.

„Sie schickt der Himmel, lieber Herr Sorgenfrei", flötete sie in einem Ton, den nur sie selbst für unwiderstehlich halten konnte. „Sie – als Angler – haben doch bestimmt Zündhölzchen bei sich, oder?"

Sorgenfrei hatte, und ehe er sich versah, fand er sich weit entfernt vom Ziel seiner Dienstpflichten neben Frieda Lüders in der Laube wieder, die ihren Rauch wie ein Drachen aus dem Märchenbuch durch die Nasenlöcher ausstieß und ihn nach seiner geschätzten Meinung zu *Gegen den Strom* befragte.

Verständlicherweise tat Fredi sich etwas schwer mit der von ihm erwarteten literarischen Expertise, aber schließlich brachte er den schönen Satz hervor:

„Gegen den Strom ist immer anstrengender als mit dem Strom, obwohl die Forellen erstaunliche Meister im Überwinden von Gegenströmung sind."

„Wie interessant", erwiderte Fräulein Frieda mit überraschender Begeisterung. „Kann man dieses … äh … Phänomen denn erklären?"

Ach, wie gern hätte Sorgenfrei sonst die Gelegenheit ergriffen, einer am Angelsport interessierten Seele einen kleinen fachlichen Vortrag über Unterströmung, Oberströmung und Randwirbel zu halten, aber jetzt wurde seine Aufmerksamkeit zumindest zur Hälfte von Frau Gräfin Möller beansprucht, die liebevoll Annelies Hand tätschelte und offenbar in ein sehr intimes Gespräch vertieft war.

Hol's Teufel, dachte Sorgenfrei, ich hab's mir doch gleich gedacht, die kleine Blonde muss ihre Tochter sein! Das wird Doktor Klein aber freuen – ein Problem weniger!

„Herr Sorgenfrei?", drang Fräulein Friedas Stimme in seine Gedanken. „Wie war das jetzt mit den Forellen?"

In diesem Moment ging auch die andere Hälfte von Fredis Aufmerksamkeit flöten, denn nun erschien Dietrich von Kesselstein auf der Bildfläche, mit einem leichten Spazierstock aus Bambusholz links und rechts die letzten Pusteblumen köpfend und vor sich hinsummend ‚Ach, ich hab' sie ja nur auf die Schulter geküsst'. Seine Miene war eher düster, denn wie uns bereits sein Notizbuch verraten hatte, hatte seine angebetete Mathilde sich absolut grausam gezeigt, alldieweil sie beim letzten Rendezvous seinen feurigen Annäherungen ein entschiedenes Bis-hierhin-und-nicht-weiter entgegengesetzt hatte, und das, obwohl er ihr schon ewige Treue geschworen hatte. Kesselstein stand dementsprechend der Sinn nach einem tröstenden Spaziergang am Flussufer, um Gedanken und Gefühle angemessen zu sortieren, und er hatte für seine Umgebung nicht den geringsten Blick.

Sorgenfrei hingegen erkannte die Gunst der Stunde sofort.

„Ja, die schönen Forellen", beschied er Fräulein Frieda, während er sich gleichzeitig erhob. „Also, wegen der Gegenströmung – da ist es am besten, wenn man den Fisch sozusagen auf freier Wildbahn beobachtet, und genau das werde ich jetzt tun. Habe die Ehre!"

Er lüpfte die grünkarierte Mütze und verschwand hinter Kesselstein, der eben die Gartenpforte durchquerte.

„Moin moin, Herr von Kesselstein", hörte Frieda auf der anderen Seite der Hecke seine frische Stimme. „Na, sich ein wenig die werten Beine vertreten?"

Zu ihrem Kummer konnte Frieda nicht verstehen, was Kesselstein hierauf erwiderte, sodass sie sich auf die rückwärtige Bank kniete und den Kopf so dicht an die Ligusterhecke brachte, dass er fast schon dazwischen steckte. Das half.

„Aber warum diese traurige Miene an so einem schönen Tag?", fragte Sorgenfrei gerade. „Konveniert irgendetwas nicht? Oder war es vielleicht schlichtweg die falsche Dame?"

„Wie bitte?" Zu Friedas Glück hatte Kesselstein sich nunmehr dermaßen ereifert, dass er mit erhobener Stimme sprach. „Ich höre wohl nicht richtig, Herr Sorgenfrei! Ich verbitte mir Ihre unverschämten Unterstellungen, und zwar auf das Entschiedenste!"

„Ha – Sie fühlen sich wohl durchschaut, was?", rief Fredi, Triumph in der Stimme.

„Ist das denn zu fassen?", brüllte Kesselstein zurück. „Was ist los mit ihnen, Mann? Sie sind doch offensichtlich nicht bei Trost!"

„Wer ist nicht bei Trost?", fragte plötzlich eine ganz andere Stimme direkt hinter Frieda.

Sie zuckte fürchterlich zusammen, woraufhin sich ein Zweig in ihren aufgesteckten Haaren verfing und, als sie ungeduldig daran zerrte, eine dicke Strähne herauszog.

Apotheker Hollmann, denn um selbigen handelte es sich, kam noch näher heran und betrachtete sie interessiert.

„Was machen Sie denn da mit dem Kopf im Liguster, Fräulein Lüders?", fragte er überflüssigerweise, denn auf der anderen Seite der Hecke war jetzt sehr deutlich Sorgenfrei zu vernehmen, der seinem sich offenbar entfernenden Gesprächspartner in drohendem Tonfall nachrief:

„Wir werden sehen, Herr von Kesselstein, wir werden ja sehen!"

Hollmann legte den Kopf schief, betrachtete Frieda eingehend und zog dann ein letztes Zweiglein aus ihrem mittlerweile ziemlich aufgelöstem Knoten.

„Die Japanerinnen tragen so etwas ständig in den Haaren", klärte er sie auf. „Aber ich gehe sicher recht in der Annahme, dass Sie diese Mode nicht nachahmen wollten, oder, Fräulein Lüders? Und was war das da eben hinter der Hecke? Kleiner Streit unter Hausgästen?"

Frieda hätte vor Ärger am liebsten mit dem Fuß aufgestampft, aber sie riss sich eisern zusammen.

„Nein, Herr Apotheker", antwortete sie, jedes einzelne Wort betonend, „ich habe in der Tat keine japanischen Tendenzen hinsichtlich meiner Frisur, und ja, das da eben – da haben sich die beiden Herren anscheinend frei die Meinung gesagt."

„Kaum zu überhören", sagte Hollmann gemütlich und zwinkerte ihr wieder auf seine gewisse Weise zu. „Was dagegen, wenn ich mich kurz setze? Obwohl – diese harte Bank, so ganz ohne Sitzkissen … Nun ja, der Sport erfordert gewisse Opfer … Oho – was sehe ich denn da? Den neuesten Roman von Heyse? Sie haben einen guten Geschmack, was Lektüre betrifft!"

„Nicht nur, was Lektüre betrifft", sagte Frieda eisig und erhob sich ihrerseits. „Soll ich Ihnen ein Kaffeegedeck herausbringen lassen?"

„Ein schönes, weiches Sitzkissen wäre mir noch lieber", erwiderte Max Hollmann und zwinkerte abermals.

„Sie können beides haben", sagte Frieda, immer noch eindeutig unter dem Gefrierpunkt, und sammelte Kontobuch, Zigaretten und Paul Heyse ein.

„Auf ein Wort noch, Fräulein Lüders", Hollmann ergriff sie sanft beim Handgelenk, „ich weiß ja, dass es mir in keinster Weise zusteht, aber Sie haben einen so schönen Teint, und es wäre doch der wahre Jammer, wenn Sie sich den mit diesen Glimmstengeln ruinierten …"

Frieda schnappte nach Luft. Ihre erste Reaktion war, dem Apotheker eine scharfe Zurechtweisung zukommen zu lassen – aber wie sollte man das tun, wenn der Betreffende zum einen bereits selbst eingeräumt hatte, dass er seine Kompetenzen überschritt, und zum anderen ein stattliches Kompliment gemacht hatte?

„Vielen Dank für Ihren gutgemeinten Rat", sagte sie also mit aller ihr zur Verfügung stehenden Würde.

„Es würde mich freuen, wenn Sie ihn auch beherzigten", sagte Hollmann mit der entsprechenden Würde und gänzlich ohne Zwinkern, und entließ ihr Handgelenk in die Freiheit.

Dann verschränkte er die Hände im Nacken, lehnte sich mit der gebotenen Vorsicht zurück und sah sinnierend hinter dem im Sommerwind wehenden Reformkleid her, bis es im Haus verschwunden war.

Zwanzig Meter weiter, am kleinen runden Tisch mit den beiden Stühlen, fand indessen eine Unterhaltung ganz anderer Art statt.

„Liebes Fräulein Annelie, Sie haben mir soeben das Leben gerettet", richtete Frau Möller das Wort an Annelie, sowie diese neben ihr Platz genommen hatte. „Dieser Herr Sorgenfrei ist eine wahre Landplage! Leider kann ich ihm zur Zeit ja schlecht entrinnen, da wir hier alle festsitzen, bis die Polizei geruht, unsere Verhaftung wieder aufzuheben – im übrigen eine ausgesprochen erholsame Verhaftung", fügte sie rasch hinzu, um ihren Worten die Schärfe zu nehmen, „denn nirgendwo könnte man sich wohl besser aufgehoben fühlen als in Ihrem schönen Landgasthof."

„Das freut mich zu hören, Frau Möller – wir sind stets bemüht, unser Bestes zu tun."

„Was Ihnen auch ganz hervorragend gelingt", sagte Frau Möller charmant, „in der Tat, es ist wirklich bewundernswert, wie Sie und Ihre Schwestern dieses große Haus führen, und das in so jungen Jahren! Und Sie, wie Sie mir neulich schon verraten haben, die Jüngste … Sind Sie denn schon großjährig?"

„Also, meine Schwestern schon …", Annelie gestattete sich ein winziges Kichern, und Frau Möller drohte ihr schelmisch mit dem Finger.

„Sie kleine Spaßmacherin! Aber Sie selbst – Sie sind doch gewiss noch nicht so alt, nicht wahr?"

„Ich bin siebzehn, gnädige Frau."

„Soso", sagte Frau Möller gedehnt und blickte für einen Moment mit abwesendem Blick an Annelie vorbei in das unergründliche Blau des schleswig-holsteinischen Sommerhimmels. Dann war sie jedoch sofort wieder bei der Sache, tätschelte Annelie völlig überraschend die Hand und sagte genauso überraschend:

„Sie sind ein gutes Mädchen, Annelie, bleiben Sie so!"

Was ist bloß los mit ihr, dachte Annelie, immer diese Rührseligkeit – und dabei ist sie so verdächtig, dass es schon gegen den Wind riecht! Wenn mir nur endlich einfallen würde, an wen sie mich erinnert …

Beide schwiegen einige Augenblicke, und Annelie überlegte noch, wie sie die Sprache geschickt auf die tote Greta Hansen bringen konnte, als Frau Möller von neuem begann, und zwar überraschenderweise mit haargenau dem Thema, um das Annelies Gedanken gerade kreisten.

„So ein schreckliches Ereignis", sie wies mit dem Kinn auf die Laube, in der sich das Verbrechen zugetragen hatte, „ich bin immer noch ganz fassungslos! Frau Hansen war ja eine liebe alte Bekannte –"

Annelies Sinne waren plötzlich hellwach. „Ja, das hat sie uns auch erzählt."

„Um ehrlich zu sein, sie war einmal vor langer, langer Zeit in unserer Familie angestellt, und Sie wissen vielleicht, wie verbunden sich treue alte Dienstboten mitunter fühlen … Da hat es mich natürlich ganz besonders erschüttert, dass sie dieses gewaltsame Ende gefunden hat."

Frau Möller sah zwar alles andere als erschüttert aus, aber Annelie nickte mit bekümmerter Miene und in tiefer Teilnahme. Das mit den Freundinnen war also geklärt, hatte sie sich's doch gedacht, dass die beiden keine echten Freundinnen sein konnten!

„Und nun ist mir etwas ganz Dummes passiert", Frau Möller senkte die Stimme. „Ich muss das einfach jemandem anvertrauen, Fräulein Annelie! Am Abend des … des Mordes, da hatte ich meine kleine graue Tasche bei mir, und stellen Sie sich bloß vor, die ist mir verloren gegangen! Ausgerechnet an jenem Abend! Ich fürchte beinahe, dass ich sie an unserem Tisch liegen gelassen habe, als ich ins Haus gegangen bin, aber angesichts dieser furchtbaren Tragödie schien es mir doch zu geschmacklos, die Polizei nach einem bloßen Täschchen zu fragen. So etwas tut man doch nicht! Also, nicht, dass die Tasche wertvoll wäre, aber sie ist im Stoff passend zum Kleid gefertigt, und so etwas bekomme ich niemals wieder – doch was haben Sie denn auf einmal? Sie sehen ja ganz wunderlich aus!"

Annelie sah nicht nur wunderlich aus, sie fühlte sich auch so. Jetzt war sie wirklich gespannt darauf, was als nächstes kam.

„Es ist alles in Ordnung, Frau Möller, das ist nur die Hitze", sagte sie. „Was war denn jetzt mit Ihrer Handtasche?"

„Ich traue mich kaum, Sie um einen so großen Gefallen zu bitten …"

„Aber bitte, Frau Möller, jederzeit! Was kann ich für Sie tun?"

„Ehrlich gesagt, ich scheue mich ganz fürchterlich davor, diese Todeslaube zu betreten, und da dachte ich, ob Sie dort vielleicht einmal für mich nachschauen könnten? Ich meine, falls mein Täschchen da tatsächlich noch irgendwo liegen sollte … Ich wäre so glücklich, wenn ich es wiederbekäme, und Ihnen so überaus dankbar!"

Annelie, die ominöse Handtasche in den Stiefmütterchen wähnend, dachte, seltsames Anliegen – aber wenn das alles ist, das haben wir schnell erledigt.

Sie erhob sich und sagte lächelnd: „Selbstverständlich, gerne, Frau Möller, das klären wir sofort!"

„Wie reizend, dass Sie das für mich tun wollen!", Annelies Rechte wurde abermals liebevoll getätschelt.

„Mit dem größten Vergnügen, gnädige Frau!"

„Doch nicht so förmlich, liebes Fräulein Annelie! Wir zwei verstehen uns doch so gut!“

Annelie lief es geradezu kalt über den Rücken. Zu allem Überfluss erhob sich Frau Möller nun gleichfalls, hängte sich ganz selbstverständlich bei ihr ein, und sprach:

„Während Sie in der Laube nachschauen, warte ich gleich nebenan; dann sind Sie dort nicht so ganz allein …“

Bestens, dachte Annelie, und wenn irgendetwas nicht so läuft, wie du dir das denkst, dann bin ich die nächste Leiche – wo in drei Teufels Namen ist eigentlich Frieda abgeblieben?

Apotheker Hollmann, genauso gut getarnt wie Frieda zuvor, saß immer noch in Erwartung von Kaffeegedeck und Sitzkissen zwischen Knöterich, Geißblatt und Liguster, und sah jetzt zu seinem Erstaunen, wie die propere Frau Möller am Arm der jüngsten Lüders geradewegs auf seinen Sitzplatz zuhielt. Ein Stück davor trennten sich die beiden; Annelie ging entschlossen nach nebenan zur Todeslaube, und Frau Möller hielt genauso entschlossen auf seine Laube zu. Hollmann hielt es für angezeigt, unverzüglich seine Gegenwart zu demonstrieren, bevor die Dame, die sich offenbar unbeobachtet wähnte, noch etwas so Peinliches tat wie ihr Strumpfband zu richten, und er ließ ein ziemlich gekünsteltes Hüsteln ertönen.

Frau Möller erstarrte kurz, nahm jedoch sogleich wieder Fahrt auf und kam in ihrem leicht wiegenden Gang in seine Laube gesegelt.

„Herr Apotheker!“, sie verstand es, diese simple Feststellung wie die freudigste Entdeckung ihres Lebens klingen zu lassen.

Hollmann erhob sich, lüpfte den höflich Hut und fragte etwas unüberlegt, ob er irgendwie zu Diensten sein könne.

„Herr Apotheker, Sie schickt der Himmel! Stellen Sie sich bloß vor – ich mag es ja kaum erzählen, so peinlich ist es, aber …“

Und in den nächsten fünf Minuten erfuhr auch Max Hollmann alle Einzelheiten über das tragische Verschwinden des grauen Täschchens. Annelie nebenan, mehr pro forma auf Händen und Knien unter Tisch und Bank, lauschte erleichtert der Unterhaltung in zwei Metern Entfernung. Mit Hollmann in Sprechweite brauchte sie wohl nicht mehr um ihr Leben zu fürchten.

„Wissen Sie was, Frau Möller“, erklang es nebenan, „es schadet gewiss nichts, wenn wir sicherheitshalber auch einmal in dieser Laube nach Ihrer Tasche Ausschau halten. Es könnte doch durchaus sein, dass sie bei dem ganzen Trubel aus irgendwelchen Gründen hier gelandet ist. Ich sehe eben mal schnell nach, dann haben wir auch das geklärt!“

„Danke, Herr Hollmann, das ist sehr freundlich von Ihnen – und Sie haben ja so recht, man kann nie wissen!“

Der Apotheker tauchte also wie Annelie nebenan unter Bänke und Tisch, während Frau Möller, sich von oben niederbeugend, ihm das verlorene Täschchen genauestens beschrieb.

Leider war es keins der Serviermädchen, sondern Frieda höchstpersönlich, die sich in diesem zugegebenermaßen unglücklichen Moment mit Kissen und Kaffeetablett näherte. Sie hatte sich zu dieser Friedensmission entschlossen, weil der Apotheker ja eigentlich ein ganz umgänglicher Kerl war, und sie selbst hätte vielleicht nicht *ganz* so schroff sein müssen. Fest entschlossen, sich von einer milderen Seite zu zeigen, war ihr guter Vorsatz im Bruchteil einer Sekunde verflogen, als sie die beiden mehr oder minder übereinander hängenden Personen erblickte.

„Kann ich behilflich sein?", fragte sie in einem Tonfall, der nunmehr in den Bereich arktischer Kältegrade gerutscht war, „oder möchten Sie den Kaffee vielleicht unter dem Tisch einnehmen?"

Frau Möller fuhr herum, hatte die Lage jedoch sofort im Griff und ließ ihr melodisches Lachen ertönen. Auch der Apotheker war hochgefahren, doch das war ihm weniger gut bekommen, denn er war mit dem Hinterkopf von unten gegen die Tischplatte gestoßen, dass ihm der Schädel nur so dröhnte. Er richtete sich ziemlich mühevoll auf und rieb die schmerzende Stelle.

„Ihr Kissen, Herr Hollmann", sagte die älteste Lüders ziemlich mokant, „hier habe ich Ihr Kissen! Vielleicht sollten Sie es aber doch lieber auf dem Kopf tragen!"

„Entzückend", lachte Frau Möller, „dieser norddeutsche Humor!"

Hollmann hätte darauf zwar am liebsten etwas ganz anderes entgegnet, wusste jedoch, wann er sich in einer unvorteilhaften, um nicht zu sagen, hoffnungslosen Lage befand, und entschied sich für vornehmes Schweigen.

Fräulein Lüders ignorierte ihn und wandte sich an Frau Möller. „Haben Sie etwas gesucht?"

„Ach, Fräulein Lüders", seufzte Frau Möller, „es ist leider folgendes – und Ihr liebes Fräulein Schwester sucht auch schon nebenan –"

Und in der Folge wurde nunmehr auch Frieda, deren Augen größer und größer wurden, in das rätselhafte Verschwinden der grauen Tasche eingeweiht. Frau Möller schilderte gerade den zum Kleid passenden Stoff, als nebenan ein unterdrückter Aufschrei ertönte.

„Nein, das glaub' ich jetzt nicht! Hier ist sie ja – ganz hinten unter der Bank!", und wenige Augenblicke später erschien Annelie bei ihnen mit der Tasche in der Hand.

„Liebes Fräulein Annelie, wie kann ich Ihnen nur danken?", rief Frau Möller überschwänglich. „Oh, wie bin ich erleichtert! Sie bekommen eine schöne Schachtel Konfekt von mir für Ihren Einsatz!“

„Und ich hätte gern ein Pils für meinen Einsatz“, flüsterte Max Hollmann in Friedas Ohr, was Frau Möller zum Glück entging. Frieda bedachte den Apotheker mit einem strafenden Blick, und sagte, zu Frau Möller gewandt:

„Schauen Sie doch sicherheitshalber in der Tasche nach, ob der Inhalt auch komplett ist – ich meine, nach allem, was sich hier zugetragen hat …“

„Ja, da haben Sie völlig recht“, Frau Möller klappte die Tasche auf, den großen Fleck völlig ignorierend.

„Alles vorhanden“, strahlte sie, „meine silberne Puderdose, Taschentuch, mein Necessaire, sogar die kleine Geldbörse ist da – nein, was für ein Glück!“

Frieda und Annelie tauschten einen ihrer Telegrafenblicke, und dann sagte Annelie:

„Ich fürchte, Ihre Tasche hat einen Fleck davongetragen – schauen Sie mal, hier auf der Rückseite!“

Frau Möller warf nur einen kurzen Blick auf die besagte Stelle.

„Ach, der“, meinte sie gedehnt, „der ist schon länger dort, glücklicherweise an einer Stelle, wo er nicht auffällt, insbesondere, wenn man die Tasche trägt.“

„Zeigen Sie doch mal“, schaltete sich Hollmann prompt ein, „was mag das sein? Sieht ja eigenartig aus … Zum Glück habe ich ein ausgezeichnetes Fleckenwasser im Gepäck, eigene Herstellung und garantiert nicht ausbleichend! Falls Sie es wünschen, bin ich Ihnen gerne damit –“ Hier brach er jäh ab, weil er den Eindruck hatte, dass die beiden Lüders-Schwestern bei seinen Worten von einer unerklärlichen Nervosität befallen wurden.

Frau Möller schenkte ihm ein überaus charmantes Lächeln. „Lassen Sie nur, lieber Herr Apotheker; ich habe Sie heute schon genug bemüht!“, flötete sie und wandte sich zum Gehen.

Annelie und Frieda folgten ihr ins Haus, und Hollmann blieb mit Kaffeegedeck und Sitzkissen in der Laube zurück, behutsam seine wachsende Beule massierend. Er hatte sich gerade den Kaffee eingeschenkt, als Line erschien und ein Tablett mit einem schaumgekrönten Pils, einem Schälchen mit einigen Tupfern Verbandmull sowie einer kleinen blauen Flasche Essigsaure Tonerde vor ihm absetzte.

„Bitte sehr, Herr Apotheker, mit den besten Empfehlungen von Fräulein Frieda für Ihre Genesung – alles aus unserer Hausapotheke!"

„Was, Sie haben Pils in Ihrer Hausapotheke? Das nenne ich aber ein medizinisch umfassendes Sortiment!", scherzte Hollmann, und Line entfernte sich kichernd.

Er griff zu dem blauen Fläschchen und las mit gerunzelter Stirn das Etikett: *Wirksam gegen Prellungen und Blutergüsse – Rezeptur Dom-Apotheke Schleswig.*

Natürlich, Dom-Apotheke Schleswig, das musste ja kommen, sagte er zu sich selbst, das hat sie selbstverständlich nicht geschickt, um mir zu helfen, sondern um mich zu ärgern. Na warte, Fräulein Frieda!

Und mit erstaunlich vergnügter Miene schob er den Kaffee zur Seite und nahm einen großen Schluck vom Pils, sodass sein Schnurrbart aussah wie in Schlagsahne getaucht.

Auch Mathilde war mit Auf-den-Zahn-fühlen beschäftigt. Sie steuerte mit einer Karaffe hausgemachten Schlehenlikörs und einer Schale Buttergebäck die Veranda an, auf welcher in just jenem Korbsessel, den immer die liebe Stiefmama bevorzugt hatte, nunmehr die verwaiste Else saß, ihre verweinten Augen eher blicklos auf den Garten gerichtet, wo Frieda gerade aus der Laube schoss, um Alfred Sorgenfrei von Frau Möller fernzuhalten.

„Ich denke, das wird Ihnen gut tun, Fräulein Hansen", sagte Mathilde in ihrer mütterlichen Art, „ein stärkender

Likör und etwas gutes Gebäck können bisweilen Wunder wirken, Sie werden sehen! Und ich setze mich auf ein Viertelstündchen zu Ihnen, damit Sie nicht gar so allein sind – wir dürften ja eh in einem Alter sein", fügte sie äußerst nobel hinzu, wohlwissend, dass die gute Else ihr etwa ein halbes Dutzend an Jahren voraus hatte.

„Wenn Sie meinen", sagte Else ziemlich lahm, und es war nicht ganz ersichtlich, ob sich ihre Worte auf die wohltuende Wirkung von Likör und Gebäck oder auf das Angebot zur Gesellschaft oder aber auf die Sache mit den Jahren bezogen.

Mathilde, das kriminalistische Ziel des Tête-à-tête vor Augen, ignorierte die mangelnde Begeisterung ihres Gegenübers, ließ sich im anderen Korbsessel nieder und schenkte großzügig Schlehenlikör ein.

„Auf das Angedenken Ihrer lieben Frau Mama", sagte sie wohlerzogen, „und möge der Herr Ihren Schmerz lindern!"

„Welcher der Herren denn?", fragte Else deutlich verunsichert und schaute nach dort, wo soeben Alfred Sorgenfrei auf Kesselsteins Fersen durch die Gartenpforte verschwand.

Mathilde, die in keinster Weise mit einer derart unchristlichen Antwort gerechnet hatte, verbarg ihr Befremden mit einiger Mühe, füllte Elses Glas nach und sprach:

„Bitte nehmen Sie doch etwas Gebäck, Fräulein Hansen, es ist ganz frisch! Da, bitte sehr – so ist's recht! Honig und Mandeln stärken die Nerven … Und jetzt abermals: Auf das Angedenken Ihrer lieben Stiefmama! Waren Sie sich denn sehr nahe?"

„Das können Sie mir glauben", Else, den Mund voller nervenstärkenden Gebäcks, klang etwas verschwommen. „Zwei kleine Zimmer außer der Küche, und nur noch die beiden Mansarden unter dem Dach, näher geht's wohl kaum!"

„Wie schön für Sie“, sagte Mathilde reichlich unüberlegt, was ihr prompt einen erstaunten Blick eintrug.

„Also, ich meine, wie schön es für sie gewesen sein muss, das Leben mit einer lieben Mutter zu teilen“, stellte sie klar. „Das ist uns ja leider versagt geblieben … Da werden Sie jetzt sicher sehr viel Kraft brauchen, Sie Ärmste!“

„Naja, ich kann natürlich nicht alles selber machen“, antwortete Else zu Mathildes nicht geringer Überraschung. „Für die gröbsten Arbeiten muss ich halt Leute bezahlen, aber ich kann bestimmt auch auf die Hilfe meiner Freunde vom *Zirkel* rechnen.“

Sie leerte ihr Gläschen bis zur Neige und fuhr sich mit der Zunge über die blassen Lippen.

Mathilde schenkte nach.

„Wissen Sie, Fräulein Lüders“, nahm Else den Faden wieder auf, „ich habe vor, das hintere Zimmer für Séancen einzurichten – ein großer runder Tisch, schön poliert, und nicht mehr als höchstens zehn Stühle, alles möglichst in schwarzem Holz! Obwohl man insofern natürlich auch mit etwas Farbe nachhelfen kann, was sicher billiger wäre“, ihr rundes Gesicht belebte sich zusehends, schwer zu sagen, ob aufgrund des Likörs oder der angenehmen Zukunftsvisionen, „dann dichte, schwere Vorhänge, am besten dunkelblauer Samt, mit schönen Quasten, und auf der Seitenkommode eine gewisse Anzahl von Leuchtern –“

„Das wird sicher sehr nett“, sagte Mathilde matt, sich nicht daran erinnernd, jemals in ihrem Leben ein so kurioses Gespräch geführt zu haben.

Else warf ihr einen Blick zu, der deutlich belegte, dass „nett“ hier keinesfalls das angebrachte Wort war.

„Es wird, seinem Zweck entsprechend, würdig und erhaben“, stellte sie mit weihevoller Stimme richtig, „eine Umgebung, in der sich unsere Besucher aus dem Jenseits wohlfühlen, darauf kommt es an! Zum Glück habe ich ein gewisses Händchen dafür.“

Mathilde, die in ihrer warmen, hellen Küche von nichts weiter entfernt war als dem Jenseits, schluckte und täuschte Bewunderung vor.

„Ich bin zutiefst beeindruckt“, sagte sie, absolut der Wahrheit entsprechend, „zweifellos überaus würdig und erhaben – aber, wenn Sie mir die Bemerkung gestatten, das wird doch sicher recht kostspielig, oder?“

Fräulein Else beugte sich vor und winkte Mathilde näher zu sich.

„Ihnen kann ich es ja anvertrauen“, flüsterte sie, „Klärchen – meine Freundin vom *Zirkel* – und ich, wir haben schon seit einiger Zeit gewisse Pläne … Ich denke, dass sie bei mir einziehen wird; sie hat eine hübsche kleine Rente von ihrem Verflossenen, und das zusammen mit meinem Erbe …“

„Glückwunsch“, krächzte Mathilde, die den Schlehenlikör prompt in den falschen Hals bekommen hatte, „da kann man Sie ja in der Tat nur beglückwünschen, dass die Dinge sich … äh … auf diese Weise für Sie lösen!“ Sie dachte an Evas und Annelies Bericht über Elses Zimmer und fügte hinzu: „Und vielleicht können Sie sogar einmal eine interessante Reise unternehmen, das wäre doch schön für Sie!“

„Oh ja“, strahlte Else, „wir wollen unbedingt nach Paris – einer unserer Besucher aus der Anderen Welt hat dort seine irdische Grabstätte. Ist das nicht faszinierend?“

„Absolut faszinierend“, bekundete Mathilde ihre Zustimmung, und während sie noch dachte, die anderen fallen um, wenn ich das erzähle, sah sie, wie eine sehr beschwingte Frau Möller aus dem Garten auf das Haus zukam, dicht gefolgt von Frieda und Annelie, beide mit ziemlich betroffenen Mienen.

„Bitte entschuldigen Sie mich, Fräulein Hansen – es ruft die Pflicht“, sie erhob sich reichlich abrupt, und Else machte ein enttäuschtes Gesicht.

„Wissen Sie was, wir setzen unser Gespräch ein andermal fort“, tröstete Mathilde, „und den Likör lasse ich Ihnen da!“

Während ihre Schwestern die hiervon nichts ahnende Polizei unterstützten, war Eva damit beauftragt worden, den Dienst im Empfang wahrzunehmen, und das tat sie ausgesprochen gern – in just demselben hellgrauen Jackenkleid, welches Annelie hierbei immer trug, nur die weiße Bluse deutlich aufgeknöpfter und mit einer hübschen Silberkette als Blickfang. Wieland Schlotter befand sich somit in der gewohnten Umgebung, wenn auch nicht in der gewohnten Gesellschaft, als er wie üblich am Empfangstresen lehnte und Eva mit hingerissenen Blicken bedachte.

„Ich weiß nicht, wie du das machst“, sagte er bewundernd, „du trägst genauso ein Kleid wie Annelie, aber an dir sieht es vollkommen anders aus!“

„Meinst du wirklich nur ‚anders‘ oder vielleicht ‚hübscher‘?“, erkundigte sich Eva kokett.

Statt einer Antwort warf Wieland ihr eine Kusshand zu, und als Eva diese graziös zurückschickte, war es um seine Beherrschung geschehen.

Mit den Worten „Meine süße Eva!“ warf er sich halb über den Empfangstresen und umarmte sie, so gut dies eben möglich war, wenn man eine Barriere von achtzig Zentimetern massiven Eichenholzes zwischen sich hat.

„Aber Wieland!“, quietschte Eva, ließ sich seine leidenschaftliche Attacke jedoch eine geschlagene Minute gefallen, bevor sie ihn zurückwies, allerdings nicht, ohne ihm zuvor die Studentenmütze vom Kopf gefischt und auf ihre eigenen Locken gedrückt zu haben.

„Na, wie steht sie mir?“, fragte sie neckisch. „Hol sie dir doch, wenn du sie wiederhaben möchtest!“

„Mit dem allergrößten Vergnügen!“, rief Wieland entzückt und setzte gerade an zu einer erneuten Überwindung des Empfangstresens, als sich die Tür öffnete, und Frau Möller das Vestibül betrat.

Sie blieb wie angewurzelt stehen, die Situation mit einem einzigen Blick erfassend. Eva wurde puterrot, riss die

Mütze vom Kopf und stopfte sie unter den Tresen. Das war keine Sekunde zu früh, denn jetzt erschienen auch Frieda und Annelie auf der Bildfläche, und aus Richtung Veranda kam gleichzeitig Mathilde herbei. Eva hatte indessen Glück, denn ihre sonst so scharfäugigen Schwestern waren dermaßen mit den gerade erlebten Dingen beschäftigt, dass sie weder dem mützenlosen Wieland noch ihrer rosigen Schwester besondere Beachtung schenkten.

Frau Möller überspielte die Situation elegant, indem sie sich zu Annelie umwandte, ihr den Arm um die Schultern legte und in die Runde verkündete:

„Mein liebes Fräulein Annelie hat sich soeben eine schöne Schachtel Konfekt verdient – sie hat nämlich meine verlorene Handtasche wiedergefunden."

Mathilde und Eva blickten fragend zu ihren Schwestern, und Frieda, die hinter Frau Möller stand, legte kurz den Zeigefinger an die Lippen, was Wieland Schlotter, der aufgrund der peinlichen Situation eingehend seine großen Füße betrachtete, zum Glück entging.

„Das ist aber erfreulich", Mathilde hatte sich als erste gefasst, „ich wusste gar nicht, dass Sie eine Tasche verloren hatten, Frau Möller."

„Ich wollte es nach dem tragischen Todesfall auch nicht so gern an die große Glocke hängen", erwiderte Frau Möller und erzählte abermals die aufregende Geschichte vom Verschwinden und Wiederfinden der kleinen grauen Tasche.

„Und der ganze Inhalt ist noch komplett", schloss sie, „wir haben gleich nachgeschaut. Ist das nicht ein Wunder?"

„Ja, in der Tat, das ist ein riesengroßes Wunder", sagte Frieda in einem Tonfall, der nahelegte, dass sie etwas ganz anderes damit meinte.

Als sie sich kurz darauf im Kontor trafen, schlugen die Wellen der Erregung hoch.

„SIE hat es getan“, sagte Annelie knapp. „Wer sonst könnte die leere Tasche aus den Stiefmütterchen geholt und ihre ganzen Sachen wieder hineingetan haben? Und dann hat sie mich veranlasst, das gute Stück in der Todeslaube zu finden, ist doch sonnenklar.“

„Jetzt hört aber erst einmal, was ich zu berichten habe“, meldete sich Mathilde zu Wort. „Die Geister-Else kann kaum noch abwarten, dass sie ihr neues Leben ohne Stiefmama beginnen kann! Neue Einrichtung! Große Reise! Und alles mit einer lieben Freundin! Wenn das kein Grund für einen Mord ist!“

„Das gibt es doch nicht!“

„Ungeheuerlich!“

„Ungeheuerlich ist die Möller aber auch!“, warf Annelie ein. „Ich begreife zwar nicht, was das Ganze soll – aber derart kaltblütig die Sache mit der Tasche zu inszenieren, das stinkt doch zum Himmel! Und dann ist sie so auffallend herzlich zu mir, dass es fast schon gruselig ist! Außerdem bin ich mir inzwischen so gut wie sicher, dass ich sie irgendwo schon einmal gesehen habe – wüsste ich nur, wo!“

„Auf jeden Fall nicht in Berlin, wo sie herkommt“, sagte Thilde sachlich.

„Ja, und es gibt im übrigen auch nach wie vor nicht den geringsten Anhaltspunkt, warum sie die Hansen umgebracht haben sollte“, meinte Eva. „Else hingegen hat zweifelsohne das fetteste Motiv, das man sich nur denken kann!“

Und so ging es wieder hin und her, ohne dass die eine Fraktion die andere überzeugen konnte.

„Machen wir also weiter“, sagte Frieda schließlich, „irgendwann wissen wir garantiert genug, um unserer Sache sicher zu sein – so oder so.“

14

Am nächsten Vormittag übernahm Annelie den Dienst im Empfang, und sie machte gleich zwei überraschende Entdeckungen: Auf der Ablage unter dem Tresen lag eine ihr wohlbekannte Studentenmütze, und auf der Theke selbst befand sich ein hübsch mit Samtschleife gebundenes Bukett ungewöhnlich großer blauer Veilchen. Ihr Herz schlug schneller, als sie ein kleines Kuvert entdeckte, welches die Aufschrift „An Fräulein Annelie“ trug. Sie öffnete das Kuvert erwartungsvoll und las auf einer passenden blauen Karte folgende vielversprechenden Worte: *„Ein treuer Verehrer bittet Dich – Küsse die Veilchen, dann küsst Du auch mich!“*

Annelie ließ die Karte sinken und überlegte einen Moment lang. Konnte es sein, dass der verräterische Wieland anderen Sinnes geworden war? Eigentlich kam niemand sonst in Frage, um ihr Veilchen und romantische Gedichte zu schicken, und dann war da ja auch noch seine Mütze … Gedankenverloren ergriff sie das Bukett und führte es an ihr Gesicht; sie wollte es zwar nicht gleich küssen, aber jedenfalls den schönen Veilchenduft einatmen. Doch wie seltsam, die Veilchen dufteten gar nicht.

Line ahnte es nicht, aber die Vorsehung hatte immer noch eine ausgesprochene Vorliebe für ihre Person. Eben durchquerte Apotheker Hollmann das Vestibül, als sie, aus den Wirtschaftsräumen kommend, seiner ansichtig wurde und ihn ansprach.

„Verzeihen Sie bitte, Herr Apotheker, ob ich Sie vielleicht noch einmal um ein paar Ihrer Veilchenpastillen bitten dürfte? Die haben so gut geholfen, und ich glaube, nur ein paar mehr, und die Sache ist ganz und gar ausgestanden!“

Erwartungsvoll blickte sie ihn an, aber ihr Gesicht wurde lang und länger, als Hollmann seine Taschen abklopfte und wider Erwarten nicht fündig wurde.

„Richtige Veilchen helfen wohl nicht, oder?“, schaltete Annelie sich ein und winkte fröhlich mit ihrem Strauß hinter dem Empfangstresen.

Hollmann lachte und blickte zu ihr, erstarrte kurz, und stand dann mit drei langen Schritten vor ihr.

„Darf ich mal kurz sehen?“

Seine Stimme klang eigenartig, und noch eigenartiger war, dass er ein großes weißes Taschentuch hervorzog und die Blumen damit in die Hand nahm.

„Oh“, sagte er, das kleine Bukett hin und her drehend und von allen Seiten musternd, „in der Tat, in der Tat! Fräulein Line –“, er wandte sich kurz um, „Sie bekommen Ihre Veilchenpastillen; ich bringe sie Ihnen nachher, versprochen!“

Line hätte zwar für ihr Leben gerne gewusst, was sich da an der Rezeption eigentlich abspielte, aber der Marschbefehl war deutlich genug, sodass sie wieder in Richtung Wirtschaftsräume verschwand. Hollmann wartete ab, bis die Tür hinter ihr ins Schloss gefallen war, erst dann sprach er:

„Trommeln Sie Ihre Schwestern zusammen, Fräulein Annelie, und zwar so flott, wie es nur geht! Es ist ernst.“

*

Eine Viertelstunde später erfuhr Max Hollmann die einem Gast noch nie widerfahrene Ehre, als Fünfter – und beileibe nicht als fünftes Rad am Wagen – in der exklusiven Schwesternrunde im Kontor zu sitzen. Das Taschentuch mit den Veilchen lag mitten auf Friedas Schreibtisch.

„Wo haben Sie die Veilchen her, Fräulein Annelie?“, ergriff Hollmann das Wort.

„Sie lagen auf dem Empfangstresen, als ich meinen Dienst antrat, mit einem *Billet doux*“, Annelie wurde etwas rot, „von einem treuen Verehrer …“

„Hat er sonst noch etwas geschrieben?“

Annelie errötete noch mehr und las vor.

„Ja“, sagte der Apotheker kryptisch, „genau das habe ich mir gedacht! Und Sie wissen nicht, wer sich hinter diesen romantischen Zeilen verbirgt?“

Sie zuckte die Schultern. „Ich dachte, es könnte vielleicht Wieland sein – also, Wieland Schlotter“, erwiderte sie und und fügte nach einem raschen Blick auf Eva hinzu: „Sozusagen zwecks Versöhnung … Seine Mütze lag nämlich auch da.“

Eva bekam eine steile Stirnfalte. „Oh, Annelie, das bin ich gewesen! Ich habe seine Mütze gestern Nachmittag im Vestibül … äh … gefunden und dann dort abgelegt, das war er also nicht selber! Und es ist auch völlig ausgeschlossen, dass die Blumen von ihm sind – wir waren vorhin nämlich noch kurz an der Au spazieren …“

„Verstehe“, entgegnete Annelie mit genauso steiler Stirnfalte, „wie sollte er da auch zum Blumenpflücken kommen!“

Frieda warf einen besorgten Blick in Richtung Max Hollmann. „Lasst es gut sein!“

„Und zwar auf der Stelle!“ setzte Mathilde resolut hinzu.

Hollmann konnte sich ein Lächeln nicht verkneifen, behielt aber den ernsten Ton bei. „Dann müssen wir also davon ausgehen, dass eine unbekannte Person Ihnen das Bukett geschickt hat, Fräulein Annelie“, resümmierte er.

„Das müssen wir wohl“, sagte Eva vorlaut, verstummte aber sofort angesichts der drohenden Blicke ihrer beiden ältesten Schwestern.

„Das macht die Sache leider nur noch schlimmer“, fuhr Hollmann fort und wies auf die Veilchen. „Schauen Sie doch mal genauer hin, sind das wirklich Veilchen? Nein, bitte nicht berühren, Fräulein Eva, nur ansehen!“

Alle vier blickten ziemlich ratlos auf die großen, tiefblauen Blüten, die eine gewisse Ähnlichkeit mit dem Helm eines mittelalterlichen Ritters hatten.

„Duften tun sie jedenfalls nicht“, sagte Annelie, „das ist mir vorhin schon aufgefallen. Ich dachte, es ist eine besondere Sorte, so große, schöne blaue Blüten – vielleicht etwas ganz Neues!“

„Da muss ich Sie enttäuschen“, sprach Hollmann, „diese Pflanze ist keine neue Züchtung, sie ist vielmehr uralt – so alt, dass man bereits in der Antike einen Trank daraus bereitete, wenn man jemanden ... Und in Indien ist sie bis heute bei der Elefantenjagd im Einsatz, und zwar als tödlich wirkendes Pfeilgift! Meine Damen, ich präsentiere Ihnen hiermit die Königin aller Giftpflanzen, *aconitum vulgaris*, der Eisenhut – schon eine intensivere Berührung kann lebensgefährlich sein!“

Die Tatsache, dass jemand die arme Annelie mit einem Gift bedacht hatte, welches erfolgreiche Elefantenjagd garantierte, trug nicht gerade dazu bei, die Stimmung zu heben. Eva begann zu weinen, und Mathilde und Frieda waren auch kurz davor. Nur das verhinderte Mordopfer selbst schaute ungläubig in die Runde und sagte wenig überzeugend:

„Das kann doch nicht wahr sein!“

„Doch, leider“, bekräftigte Hollmann, „und Sie haben mehr Glück als Verstand – pardon, ich meine natürlich, ein absolut unglaubliches Glück gehabt, dass Sie mit den Blumen nur ganz kurz in Berührung gekommen sind, glauben Sie mir, Fräulein Annelie!“ Er runzelte die Stirn. „Was ich nur nicht verstehe, ist das Warum? Warum sollte es jemand erst auf Frau Hansen und dann auf Sie abgesehen haben?“

Das Schweigen im Raum, nur unterbrochen von Evas Schluchzen, wog schwerer als jede Antwort. Frieda seufzte.

„Man hat es in Wirklichkeit auf mich abgesehen“, jammerte Eva, „eigentlich war ich das Ziel – oh, Annelie, wie gut, dass dir nichts geschehen ist!“

Auf der Apothekerstirn vertiefte sich das Stirnrunzeln. „Und wie kommen Sie auf diese ... diese ungewöhnliche Idee, Fräulein Eva?“

Frieda, die inzwischen den Arm um die zitternde Mathilde gelegt hatte, erwiderte mit zusammengebissenen Zähnen: „Das ist eine reine Familienangelegenheit, Herr Apotheker, nicht von geringstem Interesse!“

„Ach nee“, sagte Hollmann, „ich muss schon sagen – eine Tote und eine Fast-Tote, das sind ja drollige Familienangelegenheiten bei Ihnen!“

„Das haben Sie vollkommen missverstanden“, antwortete Frieda mit erzwungener Ruhe. „Wir haben momentan in der Tat etwas … etwas Trubel in unserer Familie, aber ich darf Ihnen versichern, dass weder der Mord an Frau Hansen noch der heutige Anschlag damit in irgendeiner Weise zusammenhängen kann, das ist völlig ausgeschlossen. Und jetzt beruhige dich endlich, Eva!“

„Meinen Sie nicht, dass es die Polizei sein sollte, die über mögliche und unmögliche Zusammenhänge entscheidet?“

„Wenn die Polizei insofern auch nur den vagesten Verdacht gehabt hätte, hätte sie sicher nicht als ersten Herrn Sorgenfrei mitgenommen“, sagte Frieda listig.

„Aber das war vor diesem Giftanschlag“, Hollmann ließ nicht locker, und die Schwestern wechselten mal wieder Telegrafenblicke.

Dann sagte Frieda: „Herr Hollmann, würden Sie uns wohl zwei Minuten allein lassen?“

„Ungern!“

Hollmann erhob sich dennoch; Frieda ließ ihn durch das französische Fenster in den Garten treten und schloss es hinter ihm.

„So, und nun zu uns“, sie senkte die Stimme. „Denkt doch mal nach – wer sollte denn Annelie oder Eva wegen des Rothspon-Erbes nach dem Leben trachten? Du kannst aufhören, zu zittern, Thilde – doch nicht dein Dido! Der müsste doch nur einen entsprechenden Brief schreiben, und die Sache hätte sich, und zwar ganz legal – mal abgesehen davon, dass er eh schon längst auf unserer Seite ist!

Der steckt also nie im Leben dahinter, und sonst gibt es weit und breit keinen, der von der Geschichte auch nur das geringste weiß! Es ist schlichtweg unmöglich, dass es irgendjemand deswegen auf dich oder Annelie abgesehen haben könnte, Eva, lass also das Weinen!"

Eva blickte in der Tat etwas getröstet auf. „Aber warum dann?" fragte sie.

„Nun, ich fürchte, dass das mit unseren Recherchen zusammenhängt. Denkt doch bloß an die Geschichte mit der Handtasche!"

„Oder an die Geister-Else und ihre schönen Pläne!", fügte Mathilde hinzu, die sich gleichfalls in Rekordzeit beruhigt hatte.

„Das alles können wir doch Herrn Hollmann erklären", meinte Annelie. „Er hat ja schließlich recht, man muss diesen Vorfall melden."

„Und die ganze Rothspon-Geschichte kann dabei außen vor bleiben", stellte Mathilde klar, immer darauf bedacht, die nicht ganz einwandfreie Rolle ihres Herzallerliebsten in der betreffenden Sache nicht an die große Glocke zu hängen.

„Und wir sagen besser auch nicht, dass wir in den Zimmern der Gäste herumgesucht haben", fügte Annelie hinzu.

„So machen wir es! Einverstanden, Eva?"

Eva trocknete die letzten Tränen, nickte, und begab sich zum Fenster, um Hollmann wieder hereinzulassen.

Der hatte sich in der Zwischenzeit gleichfalls so seine Gedanken gemacht – unter anderem war ihm auch eingefallen, dass er an der Bollingstedter Au eine Stelle gesehen hatte, wo der Eisenhut ganz prächtig gedieh, sodass im Grunde ein jeder, der sich etwas auskannte und Zutritt zum Haus hatte, Absender des lebensgefährlichen Blumengrußes sein konnte. Mysteriöse Sache, das Ganze, aber vielleicht würden die Lüders-Damen ja ein wenig Licht in die Geschichte bringen. Erwartungsvoll nahm er wieder Platz.

„Herr Hollmann“, hub Frieda in fast schon feierlichem Tonfall an, „wir sind Ihnen natürlich zu ganz außerordentlichem Dank verpflichtet, dass Sie Annelie vor einem schrecklichen Schicksal bewahrt haben, und wir sind auch absolut Ihrer Meinung, dass man die Polizei hiervon unterrichten muss. Vorab nur ein paar Worte zu einigen Entdeckungen, die wir ... zufällig ... gemacht haben; Annelie und Eva, erzählt doch mal von den Stiefmütterchen!“

„Und von Elses Machenschaften“, ergänzte Mathilde.

Eva legte los, hierbei nach Kräften von Annelie unterstützt, und Hollmann machte immer größere Augen.

„Und das ist noch nicht alles“, fügte Annelie hinzu, „denn gestern, also am Tag, nach dem wir die leere Tasche im Blumenkasten vorgefunden hatten, da erzählt mir Frau Möller plötzlich von ihrem am Samstagabend verlorenen Täschchen, und ob ich nicht einmal in der Todeslaube nachsehen könnte, und den Rest kennen Sie ja!“

„Hm“, sagte Hollmann, „jetzt fehlen mir wirklich meine Veilchenpastillen. Nein danke, bloß keine Zigarette, Fräulein Frieda!“

Frieda steckte das Zigarettenetui wieder weg, zur Überraschung aller ohne selbst eine genommen zu haben, und Hollmann fuhr fort:

„Jetzt verstehe ich auch, warum Sie so seltsam nervös wirkten, als ich Frau Möller mein Fleckenwasser für ihre Tasche anbot – wenn die Tasche wirklich auf irgendeine Weise mit dem Mord in Verbindung stehen sollte, dann könnte natürlich auch dieser Fleck von Bedeutung sein. Und da fällt mir noch etwas ganz anderes ein – vorgestern Nacht habe ich zufällig etwas beobachtet, das zweifellos im Zusammenhang mit diesen Vorgängen steht“, und er schilderte, was er von seinem Fenster aus gesehen hatte. „Es wird wohl in der Tat Frau Möller gewesen sein, die ihre eigene Tasche in der Laube versteckt hat, doch warum? Und warum sollte die Tasche – und diesmal mitsamt

Inhalt – wieder gefunden werden? Darauf kann ich mir absolut keinen Reim machen."

„Ich finde, das alles ergibt nur einen Sinn, wenn ihr jemand aus irgendwelchen obskuren Gründen die Tasche untergeschoben hat", meldete sich Eva zu Wort, „und dafür kommt ganz sicher nur Else Hansen in Betracht. Die hat ohnehin das beste Motiv – Thilde, erzähl doch mal von deinem Gespräch mit ihr!"

Das tat Mathilde, und der Apotheker schüttelte den Kopf.

„Oh je", sagte er, „das ist ja eine völlig verquere Person! Da haben Sie allerdings recht mit Ihrem Verdacht."

„Ja, aber mit dieser Frau Möller stimmt garantiert etwas nicht", fing Annelie daraufhin wieder an, und die Diskussion drehte sich ein weiteres Mal im Kreis.

„Wie schade, dass wir die arme Frau Hansen nicht selbst danach fragen können, wer sie umgebracht hat", sagte Mathilde schließlich.

Einen Moment lang herrschte Schweigen, und dann sprach Frieda:

„Warum eigentlich nicht?"

„Warum was nicht?"

„Nun, Frau Hansen befragen! Wir haben doch offenbar ein vorzügliches Medium vor Ort …"

„Frieda, bist du noch bei Trost?"

„Wie hast du neulich selbst so schön gesagt – dies ist kein Kasperletheater!"

„Ach was", Frieda winkte kühl ab, „denkt doch mal nach, liebe Schwestern! Natürlich meine ich das nicht ernst – also, ich kann mir jedenfalls kaum vorstellen, dass Frau Hansen sich die Mühe macht, aus dem Jenseits bei uns aufzukreuzen, um ein paar Fragen zu beantworten, die wir bei einigem Nachdenken genauso gut selbst beantworten können! Aber vielleicht ist es möglich, eine Séance dazu zu benutzen, um den Täter zu überführen."

„Kannst du das mal genauer erklären?"

„Heiliger Strohsack, Thilde, das ist doch ganz simpel! Wir holen alle zusammen, runder Tisch, dunkles Zimmer, flackernde Kerzen, schaurige Atmosphäre – dann ein paar Klopfzeichen an der richtigen Stelle, und ich garantiere euch, dass derjenige, der Frau Hansen auf dem Kerbholz hat und Annelie vergiften wollte, nach spätestens zehn Minuten einen Nervenzusammenbruch bekommt oder sich auf andere Weise verrät. Die Macht des schlechten Gewissens!“

Einen Augenblick lang waren die vier anderen still, und dann sprachen alle durcheinander:

„Das ist verrückt, Frieda!“

„Da macht doch keiner freiwillig mit!“

„Wie denkst du dir das bloß?“

„Und woher sollen die Klopfzeichen kommen?“, fragte Hollmann mit erwachtem Interesse.

„Ja, haargenau das ist das Problem“, sagte Frieda mit kummervoller Miene, „von uns kann sich ja wohl keine unter den Tisch setzen und im richtigen Augenblick dagegen pochen!“

„Wenn es nur darum geht, dann kann ich Ihnen helfen“, Hollmanns Augen funkelten bereits voller Vorfreude, „wir haben schließlich moderne Zeiten! Ein simpler, mit dem Fuß zu betätigender flacher Schalter unter dem Teppich, ein paar elektrische Drähte, und ein kleiner Klopfer unter der Tischplatte – ich brauche vielleicht eine halbe Stunde, um Ihnen das gesprächigste Gespenst der Welt in Ihre Stube zu holen! Doch was versprechen Sie sich davon?“

Frieda erläuterte ihre Idee, und je länger sie darüber sprachen, desto plausibler erschien es.

„Es kann auf keinen Fall schaden“, meinte Mathilde schließlich.

„Und die Polizei verständigen wir morgen“, sagte Annelie.

„Ich habe aber ein bisschen Angst“, gestand Eva.

„Brauchst du doch nicht – Herr Hollmann wird dabei sein, und natürlich Annelie, und von Wieland hast du gewiss nichts zu befürchten!“

„Du darfst auch neben ihm sitzen“, konnte sich Annelie nicht verkneifen, „im Dunkeln!“

Eva holte Luft zu einer empörten Erwiderung, aber Mathilde kam ihr zuvor.

„Das reicht, ihr beiden“, sagte sie, „macht das bitte untereinander aus, und am besten ohne Publikum! Es dürften jetzt wohl wichtigere Dinge anliegen! Was meinen Sie, Herr Apotheker, sollten wir den Versuch wagen?“

„Ja, gehen wir's an“, Hollmann kreuzte die Arme über der kräftigen Radlerbrust und blickte kriegerisch in die Runde. „Ich kümmere mich um die Geisterwelt, und Sie sich um die Teilnehmer aus dem Diesseits! An welchen Raum haben Sie denn gedacht?“

*

Es war das Kaminzimmer, das für die heikle Mission ausgewählt wurde. Die beiden hohen Fenster waren mit dichten Vorhängen versehen, die zwar nicht ganz Else Hansens Wunschträumen vom perfekten Séance-Ambiente entsprachen, ihren Zweck aber leidlich erfüllten. Hier befand sich auch ein geeigneter runder Tisch, auf welchem normalerweise eine geschmackvoll arrangierte Blumenvase sowie eine Auswahl lokaler und überlokaler Zeitschriften der Erbauung der Gäste diente. Dies alles musste dem höheren Zweck weichen; Mathilde breitete stattdessen eine schwere, mit langen Fransen versehene Brokatdecke über die auf einer Mittelsäule ruhende Tischplatte, während Max Hollmann, fröhlich ein Liedchen pfeifend, unter dem Tisch zugange war. Er brauchte letztendlich zwar dreimal so viel Zeit wie die vollmundig angekündigte halbe Stunde, aber dafür ergab die Generalprobe dann auch ein hübsches, dumpfes Pochen, welches das Herz eines jeden Mediums höher schlagen lassen musste.

Die Schwestern rekrutierten in der Zwischenzeit die erforderlichen Teilnehmer. Den Anfang machte Mathilde bei Else, welche als einzige Professionelle der Veranstaltung naturgemäß vorsitzen sollte und deren Anweisungen zu befolgen waren. Else zeigte sich entzückt von der Idee, die liebe Stiefmama an den Ermittlungen bezüglich ihres eigenen Ablebens aktiv zu beteiligen, auch wenn sie insofern heftig beklagte, dass die geistererprobten Kollegen vom ‚Zirkel der suchenden Seelen' nicht hilfreich zur Verfügung standen und dass sie auf weniger versierte Mitarbeiter angewiesen war.

„Acht Personen insgesamt ist eine schöne Zahl", erklärte sie der staunenden Mathilde, „und es wäre wünschenswert, dass Damen und Herren in gleicher Anzahl zugegen sind."

„Meine beiden jüngeren Schwestern sind nur zu gern behilflich, und dann natürlich Sie, Fräulein Hansen, als … äh … leitendes Medium, und Frau Möller wird sich bestimmt auch beteiligen."

„Nehmen Sie es mir nicht übel", entgegnete Else, „aber auf diese Frau Möller würde ich lieber verzichten. Wollen nicht Sie oder Ihre ältere Schwester …?"

„Nein, nein, das ist völlig ausgeschlossen, Frieda und ich sind absolut unabkömmlich im Gasthof, insbesondere, wenn unsere beiden Jüngsten anderweitig beschäftigt sind", sagte Mathilde ohne rot zu werden, und fügte listig hinzu: „Außerdem könnte es doch sein, dass Ihre Frau Stiefmama gerade für ihre alte Freundin Frau Möller eine Botschaft hat!"

Dies Argument gab Else in der Tat zu denken. „Sie ahnen gar nicht, wie recht Sie haben", meinte sie mit düsterer Miene, „und gerade deswegen hielt ich es … vielleicht … für etwas gefährlich … Aber andererseits …"

Hier brach sie ab, und die vier weiblichen Teilnehmerinnen standen somit fest.

Was die Herren betraf, so kümmerte Mathilde sich selbstredend höchstpersönlich um Dietrich von Kesselstein. Der bedauerte zwar zutiefst, dass seine Liebste nicht mit von der Geisterpartie sein würde, erklärte sich aber zur Mitwirkung bereit, nachdem sie ihm offenbart hatte, dass sie sich ganz außerordentlich dankbar erweisen werde, wenn er ihr den Gefallen tue und an diesem kleinen, vollkommen harmlosen Experiment teilnehme.

Eva übernahm es genauso selbstredend, Wieland Schlotter entsprechend zu motivieren. Ihr Gespräch verlief in ähnlichen Bahnen, wobei Eva ihren Galan noch zusätzlich durch die Rückgabe seiner Mütze gefügig machte – und in der Tat durch die Aussicht, im stockdunklen Kaminzimmer Finger an Finger und Knie an Knie neben ihr zu sitzen.

Annelie war abgeordnet worden, um Alfred Sorgenfrei für die Sache zu gewinnen, und da er in ihr nunmehr endgültig das Töchterlein der schönen Gräfin wähnte, wurde sie geradezu überwältigt von dem Wohlwollen, mit welchem er ihren ungewöhnlichen Vorschlag aufnahm.

„Welch originelle Idee, Fräulein Annelie!“, rief er aus. „Aber warum nicht – Sie sind dabei, und Ihre – äh – Frau Möller, und –“, ihm kam offenbar ein wesentlicher Gedanke, „und bei den Herren – sagen Sie, nimmt eigentlich auch Herr von Kesselstein teil? Nicht, dass sich einer drückt, weil er vielleicht ein schlechtes Gewissen hat, haha!“

Insofern konnte Annelie ihn beruhigen, und um zweiundzwanzig Uhr desselben Tages, als der lange Sommerabend unmerklich in eine kurze Nacht überging, fanden sich die acht Geisterbeschwörer im Kaminzimmer ein.

15

Die Vorhänge waren zugezogen, und auf Else Hansens Anweisung sorgte lediglich ein schwerer Leuchter mit einer einzigen Kerze, der in der Mitte des Tisches stand, für ein Minimum an Licht. Zu Elses Linken saß Schlotter, seinem Nachnamen alle Ehre machend, und neben ihm Eva. Dann folgte Hollmann, der mit dem Ausruf: „Oh, wie schön – da ist ja ein Polsterstuhl!" stracks jenen technisch präparierten Platz ansteuerte, von dem das Gelingen der Operation abhing. Auf seiner anderen Seite, und damit genau gegenüber von Else Hansen, befand sich Annelie; dann kamen Kesselstein und Hortense Möller, und zwischen letzterer und Else schloss Alfred Sorgenfrei den magischen Zirkel.

Die Vorsitzende bat die Anwesenden nunmehr, die Hände dergestalt auf der Brokatdecke abzulegen, dass die kleinen Finger einander kreuzten, „auf dass die Energien ungehindert fließen können", wie sie mit feierlicher Stimme verkündete, woraufhin Eva vor unterdrücktem Kichern dermaßen vibrierte, dass Else im ersten Moment meinte, dass sich bereits ein Besucher aus den Höheren Sphären ankündigte. Das führte natürlich dazu, dass Eva nun gar nicht mehr an sich halten konnte und lauthals losprustete.

„Bitte nehmen Sie sich zusammen, Fräulein Eva", tadelte Else, „wenn wir Erfolg haben wollen, ist eine ernsthafte Einstellung unabdinglich. Nehmen Sie sich ein Beispiel an Ihrer jüngeren Schwester!"

„In der Tat, Eva, das solltest du!", sagte die sogenannte jüngere Schwester, offenbar auch nur mit Mühe einen Heiterkeitsausbruch unterdrückend. „Aber vielleicht hilft es ja, wenn wir die Plätze tauschen?"

Hollmann verpasste den beiden kleinen Finger zu seiner Linken und Rechten einen warnenden Druck, und es kehrte Ruhe ein, zumindest vorläufig.

Else Hansen ergriff abermals das Wort und erklärte mit großer Würde, dass sie jetzt die Höheren Mächte anrufen werde und um entsprechende gedankliche Unterstützung seitens der Teilnehmer bitte.

„Es verhält sich so“, führte sie aus, „wenn wir die Anwesenheit eines Besuchers spüren, dann werde ich gewisse Fragen stellen, auf die in aller Regel mit Klopfzeichen oder auf ähnliche Weise geantwortet wird. Im Verkehr mit den Höheren Sphären hat es sich eingebürgert, dass ein einmaliges Klopfen ‚Ja‘ bedeutet, ein dreimaliges ‚Nein‘, und dass ein zweimaliges für Zweifel oder Ungewissheit steht. Wir können also beginnen, vorausgesetzt, Sie sind alle bereit?“

Sie blickte in die Runde, wo ein siebenfaches Kopfnicken ihre Frage beantwortete.

„So wollen wir uns sammeln und unsere Herzen den Höheren Mächten öffnen, auf dass diese nach ihrem Wunsch und Willen mit uns in Kontakt treten können … Liebe Stiefmama, wir richten unsere Bitten besonders an dich, geselle dich zu uns in diesen Kreis und lass uns eine Botschaft zukommen!“

Den letzten Satz wiederholte sie einige Male in immer flehentlicheren Tönen, während die anderen sich sammelten, ihre Herzen öffneten und auf Stiefmamas Botschaft warteten.

Eine Weile geschah gar nichts, doch plötzlich erklang ein wiederholtes Tock-Tock, ganz so, als ob ein höflicher Besucher anklopfte und um Einlass bat. Eva und Annelie quietschten kurz auf, und Else machte „Schscht!“. Dann räusperte sie sich und fragte mit seltsam hohl klingender Stimme:

„Ist ein Geist zur Stelle?“

Das Tock-Tock erstarb, und einen Moment später erklang ein leises, einmaliges Pochen.

„Um Himmelswillen“, krächzte Wieland, „da ist tatsächlich etwas!“

„Wenn einer das hier zum Spaß macht, dann soll er auf der Stelle damit aufhören!“, rief Frau Möller empört.

„Seien Sie still“, zischte Else, „das war eben ein ‚Ja‘ – es ist ein Geist zur Stelle!“

„Sagte ich doch gerade“, Wielands Stimme zitterte hörbar, „irgendwas muss hier sein, was immer es ist!“

„Ruhe“, zischte Else abermals, und wären ihre Hände nicht für den ungehinderten Energiefluss erforderlich gewesen, sie hätte sich jetzt die Haare gerauft angesichts von soviel Stümperhaftigkeit. „Herr Schlotter, sagen Sie niemals wieder ‚Es‘, wenn Sie von einem Wesen aus den Höheren Sphären sprechen! Sie verärgern unseren Besucher, und das kann sehr unangenehme Folgen haben!“

„Nun, dann erkundigen Sie sich doch besser, wer er oder sie ist“, erklang Max Hollmanns ruhige Stimme, und Else fragte mit der Gestelztheit, auf welche die Geister offenbar Wert legten:

„Bist du gewillt, uns zu offenbaren, wer du bist?“

„Rumpelstilzchen“, flüsterte Dietrich von Kesselstein in Annelies Ohr, was natürlich zu neuem Gekicher führte.

„Schscht!“, das bedauernswerte Medium hätte am liebsten mit der Faust auf den Tisch gehauen, um die unwürdigen Teilnehmer zur Räson zu bringen, wie gesagt, wenn dies möglich gewesen wäre.

Der Besucher aus den Höheren Sphären schien hingegen von toleranterem Charakter zu sein, denn ein abermaliges Klopfen verkündete, dass er zu weiterer Kommunikation bereit war.

„Fragen Sie doch am besten, ob es … äh … ob unser Besucher Ihre Frau Mama ist, dann geht es sicher schneller“, schlug der Apotheker vor, der dem empfindlichen Schalter unter seinem linken Fuß kein stundenlanges Buchstabieren zumuten wollte.

Normalerweise hätte Else Hansen sich jegliche Einmischung in ihre Verhandlungsführung verbeten, aber in diesem höchst unzulänglichen Zirkel grenzte es ohnehin schon an ein Wunder, dass sich überhaupt ein Wesen aus den Höheren Sphären dorthin traute. Um weitere Störungen zu vermeiden, kam sie also dem Vorschlag nach und sprach mit einer Stimme, so weihevoll wie Pastor Sörensen, wenn er in der Sieverstedter Kirche sagte ‚Lasset uns beten‘:

„Bist du es, die bei uns ist, liebe Stiefmama?“

Das Klopfen erklang prompt, woraufhin Frau Möller entsetzt aufschrie, während Else, überwältigt von Rührung, in Tränen ausbrach.

„Ich werd’ verrückt“, ächzte Schlotter.

„Mich laust der Affe“, umschrieb Alfred Sorgenfrei denselben Vorgang, und dachte insgeheim, famose Sache, diese Geisterstunde, kann man garantiert für die Zwecke von Abteilung IIIb einsetzen – der Doktor wird staunen, wenn er das erfährt!

„Humbug“, murmelte Kesselstein in Annelies Ohr, und die musste sich zusammenreißen, um ihm nicht zu verraten, wie recht er hatte.

„Warten wir ab, was als nächstes kommt!“, murmelte sie stattdessen zurück.

Als nächstes kam natürlich die Frage aller Fragen, von Else äußerst pietätvoll eingeleitet mit den Worten:

„Liebe Stiefmama, wir danken dir, dass du den weiten Weg zu uns gekommen bist! Wenn auch deine Existenz in den Höheren Sphären nunmehr frei von Leid, Schmerz und allen irdischen Beschwernissen ist, so würden wir hier unten in den Niederen Welten doch gerne für etwas Gerechtigkeit sorgen und erfahren, wer dich … äh … wer dich …“

„… abgemurkst hat!“ flüsterte Kesselstein, der sich offenbar blendend amüsierte.

Diesmal hatte jedoch nicht nur Annelie seine Worte gehört, die sich vor unterdrücktem Lachen nur so krümmte, sondern auch Hortense Möller, der ganz und gar nicht zum Lachen zumute war.

„Lassen Sie doch Ihre geschmacklosen Scherze“, zischte sie, und Dido zischte zurück:

„Geschmacklos ist allein dieser Mummenschanz!“

Auch Hollmann hatte – wenn auch aus elektrotechnischen Gründen – großes Interesse an einer zügigen Geisterbefragung ohne störende Unterbrechungen, und deswegen schaltete er sich ein weiteres Mal ein.

„Wenn Sie gestatten, Fräulein Hansen, dann würde ich Ihre Frage wie folgt formulieren“, sagte er in just jenem offiziellen Apothekerton, den er ansonsten dafür einsetzte, um renitente Kunden zum Ausprobieren eines garantiert wirksamen Heilmittels zu bewegen. „Lassen Sie es mich doch mal kurz versuchen!“ Er holte eindrucksvoll Luft und begann:

„Also, wohlan, liebe Besucherin, sind Sie geneigt uns mitzuteilen, wer sie aus den Niederen in die Höheren Sphären befördert hat?“

Ein sehr lautes Pochen war der Lohn seiner Mühen, und obgleich Else es überhaupt nicht gutheißen konnte, dass ihr ein untergeordneter Mitarbeiter ins mediale Handwerk pfuschte, musste sie sich doch eingestehen, dass der Erfolg dem Apotheker recht gab. Sie wahrte ihre Würde, indem sie feierlich verkündete:

„Dank sei dir, liebe Stiefmama, für deine Bereitschaft uns zu unterstützen! Ich werde jetzt das Alphabet aufsagen, und gib du uns ein Zeichen, wenn ein Buchstabe kommt, der zum Namen deines … deines …“, hier blieb sie stecken, denn das hässliche Wort ‚Mörder‘ wollte und wollte ihr nicht über die Lippen kommen.

„… des Missetäters“, soufflierte Hollmann.

„… des Missetäters gehört. Ich beginne mit dem ersten Buchstaben – Stiefmama, bist du bereit?“

Stiefmama war bereit, und der Tisch erbebte dementsprechend von einem zustimmenden Klopfen.

„Nun machen Sie schon, Fräulein Hansen“, drängte Fredi Sorgenfrei, der in Gedanken bereits einen Abschlussbericht an Doktor Klein formulierte, in welchem nur noch Name und Anschrift des Mörders fehlten.

„Bitte mit der erforderlichen Geduld, Herr Sorgenfrei! Man bedrängt keine Besucher aus den Höheren Sphären!“

„Ich habe mich an kein Gespenst gewendet, sondern an Sie“, maulte Fredi, „und Sie kommen ja wohl nicht aus irgendwelchen Höheren Sphären, oder?“

Hollmann räusperte sich, und Else Hansen erhob von neuem die Stimme, zugegebenermaßen etwas zittrig, denn das Ganze hatte ihr inzwischen doch ziemlich zugesetzt.

„A –“, sagte sie, und Kesselstein flüsterte Annelie zu:

„A wie Alfred!“

„Oder wie Annelie!“, flüsterte diese zurück, und Hollmann räusperte sich abermals ermahnend.

„B – C – D –“

Hier erklang ein ganz kleines Pochen, fast so, als habe sich der Geist etwas vertan, und Dietrich von Kesselstein reagierte empört:

„Das verbitte ich mir aufs Entschiedenste, Fräulein Hansen!“

„Immer mit der Ruhe, da war doch kaum etwas zu hören“, griff Hollmann ein, „fangen Sie am besten nochmal bei ‚B‘ an, Fräulein Hansen!“

„B –“, begann Else, noch zittriger als zuvor, „C – D –“

Es blieb stumm, und Kesselstein äußerte befriedigt:

„Na also!“

„D –“, wiederholte die arme Else, „E –“

Es klopfte einmal, laut und deutlich.

Frau Möller lachte kurz auf, und zwar eindeutig schriller als ihr übliches melodisches Lachen. Sie warf einen bitterbösen Blick in Elses Richtung und sagte giftig:

„Nehmen Sie als nächsten Buchstaben doch gleich ein ‚L‘, und dann am besten ein ‚S‘, und nochmal ein ‚E‘, das spart uns allen Zeit – insbesondere Ihrer armen Stiefmama!“

„Das müssen Sie natürlich sagen", fauchte Else, „Sie, die Sie ohnehin hinter dem Ganzen stecken! Denken Sie nicht, dass ich nicht wüsste –"

„Und denken Sie gefälligst nicht, dass ich nicht wüsste, Sie gewissenloses Subjekt!"

Für einen Moment sah es aus, als wollten sich die beiden Damen aufeinander stürzen, und der arme Sorgenfrei in ihrer Mitte schaute höchst beunruhigt von einer zur anderen, während Annelie, Eva, und der Apotheker Blicke ganz anderer Art tauschten, denn was jetzt geschah, war genau das, auf das ihr Plan abgezielt hatte; man musste nur noch ein klein wenig nachhelfen.

„Also gut", sprach Max Hollmann in die Runde, „warum eigentlich nicht? Versuchen wir es doch, schaden kann's ja nicht! Also – verehrte Frau Hansen, die Sie die weite Reise aus dem Jenseits zu uns gemacht haben, was halten Sie denn von einem ‚L' als nächsten Buchstaben?"

Alle saßen mucksmäuschenstill, doch es tat sich nicht das geringste. Annelie und Eva warfen vorsichtige Blicke zu Hollmann, und schließlich klopfte es einmal schwach, und nach einer kleinen Pause, während derer niemand zu atmen wagte, ein weiteres Mal.

„Sieh an, der Geist hat offenbar Probleme mit der Rechtschreibung und kann sich nicht entscheiden", sagte Kesselstein vergnügt.

Das dritte Klopfen ging in seinen Worten unter; und diese sollten überhaupt der letzte Scherz des Abends bleiben, denn im nächsten Moment überstürzten sich die Ereignisse.

Urplötzlich breitete sich ein brenzliger Geruch aus. Im nächsten Moment erlosch die Kerze, und es wurde stockdunkel im Raum. Gleichzeitig kam Bewegung in den Tisch. Er erbebte zwei-, dreimal so heftig wie ein wildes Tier, das gleich zum Angriff übergehen will, dann hob er sich auf der einen Seite, bis die schwere Brokatdecke ins Rutschen kam und er schließlich unter fürchterlichem Gepolter umstürzte.

Else kreischte in höchsten Tönen: „Oh Gott, ein Dämon!“

Die Teilnehmer sprangen auf, Stühle wurden jäh nach hinten geschoben und fielen um, es polterte, krachte und klirrte, unverständliche Geräusche erklangen, Schreie und Hilferufe. „Licht, Licht!“, brüllte der Apotheker.

Jemand riss einen Vorhang zurück, doch der Abend war inzwischen zu weit fortgeschritten, als dass von draußen noch viel Helligkeit ins Zimmer dringen konnte, und kostbare Zeit verging. Schließlich wurde die Tür des Kaminzimmers von außen geöffnet; der unverkennbare Umriss von Frieda Lüders zeichnete sich vor dem erhellten Hintergrund ab, und selten hatte die Silhouette ihres Hängekleides für soviel Freude gesorgt. Sie tastete sogleich nach dem Schalter neben der Tür, um das elektrische Licht anzudrehen, doch nichts geschah.

„Bleiben Sie bitte ruhig“, sagte Frieda mit einer Stimme, die alles andere als selbiges war, „offenbar ein elektrischer Kurzschluss! Auf den Fensterbänken befinden sich zwei Petroleumlampen – Annelie, Eva, wenn Ihr bitte –“

Und wieder geschah nichts.

Frieda handelte schnell.

„Line, Mathilde, sofort Licht ins Kaminzimmer!“, rief sie über die Schulter ins Vestibül hinaus und stürzte selbst zur nächsten Fensterbank.

„Vorsicht, Vorsicht“, rief Hollmann, „hier sind Stühle umgefallen, und es liegt vermutlich jemand am Boden …“

Der Lichtschein, der jetzt durch die offene Tür fiel, erhellte den Raum zumindest teilweise. Nach wenigen Momenten flammte die erste Petroleumlampe auf, und kurz darauf, vom Apotheker entzündet, die zweite. Dann waren auch schon Mathilde und Line zur Stelle mit weiteren Lampen, und im wachsenden Lichtschein bot sich den Anwesenden ein Anblick des Schreckens.

Diejenigen Teilnehmer der Séance, die überhaupt noch stehen konnten, standen ausnahmslos mit dem Rücken gegen die sprichwörtliche Wand. Wieland Schlotter, aschfahl, befand sich halb hinter dem aufgezogenen Vorhang, an dem er sich festklammerte wie ein Ertrinkender am Rettungsring. Seine Mütze saß verkehrt herum auf dem Kopf. Sorgenfrei, einen umgedrehten Stuhl in den Fäusten, lehnte neben dem Kamin, zwar etwas wacklig, aber offenkundig bereit, jede Geistererscheinung mit Gewalt am Entschweben zu hindern. Dietrich von Kesselstein, leicht schwankend, hielt sich an der Rückenlehne des schönen Ledersessels fest, in welchem er so viele gemütliche Stunden bei Zigarre und Cognac verbracht hatte. Zu Scherzen war er eindeutig nicht mehr aufgelegt.

Um die weiblichen Teilnehmer der Veranstaltung stand es indessen noch schlechter. Else Hansen, halb auf dem Boden liegend, halb gegen einen umgestürzten Stuhl lehnend, hatte die Hände vor das Gesicht geschlagen und jammerte unzusammenhängende Worte. Drei Schritte von ihr entfernt und von einer gnädigen Ohnmacht umfangen lag Frau Möller hinter dem tückischen Tisch, und Eva kauerte am ganzen Körper zitternd in einer engen Nische zwischen zwei Bücherregalen, in der normalerweise gerade Platz für ein zehnjähriges Kind gewesen wäre. Am schlimmsten hatte es jedoch Annelie getroffen. Sie lag wie eine Puppe mit ausgestreckten Gliedern auf der Brokat-Tischdecke am Boden, und als Frieda und Mathilde sich erschrocken über sie beugten, entdeckten sie, dass sie aus einer Wunde oberhalb der Schläfe blutete.

„Herr Hollmann, bitte schnell!“, stieß Frieda hervor, und der Apotheker war sofort bei ihnen, fühlte Annelies Puls und untersuchte sie vorsichtig.

„Sie ist ohnmächtig“, sagte er, „und es hat sie etwas am Kopf getroffen, vermutlich der Leuchter, der hier neben ihr liegt … Ich bin ja kein Arzt, aber ich denke doch, dass es schlimmer aussieht, als es wirklich ist. Bewegen Sie sie erstmal nicht – wir kümmern uns gleich darum.“

Als nächstes erforderte Frau Möller seine Aufmerksamkeit, die stöhnend wieder zu sich kam und absolut nicht begriff, warum sie neben einem umgekippten Tisch erwachte, und dann mussten Else und Eva vom Fußboden auf ein Sofa verfrachtet werden. Kesselstein plumpste aus eigenen Kräften mit einem tiefen Seufzer in seinen Kaminsessel, Sorgenfrei stellte den Stuhl, den er in den Händen hielt, wieder ab und ließ sich darauf nieder, und Wieland Schlotter drehte seine Mütze wieder in die korrekte Position und sank mit weichen Knien auf einen Hocker, welcher sich gleich neben der offenen Zimmertür befand.

„Cognac für alle“, wies Max Hollmann Line an, „aber als erstes eine kühle Kompresse für Fräulein Annelie! Und dann bitte den Arzt verständigen – ja, und die Polizei!“

*

Die Kompresse kam, der Cognac kam, und nach einer knappen Stunde auch der Doktor aus Tarp – aber wer nicht kam, war die Polizei. Daran war natürlich niemand anders schuld als die allmächtige Instanz ‚Ganz Oben‘, aufgrund derer Anweisung dem braven Schleswiger Polizeihauptmeister mit dem sensiblen Magen-Darm-Trakt die Hände zumindest symbolisch gebunden waren. ‚Ganz Oben‘ würde alles weitere veranlassen und basta, so lautete der unmissverständliche Befehl, und dementsprechend drehte sich Otto Voss unter seinem rotkarierten Federbett genüsslich auf die andere Seite, als seine Gattin, zu deren ehelichen Pflichten auch die nächtliche Bedienung des Telefonapparats gehörte, ihm die schwer verständliche Botschaft von Giftattacken und gewalttätigen Geistern überbrachte.

„Genau das richtige für Berlin", grunzte er, bevor er wieder im Schlaf der Gerechten versank.

In Aubrück war an Schlaf vorerst nicht zu denken. Der Cognac hatte die Gemüter immerhin ein wenig beruhigt, und ein weiteres tat dann der Arzt aus Tarp, als er verkündete, dass Annelie außer Lebensgefahr sei.

„Außer der Wunde am Kopf hat sie gewiss eine Gehirnerschütterung und sollte einige Tage unbedingt das Bett hüten, aber ich bin mir sicher, dass sie in einer guten Woche wieder frisch und munter ist", verkündete er und setzte sodann mit strenger Miene hinzu: „Bei der Wunde handelt es sich zweifelsohne um eine Schlagwunde; so etwas holt man sich nicht durch einen Sturz! Wem hat sie das denn zu verdanken?"

„Einem Gespenst", sagte Eva unüberlegt, die an Annelies Bett saß und ihr die Hände streichelte.

Der Doktor zog die Augenbrauen hoch, und Frieda sagte schnell:

„Meine Schwester meint damit eine Art Gesellschaftsspiel, das mit einigen Gästen gespielt wurde, unmittelbar bevor der … die … das Unglück sich ereignete. Leider war im Raum just in jenem Moment die Beleuchtung ausgefallen, sodass wir Ihre Frage beim besten Willen nicht beantworten können."

Der Doktor zog abermals die Augenbrauen hoch, und jetzt schaltete sich Max Hollmann ein: „Ich kann das bestätigen, denn ich war einer der Teilnehmer. Ich bin selbst vollkommen überrumpelt von den Ereignissen! Wir haben im übrigen auch schon die Polizei verständigt, Herr Doktor, Sie können also beruhigt sein."

„Das beruhigt mich in der Tat", sagte der Doktor und klappte seine Tasche zusammen, „normalerweise ist man ja nicht so, wie soll ich sagen, so übernervös, aber nach all dem, was sich hier am vergangenen Samstag zugetragen hat … Und jetzt schon wieder so ein seltsamer Vorfall! Sie verstehen, Herr Apotheker, und nichts für ungut, die Damen Lüders!“

Ja, man verstand. Die Damen Lüders nickten traurig und baten den Doktor, vollständigkeitshalber noch Fräulein Hansen und Frau Möller in ihren jeweiligen Betten zu besichtigen. Das war schnell erledigt; beide Patientinnen erhielten einen Schlummertrunk mit doppelter Dosis Belladonna, und dann bestieg der Arzt, abwechselnd gähnend und kopfschüttelnd, sein Automobil.

Die drei unversehrten Schwestern Lüders hätten im Prinzip auch eine doppelte Dosis Belladonna vertragen können, aber stattdessen konnte jede von ihnen in dieser schweren Krise auf männliche Unterstützung zurückgreifen, was fast genauso wirksam war.

„Nein, Eva“, sagte Mathilde streng, als Eva anfragte, ob sie noch eine Viertelstunde mit Wieland zur Au hinuntergehen dürfe, „das kommt überhaupt nicht in Frage! Wenn du ein Wort mit Wieland wechseln möchtest, dann wird das auf der Veranda geschehen – du setzt gefälligst keinen Fuß vor die Tür, auch nicht in den Gastgarten! Im übrigen ist es bereits Zehn vor Eins, und um Eins wird Wieland dieses Haus verlassen, dass wir uns verstehen!“

Eva zuckte mit den Schultern und sprang davon, und kurz darauf saß sie Seite an Seite mit Wieland in der dunkelsten Ecke der Veranda, hielt Händchen und besprach die gruseligen Ereignisse des Abends.

„Ach, Eva“, seufzte Wieland, „was bin ich froh, dass du unversehrt bist! Arme Annelie … Was ist bloß geschehen?“

Eva lehnte ihr Köpfchen an seine Schulter, seufzte gleichfalls und schwieg, woraufhin Wieland nichts anderes übrig blieb, als sie auf andere Weise als mit Worten zu trösten.

In zwanzig Metern Entfernung spielte sich im Kaminzimmer mehr oder minder die gleiche Szene ab. Dietrich von Kesselstein hatte seinen bevorzugten Kaminsessel mit dem Sofa vertauscht und hielt die Hand seiner lieben Mathilde, die gleichfalls den Kopf an seine Schulter gelehnt hatte, allerdings weitaus redseliger war als ihre jüngere Schwester auf der Veranda.

„Wenn du nur wüsstest, Dido“, Mathilde wischte mit der freien Hand einige Tränen aus den Augen, „ich mache mir die schrecklichsten Vorwürfe! Gar nicht auszudenken, wenn dir nun auch etwas passiert wäre! Oder noch jemand anderem! Arme Annelie … was für ein Unglück! Aber wer konnte das ahnen!“

Dido richtete sich etwas gerader auf und sah sie alarmiert an.

„Wie meinst du das, meine Liebste – wer konnte was ahnen?“

„Ich fürchte, ich bin dir eine Erklärung schuldig“, sagte Mathilde tapfer, „es ist nämlich so, dass …“

Die Sache mit den vertauschten Schwestern behielt sie zwar aus gutem Grunde für sich, aber sie berichtete getreulich den restlichen Teil der Geschichte von versteckten Handtaschen, giftigen Veilchen und falschen Geistern zwecks Überführung von echten Mördern.

Kesselstein reagierte erstaunlich gelassen.

„Wusste ich’s doch“, war sein Kommentar. „Ich hab’s mir die ganze Zeit gedacht, dass da jemand nachhilft bei diesem wilden Geklopfe! Was ich allerdings nicht verstehe, ist, wieso die ganze Chose dermaßen aus dem Ruder gelaufen ist – ich meine, es war doch nicht nötig, den Tisch umzukippen und deine Schwester um ein Haar mit dem Leuchter zu erschlagen! Was hat der Apotheker sich bloß dabei gedacht?“

Der Apotheker saß derweil im Kontor und machte einen absolut erbarmungswürdigen Eindruck. Auf dem Schreibtisch zwischen ihm und einer streng blickenden Frieda Lüders lagen die Überreste seiner genialen elektrischen Klopfgeist-Vorrichtung, die er im ersten unbeobachteten Moment in Windeseile abgebaut hatte; Schalter und Drähte waren traurig verkohlt.

„Was ist bloß geschehen, Herr Hollmann?“, stellte Frieda die gleiche Frage wie Wieland Schlotter.

„Ich weiß es schlichtweg nicht“, erwiderte Max Hollmann wenig ergiebig. „Anfangs lief alles perfekt; der Schalter funktionierte einwandfrei, die Klopfzeichen kamen auf Anhieb, alles bestens! Es war sehr eindrucksvoll –“

„Eindrucksvoll in der Tat“, sagte Frieda bissig, „davon konnten wir uns dann ja überzeugen!“

„Glauben Sie mir, Fräulein Lüders – das hatte rein gar nichts mit meiner elektrischen Anlage zu tun! Das Ganze ging schief, als wir zu dem Buchstaben „L“ kamen – das erste Klopfen war schon etwas schwach, beim zweiten reagierte der Schalter kaum noch, und woher dann das dritte Klopfen kam, das mag der Himmel wissen! Und dann geschah alles gleichzeitig – meine Anlage brannte durch, die Kerze erlosch, der Tisch stürzte um! Ich hatte damit nicht das Geringste zu tun, auf mein Wort!“

„Sie wollen damit doch wohl nicht sagen, dass Ihnen ein echter Geist ins Handwerk gepfuscht hat?“, Frieda schnaubte ärgerlich. „Alles, was recht ist, Herr Hollmann, aber ich bin momentan nicht zu Scherzen aufgelegt!“

„Ich auch nicht, das darf ich Ihnen versichern!“, auch Hollmann klang jetzt gereizt. „Natürlich war das kein Spuk, aber noch weniger habe ich dieses Tohuwabohu verursacht! Denken Sie denn, dass ich mit zwei jämmerlichen dünnen Drähten den schweren Tisch zum Kippen gebracht habe? Das ist doch absurd, mein Fräulein!“

Er schwieg, und beide sahen sich finster an. Zwei, drei Augenblicke vergingen, und dann mussten sie gleichzeitig grinsen.

„Entschuldigen Sie, Herr Apotheker“, sagte Frieda schließlich, „ich stehe einfach ein bisschen neben mir! Selbstverständlich habe ich Sie in keinster Weise dessen verdächtigt, und das heißt genauso selbstverständlich …“

„… dass einer der Teilnehmer diese Vorstellung aufgeführt hat“, vervollständigte Hollmann den Satz. „Leider wissen wir nicht, wer …“

„Damit sind wir also genauso schlau wie zuvor“, seufzte Frieda und stützte den müden Kopf in die Hände, „und wir haben obendrein Annelies Leben riskiert, für nichts und wieder nichts! Mir ist ganz elend bei dem Gedanken.“

Hollmann lächelte ihr aufmunternd zu. „Das wird schon, Fräulein Frieda!“, sprach er. „Und von nun an überlassen wir es mal der Polizei, sich den Kopf zu zerbrechen – im übrigen, wann kommt die eigentlich?“

16

Ja, wann kam die Polizei eigentlich, das war in der Tat eine mehr als berechtigte Frage. Die Lüders-Schwestern gingen wie alle anderen davon aus, dass Polizeihauptmeister Otto Voss am nächsten Morgen pünktlich zur Stelle sein und erneut die Aubrücker Luft verpesten würde. Es gab im Gasthof nur eine einzige Person, die diese Auffassung nicht teilte, und das war Alfred Sorgenfrei. Er hatte noch zu nachtschlafender Zeit – und zwar diesmal dringlichkeitshalber vom Telefonapparat des Hauses aus – ein weiteres diskretes Telefonat mit dem Onkel in Berlin geführt und ihm wortreich von der gewalttätigen Geistererscheinung im Aubrücker Kaminzimmer berichtet, was dazu geführt hatte, dass Doktor Justus Klein das erste Mal in seiner erfolgreichen Karriere den Tränen wirklich nahe war. Er hatte haargenau sieben Worte in die Sprechmuschel gesprochen, bevor er so nachdrücklich einhängte, als wolle er das Telefon niemals wieder auch nur berühren:

„Keiner rührt sich vom Fleck – ich komme!"

Es versteht sich von selbst, dass diese Aussicht dem armen Fredi eine äußerst unruhige Nacht bescherte, und in seinen Albträumen stellte sein erboster Vorgesetzter jede Geistererscheinung locker in den Schatten.

Der nächste Morgen war eine überaus triste Affäre, denn nicht nur Sorgenfrei hatte schlecht geschlafen, sondern sämtliche Bewohner von Aubrück. Annelie hatte sich zwar etwas erholt über Nacht, war mit ihrem Kopfverband aber immer noch ein Bild des Jammers, wie sie matt und blass in den Kissen lag. Auch Frau Möller war bettlägerig; dies allerdings aus freien Stücken, weil sie sich schlichtweg weigerte, den Fuß aus ihrem Zimmer zu setzen und darauf bestand, das Frühstück im Bett einzunehmen.

Else war hingegen im Speiseraum erschienen, blickte allerdings weder links noch rechts und hielt offenbar äußerst ergiebige Selbstgespräche. Die Herren saßen jeder für sich und warfen sich, wenn sie meinten, dass die anderen es nicht sahen, misstrauische Blicke zu. Eva half beim Servieren und trug eine wahre Trauermiene zur Schau; der Kaffee war zu dünn, die Butter zu hart, und an den geschlagenen Eiern fehlte das Salz. Selbst die immer verständnisvolle dänische Familie schüttelte bekümmert die Köpfe.

Dementsprechend dauerte es nicht lange, und es befanden sich nur noch diejenigen Personen im Raum, welche den besten Appetit hatten: Dietrich von Kesselstein, Alfred Sorgenfrei und Max Hollmann. Jeder von ihnen rührte trübsinnig in seiner Kaffeetasse, bis der Apotheker das Wort ergriff:

„Leider eine schlimme Sache, das gestern Abend“, begann er, „und das Schlimmste daran ist, wir – ich – also, ich habe Ihnen etwas zu gestehen …“

„Ich weiß“, sagte Kesselstein mit müder Stimme, „Fräulein Mathilde hat mir bereits erzählt, dass Sie diesen klopfsüchtigen Geist ein wenig unterstützt haben – ich hatte schon so etwas ähnliches vermutet. Viel schlimmer sind allerdings die anderen Dinge, die sich hier inzwischen abgespielt haben … Sie verstehen, was ich meine, Herr Hollmann!“

„Wovon sprechen Sie eigentlich?“, fragte Sorgenfrei überrascht.

„Tja,“ erwiderte Hollmann, „wie gesagt, ich wollte Ihnen anstandshalber verraten, dass ich gestern bei der Séance etwas nachgeholfen habe – in Absprache mit den vier Damen des Hauses. Das hat natürlich seine Gründe, aber das ist eine längere Geschichte und dürfte vor allem die Polizei interessieren, wenn die hier dann mal irgendwann auftaucht.“

Hollmann seufzte, und Kesselstein seufzte auch. Sorgenfrei legte den Kaffeelöffel aus der Hand und kratzte seine Halbglatze. Vertrackt, was war diese Sache nur vertrackt! Bevor Doktor Klein nicht auf der Bildfläche erschienen war, konnte er sich ja wohl schlecht als dessen Mitarbeiter präsentieren.

Er seufzte noch tiefer als die beiden anderen Herren und sagte dann: „Falls es Sie beruhigt, ich bin mir absolut sicher, dass im Laufe des Tages eine … äh … offizielle Person erscheinen wird, und zwar jemand, der entschieden kompetenter ist als dieser Schleswiger Polizeimann!“

Hollmann und Kesselstein wechselten einen erstaunten Blick.

„Wie kommen Sie denn darauf?“, fragte Kesselstein.

Sorgenfrei errötete ein wenig. „Ach, sozusagen eine Art Vorahnung“, erwiderte er ausweichend, „und wenn Sie mich jetzt bitte entschuldigen würden – man sieht sich!“

„Komischer Kauz“, sagte Kesselstein, als Fredi entschwunden war.

„Hm“, machte Hollmann, „wenn Sie mich fragen, dann steckt da mehr dahinter als es den Anschein hat, und das gilt im übrigen für diese ganze mysteriöse Angelegenheit.“

„Dem kann ich nur zustimmen“, meinte Kesselstein, „ich bin ja nach wie vor der Meinung, dass diese Else Hansen ihre Stiefmutter loswerden wollte, aber ich verstehe beim besten Willen nicht, warum sie dasselbe mit Fräulein Annelie vorhaben sollte; das ergibt doch keinen Sinn.“

„Sie sagen es, es ergibt keinen Sinn“, Hollmann schüttelte nachdenklich den Kopf, „also muss die Lösung eine andere sein! Ich frage mich nur, was wir übersehen?“

*

Der betreffende Morgen war auch im Schleswiger Polizeikontor eine triste Affäre, denn Otto Voss hatte insgeheim doch damit gerechnet, dass „Ganz Oben“ anstandshalber ein wie auch immer geartetes Zeichen von sich geben würde, ob und wie die primär zuständigen Behörden sich mit der strafrechtlich relevanten Attacke aus der Geisterwelt befassen sollten. Aber die Stunden verstrichen, ohne dass ein entsprechendes Zeichen am Himmel oder sonstwo erschien, und Voss, der auch von ‚Ganz Oben‘ eine gewisse Grundhöflichkeit im Umgang mit ‚Ganz Unten‘ erwartete, wurde mit jeder Minute schlechter gelaunt. Es war daher mehr als verständlich, dass er nicht gerade freundlich reagierte, als – es ging schon sehr auf Mittag zu – es an der Tür pochte und ein schlanker Herr im grauen Dreiteiler, den ebenfalls grauen Paletot über dem Arm, sich ohne weitere Umstände selbst hereinließ.

„Moin“, sagte Voss griesgrämig und wollte gerade fragen, was der unkonventionelle Auftritt solle, als sein Besucher eine teure Taschenuhr hervorholte und nach einem Blick darauf mit hochgezogenen Augenbrauen bemerkte:

„Aber mein Wertester, wir haben bereits halb zwölf Uhr mittags!“

Dass dieser Auftakt alles andere als vielversprechend war, liegt auf der Hand, doch es sollte noch schlimmer kommen.

„Und ich dachte, diese Gegend hier ist berühmt für ihre gute Luft!“, sagte der graue Herr im unverkennbaren Tonfall der Hauptstadt und mit abermaligem Hochziehen der Augenbrauen. „Machen Sie mal das Fenster auf, aber dalli!“

Voss, hochrot im Gesicht, erhob sich hinter dem Schreibtisch wie ein gereizter Stier und begann, beredte Blicke in Richtung der Handschellen zu werfen, die er zu Einschüchterungszwecken stets unübersehbar zwischen Schreibutensilien und dem Porträtfoto seiner Gattin liegen hatte. Der graue Herr folgte seinem Blick, schüttelte bekümmert den Kopf und murmelte etwas, das sich verdächtig nach „Provinzbanausen“ anhörte. Das gab den Ausschlag.

„Sie sind festgenommen!“, brüllte Voss, und schon schlossen sich die Handschellen um die blütenweißen Manschetten mit den Onyx-Manschettenknöpfen. Der Herr sah immer bekümmerter aus, was Otto Voss durchaus verstehen konnte.

„Tja, das hätten Sie wohl nicht gedacht, dass wir hier so schnell sind, was?“, sagte er in wesentlich zufriedenerem Tonfall als zuvor. „Vielleicht ist es ja in der Hauptstadt Sitte, einfach in ein fremdes Büro zu marschieren und Frechheiten von sich zu geben – das sehen wir hier allerdings anders!“

„Erlauben Sie mal“, sagte der Herr und schlug lässig die Hosenbeine mit den messerscharfen Bügelfalten übereinander, „Sie sind sich offenbar nicht im Klaren –“

„Erstens erlaube ich Ihnen gar nichts“, fiel ihm Voss ins Wort, „und zweitens sind Sie offenbar derjenige, der sich nicht im Klaren ist! Ihre Personalien, und wie sagten Sie eben noch so schön, aber dalli!“

Das Schweigen füllte den Raum.

„Darf ich bitten?“, sagte Voss mit einer Stimme, die an das Knurren eines Kampfhundes vor dem Zubeißen erinnerte.

„Ich fürchte, Sie werden ernsthafte Schwierigkeiten bekommen, Herr Polizeimeister!“

„Polizeihauptmeister!“, blaffte Voss.

„Ihr ‚Haupt‘ sehe ich schon rollen“, gestattete sich der Herr einen kleinen Scherz, bei dem Otto Voss allerdings nicht mitlachte.

„Ihre Personalien!“ Der Polizeihauptmeister war wieder kurz vor dem Brüllen.

„Nein“, sagte sein Gegenüber und schlug zur Abwechslung das linke über das rechte Bein, „aber dafür dürfen Sie einen Blick in meinen Dienstausweis werfen, wenn Sie allerdings so gütig wären, sich selbst zu bedienen! Ich bin ja leider etwas gehandicapt ...Und, guter Mann, machen Sie auf jeden Fall schon mal das Fenster auf!"

Was nun folgte, waren die düstersten Stunden in der Karriere von Otto Voss. Seine dringend benötigte Mittagspause fiel so flach wie das Wattenmeer bei Niedrigwasser, während sich sein Gegenüber – laut Dienstausweis ein gewisser Doktor Justus Klein (im Offiziersrang) – die Ermittlungsakten im Todesfall Greta Hansen Satz für Satz erläutern ließ, ohne die geringste Rücksicht auf das gurgelnde Vakuum im Voss'schen Magen zu nehmen. Mangels Nährstoffzufuhr erstarben auch nach und nach die kleinen Plupps, was der Polizeihauptmeister als ein sicheres Zeichen wertete, dass es mit ihm zu Ende ging. Der Kollege von ‚Ganz Oben' blühte hingegen zusehends auf; Hunger und Durst schienen keine Macht über seinen schmalen Körper zu haben, und mit jeder Ungenauigkeit, die er in den Akten entdeckte, wuchs seine ohnehin schon schier unerschöpfliche Energie. Er stellte unzählige Fragen, auf die Voss keine Antwort parat hatte, schüttelte den Kopf und zog in regelmäßigen Intervallen die dünnen Augenbrauen hoch. Nach einer knappen Stunde waren sie schließlich mit den Akten durch. Doktor Klein erhob sich und schlüpfte in den grauen Paletot, und Voss gestattete sich gerade ein winziges erleichtertes Aufatmen, als alle schönen Hoffnungen auf ein verspätetes Mittagessen zunichte gemacht wurden.

„Wollen Sie nicht Ihren Helm nehmen?", fragte der hohe Besuch mit abermaligen Lupfen der Augenbrauen.

„Wieso?", fragte der Polizeihauptmeister zurück.

„Und lassen Sie unverzüglich einen Dienstwagen vorfahren", lautete die befremdliche Antwort, „wir beide fahren jetzt nämlich an die Stätte des Verbrechens; ich benötige Ihre Anwesenheit für eventuelle Vollzugshandlungen."

„Sie wollen nach Aubrück?", Voss war perplex.

„Nehmen Sie bitte die Akten mit – ja, und natürlich Ihre Dienstwaffe, aber das versteht sich wohl von selbst. Noch weitere Fragen?“

„Wann sind wir denn wieder zurück?“, brachte Voss unklugerweise hervor – eine Frage, die offenbar so ungehörig war, dass sie nur mit einem ungeduldigen Schulterzucken beantwortet wurde.

„Und nun marsch“, hieß es im Offizierston, „höchste Zeit, dass diese leidige Sache zu Ende gebracht wird!“

*

Es war mal wieder die sogenannte stille Stunde zwischen Mittagessen und Nachmittagskaffee, als der Schleswiger Dienstwagen mit den beiden Herren im Landgasthof vorfuhr. Der Empfangstresen war unbesetzt; Frieda und Mathilde waren in ihren jeweiligen Hoheitsgebieten Kontor und Küche beschäftigt, und die arme Eva, die sich von den Aufregungen des vorangegangenen Abends immer noch nicht richtig erholt hatte, war von ihren älteren Schwestern auf ihr Zimmer geschickt worden, offiziell, um Annelie Gesellschaft zu leisten, inoffiziell, um selber etwas zur Ruhe zu kommen.

Die beiden Herren fanden die Rezeption demzufolge unbesetzt vor, und Doktor Klein betätigte ungeduldig die Messingglocke. Nach zehn Sekunden erschien Frieda auf der Bildfläche, woraufhin Otto Voss ein Gesicht machte, als habe er Zahnschmerzen. Das entging dem geschulten Blick eines IIIb-Mitarbeiters natürlich nicht, und der Doktor entschied, dass die Voss'sche Antipathie eher für als gegen die fortschrittlich gekleidete junge Dame sprach.

Diese stellte sich kurz vor und begrüßte die Herren mit kühler Zurückhaltung. Aus der Zurückhaltung wurde indes pures Entsetzen, als Justus Klein, welchen Voss einfachheitshalber als Kriminalrat (mit Sonderzuständigkeit) präsentiert hatte, erklärte, dass er beabsichtige, während seiner Ermittlungstätigkeit im Landgasthof Aufenthalt zu nehmen.

„Das ist leider gänzlich unmöglich“, sagte sie, „wir sind vollständig belegt, bis zum letzten Dachstübchen.“

Doktor Klein gestattete sich ein schmales Lächeln. „Was Sie nicht freiwillig zur Verfügung stellen, kann ich kraft meines Amtes requirieren“, erklärte er liebenswürdig. „Ich gehe allerdings davon aus, dass wir eine Lösung finden, ohne dass es dazu kommen muss – was für Sie auch den Vorteil hätte, dass ich den vollen Pensionspreis entrichte, während Sie bei der Beschlagnahme lediglich eine geringe Entschädigung bekämen.“

Armleuchter, dachte Frieda. Sie fragte mit der gleichen Liebenswürdigkeit zurück: „Soll das heißen, dass Sie erwarten, dass ich einen unserer Gäste Ihretwegen ausquartiere?“

„So ist es“, antwortete der sonderzuständige Kriminalrat prompt, „und ich sage Ihnen auch gleich, an wen ich denke! Bei Ihnen logiert doch ein gewisser Alfred Sorgenfrei, oder?“

Frieda war so verblüfft, dass sie nur ein stummes Kopfnicken zustande brachte.

„Wenn Sie mir die Zimmernummer sagen, dann spreche ich gleich selbst mit ihm. Sie brauchen übrigens nicht so entsetzt zu schauen, das hat natürlich alles seinen legitimen Grund: Bei dem Herrn handelt es sich um einen der mir unterstellten Mitarbeiter.“

Wäre ein Stuhl in der Nähe gewesen, Frieda wäre jetzt darauf niedergesunken. So stützte sie sich schwer auf den Tresen, unterdrückte alle Fragen, die sich ihr über die Lippen drängten, und sagte etwas mühevoll:

„Die Zimmernummer ist die Sechs, aber dort werden Sie Ihren … Mitarbeiter momentan nicht antreffen. Er befindet sich meines Wissens unten an der Au – das heißt, Sie müssen geradewegs durch unsere Gartenpforte gehen, und dann vermutlich links entlang …"

Der Kriminalrat nahm die Auskunft mit einem missbilligenden Kopfschütteln zur Kenntnis und murmelte etwas von „Disziplin" und „Dienstpflichten". Dann wandte er sich an Otto Voss:

„Und Sie sorgen dafür, dass mein Gepäck unverzüglich auf Zimmer Sechs gebracht wird, sowie dort alles für mich vorbereitet ist."

„Und danach?", fragte Voss todesmutig.

„Halten Sie sich gefälligst zu meiner Verfügung", lautete die wenig ermunternde Antwort „Im übrigen können Sie sich bereits darauf einstellen, dass Sie heute nicht mehr nach Schleswig zurückfahren."

Der Polizeihauptmeister sah aus, als würden ihm gleich die Tränen kommen, und das „Jawohl, Herr Kriminalrat!", das er mit einiger Verzögerung hervorbrachte, klang ziemlich jämmerlich.

Doktor Klein musterte ihn mit hochgezogenen Augenbrauen von oben bis unten und enthielt sich jeglicher Äußerung. Stattdessen wandte er sich wieder an Frieda:

„Ich gehe zweifellos recht in der Annahme, dass ein Landgasthof wie dieser über ausreichend Räumlichkeiten für begleitendes Personal wie Chauffeure oder Kutscher verfügt", sagte er hoheitsvoll. „Sie werden in einem entsprechenden Nebengebäude sicherlich ein Doppelzimmer für die Herren Sorgenfrei und Voss bereitstellen können, Fräulein Lüders."

„Sicherlich," erwiderte Frieda, verkniff sich auch den leisesten Anflug von Schadenfreude und machte genauso ein Pokergesicht wie der Sonderkriminalrat.

„Gut," der neue Gast bedachte sie mit einem fast schon anerkennenden Kopfnicken, „und wo geht es jetzt zu dieser Pforte, die zum Fluss hinunter führt?"

Alfred Sorgenfrei gönnte sich gerade eine letzte Ruhepause vor dem zu erwartenden Sturm aus Berlin, mit dem er im übrigen nicht vor Anbruch des Abends rechnete. Er war mit einer bescheidenen Auswahl seines Angelzubehörs tatsächlich nach links gewandert, und zwar die kurze Strecke zu jener vielversprechenden Stelle, wo er schon einmal Anglerglück gehabt hatte. Die Sonne stand hoch am Himmel, und er genoss die schattige Kühle unter den Erlen und Weiden, während zu seinen Füßen die Bollingstedter Au mit gewohnter Eile dahinplätscherte. Über den Flusswiesen war eine Lerche aufgestiegen und trillerte ihr Lied, die allgegenwärtigen Möwen fügten hoch in den Lüften ihre heiseren Schreie hinzu, und er hatte das sichere Gefühl, dass in Kürze ein Fisch beißen würde – passenderweise war ja auch wieder Freitag. Er lächelte verträumt und hatte nach wenigen Minuten die störende Umwelt vergessen.

„Petri Heil, Herr Sorgenfrei!“, erklang da die wohlbekannte Stimme aus seinen Albträumen direkt hinter ihm, und der arme Fredi machte einen Satz, dass er fast mitsamt Angelrute im Flüsschen gelandet wäre.

„Ich hoffe, die Fische beißen“, fuhr sein Vorgesetzter fort, wobei er ein Gesicht machte als wolle er dies gleich selber tun.

„Herr Doktor Klein!“, rief Sorgenfrei aus, während er mit Blitzgeschwindigkeit die Angelschnur einrollte „Wie erfreulich, dass Sie bereits eingetroffen sind! Darf ich hoffen, dass Sie eine angenehme Reise hatten?“

„Darf ich hoffen, dass Sie einen angenehmen Erholungsaufenthalt auf Staatskosten hatten?“

Sorgenfrei fasste dies als kleinen Scherz auf und erwiderte fröhlich: „Haha, das ist gut! Aber im Ernst, dieser Landgasthof ist eine wahre Perle – wirklich sehr empfehlenswert, doch das werden Sie ja selber merken.“

„Ja, in der Tat, genau deswegen bin ich heute noch vor dem Morgengrauen in Berlin aufgebrochen!“ Doktor

Kleins Stimme hatte jetzt einen Unterton, der so scharf war wie die Bügelfalten seiner grauen Hose, und Fredi begriff, dass es an der Zeit war, den Vorgesetzten etwas aufzuheitern.

„Ich habe den Fall fast aufgeklärt“, sagte er bedeutungsvoll und begann damit, sein Zubehör einzusammeln. „Momentchen, bin gleich fertig!“

„Aha“, lautete die knappe Antwort, während der Doktor Anstalten traf, sich auf just jenem Stein niederzulassen, auf welchem – inzwischen etwas verwittert – die kulinarisch nicht verwertbaren Überreste der Forelle vom letzten Freitag klebten.

„Nein, um Himmelswillen, nicht dort!“, brüllte Fredi geistesgegenwärtig. „Ich habe dort eine Forelle ausgenommen, Sie verstehen … Übrigens ein wahrer Prachtfisch – schade, dass ich heute noch kein Glück hatte; so einen hätt’ ich gern für Sie gefangen!“

„Nun, ich hoffe, Sie haben andere Fische für mich gefangen“, erwiderte Klein unter Aufbietung aller Selbstbeherrschung, warf einen angewiderten Blick auf den Stein und machte einen großen Schritt zur Seite.

Fredi bemühte sich währenddessen verzweifelt, Angel, Kescher, Köderdose und Fischbehälter gleichzeitig zu ergreifen. Ich kann den Doktor ja wohl kaum fragen, ob er mir vielleicht den Fangbehälter abnimmt, erwog er im Stillen, er wirkt heute so gereizt – das Beste ist, ich berichte weiter von unserem Fall, das wird noch am ehesten helfen gegen seine miese Laune.

„Es kommen zwei Herren in Frage“, begann er in vertraulichem Ton seinen Bericht, „der eine ist ein gewisser Dietrich von Kesselstein, der andere ein Apotheker Hollmann aus Flensburg. Letzterer hat mir gegenüber bereits zugegeben, dass er die gestrige Séance manipuliert hat – Sie wissen schon, wo die besagte Tochter verletzt worden ist.“

„Aha“, kam es abermals von Doktor Klein.

„Aber auch dieser Kesselstein ist ein ganz durchtriebener Kerl“, versuchte Sorgenfrei, die mangelnde Begeisterung seines Vorgesetzten ein wenig anzufachen, „eine englische *connection* konnte ich zwar nicht verifizieren, eher eine italienische … Und er ist mit Sicherheit ein Hochstapler! Erst hat er der zweiten Schwester, also Fräulein Mathilde, schöne Augen gemacht, und dann hat er offenbar gemerkt, dass sie nicht die richtige ist, denn er hat prompt damit angefangen, seine Aufmerksamkeit auf die Tochter der Frau Gräfin, Fräulein Annelie, zu richten. Sie hätten mal hören sollen, wie er während der Séance die ganze Zeit mit ihr getuschelt und gekichert hat! Nun, kurze Zeit später lag sie dann ja bewusstlos am Boden, da kann man mal sehen … Vielleicht hat er mit diesem Apotheker sogar gemeinsame Sache gemacht.“

„Aha“, war wiederum alles, was Doktor Klein dazu sagte.

„Mir waren die beiden jedenfalls vom ersten Moment an suspekt“, ereiferte sich Sorgenfrei. „Hollmann ist ein schräger Vogel, der auf dem Zweirad durch die Gegend strampelt – wer macht schon sowas? Und dieser Kesselstein ist ein arroganter Schnösel; Zigarren und Cognac zu jeder Tageszeit, und dann dieses ewige Geträllere! Wir teilen ja den Balkon vor unseren Zimmern –“

„Teilten den Balkon“, berichtigte Doktor Klein und nahm Fredi ohne weitere Umstände Kescher und Köderdose ab. „So, damit wir etwas flotter vorwärts kommen! Ich möchte nämlich noch heute zum Gasthof zurück!“

„Besten Dank, Herr Doktor! Ich wollte Sie damit keinesfalls belästigen … Wo war ich eben stehen geblieben – ach ja, wir teilen den Balkon –“

„Sie TEILTEN den Balkon!“, wiederholte der Doktor in sehr bestimmten Ton und fügte zum besseren Verständnis hinzu: „Jetzt teile nämlich ich den Balkon mit dem trällernden Herrn von Kesselstein; bedauerlicherweise war kein freies Zimmer mehr zu bekommen.“

„Und ich?“, fragte Fredi entgeistert.

„Sie teilen von nun an mit Polizeihauptmeister Voss“, informierte ihn sein Vorgesetzter, „und zwar ein Doppelzimmer im Nebengebäude über der Wagenremise! Was schauen Sie denn so entsetzt, Sorgenfrei? Soweit ich es beurteilen kann, wird Ihr neuer Stubenkamerad Sie weder mit Zigarren und Cognac noch mit Geträller quälen!“

*

„Ich bestehe auf dem Bett am Fenster“, verkündete Sorgenfrei eine Viertelstunde später, als er seine neue Unterkunft nebst Stubenkamerad in Augenschein genommen hatte, „und das Fenster bleibt offen!“

„Das ist schon wegen dieses üblen Fischgeruchs vonnöten, der von Ihrer Ausrüstung kommt“, gab Voss zurück. „Vielleicht wären Sie ja so gütig, Ihr Angelzubehör inklusive Gummistiefeln unten in der Wagenremise zu deponieren, man kann sich hier ja kaum umdrehen ohne in einen Angelhaken zu treten!“

Sorgenfrei zuckte mit den Achseln und sagte: „Fisch ist gesund!“

„Ja, wenn er gebraten auf dem Teller liegt!“, stellte Voss klar. Das hätte er jedoch lieber nicht sagen sollen, denn allein die Erwähnung eines Tellers mit Bratfisch löste in seinem leeren Magen ein Gegurgel aus, welches die Bollingstedter Au hörbar übertraf. „Verzeihung“, sagte er kleinlaut, „ich bin heute leider nicht zu meinem Mittagessen gekommen …“

„Das kann ich mir denken“, Sorgenfrei nickte verständnisvoll, „der Doktor …“

Beide schwiegen einige Momente in geteiltem Leid. Dann schlug Sorgenfrei sich plötzlich gegen die Stirn und rief:

„Meiner Seel, das hätte ich fast vergessen! Ich habe ja noch drei Schnitten mit Mettwurst bei mir; Fräulein Mathilde meinte, ich sollte zum Angeln besser eine kleine Stärkung mitnehmen! Also bitte, wenn ich Ihnen damit aushelfen kann –“

„Ach ja, nur zu gerne!“

Voss beobachtet mit wachsender Unruhe, wie Sorgenfrei in seinem Zubehör kramte. Die Minuten verstrichen, ohne dass die avisierten Mettwurstbrote auftauchten.

„Wo hab ich sie nur“, Sorgenfrei kratzte sich die Halbglatze, doch dann erhellte sich sein Gesicht. „Natürlich – sie sind in der Proviantdose, und die Proviantdose habe ich in den Fangbehälter gesteckt! Geben Sie mir doch bitte mal die große Fischtrommel dort.“

Er löste umständlich den wie bei einem Weckglas mit Drahtklemmen befestigten Deckel. Mit jeder Sekunde wurde der Fischgeruch intensiver, und der Polizeihauptmeister im gleichen Maße blasser.

„Keine Sorge“, sagte Fredi fröhlich, „die Proviantdose ist aus gutem Blech und ganz dicht, da wird die Mettwurst nach Mettwurst riechen, und nach nichts anderem!“

Zwei Minuten später konnte Otto Voss sich von der Richtigkeit dieser Äußerung überzeugen. Beide saßen einträchtig nebeneinander auf der Bettkante am offenen Fenster; Voss verspeiste Mathildes Brote mit großem Behagen, und Sorgenfrei hatte sogar noch eine dickwandige Flasche mit Flensburger Export aus dem einen Gummistiefel gezogen und großzügig zur Verfügung gestellt.

„Sie haben mir so gut wie das Leben gerettet“, sagte der Polizeihauptmeister nach beendeter Mahlzeit und wechselte mit Sorgenfrei zum dritten Mal den Besitz der inzwischen halbleeren Bierflasche. „Ich muss schon sagen, Herr Sorgenfrei, Sie sind eigentlich ein sehr ordentlicher Kerl! Es tut mir leid, dass ich … dass wir … Sie wissen schon, dieses dumme Missverständnis neulich …“

Fredi klopfte ihm gutmütig auf die Schulter. „Schnee von gestern, Herr Voss! Als ob ich nicht wüsste, dass so etwas im Diensteifer schon mal geschehen kann!“

„Das ist wirklich anständig von Ihnen“, sprach Voss gerührt, „überaus anständig … Wenn ich es recht bedenke … Wir könnten doch eigentlich … Also, ich bin ja der ältere von uns, und daher ist es an mir, diesen Vorschlag zu machen: Wollen wir nicht – wenn wir jetzt schon das Zimmer teilen und diesen strengen Herrn aus Berlin – wollen wir uns nicht von nun an duzen?“

Vergessen waren alle lästigen Gerüche, Verdächtigungen und Provokationen, vergessen alle unbedeutenden kleinen Meinungsverschiedenheiten, vergessen Festnahme und Übernachtung im Schleswiger Polizeigewahrsam. Sorgenfrei nahm die Flasche in die linke Hand und schüttelte mit der Rechten herzhaft die Voss'sche Pranke.

„Ich heiße Alfred“, sagte er, „aber das weißt du ja bereits von der Vernehmung … Was du allerdings nicht weißt, ist, dass meine Freunde mich Fredi nennen!“

„Fredi, mein Lieber – ich bin Otto“, erwiderte der Polizeihauptmeister ergriffen, „und zu zweit werden wir ihn schon schaffen, nicht wahr?“

17

Derjenige, auf den sich Voss' hoffnungsvolle Worte bezogen, hatte sich mittlerweile in Zimmer Sechs häuslich eingerichtet und sortierte mental – Papier und Schreiber brauchte er für so etwas nicht – die Erkenntnisse der vorangegangenen Stunden. Da verriet das Klappern eines Liegestuhls, begleitet von verhaltenem Summen der schönen Arie ‚Wohl drang aus ihrem Herzen', dass sein mordverdächtiger Zimmernachbar auf der anderen Balkonhälfte Stellung bezogen hatte. Hervorragend, dachte Doktor Klein, das kann ich also als erstes klären.

Er ging auf den Balkon und pochte von seiner Seite gegen die Trennwand. Das Summen verstummte abrupt.

„Meiner Treu, Herr Sorgenfrei", sprach eine gepflegte Stimme, „was ist denn nun schon wieder?"

„Verzeihen Sie, mein Herr", erwiderte der Doktor ebenso gepflegt, „ich wollte Sie nur davon in Kenntnis setzen, dass Sie Ihren Balkon jetzt mit mir teilen – gestatten, Kriminalrat Doktor Klein aus Berlin. Und wenn es Ihnen genehm ist, dann würde ich gern ein paar Worte mit Ihnen wechseln."

„Ah, dann sind Sie offenbar die kompetente offizielle Person", lautete die etwas rätselhafte Antwort von jenseits der Bretterwand. „Na, ist auch an der Zeit, dass sich mal jemand um diese Geschichte hier kümmert! Ich stehe zu Ihrer Verfügung, Herr Kriminalrat."

„Sehr schön, aber da wir das schlecht mit dieser Sichtblende zwischen uns erledigen können, müsste ich Sie bitten, sich zu mir zu bemühen!"

„Vielleicht dürfte ICH Sie bitten, sich zu mir zu bemühen", sagte Kesselstein mit einem kleinen Seufzer. „Ich habe es mir hier gerade so schön gemütlich gemacht, und ich könnte Ihnen zudem einen ganz vorzüglichen Sherry anbieten, trocken und gut gekühlt – ist das ein Angebot?"

„Ja, in der Tat“, der Doktor wusste, wie man mit dem Adel umzugehen hatte. „Vielen Dank für die freundliche Einladung; ich komme zu Ihnen.“

Kurz darauf saßen beide auf dem Balkon, Kesselstein bequem in seinem Liegestuhl, Doktor Klein deutlich weniger bequem auf einem der üblichen harten Klappstühle. Auf einem niedrigen Tischchen stand in einem Kühler eine Karaffe mit Sherry, und Kesselstein hatte sich sogar dazu aufgerafft, ein zweites Glas zu holen, bevor sein Gast das Zimmer betrat. Er schenkte ein – ein nicht ganz leichtes Unterfangen vom Liegestuhl aus –, und die beiden Herren prosteten sich zu.

„Vorab habe ich selbst eine Frage“, machte Kesselstein den Anfang, „wie kommt es, dass Herr Sorgenfrei offenbar von Ihrem Erscheinen wusste? Ich meine, ausgerechnet Sorgenfrei – falls Sie ihn überhaupt kennen und demzufolge verstehen, was ich damit meine!“

Er schüttelte vielsagend den Kopf und nahm einen großzügigen Schluck Sherry zwecks Wiederherstellung der inneren Balance.

Doktor Klein, der an seinem Sherry nur genippt hatte, stellte das Glas ab und räusperte sich bedeutungsvoll. „Ja, Herr von Kesselstein, Alfred Sorgenfrei ist mir in der Tat bekannt“, hub er an und hätte am liebsten auch vielsagend den Kopf geschüttelt, „und dafür gibt es eine hinreichende Erklärung.“

„Da bin ich aber gespannt!“

„Nun, aus Gründen, zu denen ich mich momentan noch nicht näher äußern kann, war meine Dienststelle gezwungen, eine Art … äh … diskreten Ermittler in diesen Gasthof zu entsenden. Es wird Sie vermutlich überraschen, aber bei dieser Person handelt es sich um Herrn Sorgenfrei; er ist einer meiner Untergebenen.“

„Da haben Sie aber den Bock zum Gärtner gemacht“, sagte Kesselstein ungerührt. „Ich könnte mir keinen vorstellen, der für diskrete Ermittlungen weniger geeignet ist! Aber nun gut, das ist natürlich Ihre Sache … Um was für eine Dienststelle handelt es sich denn?“

„Eine Dienststelle für Vaterländische Sonderaufträge“, Doktor Klein benutzte die übliche Definition, mit der die Abteilung IIIb der Umwelt schmackhaft beschrieben wurde, und Kesselstein schüttelte abermals den Kopf.

„Armes Vaterland, wenn es für seine Sonderaufträge nichts Besseres hat als Alfred Sorgenfrei!“

Doktor Klein war prinzipiell geneigt, ihm darin zuzustimmen, aber da es beim besten Willen nicht anging, innerdienstliche Personalfragen mit Außenstehenden zu erörtern, verkniff er sich jeden Kommentar, nahm noch einen winzigen Schluck von dem vorzüglichen Sherry, und kam auf den eigentlichen Zweck der kleinen Plauderstunde zurück:

„Bitte nehmen Sie es mir nicht übel, Herr von Kesselstein, aber da ich nun einmal mit der Aufklärung der Vorgänge in diesem Hause beauftragt bin, bin ich gezwungen, jedem hier ein paar Fragen zu stellen. Ich hoffe, Sie haben nichts dagegen – wir wollen schließlich einem Mörder das Handwerk legen!“

„Ich habe keineswegs etwas dagegen, ganz im Gegenteil“, antwortete Kesselstein und legte sich behaglich im Liegestuhl zurück, „aber meiner Meinung nach handelt es sich nicht um einen Mörder, sondern um eine Mörderin; diese wunderliche Else Hansen hat zweifellos das beste Motiv!“

„Darum kümmere ich mich selbstverständlich“, entgegnete Doktor Klein diplomatisch, „doch wenn ich Sie vorab fragen dürfte – was halten Sie eigentlich von den Schwestern Lüders?“

Kesselstein warf ihm einen scharfen Blick zu. „Soso, das Vaterland interessiert sich also für die Lüders-Mädchen! Nun, die vier machen auf mich den allerbesten Eindruck, und darüberhinaus bin ich mit der zweiten Schwester,

Fräulein Mathilde, in gegenseitiger Zuneigung verbunden, wie es so schön heißt … Aber ich gehe sicher recht in der Annahme, dass Ihr diskreter Ermittler Ihnen das längst schon gesteckt hat, oder?“

Kein Dummkopf, dieser Kesselstein, dachte Doktor Klein, ich muss wohl oder übel zum Frontalangriff übergehen.

„Herr von Kesselstein, ist Ihnen etwas darüber bekannt, dass eine der Schwestern … nun, dass sie ein Findelkind ist?“

„Aber ja! Das ist die Jüngste, Fräulein Annelie, ein besonders nettes Mädchen! Leider scheint es ja jemand auf sie abgesehen zu haben …“

„Und woher wissen Sie, dass Fräulein Annelie ein Findelkind ist?“

„Das hat mir Mathilde Lüders verraten, gleich bei unserer ersten Verabredung – im übrigen ein ganz zauberhafter Ausflug! Wir sind mit meinem Automobil zu so einer Art Steinhaufen – Hühnergrab nennen die das hier – gefahren, und sie, also Fräulein Mathilde, ganz in Blau –“, Dido kam ins Schwärmen, aber bevor er seinem Besucher noch den Inhalt des Picknickkorbes schildern konnte, griff dieser ein:

„Ja, sehr schön, Herr von Kesselstein, das freut mich für Sie! Aber Mathilde Lüders war bei der gestrigen Séance nicht dabei, oder?“

„Nein, war sie nicht. Aber das Ganze war sowieso ein großer Humbug. Die Mädchen dachten, sie könnten auf diese Weise den Mord aufklären, ja, und natürlich auch den Giftanschlag auf die arme Annelie …“

„Welchen Giftanschlag?“, Doktor Kleins so beherrschte Stimme war eine Nuance höher und schärfer geworden, und er richtete sich kerzengerade auf seinem Klappstuhl auf. Ein Giftanschlag – davon hatte weder Sorgenfrei berichtet noch die Schleswiger Akten!

Kesselstein zwinkerte ihm gemütlich zu. „Wissen Sie, Herr Kriminalrat, das sind Dinge, die ich auch nur vom

Hörensagen kenne. Ich würde Ihnen dringend empfehlen, direkt mit den Betroffenen zu sprechen, zum Beispiel auch mit unserem wackeren Apotheker; dann kommen Sie garantiert schneller an Ihr Ziel!“

Doktor Klein rieb sich das glatt rasierte Kinn. Da taten sich ja geradezu Abgründe auf – Abgründe, über die der verdammte Sorgenfrei frohgemut hinweg geschwebt war; es war nicht zu fassen! Und dieser elegante Junker im Liegestuhl hatte leider recht: Er musste schleunigst die anderen Personen befragen, um sich einen Überblick über die Ereignisse in dieser lebensgefährlichen Umgebung verschaffen, und zwar über ALLE Ereignisse.

Er erhob sich also, dankte höflich für Gespräch und Sherry, und fragte, wo er wohl den besagten Apotheker um diese Stunde antreffen konnte – hoffentlich kein weiterer Angler, der ihn zu einem erneuten Ausflug ans Flussufer zwingen würde. Kesselstein besann sich kurz und empfahl ihm nach einem Blick auf die schwere goldene Taschenuhr, im Gastgarten nachzuschauen.

Max Hollmann befand sich in der Tat auf seinem Lieblingsplatz in der hintersten Laube, wo er die Zeit bis zum Nachmittagskaffee mit der Lektüre der Tageszeitung überbrückte und erstaunt aufblickte, als ein offenbar neuer Gast auf ihn zustrebte. Das Staunen wurde zu unverhohlenem Unglauben, als Doktor Klein sich als Abgesandter der Dienststelle für Vaterländische Sonderaufträge präsentierte und anschließend auch die dienstlichen Begleitumstände für Alfred Sorgenfreis Sommerurlaub erläuterte. Hollmann schüttelte zwar nicht gleich den Kopf, aber die Blicke, die der Doktor erntete, waren auf jeden Fall nicht minder scharf als die von Kesselstein. Im übrigen teilte der Apotheker dieselbe gute Meinung von den Lüders-Damen, wobei er allerdings ganz besonders die Qualitäten der ältesten Schwester hervorhob. Anders als Kesselstein war ihm allerdings nichts Näheres über die Familienverhältnisse bekannt, und sein Erstaunen über die Tatsache, dass es sich bei der jüngsten Schwester Annelie um ein Findelkind handelte, war echt.

„Ja, das wirft in der Tat noch ein anderes Licht auf die Ereignisse“, meinte Hollmann nachdenklich und berichtete dem vaterländischen Sonderbeauftragten sodann die Geschichte von der versteckten und wiedergefundenen Handtasche, dem Giftanschlag auf Annelie, und der elektrifizierten Geisterbeschwörung.

Die Miene des Doktors wurde immer trüber, und in seinem geschulten Gehirn ratterten Tatsachen und logische Folgerungen so schnell wie die Dampflokomotiven, die ihn von Berlin nach Schleswig befördert hatten. So wenig erfreulich das Ergebnis auch war, der Täterkreis begann immerhin, sich etwas zu lichten.

Danach knöpfte Doktor Klein sich die Damen vor. Er begann mit den beiden älteren Lüders-Schwestern, von denen er sich den genauen Ablauf des späten Samstagabends schildern ließ, an welchem Greta Hansen ins Jenseits befördert worden war. Da er sich auf wenige Einzelpunkte beschränkte, die ihn offenbar besonders interessierten, dauerte das Gespräch kaum zehn Minuten. Anschließend ließ er sich von Frieda zum Mädchenzimmer im anderthalbten Stockwerk führen, wo bereits wieder ausgelassen gekichert wurde – und zwar in einer Lautstärke, dass man es durch die geschlossene Tür im Gang davor hören konnte.

„Na, die jungen Damen sind ja vergnügt“, bemerkte Doktor Klein zu Frieda.

„Das ist sicherlich kein Verbrechen“, nahm Frieda die Mädchen in Schutz, „Lachen und Weinen liegen nahe beieinander, und geweint haben sie in den letzten Stunden weiß Gott genug.“

Der Kriminalrat aus Berlin warf ihr lediglich einen kühlen Blick zu und wies auf die Tür.

„Können wir, Fräulein Lüders?"

Sie klopften an und traten ins Zimmer, woraufhin das Kichern abrupt verstummte. Annelie lag in ihren Kissen und schaute Eva zu, die sie offenbar mit einer Parodie auf Else Hansen erfreut hatte, wie Frieda unschwer an dem Tuch erkannte, welches Eva sich in einer treffenden Imitation des Hansenschen Suppenteller-Huts um ihre honigblonden Locken drapiert hatte. Eva riss das Tuch vom Kopf und knickste brav, Friedas finsteres Kopfschütteln hinter dem Rücken des Begleiters richtig interpretierend.

Wieder stellte Doktor Klein sich und seine Berliner Dienststelle vor, und die beiden Mädchen reagierten mit angemessen beeindruckten Mienen. Als er jedoch zu Sorgenfreis Rolle kam, schmolzen die ernsten Mienen dahin wie die Schlagsahnehaube auf einem Pharisäer, und er war ganz sicher, dass die beiden albernen Dinger kurz davor waren, erneut los zu prusten.

Das wäre wohl das vernichtendste Urteil, das man jemals über einen IIIb-Mitarbeiter gefällt hätte, dachte der Doktor und ließ es lieber gar nicht erst soweit kommen. Er setzte seine offizielle Miene auf, die bisher noch jeden Heiterkeitsausbruch im Kein erstickt hatte, und befragte die jungen Damen mit strenger Stimme zu den Dingen, über die er gerne noch etwas mehr erfahren wollte.

„Und Sie waren beide im Zeitpunkt des Mordes gemeinsam mit Ihren älteren Schwestern in den Küchenräumen beschäftigt?"

„Nein", sagte Annelie laut und deutlich in ihren Kissen.

„Nein", flüsterte Eva und senkte das hübsche Köpfchen.

Frieda, die sich bisher stumm im Hintergrund gehalten hatte, seufzte tief.

„Bitte etwas genauer", fasste Doktor Klein prompt nach, „wer war wann wo, und mit wem?"

„Ich war mit Wieland an der Au“, kam es stockend von Eva, „wir hatten uns zuvor im Gastgarten verabredet, zu einem Abendspaziergang nach getaner Arbeit –“

„Nachtspaziergang wäre da wohl treffender“, kommentierte Annelie, und Doktor Klein stimmte ihr insgeheim zu.

„Wir waren nicht weit“, fuhr Eva fort, „und als der Hilfeschrei ertönte, sind wir sofort zurückgelaufen. Der Herr Apotheker hat uns dann ja auch gleich vor die … die Todeslaube postiert“, sie verstummte.

Doktor Klein überlegte einen Moment. „Haben Sie auf Ihrem … Abendspaziergang irgendetwas Ungewöhnliches wahrgenommen?“

„Nein.“

„Und Ihr Begleiter, wie heißt der mit vollem Namen?“

„Wieland Schlotter“, sagten beide junge Damen gleichzeitig.

Noch zu vernehmen, machte sich der Doktor in Gedanken eine Notiz, absolut unbegreiflich, wieso Voss das nicht veranlasst hat. Na, mal sehen, was die beiden Mädchen noch so auf Lager haben – ein ganz schönes Früchtchen, diese Eva! Wie gut, dass die Tochter der Gräfin offensichtlich aus einem anderen Holz ist und sich besser zu benehmen weiß als nächtens mit irgendwelchen Galanen durch die Gegend zu streunen!

Er bedachte Annelie mit einem fast schon freundlichen Blick und fragte als nächstes nach dem Fund der Handtasche im Blumenkasten und all dem, was sich im Anschluss daran ereignet hatte. Die Mädchen berichteten brav; mit der winzigen Abweichung, dass sie sich auf den warnenden Blick Friedas hin an die bereits Hollmann aufgetischte Version vom Zufallsfund hielten – von ihrer ältesten Schwester mit einem zustimmenden Kopfnicken hinter Doktor Kleins Rücken quittiert. Selbst ein vaterländischer Sonderermittler würde sie nicht dazu bringen, den guten Ruf des Hauses zu gefährden!

Der Doktor war's auch zufrieden, und als er nach einer guten halben Stunde das Mädchenzimmer in Friedas Begleitung verließ, ratterten seine Gedanken diesmal fast noch schneller als die Dampflokomotiven.

Dann kam die Reihe an Else Hansen, die mit ihrem Kaffeegedeck mutterseelenallein auf der Veranda saß und im Geiste immer noch in den Höheren Sphären unterwegs war, sodass sie nicht einmal aufblickte, als sich ein ihr völlig fremder Herr auf dem freien Korbsessel an ihrem Tischchen niederließ.

Der Doktor stellte sich vor und sagte sein Sprüchlein auf, was diesmal allerdings weder eine erstaunte Miene noch scharfe Blicke oder gar Gekicher auslöste. Fräulein Hansen ignorierte ihn vielmehr vollends, hielt den Blick weiterhin auf ihren Teller gerichtet, und stocherte mit der Gabel im Erdbeerkuchen.

Der Doktor räusperte sich. „Fräulein Hansen", begann er in dienstlichem Ton, „darf ich kurz um Ihre Aufmerksamkeit bitten!"

Else hob den Kopf und sah ihn finster an. „SIE steckt dahinter, und wenn Stiefmama sich gestern Abend nicht so aufgeregt hätte, dann wären wir auch noch zum Buchstaben „H" gekommen, H wie Hortense!" verkündete sie mit Grabesstimme.

„Wie meinen?", fragte Doktor Klein verblüfft.

Daraufhin kam er in den Genuss eines ausführlichen Vortrags über die Grundregeln des Spiritismus – ein Vortrag, der zweifelsohne noch länger gedauert hätte, wenn er Else nicht brutal unterbrochen hätte, als sie gerade die energetische Bedeutung der sich berührenden Hände schilderte.

„Da Sie gerade von Händen sprechen", sagte er mitten in ihren Redefluss hinein, „ich habe da eine kleine Frage zu einer Handtasche …"

Die Wirkung dieser Worte war frappierend. Else schnappte mitten im Satz nach Luft und wurde so rot wie der Belag des

Erdbeerkuchens. Und wie eine Grammophonplatte, bei der man die Nadel wieder auf den Anfang gesetzt hat, wiederholte sie den Doktor Klein bereits bekannten schönen Satz:

„SIE steckt dahinter!“

Und dann erzählte sie ihm die ganze Geschichte.

„SIE steckt dahinter“, dieselben Worte äußerte ein wenig später auch Frau Möller, allerdings weder hochrot noch in irgendwelchen Kuchenstücken herumstochernd, sondern dekorativ hingegossen im Sessel am Fenster ihres geräumigen Doppelzimmers. Trotz der späten Nachmittagsstunde trug sie eine Art Mittelding aus Negligé und Hauskleid, vom Negligé die duftige Durchsichtigkeit des zarten Stoffes, vom Hauskleid das zurückhaltende Hellgrau – eine jeden Betrachter absolut erschlagende Kombination, die selbst Doktor Klein zu würdigen wusste.

„Gestatten Sie, dass ich mich vorstelle, Frau Möller“, begann er und umschrieb sodann, so schonend es ging, die dienstliche Natur seiner und Alfred Sorgenfreis Anwesenheit in Aubrück. Auf Alfred Sorgenfrei reagierte sein schönes Gegenüber allerdings ein wenig heftig; es fielen Worte wie „unerhört“ und „Belästigung“, und der Doktor hatte alle Mühe, die gräfliche Empörung zu beschwichtigen, was ihm schließlich nur durch den bewährten Frontalangriff gelang.

„Es ist folgendes, Frau Gräfin –“, hub er wohlüberlegt an.

„Sie wissen – Sie kennen meine Identität?“ Der Aufschrei erfolgte sofort.

„Ich – vielmehr WIR – wissen noch viel mehr“, sagte er so dienstlich wie es angesichts der hellgrauen Transparenz nur ging. „Jawohl, wir kennen Ihre Identität, und wir wissen darüberhinaus, was – beziehungsweise wer – Sie in diesen Gasthof geführt hat.“

Die Gräfin sank erkennbar in sich zusammen und tastete nach einem Taschentuch.

„Kein Grund zur Verzweiflung“, fuhr Doktor Klein fort, „Sie müssen verstehen, dass wir in jeder Hinsicht Ihre … äh … Interessen teilen und allein zu Ihrem Wohle tätig sind. Meiner Dienststelle obliegt es nämlich, unschuldige Personen zu beschützen, welche sich ahnungslos in gefahrvolle feindliche Umgebungen begeben wie zum Beispiel ins Ausland –“

„– oder hierher!“

„– oder hierher, oder wohin auch immer! Ganz gleich, auf welchem Fleck der Erde wir gebraucht werden, es ist stets unsere Aufgabe, dafür zu sorgen, dass die betreffenden Personen sowie unser liebes Vaterland nicht zu Schaden kommen.“

„Sowie unser liebes Vaterland?“ Die tränenfeuchten Augen bekamen einen ziemlich spekulativen Ausdruck, nicht allzu weit entfernt von den scharfen Blicken der Herren Hollmann und Kesselstein.

„Ganz besonders unser liebes Vaterland“, erwiderte Doktor Klein bedeutungsschwer.

„Soso“, sagte die Gräfin, ebenfalls bedeutungsschwer.

Beide schwiegen einige Momente. Dann sprach die Gräfin als erste: „Mit anderen Worten, ich kann mich auf Ihre Diskretion verlassen?“

„So, wie wir uns sicherlich auf die Ihre verlassen können“, gab Doktor Klein zur Antwort.

„D’accord!“, die Gräfin streckte die schmale Hand aus.

„D’accord!“, Doktor Klein ergriff die Hand und hätte sie am liebsten an die Lippen geführt, wenn dies nicht gegen alle dienstlichen Regeln verstoßen hätte. „Und jetzt wäre ich Ihnen außerordentlich verbunden, wenn ich zu den jüngsten Vorkommnissen in diesem Etablissement noch ein paar Fragen stellen dürfte! Was in aller Welt hat es denn nun mit dieser Handtasche auf sich?“

Hortense Gräfin Molinero-Büxeltoft erhob sich schweigend, nahm die kleine graue Tasche vom Regal und übergab sie dem Doktor. Dann holte sie tief Luft und sprach die sowohl Justus Klein als auch uns bereits bekannten Worte:

„SIE steckt dahinter!“

Und dann erzählte auch sie die ganze Geschichte.

Die nächsten, die Besuch von Doktor Klein erhielten, waren die frisch verbrüderten Herren in ihrem Doppelzimmer über der Wagenremise. Voss war nach Mettwurstbroten und Flensburger Export auf dem Bett eingenickt, während Sorgenfrei am offenen Fenster saß und sehnsuchtsvoll in Richtung Bollingstedter Au spähte. Beide sprangen auf wie von der Tarantel gestochen und nahmen Haltung an, als ihr gemeinsamer Vorgesetzter (ohne das „Herein!“ abzuwarten) nach kurzem Anklopfen den Raum betrat, in der Hand seltsamerweise eine schmale graue Damenhandtasche.

„Ich habe mit Ihnen beiden zu reden“, lautete sein wenig ermutigender Auftakt, und das, was darauf folgte, war noch viel weniger ermutigend.

Alfred Sorgenfrei war das erste Ziel des Kleinschen Unmuts und musste sich eine geharnischte Standpauke über vermeidbare Ermittlungsfehler und mangelnde Auffassungsgabe anhören, welche erwartungsgemäß in der Erklärung gipfelte, dass derart unzulängliche Mitarbeiter die ihren beschränkten Fähigkeiten entsprechende Tätigkeit im Archivkeller zu finden pflegten. Fredi wurde blass und blasser, und auch Voss verlor an seiner gesunden Gesichtsfarbe, denn selbst, wenn die bescheidene Schleswiger Polizeidienststelle über kein Archiv verfügte, über einen Keller verfügte sie allemal, und die Aussicht, die noch offenen zwanzig Dienstjahre zwischen dem dortigen Gerümpel zu verbringen, ließen ihm ein verschrecktes „Plupp“ entfahren.

Der Berliner Oberermittler fuhr herum. „Höchst interessant, Ihr Kommentar, Herr Polizeihauptmeister“, sagte er mit eisiger Stimme, „und eindeutig von der gleichen Qualität wie Ihre bisherige Arbeit! Würden Sie mir bitte mal erläutern, weshalb Sie es nicht für nötig befunden haben, einen gewissen Schlotter zum Tathergang zu befragen?“

„Schlotter?“, fragte Otto Voss und schlotterte selber.

„Wieland Schlotter“, führte Doktor Klein aus, „er hatte mit der dritten Lüders-Schwester offenbar ein Stelldichein nicht weit vom Tatort, als der Mord geschah – meinen Sie nicht, dass das ein Grund gewesen wäre, ihn in Ihre sogenannten Ermittlungen mit einzubeziehen?“

„Ja, doch, gewiss“, beeilte sich Voss, seinen Peiniger zu beschwichtigen, „ich wusste nur nicht, dass … Mir war nicht bekannt, dass er …“

„Ach, Ihnen hat tatsächlich niemand verraten, wen Sie als Zeugen zu vernehmen hätten? Das ist natürlich äußerst bedauerlich“, Justus Klein gestattete sich sein schmallippiges Lächeln, während sich auf der Stirn des armen Otto Voss die Schweißperlen sammelten.

Alfred Sorgenfrei, überaus froh, den Kleinschen Attacken vorerst entronnen zu sein, unternahm einen mannhaften Versuch, seinem neuen Freund zur Hilfe zu kommen:

„Als der Herr Polizeihauptmeister am Tatort erschien, war Herr Schlotter schon wieder fort“, berichtete er, „der junge Mann wollte gern nachhause zu der späten Stunde; er wohnt in Sieverstedt, wo sein Vater übrigens der Bürgermeister ist …“

„Ja, das schließt selbstverständlich jedwedes Wissen zum Tathergang aus, wenn der Vater im nächsten Kuhdorf Bürgermeister ist“, sagte Doktor Klein mit ätzendem Spott. „Wie schön, dass Sie mich darauf aufmerksam gemacht haben, Sorgenfrei!“

Sorgenfrei schluckte, und Otto Voss schluckte auch. Doktor Klein legte endlich die Damentasche zur Seite, nahm seinen Kneifer ab und polierte ihn sorgfältig mit einem Taschentuch, das von so makellosem Weiß war wie seine steifen Manschetten. Einige Momente verstrichen ohne dass jemand etwas sagte. Der Doktor faltete das Taschentuch Kante auf Kante zusammen, steckte es weg, schob den Kneifer wieder auf die schmale Nase und fixierte seine beiden Untergebenen durch die funkelnden Gläser.

„Jetzt hören Sie mir mal gut zu, Sie beide! Ich beabsichtige, spätestens übermorgen wieder nach Berlin zurückzukehren, und zwar, nachdem ich diesen Fall aufgeklärt habe! Wenn Sie in den vergangenen Tagen nun schon alles unternommen haben, um erfolgreiche Ermittlungen zu verhindern, dann werden Sie von jetzt an alle unüberlegten Aktionen unterlassen und haargenau das tun, was ich Ihnen sage, und zwar weder mehr noch weniger! Haben Sie mich verstanden?"

Otto und Fredi schlugen die Hacken zusammen und ließen ein zweistimmiges „Jawohl, Herr Doktor!" erklingen.

„Ich hoffe es in Ihrem Interesse", fuhr Justus Klein fort. „So, und nun an die Arbeit! Sie, Voss, sorgen dafür, dass sich dieser Bürgermeistersprössling hier schnellstmöglich einfindet und halten sich im übrigen für die Sistierung Verdächtiger parat. Und Sie, Sorgenfrei, folgen mir auf mein Zimmer; ich möchte Ihnen das Ergebnis meiner heutigen Gespräche und Beobachtungen in Form eines kurzen Aktenvermerks diktieren – ach ja, und bevor wir gehen: Nehmen Sie bitte diese Tasche in Verwahrung; sie ist ein wichtiges Beweismittel."

Fredi nahm die graue Tasche entgegen und wendete sie aufmerksam hin und her.

„Ist das nicht die von Frau Gräfin?", wagte er zu fragen.

Der Doktor, schon an der Zimmertür, drehte sich nicht einmal um. „Sieh an, das haben Sie immerhin erkannt!", sprach er über die Schulter.

„Komischer Fleck", sagte Fredi.

„Sorgenfrei! Würden Sie jetzt bitte –"

„Das sieht ja aus wie –“, Fredi führte die Tasche kopfschüttelnd an seine Nase.

„HERR SORGENFREI!“

„Ich wusste gar nicht, dass die Dame angelt!“, äußerte Fredi mit allen Anzeichen des Erstaunens.

Doktor Klein fuhr herum. „Wie bitte?“, schnauzte er.

„Aber gewiss, Herr Doktor, die Frau Gräfin angelt“, wiederholte Fredi hartnäckig. „Hier – überzeugen Sie sich doch selbst, dieser Fleck hier riecht ganz eindeutig nach Fisch – genauer gesagt, nach Bachforelle und auch nicht mehr ganz frisch … Glauben Sie mir, damit kenne ich mich aus!“

Eine Stunde später war die Tinte des sogenannten kurzen Aktenvermerks gerade trocken, und der arme Sorgenfrei hatte nach zehn eng beschriebenen Seiten in seinem wichtigen rechten Angelwurfarm heftige Krämpfe. Doktor Klein hatte dem bemerkenswerten Fischfleck zwei ganze Seiten gewidmet, wodurch Fredi die überwältigende Bedeutung seiner Entdeckung aufgegangen war. Sein Vorgesetzter spazierte nunmehr mit auf dem Rücken verschränkten Händen im Zimmer auf und ab, dabei halblaut verschiedene Theorien zu Tathergang und Hintergründen entwickelnd. Sorgenfrei überlegte gerade, ob er es wagen konnte, zu fragen, ob er mitschreiben solle, als es an der Tür von Zimmer Sechs pochte und Otto Voss mit einem ziemlich bleichen Schlotter im Gefolge erschien.

„Sie sind also Wieland Schlotter“, kam der Doktor jeder Vorstellung zuvor, während er den verunsicherten Jüngling von oben bis unten musterte. „Nun, ich gehe davon aus, dass der Herr Polizeihauptmeister Sie bereits davon unterrichtet hat, dass Sie in einer polizeilichen Vernehmung Rede und Antwort zu stehen haben. Sie wissen, was das bedeutet?“

„Ich bin Jurastudent“, erwiderte Wieland Schlotter mit aller ihm zur Verfügung stehenden Würde.

„Erstes Semester?“, fragte Doktor Klein süffisant.

„Zweites“, antwortete Wieland trotzig, „und zwar so gut wie beendet!“

„Wie schön, dann sind wir ja schon fast Kollegen!“, gestattete der Doktor sich einen kleinen Scherz.

„Haha“, sagte Wieland unklugerweise, was ihm eins der gefürchteten Kleinschen Stirnrunzeln eintrug.

„Und jetzt Spaß beiseite“, die Stimme des Doktors war genauso umwölkt wie seine Stirn, „berichten Sie uns doch mal von den Abendstunden des vergangenen Samstags … Nein, nicht mitschreiben, Sorgenfrei, ich diktiere Ihnen hinterher das Wesentliche!“

*

Mit dem Wesentlichen gab es leider ein Problem, wie Justus Klein sich etwas später eingestehen musste. Er saß nach einem zugegebenermaßen überdurchschnittlichem Abendessen, welches, dem Freitag entsprechend, unter anderem eine Auswahl von sechs verschiedenen Heringsspezialitäten beinhaltet hatte, sinnierend auf seiner Balkonhälfte. Sorgenfrei hatte zwar getreulich all das aufgeschrieben, was er ihm nach der Vernehmung des verstörten Verehrers von Fräulein Eva in die Feder diktiert hatte, aber der ermittlungstechnische Durchbruch, mit dem er fest gerechnet hatte, war dennoch ausgeblieben. Man konnte die Ergebnisse des Tages auf folgende Formel bringen, dachte der Doktor säuerlich, diejenigen Personen, die Gelegenheit zum Mord gehabt hatten, hatten kein Motiv, während denjenigen, die ein Motiv hatten, die Gelegenheit gefehlt hatte – die denkbar unergiebigste Kombination.

Fast hätte er geseufzt, denn es war ziemlich bitter, wenn ein mittelhochgestellter Geheimdienstmann am Ende eines langen Arbeitstages feststellen musste, dass der Lichtblick des betreffenden Tages in einem reichhaltigen Abendbrot mit Fischspezialitäten bestanden hatte. Da er bisher jedoch noch nie Anlass gehabt hatte, an der Effizienz seines Verstandes zu zweifeln, schob er den mangelnden Erfolg seiner kriminalistischen Bemühungen auf die Tatsache, dass er seit dem Morgengrauen unterwegs war. Eine ausreichende Portion Nachtschlaf würde ihm am kommenden Morgen zweifelsohne den erforderlichen Durchblick bescheren. Er gähnte, reckte sich und ging zu Bett.

18

Leider bescherte der nächste Morgen Doktor Klein etwas ganz anderes als den so sehnlich erwünschten Durchblick, und das hatte er dem erneuten erfolgreichen Zusammenwirken des Schicksals mit dem Hausmädchen Line zu verdanken. Line hatte am gestrigen Freitag ihren freien Tag gehabt und diesen, wie sie dies regelmäßig zu tun pflegte, vom frühen Morgen an bei ihren alten Eltern und der verheirateten Schwester im schönen Stenderup auf der anderen Seite der Bollingstedter Au verbracht. Natürlich hatten die haarsträubenden Aubrücker Ereignisse den Großteil der Unterhaltung ausgemacht und alles andere, wie das warme Wetter, den neugegründeten Flensburger Fußballverein, die Heuernte sowie die offensichtlich scheiternde Skandalehe der Prinzessin Luise mit dem Serenaden-Toselli, in den Hintergrund verdrängt. Diesmal war auch Lines Schwager Heini anwesend gewesen, der normalerweise als Decksmann mit der Flensburger Fördeschiffahrt unterwegs war und sich demzufolge – gemessen an der angeheirateten Stenderuper Verwandtschaft – in der Welt auskannte. Potzblitz, dachte Heini, während er Lines schockierender Schilderung des von Geisterhand verwüsteten Kaminzimmers lauschte, wenn das keine gute Geschichte ist, mit der man ein paar Mark verdienen kann!

Gedacht, getan – ein diskretes Gespräch vom einzigen Stenderuper Telefonapparat im Hause des Brandmeisters der Freiwilligen Feuerwehr, und die Flensburger Nachrichten hatten ihren Artikel und Heini seine zehn Mark. Was Heini allerdings nicht ahnen konnte, war, dass die Flensburger Zeitungsleute der gewalttätigen Geistererscheinung soviel Unterhaltungspotential einräumten, dass sie die Geschichte gleich weiterverkauften, sodass am Sonnabendmorgen ein jeder zwischen Apenrade und Altona die vielversprechende Überschrift lesen konnte: „Rache aus dem Jenseits – Aubrück, der Gasthof des Todes“.

Es war also kein Wunder, dass Doktor Klein, als er am betreffenden Morgen erwartungsvoll den Aubrücker Speiseraum betrat, nur kopfschüttelnde Häupter hinter aufgeschlagenen Zeitungen wahrnahm. Natürlich ging er der Sache stracks auf den Grund und konfiszierte sogleich die Zeitung, welche sich Sorgenfrei und Voss einträchtig teilten.

„Da schlagen Sie lang hin, wenn Sie das lesen“, versprach ihm sein Untergebener, und es war dies eins der wenigen Male, in denen Sorgenfrei so gut wie recht hatte, denn nur das rechtzeitige Niedersinken auf einen Stuhl bewahrte den Doktor vor dem Langhinschlagen.

*

Die Flensburger Nachrichten hatten den blutrünstigen Artikel gleich auf der ersten Seite gebracht; die vom Schauplatz des Geschehens weiter entfernten Zeitungen platzierten ihn mehr hinten, zumeist in der Rubrik ‚Provinz-Aktualitäten‘. Dort entdeckten ihn am selben Vormittag in Kiel auch die drei verbliebenen Mitglieder des Quirligen Quartetts, welche sich beim flotten Ferenc zu einem kleinen samstäglichen Frühschoppen eingefunden hatten.

„Mich trifft der Schlag!“, rief Ferenc aus, der die Zeitung gerade eher gelangweilt auf der Suche nach neuem Gesellschaftsklatsch durchblättert hatte. „Das glaubt ihr nicht, was hier steht!“

„Wie wäre es, wenn du es uns berichtest“, sagte Victor und füllte in aller Ruhe die Weinkelche auf, „dann können wir selbst entscheiden, ob wir es glauben oder nicht.“

Ferenc deklamierte mit einem gewissen Pathos die bekannte Überschrift, und Victor ließ die Weinflasche sinken. Alle drei saßen schreckensstarr.

„Das verzeihe ich mir nie, wenn Dido etwas passiert ist", brachte Victor schließlich hervor.

„Vielleicht hast du ja Glück, und es hat dieses Mädchen getroffen", munterte ihn Ferenc moralisch auf und begann, den Artikel laut vorzulesen.

Da die von Heini kolportierten maßgeblichen Informationen begreiflicherweise sowohl lückenhaft als auch ziemlich verwirrend gewesen waren, war die Zeitung im Interesse ihrer Leserschaft gezwungen gewesen, bei der Wiedergabe des Sachverhalts etwas zu improvisieren, und das Ergebnis war von den Tatsachen in etwa so weit entfernt wie die Bollingstedter Au vom Rio Negro. Dem Leser wurde der überzeugende Eindruck vermittelt, dass sich im Landgasthof Aubrück die Leichen mehr oder minder stapelten, während eine machtlose Polizeitruppe dabei zuschaute, wie keulenschwingende Geister durch die Räumlichkeiten irrten.

Ferenc ließ das Blatt erschüttert sinken und stieß dabei sein Weinglas um.

„Meiner Treu", war alles, war er hervorbrachte.

„Treu", echote der putzige Peter mit seiner Piepsestimme.

„Treu, in der Tat", sprach Victor mit feierlichem Ernst, „das ist das Gebot der Stunde! Ich denke, wir machen uns schnellstmöglich auf den Weg, um Dietrich – falls überhaupt noch möglich – aus diesem Inferno zu retten. Freunde, eine Kraftdroschke!"

*

Ein ähnliches Gespräch fand etwas später auf Gut Rothspon statt, wo die aktuelle Zeitung immer erst gegen Mittag hingelangte. Baron und Baronin von Rothspon befanden sich auf der Terrasse ihres Anwesens und waren in Gedanken schon mit dem bevorstehenden Mittagsmahl beschäftigt, als der Baron – ähnlich beiläufig wie Ferenc –

die soeben von einem Diener überreichte Zeitung näher in Augenschein nahm. Nach zwei Minuten war er bei den ‚Provinz-Aktualitäten' angekommen.

„Um Himmelswillen, Auguste", rief er aus, „Aubrück, das ist doch der Gasthof, wo meine … unsere künftige Adoptivtochter weilt!"

„Ja, und?"

„Dort hat sich offenbar etwas Schreckliches zugetragen!"

Der Baron brachte die Zeitung mit ausgestreckten Armen auf Leseabstand und las seinem Eheweib mit erhobener Stimme vor, wobei er angesichts der schaurigen Einzelheiten immer häufiger ins Stocken geriet. Schließlich schloss er mit den Worten: „Oh Gott, das arme Kind!"

„An meinen Neffen, der dort in deinem Auftrag weilt, denkst du wohl gar nicht", sagte die Baronin mit einer gewissen Entrüstung.

„In UNSEREM Auftrag", kam Adolf nicht umhin, richtig zu stellen.

„Aber es ist MEIN Neffe!"

„Und MEINE –"

„Ich denke, UNSERE Adoptivtochter", behielt Auguste wie gewohnt das letzte Wort.

„Wie dem auch sei", entgegnete Adolf hochdiplomatisch, „ich denke, wir sollten uns sofort dorthin begeben, um uns selbst einen Eindruck von der Lage zu verschaffen! Notfalls nehmen wir das Mädel gleich mit – und Dietrich, falls erforderlich, natürlich auch … Was hat er eigentlich in seinem letzten Brief geschrieben?"

Die Baronin überlegte kurz. „Jetzt, da du es ansprichst, muss ich schon sagen, dass seine letzten Briefe etwas seltsam gewesen sind! Du erinnerst dich – anfangs hatte er geschrieben, dass die Situation nicht so eindeutig sei wie gedacht und dass er noch etwas länger bleiben müsse, was ja nachvollziehbar genug ist. Aber in den beiden letzten Briefen – ist dir eigentlich aufgefallen, dass er da nur noch von den Vorzügen des Landlebens geschrieben hat, ja, und außerdem sehr ausführlich von den Mahlzeiten?“

„Nun, die Mahlzeiten waren ja schon immer gewissermaßen sein Steckenpferd“, wiegelte der Baron ab „Aber das mit den Vorzügen des Landlebens – das stimmt, Auguste, das ist wahrhaftig sehr ungewöhnlich für deinen Neffen!“

„Irgendetwas muss geschehen sein“, bemerkte die Baronin scharfsinnig, „und zwar etwas, das er keinem Brief anvertrauen wollte. Du hast ganz recht, Adolf, wir sollten uns wirklich auf den Weg machen!“

„Gleich nach dem Mittagessen“, bestimmte der besorgte Vater und Onkel, „dann kommen wir noch früh genug dort an.“

*

Zum ersten Mal seit Menschengedenken hatte Frieda das ganz hinten unter dem Empfangstresen schlummernde Schild mit der unschönen Aufschrift ‚Heute Ruhetag‘ hervorgekramt und an der Eingangstür des Gasthofs anbringen lassen, wobei sie sich allerdings nicht dazu durchringen konnte, die Tür auch zu verriegeln, denn das war noch nicht einmal geschehen, als die Schlacht von Idstedt fast schon in Rufweite tobte.

Es herrschte also Ausnahmezustand in Aubrück; die Gäste hatten sich entweder zurückgezogen oder saßen diskutierend beieinander, das Personal versah lautlos und mit der einer Begräbnisfeier entsprechenden Miene seine Pflichten, und die Lüders-Schwestern hatten sich an Annelies Bett versammelt, wo sie sich zum wiederholten Male und mit wachsender Empörung den Zeitungsartikel vorlasen.

„Rache aus dem Jenseits – also wirklich!“, sagte Annelie. „Wie kann man nur so einen Mist verzapfen?“

„Ich frage mich vor allem, wer diesen Mist der Zeitung erzählt hat“, äußerte Frieda mit gefurchter Stirn.

„Und ich frage mich, wieviele Leute das alles glauben werden“, fügte Mathilde mit gleichfalls gefurchter Stirn hinzu, „denn selbst, wenn bloß jeder zehnte Leser auch nur einen Bruchteil davon für bare Münze nimmt, haben wir in Kürze mit einer Invasion aus dem halben Kaiserreich zu rechnen!“

„Und was ist vor allem, wenn noch mehr passiert?“, fragte Eva ernster, als das sonst ihre Art war. „Bisher ist nichts aufgeklärt, und selbst dieser Oberermittler aus Berlin scheint ja nicht wirklich voran zu kommen …“

Die vier wechselten sorgenvolle Blicke und schwiegen, jede mit ihren Gedanken befasst.

Mathilde erhob sich als erste.

„Ich denke, ich werde die Zeit nutzen und alles dafür vorbereiten, dass man uns demnächst die Tür einläuft“, sagte sie.

„Ja, du hast recht“, stimmte Frieda zu, „außerdem sollten wir uns um unsere Hausgäste kümmern – die sind von dieser gräßlichen Situation schließlich ebenso betroffen wie wir.“

„Soweit sie nicht dahinterstecken“, setzte Eva hinzu, und keine widersprach.

Alfred Sorgenfrei und Otto Voss, die bei Kaiser und Vaterland hatten schwören müssen, dass sie mit der pressemäßigen Aufbereitung der Ereignisse nicht das Geringste zu tun hatten, rotierten um ihren Vorgesetzten wie die beiden Monde Deimos und Phobos um den Planeten Mars – selbst wenn es für Sorgenfrei derzeit nichts zu protokollieren und für Voss noch viel weniger zum Festnehmen gab. Doktor Klein hatte ein erregtes Telefonat mit Dienststellenleiter Brose in Berlin geführt und war daraufhin in dumpfes Brüten versunken, zeitweise unterbrochen von verärgerten Faustschlägen auf den unschuldigen Tisch in Zimmer Sechs. Der Oberstleutnant hätte es ihm nicht unbedingt dermaßen unter die Nase reiben müssen, es war ihm selbst völlig klar, dass es in der Tat nicht als Erfolg geheimdienstlicher Bemühungen zu werten war, wenn man bei selbigen nicht nur eine Leiche serviert bekam, sondern fast noch eine zweite dazu, und das Ganze dank der vermaledeiten Zeitung auch noch vor den interessierten Augen der gesamten Welt – einer Welt, die nunmehr darauf wartete, dass man eine mordende Geistererscheinung dingfest machte! Und überdies hatte die haarsträubende Geschichte zur Folge, dass genau das eingetreten war, was man unbedingt hatte vermeiden wollen: Aufgrund der öffentlichen Aufmerksamkeit gab es seit heute Vormittag im gesamten Kaiserreich keine einzige Person, die weniger geeignet für einen verdeckten IIIb-Einsatz gewesen wäre als die schöne Gräfin – und zwar vollkommen gleichgültig, ob mit oder ohne Bräutigam und ob englisch oder was-auch-immer. Wer hätte geahnt, dass die Aktion ‚Blumen für Windsor' derart aus der Spur laufen würde, dachte Justus Klein und haute abermals mit der Faust auf den Tisch.

*

Der erste, der wirkliche Konsequenzen aus den unerfreulichen Ereignissen zog, war Dietrich von Kesselstein. Er hatte mit Apotheker Hollmann das Wer-wie-was-warum erörtert, bis das Mittagessen serviert wurde, und obgleich die holde Küchenfee in Gestalt seiner lieben Mathilde sich offenbar besonders große Mühe gegeben hatte, die geplagten Gäste zumindest kulinarisch mit ihrem Schicksal zu versöhnen, wollte es Dido einfach nicht munden, noch nicht einmal die wahrhaft göttlichen (und für einen schlichten Samstag absolut atypischen) gefüllten Kalbsröllchen mit Spargelspitzen und Béarnaise-Soße. Die Kalbsröllchen lenkten seine Gedanken indessen von der Mörderjagd unwiderruflich zu seiner Angebeteten, und je mehr er an sie dachte, desto klarer wurde es ihm, dass etwas geschehen musste. So ging es beim besten Willen nicht weiter. Wenn selbst diese Vaterländische Sonderbehörde oder wie immer sie sich auch nannte, trotz der Anwesenheit ihres Mitarbeiters nicht im Stande gewesen war, einen Mord und diverse Anschläge zu verhindern und sich jetzt auch noch erkennbar schwer mit der Aufklärung tat, dann war es vermutlich nur eine Frage der Zeit, bis es das nächste Opfer zu beklagen galt. Und was, was um Himmelswillen, wenn dieses Opfer seine Mathilde war? Da gab es nur einen Ausweg, er musste sie retten und fortbringen aus ihrer lebensgefährlichen Umgebung. Die Frage war nur, wie – schließlich konnte er sie schlecht entführen. Nein, was er in der Tat brauchte, war ihre Einwilligung zur Rettung, und zwar zu einer Rettung in der üblichen Form – als er in seinen Gedanken soweit gekommen war, leerte er das ganze Glas Tischwein in einem einzigen Zug – nämlich in Form einer ordentlichen Eheschließung mit allem Drum und Dran. Es gab leider nur den kleinen Haken an der Sache, dass er ihr zuvor unbedingt gestehen musste, in welch schändlicher Mission er ursprünglich nach Aubrück gekommen war; es ging ja schlecht an, ihr das hinterher zu offenbaren, so nach dem Motto ‚Ach, übrigens, habe ich ganz vergessen zu erwähnen …‘. Dann würde sie ihm nämlich mit Sicherheit die Augen auskratzen, und das zu Recht, wie er zugeben musste. Also, erst die Wahrheit und dann der Antrag, und danach nichts wie weg hier – mochten Adolf, Auguste und Victor doch zusehen, wie sie ihre leidigen Familienangelegenheiten in den Griff bekamen.

Wie es so ist, wenn man einen nicht ganz leichten Entschluss gefasst hat, dann möchte man ihn auch gerne schnell in die Tat umsetzen, bevor einen der Mut vielleicht wieder im Stich lässt. Dietrich von Kesselstein wäre dementsprechend am liebsten gleich im Anschluss an die

Kalbsröllchen in die Wirtschaftsräume gestürmt, sah dann aber doch ein, dass hier ein etwas würdevolleres Vorgehen angezeigt war. Hierzu bot sich leider erst nach dem nachmittäglichen Kaffee die Gelegenheit, sodass er ausreichend Zeit hatte, in seinem Zimmer auf und ab zu gehen und seine Ansprache an Mathilde zu proben. Da er dies der Wirkung halber in halblautem Ton tat, war der geplagte Doktor Klein, der sich nichts sehnlicher wünschte als Ruhe zum Nachdenken, mehr als einmal davor, die vermeintlichen Selbstgespräche seines Zimmernachbarns durch energisches Klopfen gegen die Wand zu unterbrechen.

Schließlich war es soweit; die Kaffeestunde näherte sich, und im Anschluss daran die Schicksalsstunde für Dietrich von Kesselstein, der in einem frischen Hemd und großzügig parfümiert nunmehr zu allem bereit war. Es gelang ihm in der Tat, seine Mathilde mit der Ankündigung, dass er etwas Wichtiges mit ihr zu besprechen habe, ins Kaminzimmer zu locken und dazu zu bewegen, auf dem Sofa Platz zu nehmen.

„Warum schließt du denn die Tür?“, fragte sie alarmiert.

„Das, was ich dir zu sagen habe, ist nur für deine Ohren bestimmt“, sagte Dido pompös, ließ sich dicht neben ihr auf dem Sofa nieder und ergriff ihre Hand.

„Meine liebe, liebe Mathilde“, der Anfang war eindeutig das leichteste, „ich möchte dir heute eine wichtige Frage stellen, die uns beide betrifft, sozusagen die Frage aller Fragen … Doch bevor ich das tue, habe ich dir noch etwas zu gestehen“, er holte tief Luft. „Also … Also, es verhält sich so, dass sowohl mein Freund Victor von Rothspon als auch dessen Onkel Adolf, welcher wiederum mit Auguste, der Schwester meiner Mutter ehelich verbunden ist, mich vor kurzem um einen kleinen Gefallen gebeten haben …“

Mathilde, die ja nur zu gut wusste, worin dieser kleine Gefallen bestand, unterdrückte mit Mühe einen Seufzer.

Jetzt war sie es, die in der Bredouille steckte, und ihr schossen in etwa dieselben Gedanken durch den Kopf wie zuvor ihrem Liebsten. Wenn Dido nämlich gedachte, ihr die Frage aller Fragen zu stellen, wie er es eben so schön formuliert hatte, dann konnte sie ihm ja wohl kaum mit einem ‚Ja, nichts lieber als das!' in die Arme sinken, wenn sie ihm nicht zuvor das nette kleine Schwestern-Komplott gebeichtet hatte. Es half nichts, sie musste mit der Sprache heraus, und zwar sofort. Sie setzte sich etwas gerader auf dem Sofa zurecht und räusperte sich.

„Verzeihung, Dido, aber bevor du weitersprichst – ich glaube, ich weiß, um was für einen kleinen Gefallen es sich gehandelt hat, und das hat seinen Grund …"

„Mein Liebling", rief Dido mit allen Zeichen der Erleichterung, „komm an meine Brust – dann ist ja alles gut!"

„Nein, leider nicht ganz", sagte Mathilde tapfer, „bitte hör dir erst die ganze Geschichte an! Also, es war so –"

In diesem Moment öffnete sich die Tür, und drei ihr völlig unbekannte junge Herren traten in den Raum, blieben wie angewurzelt stehen und starrten in sprachlosem Staunen das Paar auf dem Sofa an als hätten sie noch nie zwei Menschen gesehen. Für einige Sekunden waren sie mucksmäuschenstill, doch dann fanden sie plötzlich ihre Sprache wieder, und es wurde laut.

„Das schlägt ja dem Fass den Boden aus", brüllte der erste, „wir fürchten um dein Leben, und du –"

„ – und du hast dir flugs die Erbin geschnappt, was, du Verräter!", rief der zweite mit hochrotem Gesicht.

„Verräter!", kam es mit Piepsestimme vom dritten.

*

Trotz des Frühschoppens und zwei weiteren Fläschchen Wein *en route* hatten sich Ferenc, Victor und Peter auf dem Weg von Kiel nach Aubrück nur ein einziges Mal verfahren, und das ausgerechnet in Stenderup, wo sie die schmale Straße, die über Aubrück nach Sieverstedt führte, dreimal verpassten, und zur Freude der Dorfbewohner ein ums andere Mal durch den Ort kurvten. Aber dann war es schließlich geschafft; sie rollten eine langgezogenen Kurve hinunter ins Tal der Bollingstedter Au, rumpelten über die Brücke und hielten vor dem Gasthof.

„Heute Ruhetag", sagte Victor und wies auf das Schild, „ja, das kann ich mir denken, dass die hier etwas Ruhe gebrauchen können!"

Er fasste probehalber auf die Klinke, und die schwere Haustür öffnete sich.

„Na also", rief Ferenc hinter ihm, „nichts wie hinein!"

Kurz darauf standen sie vor dem Empfangstresen, wo sie gleich das nächste Schild vorfanden – das mit der Aufschrift ‚Bitte klingeln!'.

„Ob es hier überhaupt noch eine lebende Seele gibt?", fragte Victor, während er die Messingglocke betätigte.

Normalerweise wäre jetzt Eva erschienen oder auch Frieda, aber an diesem Tag gab es so gut wie gar nichts, auf das das Wort ‚normalerweise' gepasst hätte. Eva saß gerade mit Wieland Schlotter in der hintersten Laube im leeren Gastgarten, Händchen haltend und herumturtelnd, wozu sie normalerweise auch niemals die Gelegenheit bekommen hätte. Sie hatte jedoch den ganzen Tag dermaßen niedergeschlagen gewirkt, dass Frieda – wiederum anders als normalerweise – geradezu erleichtert war, als Schlotter zur Kaffeestunde erschien und nach Eva fragte.

„Warum setzt ihr euch nicht beide auf ein Stündchen in den Garten", sagte sie mit einem Großmut, den sie normalerweise garantiert nicht gehabt hätte, und die zwei zogen hocherfreut ab.

Normalerweise hätte Frieda jetzt den Dienst in der Rezeption übernommen. Nach den ganzen Aufregungen fühlte sie sich jedoch ungewöhnlich matt, und so entschloss sie sich zu etwas, das sie normalerweise gleichfalls nie getan hätte, nämlich sich etwas hinzulegen und auszuruhen. Mit Tagesgästen war heute ohnehin nicht zu rechnen, und falls trotz des Ruhetag-Schildes jemand im Gasthof aufkreuzen sollte, dann konnte auch Line damit fertig werden – oder Mathilde, wenn sie die Sitzung mit ihrem Dido beendet hatte. Frieda stellte also Messingglocke und Schild auf die Theke, instruierte Line, und begab sich schweren Schrittes auf ihr Zimmer, wo sie nach fünf Minuten eingeschlafen war.

Insofern war es Line, die die Kieler Herren in Empfang nahm und ohne weiter darüber nachzudenken, selbige direkt ins Kaminzimmer schickte, als die drei mit leicht verschwommener Aussprache nach ihrem guten Freund Dietrich von Kesselstein fragten.

„Gottseidank, er scheint jedenfalls noch am Leben zu sein", flüsterte Victor seinen beiden Begleitern zu.

„Kommt, wir überraschen ihn", flüsterte Ferenc zurück, „nein, was wird er sich freuen!"

Die Überraschung war ihnen auf jeden Fall gelungen; wie wir wissen, haperte es allerdings mit der Freude darüber. Nachdem Dido einige Sekunden gebraucht hatte, um überhaupt erstmal zu erfassen, wer da ins Zimmer hereinspaziert war und ihn lautstark beschimpfte, sprang er vom Sofa hoch als habe er einen elektrischen Schock bekommen.

„Was macht ihr denn hier?", rief er alles andere als begeistert.

„Und wir fürchten um dein Leben", wiederholte Ferenc vorwurfsvoll, „während du –"

„Während du es dir offenbar SEHR gut gehen lässt", beendete Victor den Satz. „Weißt du, das war eigentlich kein Teil unserer Abmachung, dass du dir das Mädel gleich unter den Nagel reißt!"

„Wie bitte?“, fragte Mathilde empört und erhob sich nun ihrerseits.

Der flotte Ferenc fingerte nach seinem Monokel, um sie näher zu begutachten, hatte aber aufgrund des Weinkonsums gewisse Schwierigkeiten, sein rechtes Auge zu finden. Peter stand starr mit vor Staunen offenem Mund, während sich Victor nunmehr direkt an Mathilde wandte:

„Nehmen Sie sich in acht, mein Fräulein“, sagte er mit finsterer Miene, „dieser Schuft namens Kesselstein hat es nur auf ihr Erbe abgesehen!“

„Ich höre wohl nicht recht“, entgegnete Mathilde, „offenbar haben Sie nicht nur jeden Sinn für Anstand verloren, sondern auch für die Realität!“

„Donnerwetter! Kapitales kleines Frauenzimmer!“, kam es jetzt von Ferenc, dem es endlich gelungen war, das Monokel optisch korrekt zu platzieren.

„Frau-en-zim-mer“, wiederholte Peter etwas stockend das schwierige Wort.

Da platzte Dido der Kragen.

„Meine Herren“, rief er mit deutlich geschwollener Zornesader, „das langt! Ich verbitte mir aufs Entschiedenste diese Geschmacklosigkeiten gegenüber meiner Braut!“

Daraufhin herrschte erstmal Stille.

„Oh – Dido“, hauchte Mathilde und sank wieder aufs Sofa zurück.

„Der Hund hat uns ausgetrickst“, flüsterte Victor, aber sicherheitshalber so leise, dass Dido es nicht verstehen konnte.

„Ich glaube, die Kleine weiß noch gar nichts von ihrem Glück“, flüsterte Ferenc zurück.

Der putzige Peter indessen, der nur das Wort ‚Glück‘ mitbekommen hatte, ging in schöner Verkennung der Sachlage stracks auf Mathilde zu und schüttelte ihr mit einer artigen Verbeugung die Hand.

„Glückwunsch“, piepste er, „Glückwunsch, Glückwunsch!“

„So ist's recht", sagte Dido und fixierte seine Busenfreunde, „Peter weiß jedenfalls, was sich gehört! Wie wär's, wenn ihr euch an ihm ein Beispiel nehmen würdet!"

Da blieb Victor und Ferenc erstmal nichts anderes übrig, als eine Art gute Miene zum bösen Spiel zu machen. Sie drückten ihre Gratulation zwar weniger gefühlvoll aus, den Wunsch nach einem gemeinsamen Schampus zwecks Würdigung des Ereignisses aber umso nachhaltiger.

Mathilde, die in den letzten Augenblicken nichts anderes hervorgebracht hatte als dreimal „Danke sehr!", wollte sich schon erheben, um ihren hausfraulichen Pflichten nachzukommen und die Sache mit dem Champagner in die Hand zu nehmen. Dido drückte sie jedoch geistesgegenwärtig wieder auf das Sofa zurück.

„Es wird sich sicher jemand finden, der den Champagner aus dem Keller holt – du bleibst bitte noch hier", sagte er mit ungewohntem Nachdruck und fuhr gleich fort: „Mathilde, meine Liebste, eigentlich fragt man ja erst die Braut, bevor man das Verlöbnis verkündet, aber sei's drum, die Ereignisse sind mir gewissermaßen etwas vorausgeeilt … Deshalb würde ich das Versäumte nunmehr gerne nachholen, und zwar unter vier Augen!!"

Bei den letzten Worten warf er seinen Freunden einen unmissverständlich drohenden Blick zu.

„Ich fürchte, hier sind wir zur Zeit überflüssig", sagte Ferenc nobel, und bevor noch der putzige Peter sein „überflüssig" anhängen konnte, kam selbiges völlig unerwartet vom künftigen Bräutigam:

„Überflüssig – jawohl, genau das seid ihr! Menschenskinder, ab mit euch, und macht die Tür hinter euch zu!"

„Kommt", sagte Victor resigniert, „gehen wir schon mal den Champagner probieren!"

19

An diesem Nachmittag, so schien es, stand jedoch keines ihrer Vorhaben unter einem guten Stern, denn als sie ins Vestibül hinaustraten, liefen sie direkt in die Arme der gerade eingetroffenen und reichlich echauffierten Rothspons.

„Victor – du hier?“, rief der Baron höchst überrascht.

„Onkel Adolf – du auch hier?“, entgegnete Victor mit einer gewissen Geistesgegenwart, hauchte einen Handkuss auf die behandschuhte Rechte der Tante und präsentierte sodann seine Freunde.

Der Onkel winkte ihn näher zu sich, nahm ihn am Arm und trat zwei, drei Schritte mit ihm zur Seite, während Ferenc und Peter bei Tante Auguste die Honneurs machten.

„Im Ernst, Victor“, sagte er in gedämpftem Ton, „was hat dich in diesen Gasthof verschlagen?“

„Die Sorge um meinen guten Freund Dietrich – du weißt schon, Tante Augustes Neffe! Er macht hier nämlich für ein paar Tage Urlaub auf dem Lande“, antwortete Victor fast wahrheitsgemäß und fragte dann diabolisch:

„Und du, Onkel Adolf? Bist du etwa hier, weil …?“

„Schscht“, machte der Baron, „du weißt ja, dass meine … also unsere künftige Adoptivtochter hier weilt, und natürlich bin ich … sind wir äußerst beunruhigt aufgrund dieses Artikels in der heutigen Zeitung. Außerdem ist uns durchaus bekannt, dass Dietrich … rein zufällig … ebenfalls hier ist, und selbstverständlich haben wir uns auch um ihn Gedanken gemacht.“

„Da kann ich dich beruhigen“, erwiderte Victor mit einer Stimme, der der unterdrückte Ärger nur zu gut anzuhören war, „und zwar, was beide angeht! Mein feiner Freund hat sich nämlich gerade verlobt, und zwar mit deinem Töchterchen – aber vielleicht weißt du das ja auch schon!“

„Was!“, rief der Baron aus, und das in einer Lautstärke, dass sowohl Auguste als auch Ferenc und Peter herumfuhren.

„Adolf, was ist dir?“, fragte die Baronin, besorgt näher tretend. „Das oder die Opfer dieser Gräueltaten ist oder sind doch wohl nicht –“

„Nein, nein, das ist es nicht“, brachte Rothspon etwas mühevoll hervor, „Victor hat mich eben nur davon in Kenntnis gesetzt, dass Dietrich – also, dass Dietrich sich mit meiner … unserer künftigen Tochter verlobt hat!“

„Verlobt hat“, bekräftigte Peter mit entschiedenem Kopfnicken.

„Was!“, rief jetzt auch die Baronin aus. „Na, das erklärt dann jedenfalls diese wunderlichen Briefe!“

„Welche Briefe?“, fragte Victor mit großen Augen.

„Ach, lass nur, Junge“, entgegnete sein Onkel, „das ist eine Sache, die nur Dietrich und uns etwas angeht. Obwohl ich sagen muss, er hat unser Vertrauen doch missbraucht …“

„Meins auch“, fügte Victor reichlich unüberlegt dazu.

„Wieso DEIN Vertrauen?“, fragte sein Onkel mit gefurchter Stirn, und Victor zermarterte sich den Kopf, was er darauf bloß erwidern sollte.

Wer weiß, welche Wendung die Ereignisse genommen hätten, wenn nicht ausgerechnet in diesem Moment Frau Gräfin Molinero-Büxeltoft die Szene betreten hätte, und das in just jenem Ensemble aus grau-schwarz gestreifter Seide, welches so unnachahmlich ihre Figur nachzeichnete und schon Polizeihauptmeister Voss den Verstand umnebelt hatte. Sie trug einen dekorativen Blumenstrauß im Arm und nickte der Gruppe im Vorbeigehen einen Gruß zu. Der Baron schnappte nach Luft und lief feuerrot an.

„Hortense!“, rief er zur Verblüffung aller. „Kann es wahr sein? Auch du – hier?“

Die Reaktionen auf diese Äußerung waren höchst unterschiedlich.

Victor flüsterte in Ferenc’ Ohr: „Was glaubst du – ob das wohl die Frau Mama ist?“

Ferenc flüsterte zurück: „Rot genug ist er jedenfalls!“

Auguste wandte sich mit einem Gesicht ab als habe sie fürchterliche Zahnschmerzen und presste obendrein noch ein Spitzentüchlein gegen die schmalen Lippen. Die Gräfin war die einzige, die der Situation einigermaßen gewachsen war.

„Herr … äh … von Sponroth, wenn ich mich nicht irre“, sagte sie nonchalant, ihm ihre grau behandschuhte Rechte entgegenstreckend.

„Rothspon!“, rief Adolf, „Adolf von Rothspon, du … äh … Sie wissen doch …“

„Nein, tue ich nicht“, sagte die Gräfin mit sanftem Nachdruck, „und Sie tun das sicher auch nicht, wenn Sie verstehen, was ich meine … Die werte Frau Gemahlin, nehme ich an?“

Auguste ließ ihr Tüchlein sinken und brachte ein „Angenehm!“ heraus, das sich ziemlich nach dem Gegenteil anhörte.

„Die Frau Gräfin –“, begann Adolf, aber Hortense fiel ihm ins Wort:

„Möller, Herr von Rothspon, schlichtweg Frau Möller!“

„Ja, aber –“

„Ich sagte, Möller!“

„Möller!“, wiederholte der putzige Peter zufrieden, und Victor stieß ihn mit dem Ellbogen an.

„Könnten wir vielleicht – unter vier Augen, Frau Möller?“, brachte der Baron gequält hervor.

„Ich wüsste nicht, was“, entgegnete Frau Möller kühl, „wenn, dann allenfalls unter sechs Augen!“ Sie deutete mit ihrem pikanten Kinn in Richtung Auguste.

„Oder vielleicht unter acht?“, fragte Rothspon gewagt, „gemeinsam mit unserer …“

„Dann würde ich eher sagen, unter zehn Augen!“, warf Victor boshaft ein. „Das vierte Augenpaar, von dem, wie ich annehme, gerade die Rede ist, hat sich nämlich soeben mit zwei weiteren Augen verlobt!“

„Ausgeschlossen", sagte Frau Möller sachlich, „erstens ist sie noch nicht großjährig, und zweitens wüsste ich nicht, mit wem."

„Das kann ich Ihnen verraten", erklärte Auguste mit Leichenbittermiene, „sie hat sich mit meinem Neffen verlobt – jawohl, ausgerechnet mit meinem Neffen!"

„Und unserem Freund!", fügte Victor mit derselben düsteren Miene hinzu.

„Na sowas!", Frau Möller klang immer noch ungläubig. „Hat der Herr denn einen Namen?"

„Dietrich von Kesselstein!", erwiderten Adolf, Auguste, Victor und Ferenc im Chor, und Peter kam mit seinem „Kesselstein!" nur den Bruchteil einer Sekunde zu spät.

Zu ihrer aller Befremden legte die schöne Frau Möller den Kopf in den Nacken und lachte perlend.

„Das muss ein Missverständnis sein", brachte sie schließlich hervor und tupfte mit dem kleinen Finger eine Lachträne aus dem Augenwinkel, „Herr von Kesselstein ist mir nämlich wohlbekannt, und deswegen weiß ich auch, dass seine … wie soll ich sagen, seine romantischen Interessen auf eine völlig andere Person gerichtet sind."

„Dafür versteht er sich mit der jungen Dame im Kaminzimmer aber ausgesprochen gut", gab Victor erbost zurück, während der Baron seiner tief getroffenen Auguste zuflüsterte:

„Da tun sich ja Abgründe auf – dein Neffe ist offenbar ein richtiger Blaubart!"

Frau Möller lachte schon wieder. „Die junge Dame im Kaminzimmer, sagen Sie – nun, das erklärt einiges! Aber wenn Sie mich jetzt bitte entschuldigen würden", sie hielt ihren Blumenstrauß in die Höhe, „ich hatte nämlich beabsichtigt, einen Krankenbesuch zu machen, und zwar bei einer anderen jungen Dame …"

Und mit diesen Worten stieg sie die Treppe empor, den Fünfen im Vestibül den uns bereits bekannten Ausblick auf ihren sanft hin und her schwingenden, formvollendeten Popo vergönnend.

*

Jede vernünftige Mutter auf der Suche nach einer abhanden gekommenen Tochter wäre von der netten Annelie Lüders angetan gewesen, und also war es kein Wunder, dass sich auch das – zugegebenermaßen etwas zurückhaltende – Mutterherz von Hortense Gräfin Molinero-Büxeltoft für sie erwärmt hatte. Es stand zwar beileibe nicht zur Debatte, das wiedergefundenen Töchterlein dem englischen Bräutigam als solches zu präsentieren, aber da die Kleine so über alle Maßen einnehmend war, konnte man es vielleicht in Aussicht nehmen, sie ihm in ein, zwei Jahren als liebe Nichte unterzujubeln.

Hortense war von diesem Gedanken zunehmend angetan. Greta, ihre Mitwisserin, war passenderweise in der Holunderbowle verschieden, und die gute Else war dermaßen neben der Spur, dass sie gewiss keine Gefahr darstellte, egal, was sie wusste oder nicht wusste. Womit Hortense allerdings in keinster Weise gerechnet hatte, war, dass Rothspon sich offenbar bemüßigt fühlte, väterliche Gefühle zu entwickeln. Aber den Zahn würde sie ihm noch ziehen, und so, wie sie seine Auguste einschätzte, sollte das nicht allzu schwierig sein. Jetzt galt es nur noch, ein Einvernehmen mit Annelie herzustellen – etwas, das sie ohnehin vorgehabt hatte, was aber durch das überraschende Auftauchen des Barons absolute Priorität hatte, bevor er väterlicherseits dazwischen pfuschen konnte.

Sie stieg also die gebohnerte Treppe mit den knarrenden Stufen empor bis zum anderthalbten Stock und klopfte an die Tür zum Zimmer der Mädchen. Annelie, inzwischen mehr erschöpft als schwer verletzt, lag mit ihrem verbundenen Kopf im Bett, drei Kissen in den Rücken gestopft und den erbaulichen Roman *Reichsgräfin Gisela* von Eugenie Marlitt aufgeschlagen vor sich. Über selbigem war sie allerdings eingenickt, sodass sie richtiggehend aufschreckte, als Frau Möller das Zimmer betrat.

„Mein liebes Fräulein Annelie“, sagte Frau Möller gefühlvoll, während sie den Blumenstrauß auf Annelies Bettdecke neben *Reichsgräfin Gisela* deponierte, „ich habe mir solche Sorgen um Sie gemacht! Wie geht es Ihnen?“

Was will wie die denn hier, schoss es Annelie durch den Kopf, als sie ihrer persönlichen Lieblingsverdächtigen ansichtig wurde. Sie zog die Bettdecke ein Stückchen höher in Richtung Nase und warf einen misstrauischen Blick auf die Blumen – wer wusste es denn, was für giftige Kräuter diesmal dabei waren!

Frau Möller fasste Annelies Verhalten indessen als mädchenhafte Schamhaftigkeit auf und ließ sich graziös auf der Bettkante nieder. „Sie brauchen nicht so verlegen zu sein, liebe Annelie“, sagte sie, „warum sollte ich Ihnen nicht eine kleine Freude mit ein paar Blümchen machen?“

Ja, warum nicht, wenn du mich gerne umbringen möchtest, dachte Annelie und wäre am liebsten ganz unter ihre Decke gekrochen. Ihre gute Erziehung ließ sie immerhin ein gepresstes „Dankeschön!“ hervorbringen, und Frau Möller bedachte sie mit einem sorgenvollen Blick.

Die Kleine ist offenbar schwerer verletzt als man uns hat wissen lassen, dachte sie, oh weh, armes Kind!

Das arme Kind hatte sich inzwischen zu sofortigen Gegenmaßnahmen entschlossen, ließ die Bettdecke etwas sinken und sprach:

„Nochmals vielen Dank für den wunderbaren Strauß, gnädige Frau – doch dürfte ich Sie bitten, die Blumen freundlicherweise dort drüben auf dem Tisch abzulegen? Ich … äh … neige etwas zu Heuschnupfen …“

„Ach so“, sagte Frau Möller, sich sogleich erhebend und Annelies Wunsch erfüllend, „daran hätte ich eigentlich denken müssen, das liegt bei uns nämlich in der Familie …“

„Wie, bei Ihnen auch?“, fragte Annelie erstaunt, doch Frau Möller hörte ihr momentan nicht zu.

Sie stand noch neben dem Tisch, auf dem sie die Blumen abgelegt hatte, und ließ ihren Blick durch den Raum wandern. Ja, ein typisches Jungmädchenzimmer – das „Fleißige Lieschen“ im Blumentopf am offenen Fenster, die gerafften Rüschen-Gardinen, die hellen Möbel, das kleine Bücherregal, auf dem noch zwei Stofftiere aus der Kindheit Wache hielten, die Waschkommode mit dem großen Spiegel, das Bett der anderen Schwester, auf dem etwas schief und krumm eine in die Jahre gekommene Puppe saß. Eine Puppe, die Frau Möller im übrigen kannte.

„Na sowas!“, rief sie ganz spontan. „Ihr habt ja tatsächlich noch die alte Puppe!“

*

Zum ersten Mal, seitdem er in Aubrück weilte, wusste Apotheker Hollmann nicht so recht, was er anfangen sollte. Kesselstein hatte sich mit vielsagenden Andeutungen für den Nachmittag verabschiedet, das vaterländische Ermittlungstrio hielt offenbar irgendwo Kriegsrat und war nicht zu sehen, Else Hansen saß in ihrem Korbsessel auf der Veranda und führte ein angeregtes Gespräch mit der verstorbenen Stiefmama, und Frieda Lüders – sozusagen sein höchstpersönlicher Joker – hatte sich schlichtweg in Luft aufgelöst. Hollmann spazierte gemächlich durch den verwaisten Gastgarten und wollte schon seinen Stammplatz in der hintersten Laube ansteuern, als er bemerkte, dass diese belegt war.

„Lass das, Wieland, du weißt doch, ich bin kitzelig!“, quietschte Fräulein Eva in höchsten Tönen.

„Warst du gestern aber noch nicht“, bemerkte der Student, „jedenfalls nicht an dieser Stelle!“

Beide prusteten los; Hollmann machte auf dem Absatz kehrt und schlug stattdessen den Weg zur Gartenpforte ein. Dann würde er eben einen kleinen Gang entlang der Bollingstedter Au machen, um sich die Zeit zu vertreiben.

Er schlenderte den Uferweg entlang, rechts das geschäftig dahingurgelnde Flüsschen, links die dichte Ligusterhecke des Gastgartens. Unwillkürlich musste er an den Nachmittag vor drei Tagen denken, als er Frieda mit dem Kopf in der Hecke erwischt hatte. Er schmunzelte bei der Erinnerung daran, als ihn plötzlich von jenseits der Hecke Wieland Schlotters Stimme aus seinen angenehmen Reminiszenzen riss:

„Nein, Eva, nicht schon wieder meine Mütze! Gib sie auf der Stelle her!"

„Hol sie dir doch!", rief Eva neckisch.

Gekicher und Gequietsche von Eva, Gepolter und Gestöhne von Wieland folgten, und Hollmann blieb ungewollt einen Moment lang stehen – nicht, weil er die beiden belauschen wollte, sondern weil ihm auf einmal eine Idee gekommen war.

„Dieses Spielchen bin ich allmählich leid", sagte der Student verstimmt, „irgendwann möchte ich dich auch mal küssen ohne diese kindische Balgerei um meine Mütze! Gib sie mir jetzt! Du hast sie inzwischen schon genug ramponiert – sie hat immerhin fünf Mark gekostet!"

„Also wirklich! Da war Adam im Paradies aber galanter, als Eva ihm den Apfel angeboten hat", erwiderte Eva gekränkt.

„Das war ja wohl was anderes mit dem Apfel", antwortete Wieland ebenso gekränkt, „dies ist immerhin MEINE Mütze!"

„Hier hast du deine Mütze", Eva klang jetzt bitterböse. „Aber das sage ich dir, wenn du Adam gewesen wärst, und ich Eva – dann hätte ich den Apfel garantiert für mich behalten!"

Einen Augenblick herrschte Schweigen. Schließlich sprach Wieland:

„Dann wärst du auch allein aus dem Paradies vertrieben worden, meine Süße! Weißt du was, manchmal merkt man doch SEHR deutlich, dass du erst siebzehn bist!"

Sie ist erst siebzehn, dachte Hollmann auf der anderen Seite der Hecke, merkwürdig, da stimmt doch irgendetwas nicht – sie hat uns doch neulich Abend erzählt, dass sie schon einundzwanzig ist! Na, ich werde bei nächster Gelegenheit Frieda danach fragen … Jetzt gibt es erstmal Wichtigeres zu tun.

Und er wandte sich um und schritt zum Gasthof zurück.

Er ging aus guten Gründen nicht wieder durch den Gastgarten, sondern wählte diesmal den Weg, der außen herum zur Vorderseite der Gebäude führte. Sein Ziel war der Raum über der Wagenremise, welcher von Doktor Klein inzwischen in eine Art Polizei-Hauptquartier umgewandelt worden war, während er sein eigenes, mindestens doppelt so großes Zimmer verständlicherweise den privaten Bedürfnissen vorbehalten hatte. Hollmann hatte Glück: Bereits auf dem Hofplatz kam ihm der Berliner Sonderermittler entgegen, mit einer Miene, bei der die norddeutsche Milch sauer wurde. Seine beiden Trabanten hatte er im Schlepptau.

„Auf ein Wort, Herr Doktor!", sprach Hollmann ihn an.

Klein blieb unwillig stehen und bedachte ihn mit einem knappen: „Ja?"

„Ich will Sie keinesfalls aufhalten", begann Hollmann höflich, „aber –"

„Entschuldigen Sie, Herr Hollmann", unterbrach ihn Justus Klein, „aber ich bin ziemlich in Eile. Im Gasthof sind nämlich einige Personen eingetroffen, welche die ganze unerfreuliche Situation noch zusätzlich komplizieren."

„Vielleicht kann ich ja etwas dazu beitragen, dass die Situation weniger kompliziert wird“, sagte Hollmann bescheiden, „aber ich würde ungern hier auf dem Vorplatz mit Ihnen darüber sprechen.“

„Nun gut, dann kommen Sie mal mit“, der Doktor wies mit dem Kopf in Richtung Wagenremise. Dann wandte er sich an Voss und Klein: „Und Sie bleiben hier auf dem Hof und passen gefälligst auf, dass niemand sich davonmacht!“

„Am liebsten würde ich diese ganze obskure Gesellschaft festnehmen“, eröffnete Klein dem Apotheker, während sie die Treppe emporstiegen. „Das ist anscheinend der einzige Weg, um hier irgendwie zu einer Aufklärung zu kommen!“

„Vielleicht kann ich ja etwas behilflich sein“, sagte Hollmann abermals.

„Das wäre zu schön, um wahr zu sein“, erwiderte Doktor Klein düster und schloss die Tür zum Zimmer auf, „bitte, nach Ihnen!“

Er blieb mitten im Raum mit untergeschlagenen Armen stehen und traf auch keinerlei Anstalten, seinem Gast einen Sitzplatz anzubieten. Das wäre zugegebenermaßen auch etwas schwierig gewesen, denn im Zimmer war jedes freie Fleckchen belegt – und zwar nicht etwa von Sorgenfreis Angelzubehör, sondern von diversen Papieren und Aktendeckeln, die schön übersichtlich nebeneinander überall verteilt waren, sogar auf den Betten. Ob die beiden Herren wohl über oder unter den Papieren schlafen, dachte der Apotheker, arme Kerle, mit dem scharfen Hund als Vorgesetzten!

Der scharfe Hund nickte ihm jetzt auffordernd zu: „Dann schießen Sie mal los!“

„Ich habe eben gerade einen kurzen Spaziergang entlang der Au gemacht –“

„Weiter!“

„– auf dem Uferweg.“

„Weiter!“

Nun gut, dachte Hollmann, wenn er so eilig hat, dann bekommt er halt die Kurzfassung.

„Sind Sie sich darüber im Klaren, Herr Doktor, dass man auf der anderen Seite der Hecke hören kann, was in den Lauben gesprochen wird?"

„Was Sie nicht sagen", antwortete Klein zu Hollmanns Enttäuschung in eher gelangweiltem Ton, „und – was haben Sie gehört?"

„Dass Eva den Paradies-Apfel behalten hätte, wenn Wieland Adam gewesen wäre", sagte Hollmann biestig, weil er sich mittlerweile gewaltig ärgerte über die Berliner Sonderermittlerarroganz.

Doktor Klein zog die scharfen Augenbrauen hoch und blickte sein Gegenüber missbilligend an.

„Ich nehme an, dass Sie diese Erkenntnis näher erläutern können", sagte er kühl.

„Wie ich eben schon sagte, man kann auf der Fluss-Seite der Hecke genau hören, was in den Gartenlauben gesprochen wird", wiederholte Hollmann, „und ich dachte, das könnte von Bedeutung sein, falls jemand im Zeitpunkt des Mordes auf dem Uferweg war und mitbekommen hat, was in der Laube geschehen ist."

„Die beiden, die im betreffenden Zeitraum am Fluss lustwandelt sind, waren leider mit anderen Dingen beschäftigt als die Ohren aufzusperren", sprach Doktor Klein noch kühler. „Wir haben sie bereits danach befragt – falls Sie das vorschlagen wollten."

Hollmann fühlte sich wie ein dummer Schuljunge, der die falsche Antwort gegeben hat.

„Nun gut", sagte er verstimmt und wandte sich zum Gehen, „ich sehe ein, dass ich die Scherze einer Siebzehnjährigen gegenüber ihrem Verehrer eindeutig überbewertet habe – beziehungsweise, dass ich die Kompetenz der vaterländischen Behörden eklatant unterbewertet habe, was natürlich absolut unverzeihlich ist! Bitte vergeben Sie mir, dass ich damit Ihre Zeit beansprucht habe."

„Sagen Sie das nochmal!", blaffte Doktor Klein, und der arme Apotheker zuckte gehörig zusammen.

„Bitte vergeben Sie mir –"

„Ach was, doch nicht DAS! Was haben Sie gerade zuvor gesagt?"

„Dass ich die Kompetenz der vaterländischen Behörden unverzeihlicherweise …"

„Menschenskinder, Herr Hollmann! Das davor!"

*

Während im Zimmer über der Wagenremise die Wellen der Erregung plötzlich hoch schlugen, war das, was sich zeitgleich im Mädchenzimmer abspielte, auch nicht gerade ein Pappenstiel.

Annelie war auf Frau Möllers Ausruf hin aus ihren Kissen hochgefahren und starrte ihre Besucherin fassungslos an. Gerade in diesem Moment wehte ein sommerlicher Luftzug durch das Fenster herein und bauschte Frau Möllers Seidenkleid raschelnd auf, und da fielen in Annelies Erinnerung die Mosaiksteinchen Stück für Stück auf ihren Platz und formten ein vollständiges Bild.

„Heiliger Strohsack!", ächzte sie. „Jetzt weiß ich es – SIE sind das!"

Frau Möller war mit zwei Schritten neben dem Bett, sank auf die Knie und drückte die völlig verblüffte Annelie an ihren duftigen Busen.

„Mein Kleines!", sagte sie mit von Rührung bewegter Stimme. „Mein Töchterlein! Du hast tatsächlich deine Mama erkannt, nicht wahr?"

Zwei Zimmer weiter war Frieda gerade aus ihrem Schlummer erwacht und entnahm einem gewissen Stimmengewirr, welches aus dem Vestibül heraufdrang, dass irgendetwas nicht in Ordnung war. Sie warf einen erschrockenen Blick auf die kleine Uhr auf der Kommode, unternahm den untauglichen Versuch, sowohl ihre Haare als auch die weiten Falten des Hängekleides zu glätten, und eilte dann zur Tür und auf den Gang hinaus. Das Stimmengewirr schwoll beunruhigend an. Eigentlich wollte sie schnell die Treppe hinunter und nach dem Rechten sehen, aber als sie in der Höhe von Annelies Zimmer war, entschied sie sich, erst noch einen kurzen Blick nach der Schwester werfen. Sie öffnete die Tür zum Mädchenzimmer und blieb im nächsten Augenblick wie angewurzelt auf der Schwelle stehen, mit ungläubigen Augen das sich ihr darbietende Bild aufnehmend.

Frau Möller kniete neben Annelies Bett und hielt diese zärtlich mit den Armen umfangen, während Annelie offenbar bestrebt war, sich aus der Umklammerung zu befreien und mit unmissverständlicher Deutlichkeit sagte:

„Nein, bitte nicht, Frau Möller! Und nein, abermals nein, ich bin nicht Ihr Töchterchen!“

„Kleiner Trotzkopf!“, erwiderte Frau Möller nachsichtig, Annelie sanft über den Scheitel streichend.

Frieda hatte das Gefühl, ihr sackten die Knie weg. Als ob die Rothspons mit ihren plötzlichen Familienaktivitäten nicht schon genug wären – nun befand sich zu allem Überfluss offenbar auch noch Evas Mutter im Gasthof, und das seit einer guten Woche! Da half gar nichts mehr, sie mussten Farbe bekennen, und zwar auf der Stelle.

Frieda räusperte sich, und Frau Möller, die in ihren mütterlichen Gefühlsaufwallungen noch nicht einmal gemerkt hatte, dass jemand eingetreten war, fuhr herum.

„Fräulein Lüders!“, rief sie aus und rückte immerhin ein Stückchen von Annelie ab. „Ich schulde Ihnen eine Erklärung …“

Frieda ließ sich auf dem zweiten Bett neben der Puppe Evelina nieder und blickte Frau Möller fest in die Augen.

„Ich fürchte, es ist umgekehrt, Frau Möller“, sagte sie. „Wir schulden IHNEN eine Erklärung.“

Man kann nicht behaupten, dass Frau Möller alias Frau Gräfin Molinero-Büxeltoft, wie die Schwestern nunmehr erfahren hatten, von der Entwicklung der Dinge sonderlich angetan war. Zum Glück richtete sich ihre Entrüstung in erster Linie auf Rothspon, dessen erbrechtlich bedingte väterlichen Gefühle „die Mädelchen“ (wie sie sich auszudrücken beliebte) überhaupt erst in die prekäre Situation zu diesem Versteckspiel gebracht hatten. Hortense hätte zwar, wie sie den staunenden Schwestern gestand, Annelie als wiedergefundene Tochter bevorzugt, war aber wohl oder übel bereit, sich auch mit Eva abzufinden.

„Und wo ist das Kind jetzt?“, erkundigte sie sich mit einem letzten bedauernden Blick in Richtung Annelie.

Frieda erklärte, dass sie das Kind zwecks Erholung an die frische Luft in den Gastgarten geschickt habe, verschwieg aber sicherheitshalber, in wessen Begleitung. Die Frau Gräfin war indessen, wie wir wissen, nicht auf den Kopf gefallen; sie warf Frieda lediglich einen schrägen Blick zu und bemerkte:

„Na, dann wird dieser unsägliche Student sicher auch nicht fern sein – aber das wird jetzt ohnehin ein Ende haben!“

Frieda blieb es erspart, sich hierauf zu äußern, denn nun erklangen eilige Schritte auf dem Gang und Lines erregte Stimme:

„Fräulein Lüders, Fräulein Lüders! Wo stecken Sie? Sie müssen unbedingt kommen!“

20

An diesem Tag schien es, dass jeder Schrecken von einem noch größeren übertroffen wurde. Unten im Vestibül hatte das Herrenterzett mittlerweile zwei Flaschen Champagner auf das Wohl des Brautpaars geleert, das sich offenbar noch immer nicht aus dem Kaminzimmer hervor traute, woraufhin die drei sich bemüßigt fühlten, vor der geschlossenen Tür ein schönes Ständchen darzubringen. Diese Aufmerksamkeit war indessen zuviel für den Geschmack der Rothspons, die sich als künftige Brauteltern sozusagen in der Rolle des Festkomitees sahen und derlei champagnerbedingte Entgleisungen absolut nicht gutheißen konnten. Adolf machte den jungen Herren also aufs Entschiedenste klar, dass, wenn einer Grund zum Singen hätte, es die glücklichen Brauteltern wären – und wenn die es nicht täten, stünde es auch keinem anderen zu. Die Diskussion, die sich hier anknüpfte, wurde außerordentlich lebhaft, und da war der Zeitpunkt gekommen, in welchem die arme Line, der es bisher noch nicht einmal gelungen war, die Gäste ordnungsgemäß zu registrieren, Frieda geholt hatte.

Diese war nun auf halber Höhe der Treppe stehengeblieben und starrte ungläubig auf die Szene zu ihren Füßen.

„*Quelle confusion*!“, murmelte Frau Gräfin, die Frieda gefolgt und demzufolge gleich hinter ihr zum Stehen gekommen war, und Frieda konnte dem nur zustimmen.

Drei deutlich angeheiterte junge Kavaliere intonierten gerade lautstark die Kaiserhymne ‚Heil dir im Siegerkranz, Herrscher des Vaterlands‘, allerdings mit der kleinen textlichen Änderung ‚Heil dir im Brautgewand, Blume von Schleswig-Land‘, während ein Frieda völlig unbekannter mittelalterlicher Herr aus erkennbar besseren Kreisen die Sänger beiseite schob und wiederholt gegen die Tür des Kaminzimmers klopfte. Eine gleichfalls bessere Dame, anscheinend die Gattin des klopfenden Herrn, verlangte derweil fast so lautstark wie die Sänger nach Kesselstein.

Aus Richtung Veranda betrat nunmehr Else Hansen die Bildfläche, immer noch in reger Unterhaltung mit sich selbst oder zumindest mit einem für das normale Auge nicht sichtbaren Gesprächspartner.

„Sodom und Gomorrha, Else!“, sprach sie und fuhr ohne Unterbrechung fort: „Du sagst es, Mama!“

In diesem Moment öffnete sich die Eingangstür, und Max Hollmann, Doktor Klein, Sorgenfrei und Voss gesellten sich dazu, wobei der Polizeihauptmeister sofort die Sänger ins Visier nahm, ihnen Schweigen gebot und etwas von „Verunglimpfung Seiner Kaiserlichen Majestät“ und „strafrechtlich relevantem Gebaren“ verlauten ließ.

Die drei musikalischen Herren, denen der Schampus mehr und mehr in die Köpfe gestiegen war, fuhren mächtig erstaunt herum. Ferenc forderte die Obrigkeit zum Mitsingen auf, während Victor vorsorglich die dritte Flasche öffnete und nach frischen Gläsern rief. Peter hatte indessen Friedas achtunggebietende Erscheinung auf der Treppe entdeckt, und das erste (und letzte) Mal in seinem Leben fühlte er sich sofort und unwiderstehlich von einem weiblichen Wesen angezogen. Sein Traumbild krampfhaft fixierend, bewegte er sich auf unstetem Kurs in Richtung Treppe, sein Glas der holden Dame froh entgegenschwenkend, dass der Champager nur so schwappte. Frieda, der die aufziehende Gefahr nicht entgangen war, wollte sich im Zeitlupentempo Stufe für Stufe nach oben zurückbewegen, hatte jedoch die Gräfin hinter sich vergessen, was ihrem Rückzug ein jähes Ende bereitete.

Der putzige Peter hatte inzwischen die unterste Stufe erklommen, titulierte Frieda zur Freude aller als seinen „strengen Engel“ und beteuerte ihr in höchsten Tönen seine leidenschaftliche Liebe. Die Gräfin lachte ihr leises, melodisches Lachen, und Frieda machte die finsterste Miene, zu der sie fähig war, was die glühenden Gefühle des Herrn aber nur noch mehr anzufachen schien.

Seine beiden Freunde, die soeben das Fehlen der dritten Stimme entdeckt hatten, wandten sich um und hatten die Situation auf der Treppe im Nu analysiert.

„Nun kommen Sie schon runter, gutes Fräulein", rief Victor, von Otto Voss mit festem Griff am Arm gehalten, „wir wollen nicht noch länger auf unseren Tenor verzichten!"

Selbiger bewegte sich indessen unaufhaltsam auf das Ziel seiner Begierde zu, als Apotheker Hollmann wie der Held eines Bühnenspiels plötzlich aus dem Schatten trat, ihm die Hand auf die Schulter legte und etwas ins Ohr flüsterte.

„Teufel auch", rief Peter, den man noch nie so gesprächig wie an diesem Nachmittag erlebt hatte, „wie hätte ich das wissen sollen! Na, denn – und nichts für ungut!"

Er steuerte beschwingten Schrittes wieder auf seine Freunde zu, während Hollmann Frieda die Hand entgegenstreckte und in beiläufigem Ton bemerkte:

„Höchste Zeit, dass Sie kommen, Fräulein Lüders!"

„Was Sie nicht sagen!", zischte Frieda, nahm aber immerhin die Hand entgegen.

Da trat Doktor Klein zu ihnen.

„Auf ein Wort, Fräulein Lüders", sagte er in drängendem Ton, „bevor Sie Ihren Pflichten als Hausherrin nachkommen, eine kurze, doch ungemein wichtige Frage! Und Sie, Frau Gräfin – ich denke, Ihr Inkognito können wir jetzt getrost *ad acta* legen – treten Sie bitte näher; es betrifft auch Sie … Sie können übrigens ruhig dabei bleiben, Herr Apotheker, Sie wissen ohnehin, worum es geht."

Hollmann wusste das zwar nur bruchstückweise, und dass Frau Möller jetzt offenbar eine Gräfin war, erhellte die Zusammenhänge auch nicht gerade, aber an Friedas Seite zu bleiben, hatte einiges für sich, und so nickte er zustimmend.

Frieda blickte erstaunt von einem zum anderen. „Ja, bitte sehr, Herr Doktor, fragen Sie nur!"

Die Gräfin hinter ihr kam noch etwas dichter, und Justus Klein nahm beide Damen scharf ins Visier.

„Lassen Sie uns leise sprechen", sagte er mit gesenkter Stimme, „das muss jetzt nicht gleich die ganze Versammlung mit anhören! So, und nun bitte die Wahrheit: Wer ist in diesem Hause eigentlich die jüngste Tochter und damit auch das … äh … Findelkind – ist es Fräulein Eva oder Fräulein Annelie?"

Hortense von Molinero-Büxeltoft kam Frieda zuvor. „Aber bester Herr Doktor", hauchte sie, Klein die behandschuhte Hand sanft auf den Arm legend, „das sieht man doch auf Anhieb! Mein Töchterchen – jawohl, Fräulein Lüders weiß Bescheid – ist die kleine Eva!"

„Ach was!", entfuhr es dem verblüfften Hollmann.

„Es ist so, wie die Frau Gräfin sagt", flüsterte Frieda, still hoffend, von niemandem dazu befragt zu werden, warum eine Siebzehnjährige in hohen Schuhen und mit aufgesteckten Haaren herumlief, während eine Einundzwanzigjährige Zopf und Mädchenkleidung trug.

Doktor Klein strich nachdenklich über sein glatt rasiertes Kinn. „Soso!", war alles, was er dazu bemerkte, und Frieda atmete auf.

„Ich wollte übrigens gerade zu ihr", äußerte die Gräfin, „das Kind schnappt etwas frische Luft im Gastgarten."

„Ja, ich weiß", Doktor Klein wechselte einen langen Blick mit dem Apotheker, „bitte bemühen Sie sich nicht, Frau Gräfin – ich werde sie selbst hereinbitten, und ihren Begleiter gleichfalls …" Er wandte sich um und erhob die Stimme: „Sorgenfrei, Sie übernehmen hier vorübergehend, und sorgen Sie um Himmelswillen endlich für etwas Ruhe und Ordnung!"

„Ja, dies ist schließlich ein Trauerhaus“, schaltete Else Hansen sich unvermittelt ein, „nicht wahr, Mama?“

„Sie nun wieder!“, sagte die Gräfin kopfschüttelnd, während Rothspon quer durch den Raum rief:

„Hortense! Komm und sprich zu deinem … unserem … zu dem jungen Mädchen!“

Doktor Klein blieb wie angewurzelt stehen und sah mit gefurchter Stirn von der Gräfin zu Rothspon und wieder zurück. Hortense war der Blick nicht entgangen.

„Jaja, Herr Doktor“, flüsterte sie ihm zu, „es verhält sich haargenau so, wie Sie denken – und verlieren Sie jetzt bitte kein Wort darüber!“

Auch das noch, dachte Klein, während er in Richtung Haustür eilte, nun haben wir auch noch den Vater an der Backe! Aber was soll's, jetzt ist ohnehin alles gelaufen.

Die Gräfin gesellte sich indessen zu der Gruppe vor der Tür, freudig begrüßt von den drei Sängern. Sorgenfrei, die befehlenden Worte seines Vorgesetzten im Ohr, folgte ihr und ging breitbeinig in Stellung.

„Im Namen des Gesetzes, machen Sie auf!“, rief er dramatisch und verlieh seiner Forderung mit zwei Faustschlägen Nachdruck, und oh Wunder, die Tür zum Kaminzimmer öffnete sich tatsächlich.

Auf der Schwelle stand das verschämte Brautpaar, Hand in Hand und völlig fassungslos angesichts des Aufruhrs, den es ausgelöst hatte.

„Dietrich, du Schwerenöter“, sprach der vermeintliche Schwiegervater, der wie alle anderen nichts von dem Getuschel am Fuß der Treppe mitbekommen hatte,“ich werde hinsichtlich des Guts auf jeden Fall für einen Ehevertrag sorgen, das darfst du mir glauben!“

„Wieso du?“, fragte Dido total baff. „Du bist doch längst verheiratet! Tante Auguste, was hat er denn bloß?“

„Nun tu nicht so dumm“, sagte Adolf forsch, „du weißt doch genau, um wen es sich bei deiner Braut handelt!“

„Braut handelt!“, echote Peter, der nach seinem kurzen Abenteuer wieder in den Normalmodus zurückgefunden hatte.

„Natürlich weiß ich das“, entgegnete Dido fest und presste Mathildes Linke, „ich hoffe nur, du weißt das auch!“

Die Gräfin, die inzwischen ebenfalls Zugang zum Champagner erhalten hatte, lachte vergnügt, was ihr zwei bitterböse Rothsponsche Blicke eintrug. Adolf indessen wurde sich auf einmal der Tatsache bewusst, dass es seine Tochter war, die da so reizend an Kesselsteins Seite stand. Er trat zu Mathilde, fasste mit dem Zeigefinger leicht unter ihr Kinn und hob es hoch.

„Scheint, dass du ganz nach meiner Mutter kommst, Kleines, nach deiner Großmama … Fasse dich, Kind, vor dir steht – jawohl, dein Vater!“

Mathilde klappte den Mund auf, Dido klappte den Mund auf, Sorgenfrei und Voss klappten den Mund auf, und das tolle Terzett intonierte abermals ‚Heil dir im Brautgewand‘, offenbar ihr bestes Stück im Repertoire. Die Gräfin lachte, dass der Champagner ernstlich in Gefahr geriet, Else begann zu weinen, und Line, in sicherem Abstand hinter dem Empfangstresen, brachte ein gepresstes „Ja, aber –“ hervor. Frieda sank dort, wo sie neben Hollmann stand, auf die nächstbeste Treppenstufe und barg das Gesicht in den Händen – wobei Letzteres nichts damit zu tun hatte, dass sie sich nunmehr in Augenhöhe mit den strammen Radlerwaden befand, sondern damit, dass sie zum ersten Mal in ihrem Leben nicht wusste, ob sie lachen oder weinen sollte. Das Lachen setzte sich durch.

Der Apotheker warf einen mitleidigen Blick auf die zuckenden Schultern unter sich. Da konnte man mal sehen, selbst die energischste junge Dame offenbarte in Krisensituationen eine gewisse Nervenschwäche. Zu dumm aber auch, dass er *Hollmann's Nervenkügelchen (extra stark)* jetzt nicht griffbereit hatte, denn die guten Veilchenpastillen boten in derart schweren Fällen wenig Aussicht auf Erfolg. Er holte sein großes weißes, nach Menthol duftendes Taschentuch hervor und reichte es dem hilfsbedürftigen Fräulein. Frieda ergriff es dankend, und als sie zu ihm aufblickte, sah er, dass es erstaunlicherweise Lachtränen waren, die sie sich aus den Augen tupfte.

Bevor er der Sache auf den Grund gehen konnte, erschien nun zu allem Überfluss das angeschlagene Fräulein Annelie auf der Treppe. Blass und wackelig, einen Morgenmantel über dem Nachtgewand, und mit ihrem dramatischen Kopfverband ähnelte sie der Heldin aus einem Schauerroman, als sie sich am Geländer festhielt und einen ungläubigen Blick auf den Tumult im Vestibül warf.

„Heiliger Strohsack, was ist denn hier los?“, fragte sie ihre Schwester.

Frieda erhob sich, konnte vor Lachen aber keinen zusammenhängenden Satz hervorbringen. Alles, was Hollmann verstand, war „Mathilde“ und „Rothspons Tochter“, woraufhin auch Annelie lachte, dass ihr die Tränen kamen. Frieda reichte ihr wortlos Hollmanns schönes Taschentuch.

Es war die Braut höchstpersönlich, die für Ordnung sorgte.

„Hören Sie auf der Stelle auf damit!“, fuhr sie als erstes das tolle Terzett an. „Sie dürfen nachher gerne weiter singen, aber jetzt brauchen wir einen Moment Ruhe! Herr Polizeihauptmeister, und auch Sie, Herr Sorgenfrei – ich frage mich, wofür Sie eigentlich hier sind, wenn Sie ein derartiges Durcheinander zulassen!“

Die Sänger verstummten tatsächlich, und die beiden angesprochenen Herren nahmen unbewusst Haltung an. Dido bedachte seine Mathilde mit einem bewundernden Blick.

Diese ergriff abermals das Wort:

„Herr von Rothspon“, sagte sie, „denn ich nehme an, dass es sich hierbei um Sie handelt, auch wenn Sie sich mir noch nicht präsentiert haben! Leider obliegt mir die unangenehme Pflicht, einen peinlichen Irrtum aufzuklären. Hören Sie, ich bin nicht die, für die Sie mich halten – ich bin NICHT Ihr Fräulein Tochter.“

„Ja, wer kommt denn bloß auf solche Ideen?“, schaltete sich der Bräutigam ein, seine drei Busenfreunde äußerst scharf fixierend.

„Wir dachten –“, setzte Victor an.

„Du dachtest –“, zog sich Ferenc aus der Affäre.

„Schnickschnack!“, sagte Mathilde fest, und der putzige Peter wiederholte froh:

„Schnickschnack!“

„Aber – entschuldigen Sie bitte, Fräulein –“, verschaffte sich Rothspon Gehör.

„Lüders!“

„Bitte, Fräulein Lüders, wenn Sie es nicht sind, wer ist es dann?“

Er folgte Mathildes Blicken, die sich unglücklicherweise gerade jetzt mit denen ihrer Schwestern auf der Treppe gegenüber trafen. Das war auch Auguste nicht entgangen.

„Die kann es ja wohl nicht sein“, raunte sie ihrem Gatten zu, der todunglücklich Frieda in ihrem Sackkleid anstarrte, „die ist doch entschieden zu alt! Es sei denn natürlich, du hättest –“

„Hab’ ich aber nicht!“, raunte der Baron zurück, neue Hoffnung im Blick, denn nunmehr hatte er Annelie ausgemacht.

„Oh Gott, Auguste“, sprach er in seiner Aufregung lauter als beabsichtigt, „das arme Kind scheint in der Tat das Opfer des vorgestrigen Verbrechens zu sein!“

Bevor Mathilde sich hierzu äußern konnte, trat die Gräfin zu dem geprüften Adoptivelternpaar. Sie hatte sich in der vergangenen Viertelstunde so köstlich amüsiert wie seit Jahren nicht, hob ihr Champagnerglas und prostete Adolf und Auguste lässig zu.

„Abermals verkehrt, Adolf", sagte sie mit einem so charmanten Lächeln, dass Auguste bedauernd dachte, warum hat es bloß nicht die in der Holunderbowle erwischt oder zumindest bei einer Geisterattacke!

„Ich muss zugeben, diesem Irrtum bin ich für kurze Zeit auch erlegen", fuhr die schöne Gräfin nunmehr fort, sich zu allem Überfluss links bei Adolf und rechts bei Auguste einhakend und sie ein paar Schritte von den Sängern weg ziehend, die jetzt allesamt sowohl Aufmerksamkeit als auch Monokel auf Annelie richteten.

„Aber wie es so ist, ein Mutterherz irrt sich nie – nicht wahr, Frau Baronin, da stimmen Sie mir gewiss zu!", sprach sie in gedämpftem Tonfall weiter. „Wohlan, wie ich seit längerem weiß, ist unsere Tochter –"

„Sag schon, Hortense!", drängte der Baron.

„Es ist die vierte Schwester – ein ganz reizendes Kind, wie ich mich inzwischen ausgiebig überzeugen konnte", sagte Hortense strahlend.

„Die vierte Schwester!", rief Adolf aus. „Ja, aber wo ist sie denn?"

„Sie ist hier", erklang da eine kühle Stimme vom Eingang her, und Doktor Klein trat über die Schwelle, eine Aktentasche unter dem Arm und Eva an seiner Seite. Der unvermeidliche Wieland Schlotter, die strittige Mütze brav in der Hand, folgte zwei Schritte hinter ihnen.

Auch Eva strahlte. Das war ein Auftritt nach ihrem Geschmack, und mit ihren aufgesteckten Locken, den hohen Schuhen und in Annelies gutem zweiteiligen Kleid sah sie einfach hinreißend aus.

„Potzblitz", sagte Ferenc, das Monokel von Annelie auf Eva umschwenkend, „ja, hätte man das geahnt!"

Adolf warf ihm einen vernichtenden Blick zu, musterte aber mit derselben Kennermiene wohlgefällig die Proportionen seiner Tochter, bis Auguste, die sich bei erster Gelegenheit vom gräflichen Arm freigemacht hatte, ihn nachhaltig in die Rippen stieß.

„Na, habe ich zuviel versprochen?“, erkundigte Hortense sich mit süßem Lächeln.

„Eher zu wenig“, gab Auguste mit finsterer Miene zurück.

Doktor Klein beugte sich indessen zu Eva, wies mit dem Kinn auf Rothspons und die Gräfin, und flüsterte ihr etwas ins Ohr, woraufhin Eva dort, wo sie war, in einen anmutigen Knicks versank.

„Entzückend!“, kommentierte der glückliche Vater.

„Und wie!“, sagte Auguste mit einem Gesicht als habe sie in eine Zitrone gebissen.

„Besser erzogen als man annehmen sollte“, bemerkte die Gräfin.

„Wollen wir nicht ein schönes Lied anstimmen?“, fragte Ferenc seine Freunde. „Wir könnten zum Beispiel singen: ‚Horch, was kommt von draußen rein, ist es gar mein Töchterlein‘, das wäre doch durchaus passend, oder?“

„Der Trauermarsch aus der *Götterdämmerung* wäre mir lieber“, erwiderte Victor bitter, das sichere Entschwinden der Rothspon-Millionen vor Augen, und Ferenc, der sofort begriffen hatte, reichte ihm wortlos eine neue Champagnerflasche.

Doktor Klein überflog derweil mit Feldherrenblick die Ansammlung im Vestibül, bis seine scharfen Augen an Frieda hängen blieben.

„Fräulein Lüders“, sprach er sie an, „wohin könnte man sich mit den Betroffenen kurz zurückziehen?“

„Am besten ins Kaminzimmer, Herr Doktor; dort, wo meine Schwester und Herr von Kesselstein eben –“

„Verstehe“, sagte Justus Klein knapp. Er durchquerte schnellen Schrittes den Raum und hielt einladend die betreffende Tür auf, nachdem er als erstes Mathilde und Dido mit einer kurzen Handbewegung wieder in das Zimmer zurück gescheucht hatte, aus welchem sie sich gerade hervor getraut hatten. „Darf ich bitten!“ forderte er danach die anderen auf.

Rothspons und die Gräfin setzten sich in Bewegung, dann folgten Else Hansen, Wieland, Eva sowie Hollmann und Frieda, die jeder auf einer Seite Annelie untergehakt hatten. Als das tolle Terzett sich anschließen wollte, ließ Doktor Klein jedoch sozusagen die Schranke vor ihnen heruntergehen.

„Sie, meine Herren, sind allenfalls mittelbar beteiligt –“

„Aber ich bin der Neffe!“, protestierte Victor.

„Und ich bin der Freund!“, kam es von Ferenc.

„Freund!“, piepste Peter.

Der Doktor musterte sie von Kopf bis Fuß. „Also gut“, sprach er, „obwohl mir Ihr Zustand in der Tat bedenklich scheint ... Aber das sage ich Ihnen, dies ist die Aufklärung eines Verbrechens, und kein geselliges Beisammensein! Sie dürfen nur mit hinein, wenn ich keinen einzigen Ton von Ihnen höre – beim ersten Mucks fliegen Sie raus!“

„Mu –“, setzte Peter an, aber ein drohender Blick des strengen Herrn ließ ihn sofort verstummen.

„Der ist ja ernüchternder als schwarzer Kaffee!“, flüsterte Victor, als sie zum zweiten Mal an diesem denkwürdigen Tag über die Schwelle des Kaminzimmers traten. „Wer mag das wohl sein?“

„Sicher so ein Winkeladvokat“, meinte Ferenc.

Doktor Klein, dem dies nicht entgangen war, bedachte sie mit einem herablassenden Blick und schloss die Tür hinter Voss und Sorgenfrei, die die Nachhut gebildet hatten. Er wartete einige Sekunden, bis die Anwesenden sich auf die Sitzgelegenheiten verteilt hatten und Ruhe eingekehrt war.

„Für diejenigen, die es noch nicht wissen“, begann er in einer Art gepflegtem Plauderton und ließ seinen Blick zu den Rothspons schweifen sowie zu den drei jungen Herren, welche es sich auf dem Sofa bequem gemacht hatten. „Meine Name ist Justus Klein, Doktor Justus Klein, und ich vertrete ein gewisses – sagen wir, Haus in Berlin, ein Haus, dessen höchst ehrenvolle, wenn auch mitunter ebenso schwierige Aufgabe es ist, die Interessen des Vaterlandes zu wahren.“ Hier schaute er kurz in die Runde, begegnete aber (von zwei, drei Ausnahmen abgesehen) im wesentlichen verständnislosen Blicken.

„Was meint er denn damit?“, flüsterte Victor hinter vorgehaltener Hand.

„Bloß keinen Mucks“, flüsterte Peter zurück, der einen Heidenrespekt vor dem Herrn aus Berlin hatte, und sie verstummten.

„Wie gesagt, uns obliegt es, die Interessen des Vaterlandes zu wahren und in besonderen Fällen sogar regelrecht zu fördern“, führte Doktor Klein wenig publikumsträchtig aus.

Eva konnte ein Gähnen nicht unterdrücken, und die Freunde auf dem Sofa waren auch kurz davor.

„Besonders kompliziert wird diese Aufgabe aber, wenn außenstehende Personen unsere … äh … Operationen durchkreuzen. Die Folgen für das Vaterland sind in solchen Fällen meist verheerend, und für die Durchkreuzenden im Allgemeinen noch verheerender – wie das auch Frau Hansens trauriger Fall belegt.“

Eva gähnte erneut, und der Rest der Versammlung schwieg mehr oder minder beeindruckt, die meisten eher minder.

„Sie fragen sich sicherlich, warum ich Ihnen das erzähle –“

„Erzähle, genau!“, sagte Peter mit eifrigem Kopfnicken.

„Frage ich mich eigentlich schon die ganze Zeit“, murmelte Ferenc.

Doktor Klein fletschte die Zähne zu etwas, das wohl ein nachsichtiges Lächeln darstellen sollte, und ging nicht weiter darauf ein.

„Der Grund sowohl hierfür als auch dafür, dass wir uns hier versammelt haben, ist nämlich folgender – gestatten Sie mir, notgedrungen noch ein wenig auszuholen.“

„Oh nein“, flüsterte Victor, aber so leise, dass es nur auf dem Sofa hörbar war.

„Jeder von Ihnen ist sich als treuer Untertan Seiner Kaiserlichen Majestät mit Sicherheit der Tatsache bewusst, dass wir im Westen –“, Klein wies in Richtung Fenster und in etwa nach dort, wo der Ochsenweg die Bollingstedter Au kreuzte, „ – dass wir im Westen auf einer Insel in der Nordsee …“

„Was meint er? Meint er Sylt?“, fragte Peter und erhielt, da er in der Mitte saß, zeitgleich zwei Rippenstöße von links und rechts, während der Doktor mit erhobener Stimme fortfuhr:

„… auf einer GROSSEN Insel in der Nordsee – in unmittelbarer Nachbarschaft der armen Iren, Gott schütze sie! –, also, dass wir auf jener Insel einen bösen Feind haben, selbst wenn der dortige König die unverdiente Ehre hat, der Cousin unseres Kaisers zu sein. Dieser Feind nun trachtet unablässig danach, sich nützliches Wissen über unser liebes Vaterland anzueignen, und da versteht es sich von selbst, dass wir es im höchsteigenen Interesse genauso halten müssen. Selbstverständlich bin ich nicht befugt, hier und heute irgendwelche Details unserer geheimen Schutzmaßnahmen zu offenbaren, aber nehmen Sie zur Kenntnis, dass das, was sich an diesem Ort abgespielt hat, unsere ohnehin heikle Aufgabe vollständig torpediert hat.“

„Oh“, entfuhr es Hortense, der allmählich dämmerte, worum es bei den geheimen Schutzmaßnahmen gegangen war.

„Jawohl, oh!“, sagte der Doktor, die schöne Gräfin missmutig beäugend. „Sogar ein sehr großes Oh! Genauer gesagt, ein ‚Oh, schade‘! Alles, was wir für unseren Erfolg gebraucht hätten, wäre ein wenig Diskretion gewesen, und was geschieht?“

Er wandte sich jäh um und sein drohender Zeigefinger wies auf die völlig verschreckte Else Hansen. „Ihre Stiefmutter begeht die ungeheuerliche Dummheit, mittels einer skrupellosen Erpressung nicht nur das eheliche Glück der verehrten Frau Gräfin Molinero-Büxeltoft zu gefährden, sondern im gleichen Maße das Wohl des Vaterlandes! Der Anfang vom Ende, mein Fräulein, nicht mehr und nicht weniger als der Anfang vom Ende!“

Seine weiteren Worte verloren sich im Stimmengewirr, effektvoll untermalt von Elses neuerlichem Schluchzen.

„Hä?“, fragte Victor,. „Wie meint er das denn?“

„Anfang vom Ende“, erwiderte Peter ernst.

„Ist da noch Schampus in der Flasche?“, lautete der Beitrag von Ferenc.

„Sie wollte also wieder heiraten“, zischte Auguste schadenfroh in Adolfs Ohr.

„Dann hätte sie aber gewiss nichts dagegen, wenn wir ihre … unsere … Eva aufnehmen würden“, zischte Adolf zurück.

„Von welcher Gräfin ist denn hier die Rede?“, fragte Mathilde überrascht, und Frieda wisperte ihr und dem staunenden Dido flugs die jüngsten Ereignisse in Annelies Schlafzimmer zu.

„Dann hat Annelie also recht gehabt“, gab Mathilde zurück, „es hat tatsächlich etwas nicht gestimmt mit Frau Möller – wenn auch anders, als wir gedacht haben! Unglaublich, dass sie Evas Mutter ist! Wie hat Eva das denn aufgenommen?“

„Schau sie dir doch an – anscheinend bestens!“, Frieda wies mit dem Kinn nach dort, wo eine immer noch strahlende Eva dicht an dicht neben Wieland saß. Auf ihrer anderen Seite befand sich in einem Sessel Annelie, die das Gehörte offenbar erstmal überdenken musste.

„Hast du das verstanden, Eva?“, wandte sie sich an diese. „Was für eine Erpressung soll das denn sein? Meint er, die Hansen hat die Möller erpresst?“

„Die Frau Gräfin!“, stellte Eva richtig,“Frau Möller, also meine Mutter, ist in Wirklichkeit eine Gräfin! Der Herr aus Berlin hat mir eben alles erläutert.“

„Jaja, ich weiß“, knurrte Annelie, „sie hat es Frieda und mir vorhin selbst gesagt … Ich muss schon sagen, du kannst dich wahrhaftig sehen lassen mit deinen Eltern!“

„Ja, nicht wahr?“, strahlte Eva. „Der Baron war ja schon nicht schlecht, aber nun noch eine Gräfin als Mutter, was will man mehr?“

„In der Tat“, sagte Annelie, „da fehlt dir nur noch ein entsprechend adliger Verehrer!“

„Eine reine Frage der Zeit“, meinte Eva mit süßem Lächeln, „und bis dahin nehme ich gern mit Wieland vorlieb!“ Sie stieß ihn neckend in die Rippen.

„Herrschaften!“, Doktor Klein klatschte in die gepflegten Hände. „Ich darf um Ruhe bitten, damit wir allmählich zum Kern der Sache kommen! Wir haben also eine skrupellose Erpresserin, welche sich ihr Wissen um einen Fehltritt mit … äh … Folgen seitens der Frau Gräfin zunutze macht – nun hören Sie schon mit dem Geheule auf, Fräulein Hansen! Also weiter, kurz vor dem Mord übergibt Frau Gräfin Molinero-Büxeltoft ihrer Erpresserin in der bewussten Laube eine kleine Handtasche, in der sich die verlangte Summe von dreitausend Mark befindet. Habe ich das richtig wiedergegeben, Frau Gräfin?“

„Sie haben.“

„Und diese Handtasche hat sich offensichtlich in Luft aufgelöst, als die Tote wenig später aufgefunden wird! Fräulein Hansen, Sie haben die Leiche Ihrer Stiefmutter entdeckt, und Sie haben mir bereits versichert, dass Sie keine Handtasche gesehen haben.“

„Sie hatte den Kopf in der Bowle“, schluchzte Else, das Kleinsche Interesse an Handtaschen völlig ignorierend.

„Ja, das wissen wir, danke!“, der Doktor gab weitere Rückfragen auf und wandte sich stattdessen an Frieda, Mathilde und Annelie. „Sie waren die nächsten, die eintrafen – haben Sie eine Tasche bemerkt?“

Die drei Schwestern wechselten einen Blick. Dann sagte Frieda:

„Nein, da war keine Tasche“, und Mathilde und Annelie nickten zustimmend.

„Könnte Fräulein Hansen die Tasche bei sich gehabt haben?“

„Ich habe Fräulein Hansen in den Arm genommen und gestützt“, sagte Annelie nach kurzem Nachdenken. „Sie trug nur ihren Morgenrock über dem Nachthemd, und nein, es wäre mir sicher aufgefallen, wenn sie eine Handtasche bei sich gehabt hätte.“

Doktor Klein nickte, als habe er nichts anderes erwartet, und setzte die Befragung fort mit Hollmann, Eva, Wieland Schlotter, Kesselstein, Sorgenfrei und der Gräfin, in der Reihenfolge ihres Erscheinens am Tatort. Niemand hatte eine Handtasche gesehen.

„Wir halten also fest – Frau Hansen ist tot, und die Geldtasche ist verschwunden. So, und als nächstes beginnt diese wundersame Tasche ein erstaunliches Eigenleben … Berichten Sie uns doch mal, was Sie mir gestern erzählt haben, Fräulein Eva und Fräulein Annelie!“

Eva machte den Anfang, selbstverständlich abermals verschweigend, dass die Entdeckung der Tasche das Ergebnis einer strategisch angelegten Durchsuchungsaktion aller Gästezimmer gewesen war. Der Doktor stellte zum Glück auch heute keine betreffenden Fragen, sondern schien sich ausschließlich für den Fundort zu interessieren.

„Ich war auf Frau Mö–, also, auf dem Balkon von der Frau Gräfin“, übernahm Annelie jetzt. „Eva war noch nebenan mit den Blumenkästen bei Fräulein Hansen beschäftigt – das warme Wetter, verstehen Sie, da müssen wir die Blumen häufig gießen", setzte sie leicht errötend hinzu.

„Jaja, schon gut", winkte der Doktor ab, „und was geschah dann?"

Annelie berichtete vom Fund der leeren Tasche und wie sie diese wieder in die Stiefmütterchen zurückgesteckt hatten. „Wir wollten die Polizei natürlich noch davon verständigen", schloss sie.

„Natürlich", sagte Doktor Klein mit hochgezogenen Augenbrauen, „denn es hat Ihnen sicher zu denken gegeben, wie und warum die Handtasche dort gelandet ist!"

„Natürlich", sagten die Schwestern.

„Natürlich", wiederholte der Doktor, die Augenbrauen noch weiter himmelwärts. „Nun, ich kann diese Frage erfreulicherweise beantworten! Fräulein Hansen, sehen Sie sich im Stande, kurz wiederzugeben, was Sie mir gestern erzählt haben?"

„Sie war auf einmal da", schniefte Else, es den Zuhörern überlassend, den Sinn dieser Aussage zu entschlüsseln. „Ich habe immer mal nach den Blumen geguckt, also, auf dem Balkon, weil es doch so warm war …"

„Wissen wir", nickte Doktor Klein.

„Und dann war sie auf einmal da", wiederholte Else, „das war zwei, drei Tage nachdem Stiefmama tot war."

„Sprechen Sie weiter", drängte Klein, „nur noch die paar Sätze, danach können Sie gern wieder weinen!"

„Sie war auf einmal zwischen den Blumen", sagte Else, sichtlich um Fassung bemüht. „Ich nahm sie heraus und machte sie auf, aber sie war völlig leer! Wie seltsam, dachte ich, aber dann sah ich dass es IHRE Tasche war", sie warf einen bösen Blick in Richtung Gräfin, „diejenige, die zu ihrem Kleid passte und die sie an Stiefmamas letztem Abend dabei hatte … Und da ging mir auf, dass SIE die

Tasche bei mir versteckt haben musste! Aber warum sie das getan hat, das habe ich beim besten Willen nicht begriffen."

„Brauchen Sie auch nicht, Fräulein Hansen", beruhigte der Doktor. „Erzählen Sie uns lieber, was Sie danach taten!"

„Na, ich gab ihr die Tasche natürlich wieder zurück – was sollte ich denn auch damit! Ich steckte sie einfach zwischen die Blumen in ihren Balkonkasten, so wie sie das bei mir getan hatte."

„Sagte ich doch, dass es die Hansen war", flüsterte Eva Annelie zu, „ich habe also recht behalten!"

„Hm", machte Annelie, „das heißt noch gar nichts!"

„Danke, Fräulein Hansen, das wär's erstmal", Doktor Klein nickte Else zu. „Und jetzt zu Ihnen, Frau Gräfin! Wir wissen, dass die beiden jungen Damen inzwischen die von Fräulein Hansen auf Ihrem Balkon versteckte Tasche gefunden und sie wieder dorthin zurückgelegt haben. Nun kommen Sie, und wie es der Zufall so will, entdecken Sie gleichfalls die bewusste Tasche – war es nicht so?"

„So war es in der Tat", erwiderte Hortense mit matter Stimme, „und ich war völlig außer mir, als ich die Tasche, welche ich Frau Hansen mit dem Geld darin übergeben hatte, plötzlich leer auf meinem Balkon wiederfand! Das konnte nur eins bedeuten: Man wollte mich erneut erpressen, und diesmal wusste ich, dass es höchstwahrscheinlich jemand war, der auch vor einem Mord nicht zurückschreckte – einfach grauenvoll!"

Bei der Erinnerung an diesen schrecklichen Moment kamen der Gräfin die Tränen, und ganz anders als bei Else Hansen wurde jeder der anwesenden Herren auf der Stelle von ritterlichem Mitgefühl übermannt.

„Und Sie hatten niemanden, den Sie in Ihr Vertrauen ziehen konnten", stellte der Doktor tief bekümmert fest, „ganz allein und auf sich gestellt mussten Sie dieser fürchterlichen Gefahr trotzen … Aber wie Sie mir gestern bereits erläutert haben, hatten Sie zum Glück ja eine gute Idee!“

Hortense nickte, die schönen Augen mit dem Batisttüchlein betupfend, welches schon bei Polizeihauptmeister Voss so großen Eindruck gemacht hatte. „Ja, Herr Doktor“, fuhr sie fort, „ich dachte, wenn ich meine Handtasche mit ganz normalem Inhalt, versteht sich, dort wiederfinden würde, wo ich sie zuletzt bei mir hatte, dann würde das dem Erpresser sozusagen den Wind aus den Segeln nehmen. Allerdings musste das Wiederfinden im Beisein von Zeugen geschehen, und ich musste die Tasche vorher an Ort und Stelle verstecken, ohne dass jemand es merkte“, sie lächelte ein tapferes kleines Lächeln.

„Doch wie mir der Herr Apotheker berichtet hat, beobachtete er Sie zufällig bei genau diesem Tun auf Ihrem nächtlichen Gang in den Gastgarten“, fügte Doktor Klein hinzu. „Jaja, die Nacht hat tausend Augen … Aber wie dem auch sei, am nächsten Tag baten Sie dann Fräulein Annelie, die Tasche in der Laube zu suchen, wo Sie sie zuvor versteckt hatten.“

Die Gräfin blickte zu Annelie. „Verzeihen Sie die kleine Inszenierung, liebes Fräulein Annelie; es war nichts als die pure Verzweiflung! Und ich war so erleichtert hinterher, denn nun konnte man mir nichts mehr anhaben.“

„Machen Sie sich bitte keine Gedanken, Frau Gräfin, ich freue mich, dass ich Ihnen behilflich sein konnte“, sagte Annelie kühl. „Leider nur hatte das für mich die unangenehme Folge, dass man von nun an hinter mir her war, warum auch immer.“

„Ja“, stimmte Doktor Klein zu, „das hat mich auch einiges an Kopfzerbrechen gekostet! Aber der Reihe nach … Am Vormittag des nächsten Tages wurde auf Fräulein Annelie ein Anschlag mit hochgiftigem Eisenhut verübt; doch glücklicherweise war der Herr Apotheker zur Stelle, der das Schlimmste verhindern konnte. Nicht auszudenken, was hätte passieren können! Und dann kommen Sie mit dieser ausgesprochenen Schnapsidee –", er fixierte die Lüders-Schwestern der Reihe nach mit seinem scharfen Blick, „ – mit dieser unglaublichen Schnapsidee, den Mörder auf einer Séance zu überführen! Da fehlen einem doch glatt die Worte!"

„Wir hatten alles erwogen", begann Frieda stockend, „und wir dachten –"

„Wir dachten, dass es eigentlich nur Fräulein Hansen oder Frau Mö-, also die Frau Gräfin sein konnte", beendete Mathilde den Satz.

„Die Frau Gräfin wegen der Sache mit der Tasche", erläuterte Annelie.

„Und Fräulein Hansen auch wegen der Tasche, und weil sie doch so ihre Pläne hatte", ergänzte Eva.

Doktor Klein schüttelte missbilligend den Kopf.

„Das einzige, was ich Ihnen zugute halten kann, ist, dass Sie natürlich nur einen Teil des Ganzen überblicken konnten", sagte er, immer noch kopfschüttelnd. „Aber dass Sie, Herr Hollmann, sich zu so einem Unfug hergegeben haben, das ist schlichtweg unverzeihlich!"

„So ganz erfolglos war die Sache doch nicht", verteidigte sich Max Hollmann, „der Mörder hat sich schließlich aus der Reserve locken lassen und ein zweites Mal Fräulein Annelie angegriffen – womit wir allerdings nicht gerechnet hatten …"

„Das kann ich in Ihrem Interesse nur hoffen", sagte der Doktor mit Nachdruck. „Lassen Sie uns den Ablauf dieser ominösen Veranstaltung doch noch einmal kurz durchgehen!"

21

Die drei Teilnehmer der Séance, die von Hollmanns schnöden elektrischen Machenschaften noch nichts wussten, zeigten sich nach deren Offenbarung natürlich redlich empört.

„Also wirklich, Herr Apotheker!“, rief Hortense de Molinero-Büxeltoft. „Was haben Sie sich nur dabei gedacht! Mir hat Ihr kleines Spielchen einen Nervenzusammenbruch beschert!“

„Möglicherweise haben Sie sich sogar strafbar gemacht“, dokumentierte Wieland Schlotter mit wichtiger Stimme das geballte Wissen seiner zwei Semester Rechtswissenschaft.

„Nana, junger Mann“, verdarb ihm der Doktor prompt den Auftritt.

Else Hansen war ganz entgegen ihrer sonstigen Gewohnheit mucksmäuschenstill, zumindest zunächst. Sie saß kerzengerade mit im Schoß gefalteten Händen auf ihrem Stuhl, und eine steile Stirnfalte zeigte, dass sie verschärft nachdachte. Es dauerte einige Momente, bis sie zu einem Ergebnis gekommen war.

„Ja aber – sie hat doch geklopft!“, wandte sie sich in vorwurfsvollem Ton an Justus Klein.

„Das habe ich doch gerade erläutert, Fräulein Hansen, das war nicht Ihre Stiefmama, sondern der Herr Apotheker mittels seiner Vorrichtung!“

„Der Herr Apotheker? Aber er weilt doch noch unter uns!“

„Deswegen war ich auch gezwungen, mich einer Vorrichtung zu bedienen“, sagte Hollmann bescheiden. „Die Besucher aus den Höheren Sphären haben das bekanntermaßen nicht nötig.“

„Sehr richtig!“, stimmte Else zu. „Na, dann verstehe ich das Ganze auch! Und Sie meinen, Stiefmama ist überhaupt nicht erschienen, auch nicht später?“

Doktor Klein begann mit den Fingern der rechten Hand ungeduldig auf die Aktentasche neben sich zu trommeln, doch Hollmann behielt die Ruhe.

„Das, liebes Fräulein Hansen, ist eine absolut berechtigte Frage“, antwortete er freundlich, „Sie erinnern sich bestimmt an den brenzligen Geruch, der sich irgendwann ausbreitete – da hatte meine schöne Vorrichtung sozusagen ihren Geist aufgegeben, tja, und wer weiß, welche Geister dann an ihrer Stelle die Regie übernommen haben …“

„Das war, als der Leuchter erlosch und der Tisch umkippte“, Else nickte mit fachmännischer Miene, „ich dachte ja zunächst an einen Dämon, aber Sie haben ganz recht, Stiefmama war sicherlich nicht zufrieden mit Ihrer Vorrichtung und hat eingegriffen.“

So hatte Hollmann das zwar nicht ausdrücken wollen, aber angesichts von Elses glücklichem Gesichtsausdruck brachte er es nicht über das Herz, jetzt von Mordattacken zu sprechen.

„Es wird sicher ganz so gewesen sein, wie Sie sagen“, sagte er schlicht, während sich das Kleinsche Fingertrommeln zum Crescendo steigerte. „Und jetzt, Fräulein Hansen, habe ich ein kleines Präsent für Sie, sozusagen eine bescheidene Wiedergutmachung für Ihre Mühe mit den Geistern – hatte ich rein zufällig noch in meinen Satteltaschen!“

Er ging zu ihr und drückte ihr mit galanter Verbeugung eine längliche Schachtel in die Hand.

„*Hollmann's feine Rosenseife, in der günstigen Doppelpackung*“, las Else ergriffen, wurde so rosarot wie die Seife in der Doppelpackung und drückte die Schachtel tatsächlich an ihre magere Brust.

„Vielen, vielen Dank, Herr Apotheker! Mir hat noch nie ein Herr –“, hier brach sie ab, von ihren Gefühlen offenbar ganz überwältigt.

„Keine Ursache“, erwiderte Hollmann, „war mir ein Vergnügen! Ich dachte, ein Stück ist für Sie, und eins für Ihre Stiefmama …“

Bevor Else erneut in überschwängliche Dankesbeteuerungen ausbrechen konnte, griff der Doktor ein.

„So, das langt“, sagte er mit einem Gesicht, das aussah wie ein Gewitterhimmel im August,

„nicht, dass ich Sie unterbrechen möchte, aber wir haben da noch ein, zwei kleine Fragen, mit denen wir uns befassen müssten. Wenn ich kurz zusammenfassen dürfte – die Kerze erlosch also, und der Tisch hob sich auf einer Seite und stürzte dann um. Darf ich fragen, auf welcher Seite er sich hob?“

„Auf seiner!“, antworteten Schlotter und die Gräfin im Chor, anklagend auf Max Hollmann zeigend.

„Damit hatte ich nichts zu tun“, verteidigte sich dieser, „ich war genauso überrumpelt davon wie Sie und alle anderen, das dürfen Sie mir glauben!“

„Die scheinen recht unterhaltsam zu sein, diese Séancen“, flüsterte Ferenc Victor zu, „sollten wir vielleicht auch mal probieren – was meinst du?“

„Dafür sind offenbar Damen nötig“, gab Victor zu bedenken, während er sich bemühte, den putzigen Peter wieder einigermaßen in die Senkrechte zu bekommen, der mit dem Kopf an seiner Schulter eingenickt war.

„Lass ihn bloß schlafen“, empfahl Ferenc, „und wegen der Damen, da hätten wir schon mal dich und Peter –“

„Peter“, murmelte Peter mit seligem Lächeln, seufzte im Schlaf und verlagerte seine Position zur anderen Seite, sodass er jetzt gegen Ferenc lehnte, der vergeblich versuchte, ein Stückchen von ihm abzurücken.

„Lass ihn bloß schlafen“, sagte nunmehr Victor mit breitem Grinsen und griff nach seinem Champagnerglas.

„Ruhe!“, rief Doktor Klein mit scharfer Stimme. „Oder Sie setzen Ihre Unterhaltung draußen fort!“

„Er hat nur im Schlaf gesprochen“, brachte Victor als Entschuldigung hervor.

„Dann bringen Sie ihn am besten ins Bett, wenn er nicht sofort damit aufhört!“, sagte der Doktor eisig und wandte dem Sofa einen sehr abweisenden Rücken zu. „So, und nun zur Sache“, nahm er den Faden wieder auf, „uns beschäftigt eine ermordete Erpresserin, eine hin und her wandernde Geldtasche, aus der das Geld leider verschwunden ist, ein giftiger Blumenstrauß und eine aus dem Ruder gelaufene Séance. Dies alles ist auf den ersten Blick recht verwirrend, aber zum Glück hat die Abteilung für Vaterländische Sonderaufgaben eine unfehlbare Methode entwickelt, derlei obskure Vorgänge aufzuklären. Wir konzentrieren uns bei der Untersuchung schlichtweg auf die Frage, welche Personen sowohl ein Motiv als auch die Gelegenheit zur Tat haben, und erfahrungsgemäß bringt uns dies Vorgehen im Nu ans Ziel.“

Er hielt kurz inne, um das Gesagte auf die Anwesenden wirken zu lassen; die meisten Herren nickten anerkennend ob der Berliner Genialität, und auch die Damen zeigten angemessen beeindruckte Mienen. Nur Peter schnarchte leise. Doktor Klein bedachte ihn mit einem unfreundlichen Blick, zupfte seine makellosen Manschetten zurecht und sprach sodann weiter:

„Wie ich sagte, normalerweise bringt uns die betreffende Methode sehr rasch ans Ziel, und deshalb war ich noch vor einer knappen Stunde außerordentlich befremdet, dass unsere sonst so erfolgreiche Ermittlungstechnik im vorliegenden Fall zu versagen schien, denn bisher war ich ausschließlich auf Personen gestoßen, denen es entweder am Motiv oder an der Gelegenheit mangelte. Doch zum Glück gab es etwas, das uns weiterhalf …“

Zur Überraschung aller zog er die graue Handtasche aus seiner Aktentasche und hielt sie in die Höhe, und Fredi Sorgenfrei richtete sich mit stolzgeschwellter Brust ein wenig gerader auf.

„Etwa ein halbes Dutzend Personen aus diesem Raum hatte diese Tasche in den Händen, aber keinem von Ihnen ist aufgefallen, dass der große Fleck, der sich darauf befindet, einen absolut unverwechselbaren Geruch verströmt!“, sprach der Doktor mit strenger Miene. „Dazu bedurfte es offenbar des professionellen Sachverstandes der Abteilung für Vaterländische Sonderaufgaben! Noch nicht einmal Sie, Herr Apotheker, haben es gemerkt! Kommen Sie doch mal bitte –“, er winkte Hollmann zu sich und hielt ihm die Tasche unter die Nase. „Na, was riechen wir da?“

„Lebertran“, erwiderte Hollmann prompt, „Leberextrakt von Dorsch und Kabeljau, ganz eindeutig! Ich vertreibe übrigens ein ähnliches Präparat, allerdings unter Zusatz von frischen Hühnereiern und etwas Zucker, damit es besser schmeckt.“

„Danke, das reicht“, Doktor Klein ließ entnervt die Tasche sinken. „Ich will Ihnen zugute halten, dass Sie immerhin die richtige Richtung eingeschlagen haben … Dieser Fleck, meine Damen und Herren, riecht nicht nach Lebertran – egal, ob mit oder ohne Eier –, sondern schlicht und ergreifend nach Fisch! Herr Sorgenfrei, würden Sie den Anwesenden bitte erläutern, um was für einem Fisch es sich dabei handelt – da Sie ihn ja sozusagen persönlich gekannt haben!“

Fredis große Stunde hatte geschlagen. Strahlend informierte er die Anwesenden über den Fischbestand der Bollingstedter Au unter besonderer Berücksichtigung der Bachforellen, und Otto Voss, die Augen voller Stolz auf seinen neuen Freund gerichtet, hätte ihm am liebsten applaudiert. Dem bereitete der Doktor indes ein jähes Ende, indem er Fredis Vortrag gerade an der hochinteressanten Stelle über die Wahl des geeigneten Köder unterbrach:

„Bis hierhin und nicht weiter, Sorgenfrei! Verraten Sie uns jetzt lieber, wann Sie – selbstverständlich unter Verwendung eines geeigneten Köders – Ihre schöne Forelle gefangen haben!“

„Das war an dem Tag, als die Frau Gräfin ankam“, antwortete Fredi, immer noch strahlend, „zuvor hatte ich mich ein wenig mit den Damen Hansen unterhalten, also, ermittlungstechnisch befasst, und auf dem Rückweg, nicht weit von der Pforte zum Gastgarten, da ist diese hübsche Stelle, wo ich auch gestern … als Sie gerade eintrafen …“

„Genau“, sagte Doktor Klein, „diese hübsche Stelle unter den Erlen und Weiden – mit dem praktischen großen Stein halb im Gebüsch, auf welchem man seinen Fisch so gut ablegen und … äh … bearbeiten kann, bevor er in die Küche kommt, nicht wahr?“

„Sie sagen es!“, antwortete Fredi eifrig, „obwohl, mitunter kann es sich auch empfehlen, den Fisch später auszunehmen; es kommt halt ganz darauf an –“

„Danke, Herr Sorgenfrei, ich werde es mir merken“, erwiderte der Doktor. „Wir sind Ihnen auf jeden Fall ganz außerordentlich verbunden, dass Sie an jenem Tag Ihre Forelle an Ort und Stelle ausgenommen haben, denn sonst hätte die Tasche von Frau Gräfin nicht diesen äußerst aufschlussreichen Fleck bekommen, als jemand sie nach dem Mord an Frau Hansen just dort versteckte …“

Abgesehen von Peters geräuschvollen Atemzügen herrschte jetzt tiefe Stille im Raum. Klein ließ seinen scharfen Blick über die Häupter der Anwesenden wandern, bis er an Max Hollmann hängen blieb.

„Sie sind derjenige, dem ich wirklich zu Dank verpflichtet bin, Herr Apotheker! Aufgrund Ihres besonderen Talents, zur rechten Zeit am rechten Ort zu sein, habe ich vorhin erfahren, dass Fräulein Eva den Paradies-Apfel behalten hätte, falls Adam so ungalant wie Herr Schlotter gewesen wäre. Das ist zweifellos eine höchst interessante Information, doch noch interessanter – wenn auch nur aus kriminalistischer Sicht – ist, dass es sich hierbei um den Scherz einer Siebzehnjährigen gehandelt hat, nicht wahr, Herr Hollmann?“

Hollmann neigte zustimmend den Kopf, während die anderen erstaunt auf den Doktor blickten.

„Was hat er denn plötzlich mit dem Paradies?“, fragte Ferenc, der den Rest nur nebulös mitbekommen hatte.

„Paradies“, seufzte Peter und kippte wieder zur anderen Seite, sich dicht an Victor kuschelnd.

Dieser legte beschützend den Arm um ihn und sprach über seinen Kopf hinweg zu Ferenc: „Offenbar eine Sache zwischen Eva, Adam, diesem komischen Studenten und dem Apotheker!“

„Das wird's sein“, stimmte Ferenc zu. „Noch etwas Champagner, mein Lieber?“

Der komische Student rückte indessen etwas von seiner Angebeteten ab und schaute sie fragend an: „Eva? Was meint er damit?“

Eva hob eher gelangweilt die Schultern, während die Gräfin von hinten näher an ihre Tochter herantrat. Adolf von Rothspon, dies registrierend, traf daraufhin gleichfalls Anstalten sich zu erheben, um seine elterlichen Rechte unmissverständlich zu dokumentieren, doch Auguste hielt ihn mit eiserner Hand zurück.

„Nun warte doch erstmal ab, Adolf“, sprach sie in weiser Voraussicht, „er hat doch noch nicht zu Ende gesprochen!“

Doktor Klein hatte dies offenbar gehört, denn er räusperte sich und fuhr fort:

„In der Tat, höchste Zeit, dass wir zum Ende kommen mit dieser Geschichte! Ich will es kurz machen – Herr Hollmann hat mich haargenau mit dem versorgt, was bisher fehlte, mit der so überaus wichtigen Kombination von Motiv und Gelegenheit. Es gibt nämlich eine Person, die im Hinblick auf den Mord von besonderem Interesse ist, und das ist selbstverständlich der – verzeihen Sie, wenn ich es so ausdrücke – der Stein des Anstoßes, das betreffende Fräulein Tochter. Seltsamerweise war ich insofern zunächst der Auffassung, dass es sich hierbei um Fräulein Annelie handelte, die bekanntermaßen während der Tatzeit gemeinsam mit ihren beiden älteren Schwestern in den Wirtschaftsräumen zugange war."

Der Baron und die Gräfin schüttelten angesichts eines derart abwegigen Irrtums verständnislos die Köpfe, während die Lüders-Schwestern und Dido von Kesselstein erkennbar rosig anliefen. Sorgenfrei und Otto Voss gingen vor den sezierenden Blicken ihres Vorgesetzten hinter einer größeren Zimmerpalme in Deckung, während das Terzett auf dem Sofa auf der Stelle seine Solidarität mit dem Doktor bekundete.

„Irren ist doch menschlich", meinte Ferenc aufmunternd.

„Wir haben uns sogar gleich zweimal geirrt!", fügte Victor noch aufmunternder hinzu.

„Und du dich dreimal", raunte Auguste ihrem Adolf ins Ohr, einen vielsagenden Blick auf Frieda werfend.

„Wie dem auch sei", nahm Justus Klein mit ausgesprochen kühler Stimme den Faden wieder auf, „obgleich es offenkundig nur eine Frage kürzester Zeit war, bis ich den kleinen Irrtum korrigiert hätte, verdanke ich die wesentliche Erkenntnis, dass nämlich nicht Fräulein Annelie, sondern vielmehr Fräulein Eva die Betreffende ist, jedenfalls Herrn Hollmann ... So, und nun zu Ihnen, Fräulein Eva – es war ein hektischer Abend, nicht wahr? Gerade nachhause gekommen, mussten Sie sich rasch umziehen und bei der Bewirtung der vielen Gäste mithelfen, und dann war da plötzlich auch noch Wieland Schlotter, der Ihnen unmissverständlich seine Bewunderung kundtat! So war es doch, Herr Schlotter?"

Wieland nickte, wenn auch mit bänglichem Gesicht. „Sie – also Eva – sah einfach umwerfend aus", erklärte er den beeindruckten Zuhörern. „So hatte ich sie noch nie gesehen, obwohl wir uns ja seit längerem kannten. Na, und Annelie, die war zuvor so ... so unfreundlich gewesen ... Da dachte ich, dass ich vielleicht mit Eva –"

„Sie verabredeten sich zu einem Stelldichein am Fluss", beendete Doktor Klein den Satz für ihn. „Aber da Sie zunächst mit Ihren Sangesbrüdern gemeinsam aufbrechen mussten, bevor Sie sich absentieren und zum Uferweg zurückgehen konnten, kamen Sie etwas später dort an – jedenfalls später als Fräulein Eva."

Hortense de Molinero-Büxeltoft schob sich zwischen Eva und Wieland und legte ohne ein weiteres Wort den Arm um Evas Schultern. Auguste schaute mit angewiderter Miene an ihnen vorbei aus dem Fenster, der unglückliche Baron hingegen blickte kummervoll auf den Rothsponschen Siegelring an seiner Hand. In Victors Gesicht dämmerte ein allererster Hoffnungsschimmer, und Ferenc füllte mit dem restlichen Champagner ihre Gläser auf. Mathilde und Dido drückten einander aufmunternd die Hände; Else saß regungslos, den Doktor anstarrend wie das Karnickel die sprichwörtliche Schlange. Frieda und Annelie tauschten besorgte Blicke mit Apotheker Hollmann – wo mochte dies alles noch hinführen?

Auch die weiteren Worte des Doktors waren nicht gerade beruhigend:

„Als der Abend um Mitternacht sein Ende gefunden hatte, schlüpften Sie, Fräulein Eva, durch die Pforte zu Ihrem Rendezvous. Sie mussten ein wenig warten, bis Herr Schlotter endlich erschien, und als sie beide dann zusammen waren, da haben Sie tatsächlich nichts Verdächtiges gehört; insofern entspricht Ihre gestrige Aussage auch völlig der Wahrheit. Was Sie allerdings gehört haben, war etwas ganz anderes, nämlich etwas, das VOR dem Mord geschah, während Sie, wie gesagt, noch auf Ihren Verehrer warteten … Die Gäste waren gegangen; nur noch zwei Damen befanden sich in der einen Laube, und als Sie auf dem Uferweg in deren Höhe waren, hörten Sie ein Gespräch mit an, das Sie nie im Leben für möglich gehalten hätten – war es nicht so?"

Eva schwieg, und Hortense zog sie noch etwas dichter an sich. Doktor Klein bedachte sie erneut mit einem missmutigen Blick.

„Frau Gräfin, wie wäre es, wenn Sie der Einfachheit halber für uns alle das Gespräch wiederholen, von dem Sie mir gestern berichtet haben?"

Hortense seufzte tief, kam aber der Aufforderung mit Fassung nach.

„Nun, als wir allein waren, erkundigte sich Frau Hansen sogleich, ob ich das Geld bereit habe, und ich gab ihr die Tasche. Sie warf einen Blick hinein, versicherte sich, dass der Betrag stimmte, und hatte die Frechheit, sich überschwänglich für meinen Großmut zu bedanken. Dann fragte sie tatsächlich, ob ich nicht entzückt von meinem Töchterchen Annelie sei, und wie die englische Verwandtschaft sich erst freuen werde! Ich sagte, sie solle um Himmelswillen den Mund halten oder sie werde mich von einer anderen Seite kennenlernen, doch sie lachte nur und antwortete, dass es keine Seite an mir gebe, die sie nicht kenne … Ich erwiderte daraufhin, dass ich davon ausgehe, dass die Angelegenheit hiermit endgültig geregelt sei, aber –"

„ – aber die Hansen sagte, dass man ja nie wisse, in was für Notlagen man noch geraten könne!", vervollständigte Eva in gerechter Empörung den Satz.

Im Kaminzimmer war es jetzt so still, dass man sogar das Husten auf der feindlichen Insel im Westen hätte hören können.

„Das konnten Sie natürlich nicht so einfach hinnehmen, Fräulein Eva", sprach Justus Klein mit täuschendem Sanftmut. „Sie hatten plötzlich auf schockierende Weise erfahren, wer Ihre Mutter war – eine bezaubernde Mutter, obendrein noch eine Gräfin, die in den höchsten gesellschaftlichen Kreisen verkehrte! Ach, wie gerne wären Sie zu ihr geeilt, zumal es ja auch noch den ärgerlichen Irrtum bezüglich Fräulein Annelie aufzuklären galt! Aber nun hatten Sie erfahren, dass Ihre Mutter Ihretwegen in schlimmen Schwierigkeiten steckte, erpresst von einer gemeinen Frauensperson, die einst in Lohn und Brot bei ihr gestanden hatte und jetzt ihr Vertrauen missbrauchte – und es offenbar noch weiter zu missbrauchen gedachte! Und, wie gesagt, das alles Ihretwegen! Aber da kam Ihnen die gute Idee, dass Ihre Mutter Sie bestimmt tausendmal lieber in die Arme schließen würde, wenn Sie sie von diesem kleinen Problem befreit hätten, nicht wahr?"

Eva schwieg wieder. Hortense hatte den Arm von ihren Schultern genommen und blickte ihr prüfend ins Gesicht.

„Du hast DAS für mich getan?", fragte sie ungläubig.

Da warf sich ihr Eva schluchzend an den Hals. „Ich wollte ja nicht –", weinte sie, „als Sie – als du weg warst, da bin ich zur Laube gerannt und habe die Hansen zur Rede gestellt. Ich habe ihr gesagt, dass sie dich in Ruhe lassen soll, aber sie hat nur gelacht und meinte: ‚Sieh an – da haben wir ja unsere Kleine! Und alle laufen hinter Fräulein Annelie her, nein, wie kurios! Aber das hätte ich mir denken sollen, als ich Sie vorhin mit diesem Burschen sah – der Apfel fällt ja bekanntlich nicht weit vom Stamm!' Dann wurde sie richtig böse und sagte, ich solle lieber nicht von Dingen reden, von denen ich nichts verstehe, und danach wollte sie einfach weggehen als wäre ich gar nicht vorhanden … Da habe ich zu diesem Bierkrug gegriffen, und – und – ich weiß auch nicht wie … Sie sackte vornüber, mit dem Gesicht in die große Bowlenschale, und ich bekam fürchterliche Angst und bin einfach davon gerannt."

„An die Geldtasche haben Sie aber zum Glück noch gedacht", sprach Doktor Klein in das Schweigen hinein, „die konnten Sie ja nicht so einfach in der Laube liegen lassen …"

„Ich wollte sie meiner Mutter wieder zurückgeben", sagte Eva schlicht.

„Selbstverständlich“, nickte der Doktor, „das wäre sicherlich auch gegangen, wenn der verhaftete Herr Sorgenfrei, welchen alle für den Täter hielten, sich nicht so schnell als unschuldig erwiesen hätte! Nun würde die Suche nach dem Täter also von neuem losgehen; ihre Schwestern piesackten Sie auch schon mit ihren Verdächtigungen, von denen einige der Wahrheit gefährlich nahe kamen … Vor allem Annelie, nicht wahr, die immer wieder darauf beharrte, dass mit Ihrer Mutter etwas nicht stimme … Da beschlossen Sie, den Verdacht auf eine andere Person zu lenken, indem Sie die leere Tasche bei Fräulein Hansen auf dem Balkon platzierten und dafür sorgen wollten, dass man sie dort fand. Leider nur ist Ihnen Fräulein Hansen zuvorgekommen und hat genau das getan, was absolut nicht geschehen durfte: Nämlich die Tasche wieder bei ihrer Eigentümerin deponiert, welche dadurch ziemlich in den Mittelpunkt der Verdächtigungen rutschte.“

„Wer konnte denn damit rechnen“, verteidigte sich Eva.

„Sie brauchen sich deswegen keine Vorwürfe zu machen“, beruhigte Doktor Klein, „Sie haben ja alles wieder in Ordnung gebracht – oder es zumindest versucht … Es war natürlich katastrophal, dass ausgerechnet Annelie die Tasche auf dem Balkon Ihrer Mutter fand – von dem Spektakel hinterher ganz zu schweigen!“

„Und dann fing Annelie noch damit an, dass sie meine Mutter schon einmal irgendwo gesehen habe und dass sie sich bestimmt daran erinnern werde“, erläuterte Eva indigniert, „auch das noch! Ich wusste weder aus noch ein.“

„Jaja“, erwiderte der Doktor freundlich, „da ist es natürlich nur allzu verständlich, dass Sie Ihre Ziehschwester auf irgendeine Weise zum Schweigen bringen mussten! Glänzende Idee mit dem Eisenhut – dumm nur, dass der Herr Apotheker die Sache vermasselte! Dafür waren Sie dann ja auf der Séance etwas erfolgreicher; ich nehme an, Sie haben die Kerze ausgeblasen, sich den Leuchter geschnappt und sodann – von Ihrem Platz direkt neben Herrn Hollmann aus – den Tisch zum Kippen gebracht?“

Eva nickte. „Das war eigentlich ganz leicht“, sagte sie, Stolz in der Stimme, „aber hinterher herrschte ein derartiges Durcheinander, und in der Dunkelheit konnte ich nicht so gut zielen. Also, nicht dass ich Annelie gleich GANZ umbringen wollte …“

Es dauerte einige Momente, doch dann erhob sich lautes Stimmengewirr.

„Um Himmelswillen! Das – meine Tochter!“, rief der Baron in höchstem Entsetzen, während sich seine Gattin mit einem schlichten „Siehste, Adolf!“ begnügte.

Victor tauschte mit Ferenc einen langen Blick und sprach: „DAS dürfte sich also erledigt haben!“

Ferenc erhob zustimmend sein Champagnerglas, und Peter schreckte kurz hoch, äußerte laut und deutlich: „Jawohl, erledigt!“, und sackte wieder in seine Schlummerposition zurück.

Else besprach die Neuigkeiten erregt mit ihrer Stiefmama und verkündete dann in weihevollem Ton, dass die Bewohner der Höheren Sphären äußerst ungehalten über das Vorgefallene seien.

„Und nicht nur die“, fügte Justus Klein weniger weihevoll hinzu.

Otto Voss entwich verständlicherweise ein sehr bestürztes „Plupp“, Sorgenfrei stand mit offenem Mund, und Hollmann fingerte kopfschüttelnd nach seinen Veilchenpastillen. Mathilde hatte die Hände vor das Gesicht geschlagen und weinte, während Dido ihre Schulter tätschelte und sinnvolle Ratschläge murmelte wie „Nana, wer wird denn gleich!“ und „Kopf hoch!“ und „Nur nicht den Mut verlieren!“

Frieda tastete das erste Mal seit Tagen wieder nach ihrem silbernen Zigarettenetui, aber in ihrer Rocktasche herrschte gähnende Leere. „Das darf doch wohl nicht wahr sein!“, sagte sie für alle vernehmlich, offen lassend, ob sich die Äußerung auf Eva oder die fehlenden Zigaretten bezog.

Hollmann, der das Manöver beobachtet hatte, ging zum Rauchtischchen, nahm die dort stehende Dose und bot sie ihr stillschweigend an. Frieda warf nur einen kurzen Blick hinein und unterdrückte trotz der tragischen Situation offenbar nur mit Mühe das Lachen.

„Besten Dank, Herr Apotheker“, sprach sie, „aber Sie haben leider die Zigarren erwischt! Nein, lassen Sie nur – bitte keine Zigaretten mehr, ich denke, ich kann mit einer Ihrer Veilchenpastillen auskommen …“

Annelie war leichenblass geworden und brachte kein einziges Wort hervor, und auch Wieland Schlotter sah nicht gerade rosig aus. Er war einige Schritte von Eva und ihrer Mutter weg getreten, und man konnte an seinem abwesenden Gesichtsausdruck sehen, wie seine Gedanken rotierten. Schließlich schien er zu einem Ergebnis gekommen zu sein.

„Sie – haben – das alles sehr überzeugend dargetan, Herr Doktor“, sprach er mit der ganzen Würde eines Jurastudenten im zweiten Semester, „aber mir deucht, es mangelt etwas an Beweisen! Was ist zum Beispiel mit dieser Geldtasche – Eva hatte sie nicht bei sich, als wir uns an dem bewussten Abend trafen!“

„Selbstverständlich hatte sie das nicht“, entgegnete Doktor Klein, „Sie sind schließlich nicht auf den Kopf gefallen, oder, Fräulein Eva?“

„Ich sage gar nichts mehr“, antwortete Eva mürrisch.

„Das kann ich Ihnen nicht verdenken, aber ich komme auch ohne Ihre Mithilfe zurecht! Wie ich schon sagte, Sie nahmen die Tasche mit, aber als Sie durch die Gartenpforte hindurch waren, da fiel Ihnen ein, dass Sie die Tasche ja schlecht zu Ihrem Stelldichein mitnehmen konnten. Also sahen Sie sich schnell nach einem Versteck um, und die einzige geeignete Stelle, die Sie in der Dunkelheit ausmachen konnten, war der große Stein halb im Gebüsch, welcher auch schon meinem Mitarbeiter ins Auge gesprungen war, wenn auch, wie wir wissen, in anderem Zusammenhang … Dort hat die Tasche dann auch den gewissen Fleck abbekommen! Nun konnten Sie Ihren Verehrer treffen, und dann haben Sie bei nächster Gelegenheit – vermutlich, als die Polizei wieder aus dem Hause war – die Geldtasche abgeholt."

„Ich sage gar nichts!", wiederholte Eva.

„Ja, aber – wo ist das Geld denn jetzt?", hakte Schlotter nach.

„Fragen Sie Ihre Freundin", gab ihm Justus Klein den wohlmeinenden Rat, „aber da ich vermute, dass sie das lieber für sich behält, darf ich Ihnen versichern, dass es nur eine Frage der Zeit ist, bis wir es gefunden haben. Wir stellen das ganze Anwesen auf den Kopf, und glauben Sie mir, meine Leute sind versierter als die Landpolizei!"

Annelie, immer noch blass und schweigend, hatte den Wortwechsel mit wachsender Aufmerksamkeit verfolgt. Schließlich erhob sie sich etwas wackelig und entschuldigte sich kurz, ohne dass die Anwesenden dem große Bedeutung beimaßen.

Der Doktor fuhr fort: „Ich würde es natürlich bevorzugen, wenn Sie sich bezüglich des Geldes zur Zusammenarbeit mit uns entschließen könnten, Fräulein Eva – das wäre sicher nicht zu Ihrem Nachteil!"

Eva schüttelte mit beredter Miene den Kopf, den warnenden Blick ihrer besorgten Mama ignorierend.

„Wie Sie wollen", auch Justus Klein schüttelte mit beredter Miene den Kopf, „WIR sind schließlich nicht darauf angewiesen und können jederzeit auf unsere eigenen Methoden zurückgreifen."

„Das wird nicht mehr nötig sein, Herr Doktor“, erklang da die Stimme von Annelie, die soeben ins Kaminzimmer zurückgekehrt war. In den Armen trug sie die ziemlich demoliert wirkende Puppe Evelina.

Eva warf ihr einen bitterbösen Blick zu. „Wie kannst du nur, Annelie!“, rief sie empört. „Mir so in den Rücken zu fallen! Ich hätte doch mit dir geteilt!“

„Oh ja, sicherlich“, entgegnete Annelie ganz ruhig, „vorausgesetzt natürlich, es wäre dir nicht gelungen, mich vorher endgültig auf den Friedhof zu befördern! Weißt du, Eva, ich verzeihe dir einiges – dass du mir Wieland ausgespannt hast, in sieben Tagen fast alle meine Kleider und Schuhe ruiniert hast, und dir jede erdenkliche Mühe gegeben hast, mich – wenn auch netterweise nicht ganz – umzubringen. Aber ich verzeihe dir nicht, dass du die arme Evelina aufgeschnitten und ihren Bauch mit diesem Blutgeld vollgestopft hast!“

22

Doktor Klein war noch am selben Nachmittag zusammen mit Sorgenfrei, Hortense de Molinero-Büxeltoft und der unaufhörlich vor sich hin weinenden Eva in Richtung Berlin aufgebrochen. Vorher hatte es einen bewegenden Abschied gegeben, und zwar nicht zwischen Eva und ihren Ziehschwestern, sondern zwischen Otto Voss und Alfred Sorgenfrei. Minutenlang hatten sie händeschüttelnd auf dem Vorplatz des Gasthofs gestanden, während Justus Klein mit den beiden Damen bereits im Fond des Automobils saß und der Chauffeur, die schwere Kurbel in der Faust, von einem Fuß auf den anderen trat und auf ein Zeichen wartete, dass er endlich den Motor anwerfen konnte.

„Es war eine Freude, dich kennenzulernen, lieber Otto“, sagte Fredi, „was wirst du mir fehlen!“

„Dito, Fredi“, antwortete Voss, „aber ich habe eine hervorragende Idee! Der Nachteil ist allerdings, dass du deine glänzende Karriere in der Hauptstadt dafür aufgeben müsstest … Bei uns in Schleswig ist nämlich demnächst eine Stelle zu besetzen – wir sollen einen Kriminalassistenten bekommen, und die Position wäre dir doch geradezu auf den Leib geschrieben, bei deinen Fähigkeiten! Ich könnte ein gutes Wort für dich einlegen …“

Alfred Sorgenfrei, für den noch niemals irgendjemand irgendwo ein gutes Wort eingelegt hatte, schwieg, zutiefst ergriffen von seinen Gefühlen.

„Ja, aber vielleicht willst du das ja gar nicht“, sprach Voss in fragendem Ton, von Fredis Schweigen verunsichert. „Könnte ich durchaus verstehen, alter Junge, mit Berlin können wir natürlich überhaupt nicht konkurrieren!“

„Von wegen!“, rief Sorgenfrei da aus. „Es ist genau anders herum – Berlin kann nicht mit euch konkurrieren! Natürlich will ich, Otto, nur allzu gerne! Ich war eben bloß ganz überwältigt von der Vorstellung … mit dir zusammen … in Schleswig!“

„Wir könnten Sonntag vormittags auf der Schlei rudern!“

„Und Sonntag nachmittags angeln!“

Doktor Klein, unfreiwilliger Zeuge dieses bewegenden Gesprächs, hätte sich am liebsten die Hände gerieben. Zugegeben, die Chancen, die schöne Gräfin in IIIb-relevanter Weise auf den englischen Hochadel anzusetzen, standen bekanntermaßen unterhalb von Null, aber dafür konnte es gelingen, unauffällig und überaus elegant den wohl untauglichsten Mitarbeiter loszuwerden, welcher jemals seinen Fuß ins Dienstgebäude am Königsplatz gesetzt hatte. Absolut kein schlechtes Ergebnis, dachte Justus Klein, absolut kein schlechtes Ergebnis!

„Kommen Sie, Sorgenfrei“, rief er geradezu freundlich und bedeutete dem Chauffeur, den Motor anzukurbeln. „Los geht's – je eher wir aufbrechen, desto eher sind Sie wieder zurück!“

*

Auch bei den anderen in Aubrück Anwesenden standen die Zeichen auf Abschied, allerdings erst am nächsten Tag. Dido war damit einverstanden, dass Ferenc die andere Hälfte seines Doppelbetts für eine Nacht mit ihm teilte, während Victor und Peter das verwaiste Zimmer von Doktor Klein nebenan bezogen. Für Adolf und Auguste war nunmehr Platz in Hortenses vormaligen Doppelbett, ein Umstand, welcher Auguste zu einigen sehr spitzen Bemerkungen gegenüber ihrem kleinlauten Gatten veranlasste. Zum Glück bot die Anwesenheit der anderen Herren dem Baron die willkommene Möglichkeit, sich in deren Gesellschaft zurückzuziehen, um mit einer großzügigen Portion Zigarren und Cognac die angegriffenen Nerven zu stärken.

Auguste nutzte die Gelegenheit, um die Verlobte ihres Neffen näher in Augenschein zu nehmen und musste nach kürzester Zeit feststellen, dass Fräulein Mathilde auch den strengsten Anforderungen genügte. Die beiden Damen verbrachten eine äußerst angenehme Plauderstunde auf der Veranda und tauschten sich angeregt über die Führung von Hauspersonal und die Speisefolge bei größeren gesellschaftlichen Anlässen aus – ein Thema, welches glücklicherweise eine höchst beruhigende Wirkung auf Mathildes erschüttertes Gemüt ausübte. Ihre Unterhaltung endete damit, dass Mathilde die offizielle Genehmigung erhielt, die Baronin fürderhin mit „Tante Auguste" zu titulieren und man sich in tiefer Sympathie auf die Wange küsste.

„Jetzt, da wir sozusagen *en famille* sind, kann uns die kleine Annelie doch auch mal auf Gut Rothspon besuchen", sprach Tante Auguste, auffordernde Blicke in Richtung Victor schickend, der gerade mit Peter am Arm vorbeigeschaukelt kam, um die Stunde des Abendessens zu erkunden.

„Ja, warum nicht?", erwiderte Victor überraschend. „Falls wir jemals so eine fidele kleine Séance auf die Beine stellen wollen, brauchen wir doch noch ein paar RICHTIGE Damen, was, Peter?"

„Jawohl, richtige Damen!", sagte Peter und vollführte, sich fest an Victors Arm klammernd, eine tadellose Verbeugung.

Die „kleine Annelie" hatte sich indessen auf ihr Zimmer zurückgezogen, wo sie, drei Kissen im Rücken und die wieder zugenähte Evelina neben sich, traurigen Auges abwechselnd auf Evas für immer verlassenes Bett und in die Luft starrte. Ein zaghaftes Pochen an der Tür unterbrach schließlich die tristen Gedanken, und auf das „Herein!" schob sich Else Hansen über die Schwelle, ein kleines, nett verpacktes Päckchen in den Händen.

„Fräulein Hansen!“, rief Annelie erstaunt.

Else nickte ihr zu, schaute sich nach einer Sitzgelegenheit um und ließ sich dann ohne große Umstände auf Evas Bett nieder.

„Armes Fräulein Annelie“, sprach sie, „mir ist aufgegangen, dass Sie ja auch ein Opfer dieses bösen Geistes sind, selbst wenn Sie anders als meine arme Stiefmama die Attacke überlebt haben!“

„Das bedauere ich auch zutiefst“, erwiderte Annelie höflich.

„Ich auch“, erklärte Else aufrichtig, fügte dann aber nach einigem Nachdenken hinzu: „Also, damit meine ich nicht, dass es mir leid tut, dass Sie überlebt haben, sondern dass Stiefmama tot ist.“

„Wie nett, dass Sie das sagen“, Annelie brachte ein ziemlich zittriges Lächeln zustande. „Ich darf Ihnen wiederum versichern, dass nicht nur ich, sondern wir alle untröstlich sind über das schreckliche Verbrechen in diesem Haus, das Ihnen soviel Schmerz und Kummer zugefügt hat.“

Else beugte sich etwas vor und senkte die Stimme. „Ich hatte Besuch aus den Höheren Sphären“, sagte sie in vertraulichem Ton, „Monsieur Kardec, der große Druide, war bei mir und hat mir offenbart, dass es für Stiefmama schlichtweg an der Zeit gewesen ist, hinüberzuwechseln … Klara und ich werden uns übrigens bald auf die Reise machen und ihn auf Père Lachaise besuchen.“

„WO wollen Sie ihn besuchen?“, fragte Annelie verblüfft, sich von der Suchaktion in Elses Zimmer dunkel daran erinnernd, dass der genannte Monsieur trotz Wiedergeburt seit knapp vierzig Jahren verstorben war.

„Na, Père Lachaise, der berühmte Friedhof in Paris“, erläuterte Else weltläufig.“Was meinen Sie, wie ich mich darauf freue, und Klara auch! Sie hat nämlich eine spezielle Freundin dort, Madame de Califourchon, welche unter der Guillotine ihr Haupt verloren hat.“

„Wie schön für Sie“, brachte Annelie etwas mühevoll hervor, „das wird bestimmt ein reizendes Treffen!“

„Oh ja“, strahlte Else und drückte Annelie das Päckchen in die Hand. „Sie sind wirklich ein nettes Mädchen, Fräulein Annelie! Und da es nun einmal so ist, dass man in den Höheren Sphären keine Seife benötigt, möchte ich Ihnen gern das Stück Feine Rosenseife schenken, das der Herr Apotheker für Stiefmama gedacht hatte. Klara könnte es zwar auch gut gebrauchen, aber ich finde, Sie genießen da einen gewissen Vorrang – nachdem Sie fast gemeinsam mit Stiefmama hinübergewechselt wären … Und wenn Sie oder auch Fräulein Frieda mal nach Mürwik kommen, dann schauen Sie doch bei uns vorbei; es würde uns von Herzen freuen!“

Frieda, nichts ahnend von der verlockenden Einladung nach Mürwik, saß gemeinsam mit Max Hollmann in der hintersten Laube; sie zeichnete mit dem Zeigefinger die Karos der rot-weißen Tischdecke nach, während er seine Pastillendose in der Hand hin und her drehte.

„Tja“, sagte Frieda.

„Tja“, sagte auch Hollmann.

„Wie sollen wir bloß jemals darüber hinwegkommen …“

Hollmann schüttelte mitfühlend den Kopf. „Hinweg kommen Sie sicher nicht“, meinte er, „aber vermutlich wird es im Laufe der Zeit nicht mehr so schmerzen.“

„Tja“, sagte Frieda abermals, „das ist wahrscheinlich unsere einzige Hoffnung.“ Sie blickte von der Tischdecke auf. „Was wohl mit Eva passiert?“

„Es wird bestimmt nicht so schlimm werden – sie ist ja erst siebzehn! Da fällt mir übrigens ein – wissen Sie vielleicht, warum sie so getan hat, als ob sie einundzwanzig sei?“

Frieda gab sich einen Ruck. „Ja, in der Tat, das weiß ich. Zum Glück hat noch nicht einmal der Doktor weiter nachgehakt – er hätte uns sonst fürchterlich den Marsch geblasen! Also, es verhält sich wie folgt –"

Und Hollmann, weiter die Blechdose hin und her drehend, lauschte Friedas Bericht vom Rothsponschen Familienerbe, Kesselsteins Geheimauftrag und den Lüdersschen Gegenmaßnahmen.

„Das erklärt natürlich einiges", sagte er zum Schluss, „danke, dass Sie mir das anvertraut haben, wenn auch reichlich spät … Was haben Sie bei dieser Maskerade nur für ein Glück gehabt – um ein Haar wäre das Ganze ins Auge gegangen!"

Frieda seufzte tief. „Ich weiß, und ich werde nicht aufhören, mir deswegen Vorwürfe zu machen! Aber wer konnte denn ahnen, dass ausgerechnet Eva –"

„Tja", meinte Hollmann.

„Tja", meinte auch Frieda, und damit waren sie wieder am Anfang ihres Gesprächs angelangt.

Einige Augenblicke herrschte Schweigen. Dann sagte Hollmann:

„Wissen Sie, was wirklich kurios ist? Mir ist aufgegangen, dass wir auf unserer falschen Séance eigentlich eine richtige Auskunft erhalten haben, als wir nach dem Namen des Mörders fragten. Das „E", das wir für „Else" angenommen haben, konnte doch genauso gut für „Eva" stehen – denn als ich versuchte, mit „L" weiterzumachen, ist es ja auch prompt zu diesem seltsamen Ausfall meiner schönen Vorrichtung gekommen. Da ist man fast versucht zu glauben, dass die liebe Stiefmama doch noch ihre Geisterfinger im Spiel hatte!"

Frieda lächelte ein trauriges Lächeln. „Stellen Sie sich nur die neuerlichen Schlagzeilen in den Zeitungen vor – statt ‚Rache aus dem Jenseits' nunmehr ‚Hilfe aus dem Jenseits', das wäre doch zu schön …"

Auch Hollmann lächelte, und abermals schwiegen beide. Nach einigen Augenblicken sagte er:

„Am Montag muss ich wieder in der Apotheke sein; das heißt, dass ich morgen zurück nach Flensburg radeln werde."

„Versteht sich", nickte Frieda.

„Ja, versteht sich", stimmte Hollmann zu, legte entschlossen die Pastillendose ab und ergriff stattdessen Friedas Hand. „Ich möchte Sie aber gern noch etwas fragen, Fräulein Frieda … Also, wir haben in der *Flensana* einen ganz hervorragenden Zweisitzer, absolut sicher und komfortabel, die Sitze nebeneinander, prima gefedert und auf drei Rädern! Hätten Sie nicht demnächst mal Lust auf eine kleine gemeinsame Radtour in unserer schönen Heimat?"

*

Während man in Aubrück also höchst angenehme Zukunftspläne schmiedete, gestaltete sich dies in Berlin verständlicherweise etwas schwieriger, denn wie wir wissen, war die schöne Gräfin nach der Aubrück-Affäre bis ans Ende ihrer Tage für IIIb-Zwecke so nutzlos wie ein Schuh ohne Sohle. Ihr diensteifriger Privatsekretär wurde sang- und klanglos von der inoffiziellen Gehaltsliste gestrichen, und der einzige Lichtblick im Dienstgebäude am Königsplatz blieb in der Tat die reibungslose Versetzung des Mitarbeiters Alfred Sorgenfrei in die Provinz Schleswig-Holstein.

Auch die Gräfin befand sich nicht gerade *en bonne humeur*. Sie hatte wohl oder übel ihr missratenes Töchterchen bei sich aufgenommen, bis selbiges sich für seine Taten vor einem Gericht würde verantworten müssen, wenn es nicht vorher irgendwie gelang, ein derartiges Fiasko zu verhindern. Doch was sollte sie jetzt tun? Gut – ohne die tote Greta Hansen in der Holunderbowle wäre es vielleicht angegangen, Eva der englischen Verwandtschaft irgendwann als Nichte zu präsentieren, wie sie es ursprünglich vorgehabt hatte, aber eine falsche Nichte, die zudem eine echte Mörderin war, das konnte man wohl niemandem guten Gewissens zumuten. Hortense seufzte ein ums andere Mal, und anstatt weiterhin illustre Gästelisten für die bevorstehende Eheschließung aufzustellen, sah sie sich schließlich gezwungen, ein wesentlich kürzeres Schreiben an Lord Waltham zu verfassen, in welchem sie ihn von seinem Eheversprechen entband, und zwar aus Gründen, die ihm zweifelsohne in Kürze zu Ohren kommen würden – *best wishes, your ever devoted Hortense.* Sie rechnete nicht damit, jemals wieder von ihrem englischen Verlobten zu hören, doch insofern sollte sie sich täuschen.

Die Hilfe in Hortenses Herzensangelegenheiten kam von gänzlich unerwarteter Seite, und zwar, so unglaublich dies auch klingt, ausgerechnet aus dem englischen Kriegsministerium. Captain Vernon George Waldegrave Kell, überaus talentierter Spezialist des Londoner War Office für deutsche Geheimdiensttätigkeit, schüttelte zunächst wiederholte Male ungläubig den Kopf, als ihn die letzten Neuigkeiten aus Berlin und einem unaussprechlichen Ort namens Aubrück erreichten.

„Schlecht für Charlie“, kommentierte er die haarsträubende Geschichte knapp und treffend. ‚Charlie‘ war im War Office die liebevolle Bezeichnung für den Berliner IIIb-Kollegen Karl Brose, und diesbezüglich galt die Faustregel: Was schlecht für Charlie war, war grundsätzlich gut für England – man musste mitunter nur herausfinden, auf welche Weise.

Letzteres kostete Captain Kell am folgenden Sonntag einen mehrstündigen Spaziergang mit seiner Lieblingsdogge Butch in der wenig anheimelnden Moorlandschaft von Berkshire, aber dann hatte er die Lösung gefunden: Die skandalträchtige Gräfin mit ihrem tatkräftigen Töchterchen mochte vielleicht jeden nachrichtendienstlichen Wert für Charlie verloren haben, aber genau deswegen ließ sie sich ganz wunderbar zum Wohle von Krone und Kriegsministerium in der Heimat ihres englischen Bräutigams einsetzen. Hierzulande sorgte nämlich die – insbesondere in den sogenannten höheren Kreisen – neuerdings geradezu explodierende Anzahl umtriebiger deutscher Landsleute zunehmend für Besorgnis bei all denjenigen, denen die Sicherheit des Empires am Herzen lag, und wie berechtigt diese Besorgnis war, wusste niemand so gut wie Vernon Kell. Da war es doch außerordentlich praktisch, eine kooperative, den britischen Behörden zu ewigem Dank verpflichtete Lady Waltham zur Verfügung zu haben, die in den betreffenden Kreisen dem teutonischen Geplauder mit offenen Augen und Ohren lauschte und den zuständigen Stellen im War Office brühwarm zutrug, wer was wann wo und zu wem gesagt hatte – *absolutely marvellous*! Das tatkräftige Töchterchen, nach Aktenlage ein bildhübsches Kind, würde bei dieser verantwortungsvollen Aufgabe nur von Vorteil sein. Der Captain rieb sich zufrieden die Hände und machte sich auf den Weg nach Waltham Manor.

Lord Waltham befand sich in einer ähnlich trüben Stimmung wie seine deutsche Ex-Verlobte, deren Abschiedsbrief er Tag und Nacht in jeder zur Verfügung stehenden Brusttasche bis hin zum Pyjama bei sich trug, aber eine halbe Stunde in der Gesellschaft von Captain Kell genügte, um die Lachfältchen in seinen Augenwinkeln wieder zum Vorschein zu bringen. Am Ende ihrer kleinen Unterredung war jedenfalls schwer zu sagen, wer von den beiden Herren der glücklichere war.

*

Kurze Zeit nach dem Treffen auf Waltham Manor ging ein größerer Briefumschlag mit unauffälligem holländischen Stempel bei Frau Gräfin Molinero-Büxeltoft ein. Hortense und Eva saßen gerade bei einem späten Frühstück, und Eva beobachtete neugierig, wie ihre Mama den Umschlag überrascht hin und her wendete, bevor sie ihn mit dem silbernen, wie ein Offiziersdegen geformten Brieföffner aufschlitzte. Sie zog einige schwungvoll beschriebene Briefbögen heraus und rief nach einem raschen Blick auf die vertraute Handschrift:

„Du lieber Himmel – das ist von George Waltham!"

Als Hortense die Bögen mit fliegenden Händen entfaltete, segelten zwei Papierstücke auf den Frühstückstisch, und Eva schnappte sie sich.

„Das sind ja Fahrkarten, Mama! Offenbar für ein Schiff –"

„Zeig her", Hortense ließ den Brief sinken und griff nach den Fahrkarten. „Continental Service Lines – Hook of Holland/Harwich", las sie laut, „booked for Countess Hortense de Molinero-Büxeltoft and Miss Eva de Molinero-Büxeltoft – zwei Kabinen erster Klasse auf der VIENNA! Abgang Hook of Holland – oh nein, schon am zwanzigsten August! Wie gut ist eigentlich dein Englisch, Darling?"